HENRY LANDERS

DREI MÄDCHEN
UND DER LETZTE
HEXENPROZESS

SO ZERRISSEN UND VERWOBEN
WIE UNSERE ZEIT

Henry Landers ist geboren und aufgewachsen in Berlin. Als Fotokünstler bereiste er die Welt und sammelte Eindrücke aus vielen Kulturen, die heute in seine Werke einfließen. Das Schreiben allerdings öffnete ihm die Tür zu einer Welt voller Geschichten, wie es das Fotografieren niemals konnte. Henry Landers liebt es, jeden Morgen durch den Humboldt-Hain zu gehen, der ihn die drei Hauptfiguren und die fantastische Welt der Tamanaken entdecken ließ. Während seiner Recherchen für »Drei Mädchen retten die Welt - Wie es begann« wurde er auf das Schicksal von Maria Dorothea Staffin aufmerksam.

www.henrylanders.de

HENRY LANDERS

DREI MÄDCHEN
UND DER LETZTE
HEXEN
PROZESS

SO ZERRISSEN UND VERWOBEN

WIE UNSERE ZEIT

TEIL 1

Impressum

Deutsche Erstausgabe 2024

3. Auflage 2025

Drei Mädchen retten die Welt © 2021 Henry Landers

Alle Rechte vorbehalten.

Korrektorat: Vanessa Wuzynski

Illustration, Layout, Satz: Henry Landers

Covergestaltung, drei Mädchen und Senshū visualisiert mit KI: Henry Landers.

Nach geltendem Verwendungsrecht für KI. Bild-Generator: Adobe Firefly

Foto des Autors: © Marco Bußmann

Henry Landers

Buttmannstraße 13, 13357 Berlin

hl@henrylanders.de / www.henrylanders.de

Verlag: BoD · Books on Demand GmbH, Überseering 33, 22297 Hamburg,

bod@bod.de

Druck: Libri Plureos GmbH, Friedensallee 273, 22763 Hamburg

ISBN: 978-3-7693-5161-3

eBook

Bibliografische Information der Deutschen Nationalbibliothek:

Die Deutsche Nationalbibliothek verzeichnet diese Publikation in der

Deutschen Nationalbibliografie; detaillierte bibliografische Daten sind im

Internet über dnb.dnb.de abrufbar.

Quellen: u. A.

Criminal Collegium: Akta Dorothea Steffin (Originalhandschrift),

Geheimes Staatsarchiv Preußischer Kulturbesitz, Berlin, 13. Dezember 1728

Quellenverzeichnis im Anhang Seite 397

LARA, MAYA UND ANNABELL

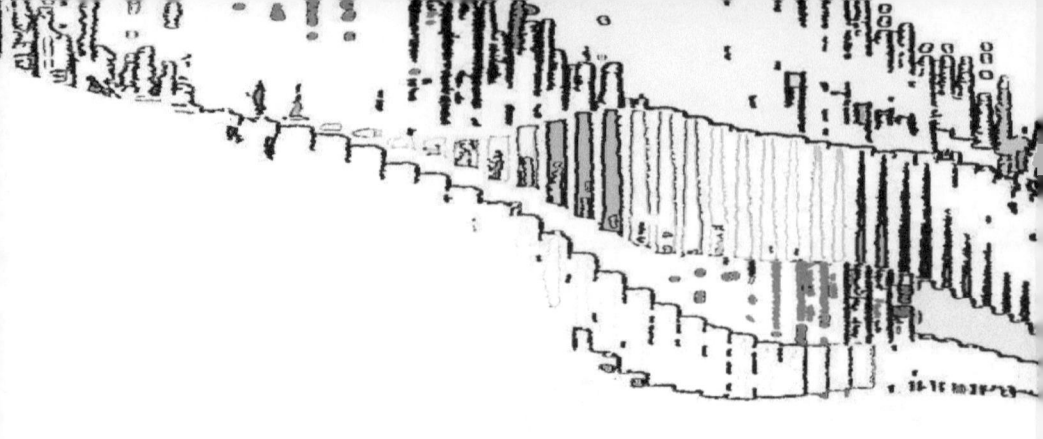

IN EINER ZEIT,
IN DER POSITIVE VISIONEN
RAR GEWORDEN WAREN

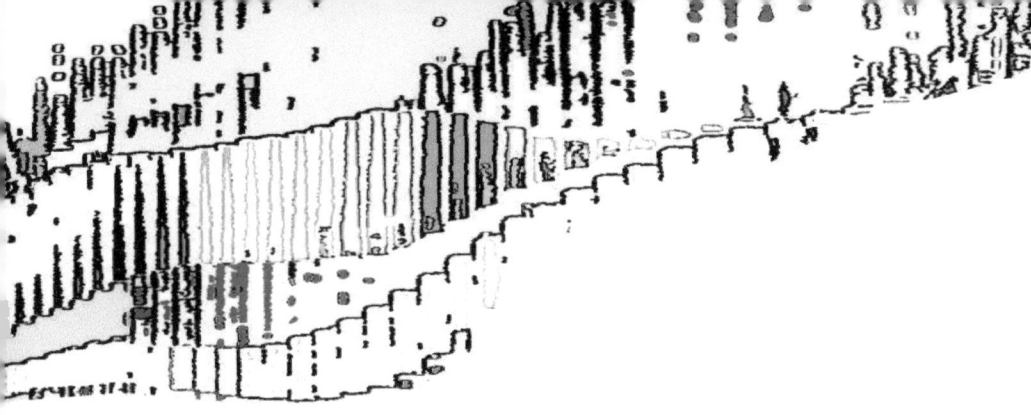

PROLOG

VERGANGENHEIT

Es regnete. Es regnete seit zwei Wochen ununterbrochen, am Tag und in der Nacht. Wie eine Sintflut fiel das Wasser vom Himmel. Kaum ein Dach an diesem Ort war noch dicht. Es goss in jedes Haus, in jede Kammer. Die Mühle befand sich noch im Bau und die Dächer waren noch nicht abgedichtet. Jeder verfügbare Eimer und jeder Trog wurde in Küchen, Stuben, Kammern und wo es nur Sinn machte, aufgestellt, um das eindringende Wasser aufzufangen.

Die schon nicht mehr ganz so kleine Maria Dorothea Staffin saß auf ihrem Bett. Zum Glück war das Stroh darin noch trocken.

Der Regen prasselte unerbittlich auf die Holzschindeln über ihr. Von überall hallte das hohle Plopp, Plopp, prrrrrrr, Plopp großer Tropfen durch die Mühle. Dorothea schaute den Tropfen nach, wie sie in den hölzernen Trog vor ihr fielen, aufsprangen und wabbelnde Kreise im Wasser formten. Der Kerzenschein malte schwache, flackernde Konturen in das Dunkel der kleinen Kammer.

Dorothea weinte, schluchzte verzweifelt. In ihren Händen hielt sie ein blutiges Tuch. Mit spitzen Fingern hob sie ihr Kleid, tupfte mit dem Tuch zwischen ihre Beine. Doch das Blut wurde immer mehr.

Nie zuvor blutete ihr Körper an dieser Stelle. Sie hatte keine Verletzung erlitten oder Schläge bekommen. Das kann nur die Strafe für eine Sünde sein, dachte sie. Wie sollte sie mit dieser Schande nur weiterleben? Was hatte sie falsch gemacht, dass es Jesus, den Heiland, nur so erzürnte?

Dorothea bekreuzigte sich. Dann nahm sie das kleine hölzerne Kreuz, das seit ihrer Geburt um ihren Hals hing, und küsste es. Tränen rannen über ihre Wangen, platschten in den Trog und vermischten sich mit dem Regen.

Dorothea wusste nicht, wie alt sie an diesem merkwürdigen Frühlingstag im Jahr 1721 wirklich war. Rechnen hatte sie noch nicht gelernt und ihren Geburtstag kannte niemand. Aber den Ereignissen ihres Körpers folgend hätte sie vielleicht etwas älter als zwölf gewesen sein können.

Draußen ergoss sich die Flut aus den tief hängenden, nachtgrauen Wolken. Die Panke, der Fluss an der Mühle, in der sie wohnte, stieg schon seit Tagen an. Doch heute wollte der kleine Fluss zeigen, wie stark er sein konnte.

Am Oberlauf staute er sich bedrohlich an. Einige querliegende Bäume und aufgeschwemmte Sträucher ließen den Pegel im Flussoberlauf so hochsteigen, bis der Damm unter der Last des Wassers brach. Eine verheerende, meterhohe Flutwelle schoss durch das kleine Flussbett und riss alle Brücken, Boote und Stege mit sich.

Dorothea ahnte davon noch nichts. Für sie war ihre kleine Welt in eine fürchterliche Unordnung geraten. Mit dem blutdurchnässten Tuch in der Hand ging sie auf die Wiese hinter der Mühle, wo sich die Panke teilte, zu ihrem Lieblingsplatz auf der Mühleninsel. – Dort stand sie klatschnass im Regen und hörte ein lautes Krachen und Kreischen von flussaufwärts näherkommen.

Sie stand nur so da und heftete ihren Blick auf die Lücke zwischen den Weiden, aus der der Fluss herkam, und lauschte in die Ferne. So ein Geräusch hatte sie noch nie gehört. Weder die Postkutsche, die zweimal täglich durch Wedding raste, war so laut, noch klangen die Kanonen vom nahegelegenen Artilleriefeld so bedrohlich.

Der Regen wusch Dorotheas Tränen ab und der bedrohliche Schrei aus der Ferne nahm die rätselhafte Pein von ihr.

Ihr Blick war immer noch starr in die Ferne gerichtet. Hinter ihr waren die Wiese, die Mühle und der Hof.

Auf der Wiese waren wie immer viele Filzbahnen auf Gestelle gespannt. Der Regen sollte sie waschen. Keiner sonst war zu sehen.

Nur Dorothea stand immer noch still, wo sie war, in ihrem durchnässten, weiten, verschlissenen, sandfarbenen Wollkleid mit den vielen Knöpfen, die ihr braunes Mieder zusammenhielten. Die langen, rotblonden Haare fielen triefnass und schwer über ihre schmalen Schultern. Eine Haube musste sie nicht tragen, denn sie war noch nicht verheiratet oder jemandem versprochen. Die Sommersprossen vermischten sich mit den Regentropfen, die über ihr Gesicht flossen. Barfuß war sie die Treppe heruntergestiegen. Die nasse Wiese ragte zwischen ihren Zehen auf. Dorothea fühlte sich plötzlich von allen vergessen. Niemand war da, den sie fragen konnte, was hier passierte.

Das Geräusch kam näher und jetzt sah sie es: Eine hoch aufgetürmte Welle raste durch das enge Flussbett direkt auf sie zu. Wie eine Maus erstarrt, sah sie gebannt auf den Schlangenkopf, der sie jeden Moment verschlingen würde. Keinen Schritt taten ihre Füße und ihre Augen konnten sich vom nahenden Unheil nicht lösen.

Und schon ergriff sie die Wucht des Wassers und Dorothea verschmolz in der Flut mit allen Bäumen, Ästen und Holzfetzen, die die Welle mit sich riss. Sie strudelte halb unter Wasser und halb darüber durch die Tür, die sie offengelassen hatte, in das Haus, durch die Kammern und in die Küche.

Kurz schnappte sie gierig nach Luft und verschwand wieder, wedelte ohnmächtig mit ihren Armen, versuchte sich an einem Türpfosten festzuklammern und glitschte davon. Zusammen mit Stühlen und Tischen, Hausrat, und vielen Tüchern und noch mehr Filzbahnen spülte sie die Flut aus der Küchentür ins Freie. Kurz erhaschte sie einen Blick zurück – das Wasser ließ sie für einen Augenblick auftauchen, um mit weit aufgerissenem Mund tief Luft zu holen. Dorothea sah das Haus, in dem sie seit Kurzem lebte, einstürzen. Es folgte ihr nun, im Fluss, der so stark sein wollte und es tatsächlich auch war.

Ein heftiger Schlag in die Brust ließ Dorothea kurz ohnmächtig dahintreiben.

Sie sah ... sie sah, was ihre Augen nicht glauben würden. Ein warmes Licht, ein Raum voller Geborgenheit. Sie hörte eine Stimme, die fragte:

»Dorothea, Dorothea, bist du es?«

Sie antwortete: »Ja, ich bin's.«

»Dann ist es gut, meine Schwester. Bleib stark.«

»Wer bist du?«, wollte Dorothea wissen.

»Ich bin du, in einer anderen Welt.«

»Wie hast du mich gefunden?«

»Du hast mich gerufen. Weißt du es nicht mehr?«

Dann erwachte Dorothea aus ihrer Vision – trieb weiter in dem Fluss, der sie fest umklammerte.

Sie griff nach einem nahen Brett. Unter der Wasseroberfläche aber bohrte sich etwas Spitzes tief in ihr Bein. Es schmerzte aber nicht so heftig. Es fühlte sich nur so groß und fest im Fleisch ihres Oberschenkels an.

Der Regen hielt unvermindert heftig an. Große Tropfen platschten um sie herum auf die Wasseroberfläche, sprangen fröhlich auf und formten ihre Kreise, die sich mit anderen kreuzten, woraus nur ganz kurz ein schönes Muster entstand. Andere Tropfen machten große Blasen, die neben Dorotheas Kopf für einen Moment neugierig mitschwammen, um dann mit einem leisen Plopp zu platzen. Längst hatte Dorothea sich dem Fluss hingegeben. All ihre Kraft und ihr Wille zur Gegenwehr waren verbraucht.

So trieb sie reglos für eine Zeit.

Plötzlich ergriff sie eine starke Hand und zog sie aus dem Wasser. Dorotheas Arme und Beine hingen schlaff an ihr herab. Über ihr sah sie noch kurz das Gesicht einer älteren Frau mit großem Hut in einem weißen Kleid mit großem, verblüffend echt wirkendem Blumenmuster. Dann schwanden ihr die Sinne.

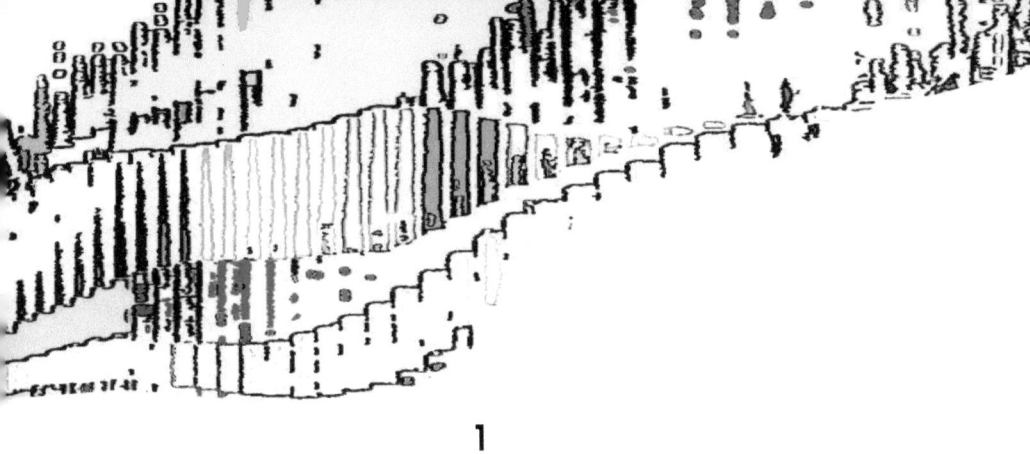

1

GEGENWART

Die Drei

Selbstbewusst und ein wenig erwachsener gingen Annabell, Lara und Maya lässig wie drei junge Leopardinnen fast in Zeitlupe nebeneinander und bogen in die Savanne der Swinemünder Straße ein. In ihren Ferien hatten die Drei ihr bisher größtes Abenteuer erlebt, doch sie konnten sich nur vage, wie an einen fernen, nebligen Traum, daran erinnern. Wie fast jeden Morgen gingen sie durch den kleinen Garten in der Mitte der Swinemünder Straße.

»Ich hatte so einen seltsamen Traum«, sagte Annabell im Überschwang zu Lara und Maya.

»Echt?«, kam es fast im Duett zurück. Sie lachten.

»Ja, der war wirklich krass. Wir drei haben die Welt gerettet und waren bei so einem krass coolen Volk, das Tamanaken hieß oder so und im Humboldthain lebte.«

»Irgendwie hatte ich auch so einen merkwürdigen Traum«, erinnerte sich Maya leise, – und sagte es nachdenklich mehr zu sich selbst.

»Und du Lara?«, wollte Annabell wissen.

»So genau kann ich mich nicht mehr erinnern. Aber irgendwie war da, glaub' ich, was.« Für den Moment beließen es die Drei dabei, über ihren merkwürdigen Traum nachzudenken, und konzentrierten sich lieber auf die vielen duftenden Blumen und herumschwirrenden Insekten, die die Morgensonne mit all ihren Reizen auskosteten.

Was wird der erste Schultag nach den Pfingstferien bringen? Sie wussten es nicht, waren aber zu allem bereit. Fast allem jedenfalls.

Es ist der 26. Mai 2010 um 07 Uhr und 36 Minuten.

Das wäre eigentlich unwichtig, wenn sich nicht in anderen Zeiten geheimnisvolle Ereignisse zutragen würden, die ebenso einer genauen Datierung und Verortung bedurften.

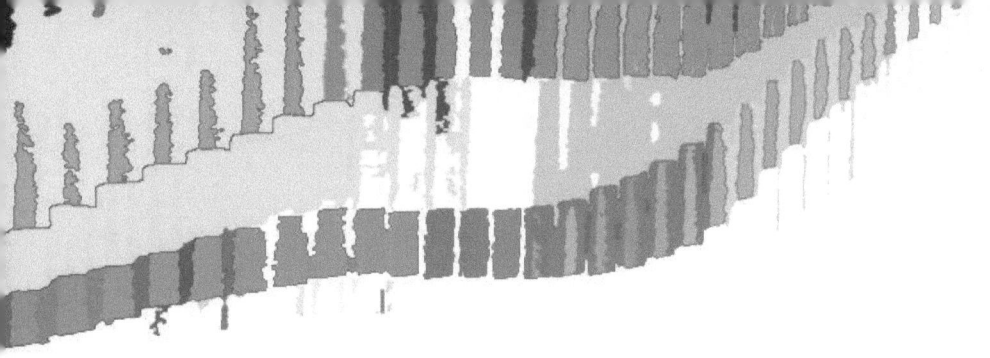

INSPIRIERT VON
DER WAHREN GESCHICHTE VON
MARIA DOROTHEA STAFFIN,
DIE 1728 ALS LETZTE HEXE IN BERLIN
ANGEKLAGT WURDE.

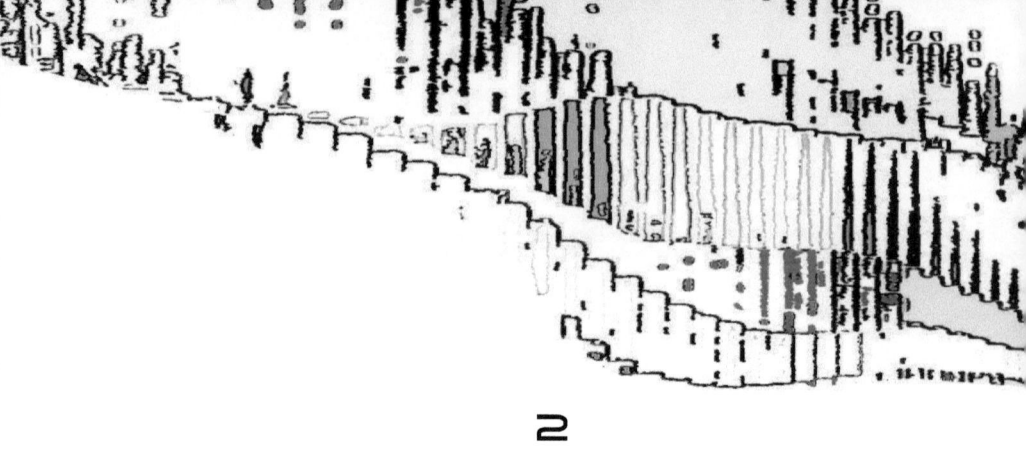

2

VERGANGENHEIT

Dorothea

Ein kleines, spielendes Mädchen sitzt am 26. Mai 1722 um 10:24 Uhr an einem Dienstag, auf den Tag genau 288 Jahre vor dem ersten Schultag nach den Pfingstferien von Annabell, Lara und Maya, auf der nördlichen der beiden Brücken, die die Walkmühleninsel kreuzen.

Sie ist die Tochter des Walkmüllers und hörte auf den schönen Namen Dorothea. Die kleine Dorothea war folgsam, würde sie selbst sagen. Zumindest meistens jedenfalls oder, na ja, oft, würde ihr Vater sagen. Heute allerdings ist das eher nicht der Fall, denn auf der Brücke spielen ist strengstens verboten.

Zur gleichen Zeit näherte sich der Brücke rasend schnell eine schwarze Kutsche - ein Vierspänner mit königlichem Wappen. Verfolgt von einer gewaltigen Staubwolke, peitschte der Kutscher die vier Pferde, als ob ihm der Teufel persönlich im Nacken säße. Weit nach vorn gebeugt, im flatternden schwarzen Cape, trieb er die Pferde mit einer langen Peitsche an. Die mächtigen Räder der lackglänzenden Kutsche machten ein scharfes Geräusch auf der Straße nach Berlin, von zerberstenden Schädeln und Knochen, als ob sie die Erde vergangener Schlachten durchpflügten.

Dorothea saß auf der Brücke, in ihr Spiel versunken, ihr Lieblingslied vor sich hin singend und summend. Mit kleinen Steinen und Ästen, die hier vom letzten Sturm zuhauf herumlagen, spielte sie Vater, Mutter und zwei Kinder.

Die Straße zum königlichen Schloss nach Berlin machte kurz vor der Brücke an der Panke eine kleine Kurve. Und die Brücke wiederum machte einen kleinen, aber heimtückischen Hügel in der Straße nach Berlin.

Während die Kutsche von der Seite der Feldmark, von Oranienburg herüberraste -der Kutscher die Gefahr nicht einsehen konnte -, sich mit seinem blitzschnellen Gefährt in Sicherheit wog -, bis er die Kurve erreichte -,mit den Rädern auf der engen Brücke ins Schleudern kam -, die Pferde in Todesangst laut wieherten und die Kutsche beinahe von der Brücke in die Fluten zu stürzen drohte.

Dicht neben dem bedrohlichen Spektakel saß immer noch das kleine Mädchen. Kurz bevor die Staubwolke Dorothea mit Haut und Haaren verschlang, kreuzte sich ihr Blick mit dem des Kutschers für den Bruchteil einer Sekunde.

Unmittelbar neben dem Mädchen gab es einen lauten Rumms, doch das hörte der Kutscher nicht mehr, denn er war froh, die Kutsche samt Passagieren und der wertvollen Fracht nicht in der Panke verloren zu haben, und raste weiter – denn er durfte keine Zeit verlieren.

Nachdem der Staub verzogen war und sich Dorotheas Herz beruhigt hatte, bemerkte sie einen schönen, mit vergoldeten Nieten verzierten Lederkoffer neben sich, der von der Kutsche gefallen war und sie nur um Haaresbreite verfehlt hatte.

Einen Augenblick saß sie da, neben dem Koffer, und sah ihn an. Es kam ihr so vor, als ob jeden Moment der Deckel auffliegt, und sie konnte sich nicht vorstellen, was, aber irgendetwas herausringen würde.

Nichts tat sich. Der Koffer lag einfach nur da, etwas verstaubt, aber deutlich erkennbar wie ein Ding aus einer anderen Welt, einer wohlhabenden, gebildeten, mächtigen Welt. Blitzschnell beschloss Dorothea, den Koffer als ein Geschenk des Himmels zu sehen, was das Schicksal ihr vor die Füße legte und das sie mit niemandem teilen wollte.

Das kleine Mädchen hatte ein heimliches Versteck, das nur sie kannte und wo sie niemand finden konnte, wenn sie nicht gefunden werden wollte. An diesem geheimen Ort beschloss sie, den Koffer zu verstecken, bevor jemand Wind davon bekam.

Ihrem Vater wollte sie davon nichts erzählen, denn er war ein ehrfürchtiger, königstreuer Untertan und obendrein zwar ein liebenswürdiger Mensch, aber dennoch auch ein rechter Angsthase. In jedem Fall hätte er den Koffer, wem auch immer, zurückgegeben. Der Koffer war sehr schwer und Dorothea hatte mit beiden Händen ziemlich zu schleppen und musste aufpassen, sich nicht die Füße einzuklemmen, als sie ihn den langen Weg von der Brücke zum hinteren Teil der Mühle trug. Es musste schnell gehen, bevor sie jemand erwischte.

Auf der anderen Seite der Panke tauchten wie aus dem Nichts drei Mädchen und ein Junge in ihrem Alter auf, die sie hier zuvor noch nie gesehen hatte. Sogar ein kleiner Hund war dabei. Dorothea schaute misstrauisch zu den gaffenden Fremden, die ihr dabei zusahen, wie sie den großen Koffer über den Hof schleppte.

Dann plötzlich, nach einem Wimpernschlag, waren sie wieder verschwunden. Dorothea dachte nicht weiter über die Fremden nach, denn sie war höchst beschäftigt, und zudem war Eile geboten.

Der erste Teil durch den Garten war geschafft. Jetzt noch die Treppen hochschleppen. Dorothea wischte sich mit dem Handrücken den Schweiß von der Stirn. Sie musste sehr vorsichtig sein, dass der Koffer auf den engen Treppenstufen nicht polterte und sie nicht über den Dielenboden im Flur zu ihrer geheimen Dachkammer scharrte. Denn jedes kleinste unnormale Rumpeln oder Krachen schien dem Müller, den Mägden und Knechten der Mühle verdächtig, könnte es doch von einer Fehlfunktion der Walkhämmer stammen, die die gesamte Filzproduktion des Tages gefährden könnte.

In ihrem Versteck angekommen, war Dorothea völlig außer Puste und fiel neben dem Koffer mit ausgebreiteten Armen und Beinen ins Stroh. Für einen Moment musste sie neue Kräfte schöpfen.

Dorothea liebte diesen Ort, ihr kleines Geheimnis, von dem niemand sonst etwas wusste. Frisches, duftendes Stroh machte ihn weich und behaglich.

Das klitzekleine Fenster in der Giebelspitze der Walkmühle gab ihren Blick frei auf eine der beiden Brücken über die Panke, an der sie eben noch gesessen hatte, über die drei wichtige Straßen aus dem Norden des Reiches wie ein halber Stern zusammentrafen, die über die kleine Insel, auf der sie lebte, dicht vor der Mühle vorbei, in der sie wohnte, nach Berlin führten.

Vorbeiströmende Menschen aller Couleur, elegante Kutschen mit prächtigen Pferden und goldenen Wappen, Bauern mit ihren kleinen Schafherden, Ochsenkarren voller Obst und Gemüse, die zum Markt nach Berlin fuhren, Kühe, die langsam zur Weide trotteten, Kinder, die laut schnatternde Gänse vor sich hertrieben, und jeden Tag etwas gänzlich Neues ließen Dorotheas Gedanken verträumt umherschweifen.

Ihr Blick reichte von hier aus aber noch viel weiter bis zum Horizont, über die flache Heide bis zum fernen Artillerie- und Exerzierplatz, von dem zweimal in der Woche, an jedem Dienstag und Donnerstag, kriegerisches Kanonengrollen herüberraunte.

All das geschah in dem kleinen Ausschnitt von der großen Welt, der so manchen fernen Wunsch in Dorotheas Fantasie aufflammen ließ.

Doch jetzt lag ein realer Koffer aus einer anderen Welt mit eleganten Dienern, erlesenen Speisen, kunstvoll gebackenen Kuchen, prachtvollen Kleidern, ja sogar mit Parks und Schlössern neben ihr im Stroh.

Entschlossen kniete Dorothea vor ihrer geheimnisvollen Beute, öffnete zuerst mit beiden Händen die widerspenstige rechte Lederschnalle und dann die linke. Geschafft so weit. Langsam hob sie den oberen Teil des Koffers an, immer weiter, bis sich der Inhalt in seiner ganzen Pracht, in jedem Detail und ganz für sie allein zeigte.

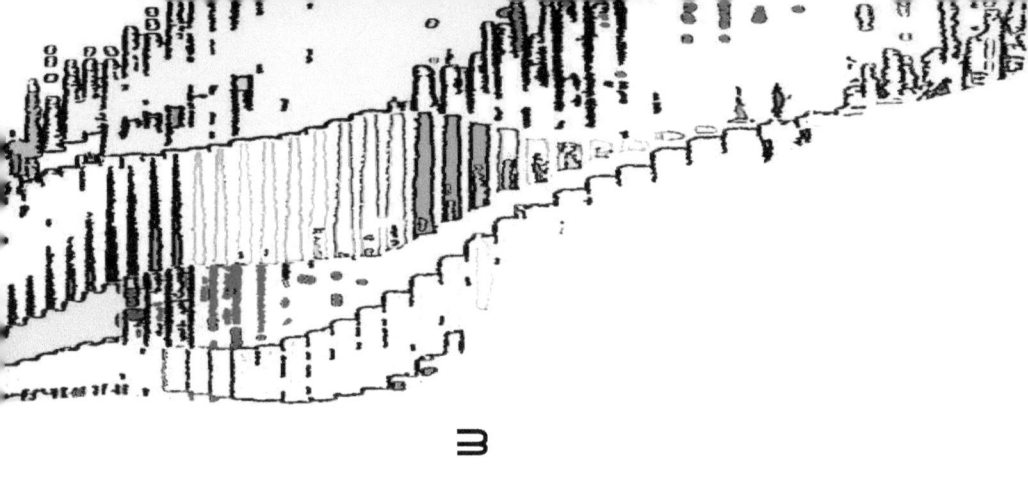

3

GEGENWART

Die Drei

Die Drei kannten die Swinemünder Straße, seit sie laufen konnten, und liebten sie sehr, denn sie war gemacht, um Kindern und Familien Raum der Entspannung zu geben. Eigentlich war die Swinemünder Straße weniger eine Straße im eigentlichen Sinne, sondern eher eine Gartenallee.

Hier fuhren keine Autos, und wo sonst die Straße den Blechkarossen vorbehalten war, erstreckte sich zwischen den breiten Gehwegen ein langer Park mit Büschen, Beeten und blühenden, duftenden Sträuchern.

Kleine, niedrige Mauern aus rotem Stein grenzten die Beete von Buddelkästen, Tischtennisplatten, Bänken und kleinen Sitzhockern ab. Am Abend war hier viel los. Cliquen trafen sich und hingen miteinander ab. Am Tage konnten hier Mütter ihre Kinder frei laufen lassen, um zu spielen und herumzutollen, ohne auf Autos achten zu müssen. Es war hier stiller als andernorts in der Großstadt, denn der sonst alles dominierende Verkehrslärm war hier weit weg. Annabell, Lara und Maya liebten es, sich auf den kleinen Wegen zur Schule durch den Park wachzuträumen.

Auf den schmalen Steinplattenwegen gingen sie zwischen den Beeten, umringt von neugierigen, umhersummenden Bienen und Hummeln und unter Bäumen mit singenden Vögeln. Hier verträumte sich der Morgen ganz märchenhaft von selbst, bis die Drei entzückt wieder auftauchten, um den neuen Tag zu erobern.

Es war ein schöner, sonniger, warmer Tag. Kleine weiße Wolken zogen über den blauen Himmel. Die Luft duftete angenehm und war klar. Die morgendliche Frische zog um die kleinen Nasen von drei Mädchen, die noch nicht ahnen sollten, wie überraschend sich der Tag für sie noch entwickeln würde. Erst einmal aber galt es, noch die erste Hürde des Tages zu nehmen.

»Wir haben heute den lang angekündigten Projekttag in Politik und Wirtschaft bei Frau Heidenreich«, sagte Maya betont gelangweilt.

»Ich kann es kaum erwarten«, stöhnte Annabell. »Wieder so theoretische Geschichten, die keinen wirklich interessieren.«

Die Drei wollten sich wie sonst auch zwischen den Grüppchen der Großen aus der zwölften und dreizehnten Klasse hindurchschlängeln, die jeden Morgen vor dem Schulgebäude in der Swinemünder Straße so cool herumstanden, dass die Kleineren immer mit Respekt schnell an ihnen vorbeihuschten.

Die Großen bewegten sich kaum. Sie standen da wie Pinguine auf der eiszeitlichen Savanne, abgeklärt und reif, um bald den nächsten, neuen Schritt in ihrem Leben zu gehen. Doch hier am Diesterweg-Gymnasium waren sie jetzt die Großen, die Erfahrenen, die demonstrativ Gelangweilten, weil sie schon alles an diesem Ort einhundert und einmal gesehen und erlebt hatten.

Selbst jetzt, fünfzehn Minuten vor acht Uhr, brachte sie nichts aus der Ruhe. Sie standen nur so da und zeigten sich. Es war ein Sehen und Gesehenwerden vor der Kulisse des spacig orange-gelben Schulgebäudes aus der elegant-schrillen Architekturepoche der 70er Jahre mit seinen abgerundeten Hauskanten, den verschachtelten Raum-Kuben und der erhabenen Fensterzeile, die bei Sonnenschein immer mit metallisch glänzend weißen Metalljalousien schattiert wurde.

Ihr Schulgebäude ragte aber auch wie eine schützende Burg auf. Ein Ort, an dem die Schüler sicher waren vor der Welt da draußen, den Erwachsenen und den Idioten, die hier so herumlungerten. Damals war hier im Diesterweg-Gymnasium an der Swinemünder Straße im Brunnenviertel noch alles in bester Ordnung.

Das Oberstufenzentrum, wie es offiziell hieß, war ein architektonisches Vorzeigegebäude, entworfen im preisgekrönten Architekturbüro Pysall, Jensen, Stahrenberg & Partner, mit gepflegten Grünanlagen und glänzendem, intaktem Umfeld – mit der großen Turnhalle und dem weiten Sportplatz.

Damit aber nicht genug, denn ganz den Ideen des Namensgebers Friedrich Adolph Wilhelm Diesterweg folgend, wurde hier die gymnasiale Oberstufe reformiert. Um die Selbstbestimmung der Schüler zu fördern, wurden traditionelle Klassenverbände aufgelöst und durch ein Kurssystem ersetzt.

Diese Schule war ein moderner Palast des Lernens aus einer Zeit, in der die Generation der Babyboomer und danach die Generation X aufwuchsen, in der Schulen nur so aus dem Boden schossen, wie einst im alten Preußen an jeder Ecke historisierte Backsteinkirchen in den Himmel wuchsen.

Auf der Sonnenseite der täglichen Schau der kleineren und größeren Eitelkeiten war eine Gruppe von sechs Mädchen ganz besonders gut zu sehen. Auf den oberen der elf Stufen der breiten Freitreppe zum Schulgebäude setzten sie sich effektvoll in Szene.

Sie strahlten wie mächtige Kriegerinnen und das ganz ohne Worte oder Waffen. Ihr Credo war es, elegant und trendy, zudem stark, weiblich und kriegerisch zu sein, wie die heiße Sonne am Tag und der kühle Mond bei Nacht. Ohne viel mehr dabei zu tun, als strahlend sie selbst zu sein, mit den besten Noten in Physik, Chemie, Mathematik und Biologie, versteht sich, und unermesslich ambitionierten Ideen für ihre Zukunft.

Sie waren verschleierte türkische Mädchen, die mit der pseudocoolen Jeans-und-T-Shirt-Mode ihrer Mitschülerinnen absolut nichts anfangen konnten.

Nur die besten und schrillsten Modedesignerinnen aus Istanbul konnten ihnen Vorbild genug sein.

Keine Frage, diese Sechs aus der Zwölften waren Queens of Fashion. Sie waren Hijabistas. Und die Modedesignerin Zeynep Tosun war ihr unangefochtener Stern am Modehimmel. Zeyneps Kollektionen für Kriegergöttinnen mit sinnlichen Symbolen und weiblichen Formen trafen tief in das Herz der selbstbewussten jungen Damen, die sie zweifelsohne waren.

Jeder in der Schule kannte ihre Namen. Von rechts nach links sind das, wenn ich vorstellen darf: Ece, Zeynep, Simay, Nihan, Tuba und Hatice.

Wie an jedem Morgen, kurz vor Schulbeginn, erschienen die Hijabistas hier auf der großen Freitreppe und niemals auf dem Schulhof, wo die Jungs aus der Neunten, eine Möchtegern-Schul-Gang, die sich »Back School Boys« nannte, ihr Unwesen trieben, sich gegenseitig anmachten und sich auch mal in die Cliquen der anderen schubsten.

Schon wie die miteinander sprachen, wenn sie so unberechenbar drauf waren, und das waren sie eigentlich fast immer. Zur Verständigung reichten den Jungs dann so krasse Wörter wie: » ... « peep oder » ... « peep und am schlimmsten war » ... « peep. Okay, heute sind das Wörter, die keiner mehr sagt, aber damals war das, na ja, ich würde vorsichtig sagen, noch nicht so verboten und kontrolliert.

In der Liste der No-Gos rangierte ganz oben der pinkfarbene Schaumgummiball, den die »Back School Boys« »Little Wilson« nannten, und der alle Schüler auf dem Hof, schon wenn sie ihn sahen, in leichte Panik versetzte. Sie kickten den »Little Wilson« mit lautem Rufen der peep-Wörter völlig unberechenbar an jede und jeden auf dem Schulhof, überallhin, wo immer sie nur trafen.

Ihr könnt euch sicherlich vorstellen, dass dann immer besonders die Mädchen in eine helle Aufregung gerieten, was fast immer mit lauten Rufen und nicht selten mit hysterischem Kreischen ablief.

Nur die rumänischen Mädchen aus der Neunten versuchten, den »Little Wilson« zu fangen, und das gelang ihnen ziemlich oft. Dann gab es ein lautes Gerenne und die schnellen kleinen Mädchen warfen sich den Ball hin und her und neckten die Jungs. Am Ende half den fünf »Back School Boys« nur ihr unwiderstehlicher Charme und ein wenig Betteln, um den Ball zurückzubekommen.

Das war ihnen offiziell ein wenig peinlich, aber eigentlich mochten sie es, mit den flinken rumänischen Mädchen herumzutollen.

Nicht selten, so wie heute auch, endete der Tumult vor der Direktorin, denn Umherrennen und lautes Kreischen waren auf dem Schulhof und in der Schule nicht gestattet. Das wussten alle. Deshalb machte es auch so einen riesigen Spaß, wenn die Situation außer Rand und Band geriet.

Die Aufsichtslehrerin Frau Klein schritt ein und brachte die Jungs zu Frau Oberleitner, der Direktorin. Die Fünf wussten, dass sie gleich mit einer Aufmerksamkeit belohnt werden würden, die sie jedes Mal in kribbelnde Aufregung versetzte.

Beim Büro der Direktorin angekommen, klopfte Wladimir sanft an die Tür. Ein rhythmisches „Ja bitte" lotste sie herein. Jamal öffnete die Tür.

Die Fünf traten mit gespielter Schüchternheit ein. Wie so oft standen sie auch heute wieder in einer Reihe vor dem Schreibtisch von Frau Oberleitner, mit den vielen Urkunden, Stundenplänen und Postkarten an der Wand hinter ihr. Was nun passiert, wussten alle in diesem Raum: Frau Oberleitner stand von ihrem Stuhl auf und ging um ihren Schreibtisch herum. Elegant und fast in Zeitlupe setzte sie sich leicht schräg, mit einem hinreißenden Seitwärts-Move ihres Pos, dicht vor die fünf auf ihren Schreibtisch, und schob dabei, ohne hinzusehen, mit der Hand einen dicken Ordner beiseite. Fast beiläufig sagte sie: »Mustafa, Wladimir, Ahmed, Jamal und Philip, ihr wisst, warum ihr hier seid?« Eindringlich sah sie die Jungs, einer nach dem anderen, an und machte wie immer eine bedrohliche Pause zwischen jedem Namen, bis einer von ihnen etwas sagen würde.

Frau Oberleitner studierte leidenschaftlich gern Schauspiel in Wien, bevor sie der Liebe ihres Lebens nach Berlin folgte, wo sie von der darstellenden Kunst als Quereinsteigerin in das Lehramt wechselte und ihr Staatsexamen für Pädagogik abschloss, um schließlich bis zur Direktorin aufzusteigen.

Sie wusste genau, wie ein Moment in Szene gesetzt werden wollte, wie sie wirkte, wenn sie etwas sagte, und welche Dramatik die vielversprechendste für den jeweiligen Moment war, um die Schüler zur Einsicht zu bewegen.

Ihr leichter, warmer Wiener Akzent half ihr im Umgang mit den Schülern sehr. In ihrer blauen, engen Jeans, der weißen, leichten Bluse mit den vielen Knöpfen, der schwarzen, hochgesteckten Frisur und einem so angenehmen Duft strahlte sie etwas Selbstbewusstes, Sinnliches und ungeheuer Attraktives aus. Das spürten die Jungs jedes Mal von Neuem, wenn sie ihr so nahe waren wie jetzt, und eigentlich genossen sie es, hierher zitiert worden zu sein. Denn eine Frau wie Frau Oberleitner kannten sie weder aus ihrem familiären Umfeld noch von sonstwoher im Brunnenviertel.

Wenn keiner der Jungs antwortete, um möglichst cool zu sein, fragte sie immer einen von ihnen, sprach ihn mit seinem Namen und einem besonders durchdringenden Blick an, was den Auserwählten jedes Mal wie ein sanfter Stich ins Herz traf.

Diesmal traf es: »Wladimir ...«, den seine Gang nur Wlad nannte, »... was war da wieder los?«

Er musste seinen ganzen Charme aufbringen, um vor der Präsenz von Frau Oberleitner zu bestehen, und druckste mit unverkennbarem russischen Akzent: »Wir wollten nur mit unserem kleinen Ball spielen und dann nahmen uns die Mädchen den Ball weg. Na, und dann wollten wir ihn uns zurückholen.«

Schon als er das sagte, merkte Wladimir, wie klein und hilflos er klang. Frau Oberleitner hatte die Sache voll im Griff.

»Und?«, fragte sie, Danny ins Visier nehmend.

»Na, dann mussten wir ihnen hinterherrennen.«

»Und Jamal?«

»Wir sollen nicht auf dem Schulhof rennen.«

»Korrekt«, ergänzte sie erneut.

»Was lernen wir daraus, Philip?«

»Wir spielen nicht mit dem Ball auf dem Schulhof.«

»Ganz genau! Merkt euch das.«

»Nun geht, der Unterricht beginnt bald.

Und so schnell wünsche ich euch hier nicht wiederzusehen.

Das nächste Mal gibt es eine Strafarbeit.

Den Ball behalte ich zur Sicherheit hier.«

Sie legte ihn in ein Schubfach zu den drei anderen konfiszierten ›Little Wilsons‹, die dort bereits lagen.

So oder so ähnlich endete der frühe Morgen vor Schulbeginn, nach so mancher mittelgroßen Aufregung, die am Ende alle in eine amüsierte Stimmung versetzte.

Aber selbst, wenn es so richtig zur Sache ging, was zum Glück selten vorkam, trauten sich nicht einmal die Größeren, etwas gegen die Jungs aus der Neunten zu sagen. Denn die Jungs aus der Neunten waren nicht nur die coolsten, cleversten und nervigsten von allen an der Schule, sondern auch die charmantesten und hübschesten, und das wussten die Fünf nur zu gut.

Die Mädchen, selbst die aus der Siebten, himmelten die Fünf heimlich an, und alle Jungs wollten so sein wie sie. Ihr Fashion-Street-Style mit den tief hängenden, schlabberigen, manchmal löcherigen Baggy-Skateboardhosen, ihre Rap-Bermuda-shorts mit krassen Aufdrucken, dazu ihre Unicolor-Hoodies, den frechen Pork-Pie-Hüten und coolen Basecaps und selbst mit ihren spießigen Steppwesten und weißen, hohen Retro-Converse-Sneakers setzten die Fünf auf dem Schulhof Maßstäbe in Sachen Outfits.

Schon allein die lässige Art, wie sie sich in den Klamotten bewegten, machte sie zum Kult. Auf dieser Seite der Schule, wo sich die Kleinen versammeln und die Sonne erst am Nachmittag schien, reichte das alles schon aus, um die Alpha-Boy-Group zu sein.

In Sachen Coolness und Cleverness steckten die Hijabistas die kleinen Jungs von der anderen Seite allerdings locker dreimal in die Designer-Taschen.

Die Freitreppe, hier auf der morgendlichen Sonnenseite, wo sich die Großen trafen, war die ideale Bühne für ihre tägliche Show. Farbige Pop-Art-Wellen auf der bemalten, fensterlosen Betonwand hinter ihnen schmückten die Szenerie wie eine prächtig gemalte Theaterkulisse aus. Jeden Tag wählten die Hijabistas einen neuen Style. Niemand wusste, wie sie das machten, denn die Klamotten waren sauteuer, sahen jedenfalls so aus.

Es ist der 26. Mai 2010 um 07 Uhr und 43 Minuten.

Annabell, Lara und Maya näherten sich dem Ende ihrer morgendlichen Traumreise. Hinter den Büschen und Bäumen des langen Gartens in der Swinemünder Straße tauchte links ihr Gymnasium auf wie eine moderne Festung, oder besser wie eine Raumstation aus einem Stanley-Kubrick-Film.

Davor spielte sich das Alltägliche ab, wie jeden Tag. Die Großen standen in Grüppchen, cool wie immer, herum.

Gleich werden sich die Drei wie jeden Tag möglichst unbemerkt an den Großen vorbei über den Vorplatz in das Schulgebäude schlängeln.

Heute aber war etwas anders, und das werden gleich alle hier bemerken, einschließlich der drei Mädchen selbst, denn es war ihnen anzusehen. Eine Aura umgab sie. Ein unsichtbares, aber deutlich spürbares, süßes Leuchten ging von ihnen aus.

Zur gleichen Zeit kamen fünf Jungs aus dem Büro der Direktorin, gingen durch den langen Flur mit den schwarzweißen Porträtfotografien der Kunst-AG, durchquerten die Galerie in der oberen Etage, von der aus sie kurz ihre Blicke gebieterisch über die noch leere Aula schweifen ließen. Jeden

Moment werden sie über die breite Treppe, die die große Halle durchquert, herunterkommen.

»Habt ihr ihre neue Karte auf ihrer Pinnwand gesehen?«, flüsterte Philip zu seinen Freunden nach hinten gewandt.

»Ja, gute Mädchen kommen in den Himmel und böse Mädchen kommen überallhin«, zitierte Wlad frech.

»Fragt sich nur, ob sie hier ist, weil sie ein böses Mädchen ist?«

»Ich schätze eher, weil sie ein gutes Mädchen ist. Schließlich sind wir ja die Engel hier im Schulhimmel.« Alle lachten verdruckst und leise genug, um nicht von Frau Klein gehört zu werden, die sie wenige Meter hinter ihnen gehend zum Hof eskortierte.

Als Annabell, Lara und Maya über den Vorplatz zur Schule gingen, spürten sie, wie sie vor Wohlgefühl nur so platzten. Sie waren so stark, voller Gelassenheit und so viel neugieriger als je zuvor. Den gleichen Schulweg zur gleichen Zeit wie schon immer zu gehen und die gleichen Schüler zu treffen, ließ die Drei plötzlich sehr deutlich spüren, wie anders sie sich heute fühlten.

Sie sahen die Großen jetzt wie durch ein anders geschliffenes Kaleidoskop.

»Werden wir auch so sein, wenn wir in der 12. sind?«

»Vielleicht, aber das werden wir spätestens in ein paar Jahren wissen.« Annabell stellte sich vor, wie es wohl sein mag, so alt zu sein, runzelte die Stirn ein wenig, zog ihre Mundwinkel nach oben und bemerkte noch: »Sieht jedenfalls ziemlich langweilig aus.«

Das klang wie eine Enttäuschung, eine Entzauberung der Großen, zu denen die Drei sonst sehr respektvoll aufsahen. Es war der Blick zurück zu den anderen, die wie Grüppchen von frierenden Kaiserpinguinen dastanden, und zugleich spürten sie in den anderen sehr deutlich ihren eigenen inneren Sprung in ein neues Selbst.

In ihnen kam ein leises, wehmütiges Gefühl des Abschieds auf, was beinahe schon am Morgen den ganzen Tag ruiniert hätte.

Wären da nicht die Hijabistas, die heute wieder in leuchtenden Farben hell aus all den schwarzen und tristen Farbversuchen der Oberklässler hervorstachen.

»Bestimmt werden wir so schillernd cool wie die Hijabistas und tragen krasse Outfits in den abgefahrensten Farben.«

»Einen Hijab brauchen wir dafür aber nicht«, fügte Maya noch betont hinzu.

Unsere Drei fürchteten sich sonst vor den fünf Hijabistas immer ein wenig und machten besser einen Bogen um sie herum, denn sie waren so groß und unerreichbar elegant. Sie waren die unangefochtenen Königinnen der Schule, denen sich keine frechen Jungen, nicht einmal Lehrer und schon gar nicht drei kleine Mädchen aus der siebten Klasse ungefragt nähern durften.

Heute aber fühlten sich die Drei mutig und stark genug, dass sie ihrer Neugierde nachgaben und ganz dicht an den Hijabistas vorbeigingen.

Die sechs verströmten eine Wolke von reinstem Wohlgeruch, so anziehend wie ein großer, blühender Busch Jasmin im Frühsommer, und kaum wahrnehmbar, mischte sich eine behagliche Note Nestgeruch darunter. Magisch zogen die Hijabistas die Drei näher und näher an sich heran, fast, bis sie

Aug in Aug mit ihnen waren und ihre Hände die weiten Stoffe zwangsläufig im Vorbeigehen berühren mussten.

Jedes Detail ihrer Kleider war jetzt ganz deutlich zu sehen, die feine Struktur der weichen, fließenden Stoffe in so seltsamen, exotischen Farben. Heute war es ein leuchtendes, warmes Gelb mit silbernen Ornamenten aus zwei vertikal parallel zueinander laufenden, gezackten Linien, in deren Mitte zwölf Sterne gleichmäßig in einer Reihe angeordnet waren.

Die Hijabistas liebten Symbole mit tiefgründigen Bedeutungen. Das Zackenmuster mit den Sternen symbolisiert den Weg des Lebens, das Auf und Ab, wie es das Leben schreibt, und den Fluss der Zeit. Darüber wachte das Sonnensymbol.

Ein Gürtel zog das Kleid straff nach hinten an die Taille und schmiegte sich geschmeidig eng an ihren Körper, was ihre jungen weiblichen Formen atemberaubend und für die Jungs wie eine unerreichbare Festung verwirrend zur Geltung brachte. Über ihre Schultern herab floss der Stoff wie eine weit fließende Tunika und verlieh ihnen eine antike, erhabene Eleganz.

Dass sie in den naturwissenschaftlichen Fächern gern die Lehrer korrigierten, wenn sie allzu schief mit ihren Herleitungen lagen, war eines. Die puren Perfektionistinnen waren die Hijabistas allerdings ebenso bei ihrem Make-up. Ihre Haut war matt, makellos, weich wie ein Babypo, erhaben, elegant wie Göttinnen und cool wie Models zugleich. Virtuos spielten sie mit Mattifying Primer, Camouflage Concealer und Contour Powder, um alles auf ihrer Haut, was sie persönlich als Makel erachteten, darunter verschwinden zu lassen.

Ebenso beherrschten sie die Kunst des dezenten Finishs mit Highlighter und Blushes. Das alles war aber nur die Bühne für ihre eigentlichen Attraktionen, ihre Main Player, ihre Sende-stationen: Augen und Lippen.

Ihre Augen, mehr noch ihren Blick, schärften die Hijabistas mit einem selbstbewusst geführten, tiefschwarzen Kajalstrich, der in einem kämpferischen Lidstrich auslief. Dezent setzten sie farbige Akzente mit ihrer liebsten Eyeshadow-Cream in schimmernden Champagner-Creme-Tönen und ließen ihre Wimpern mit tiefschwarzem Mascara emporwachsen.

Ihre Lippen betonten sie mit einer sinnlichen Nude-Lip-Line und füllten sie dezent mit Liquid-Lipstick-Nude-Tönen aus, die sie wie eine zarte Blüte auf einer Sommerwiese schei-nen ließen.

Die Hijabistas waren einfach cool, perfekt, vollkommen und ein wenig unheimlich. Wie sechs Schlangen, die jeden Moment zubeißen wollten, sahen sie die drei kleinen Mäd-chen an, die in Zeitlupe an ihnen vorbeizuschweben schienen.

Aber Annabell, Lara und Maya waren keine Mäuschen mehr, und das wurde ihnen plötzlich sehr bewusst.

Die Hijabistas ihrerseits hatten das Gefühl, dass die drei klei-nen, ihnen eigentlich unbekannten Mädchen, die ihnen plötz-lich so nahegekommen waren und auf Augenhöhe an ihnen vorbeiflanierten, besonders waren.

Wie verführt oder besser noch gebannt von ihrer Aura, die sie ins Staunen versetzte, blickten sie ihnen hinterher.

Und tatsächlich sprachen die Hijabistas zueinander.

»Wer sind die Drei? Habt ihr die Mädchen hier schon ein-mal gesehen?«

»Nein, die müssen neu sein, aber wir sollten sie nicht aus den Augen verlieren.«

»Stimmt! Interessant, ich spüre ein krass cooles Potenzial.«

»Wir sollten sie auf dem Schirm behalten und die Süßen vielleicht eines Tages fördern.«

Dann verstummten sie wieder und richteten ihre Blicke in die unendliche Ferne. In Gedanken bewegte sie vielleicht die Idee von Cohl Furey und ihren komplexen Oktonions[*], oder sie entwarfen ihre Kollektion für die kommende Woche, oder sie entwickelten gar einen neuen Raumschiffantrieb für eine neue, leichtere Raketengeneration.

Für jeden war zu sehen, wie sich ihre Gedanken mit etwas Höherem beschäftigten, wofür der Platz vor ihnen und die Schule hinter ihnen um eine kosmische Dimension zu klein waren, um ihr Interesse zu wecken.

Die Drei gingen schnurstracks auf den Eingang der Schule zu. Immer noch zitterten ihre Knie nach der Begegnung mit den Hijabistas ein wenig.

Mit den großen Rot-, Orange-, Gelb-, Violett- und sogar leuchtend Matchagrünen Formen, könnten sie aus einem Fantasy-Anime-Film entsprungen sein.

Die von außen so poppig strahlende Schule transformierte, je mehr man sich ihrem Eingang näherte, zu einem schützenden und wehrhaften Festungsportal. Es bestand links aus

---

[*] Im Standardmodell der Teilchenphysik ließen Physiker:innen etliche Fragen zu subatomaren Phänomenen offen. Die Mathematikerin und Theoretische Physikerin Dr. Cohl Furey versucht, diese Lücke mit der bisher wenig beachteten achtdimensionalen Algebra – den »Oktonions« – zu schließen, um seltsame Muster in der Theorie subatomarer Teilchen zu erklären. Cohl Furey studierte und forschte u. a. an der University of Cambridge in Großbritannien. Seit 2020 hat sie ein Freigeist-Stipendium der Volkswagenstiftung an der Humboldt-Universität zu Berlin.

einem orangefarbenen Kubus, in dessen Innerem sich die Bibliothek befand.

Auf der gegenüberliegenden Seite war der wehrhafte Eingang von einer in Beton gegossenen Bastion befestigt. – Das war die bunte Kulisse mit den Wellenornamenten, vor der die Hijabistas täglich Hof hielten.

Überbaut waren die Flanken des Portals von der oberen Etage, deren glatte graue Betonunterseite die Decke bildete. Zusammen formten das Ensemble ein zwei Etagen hohes, brutal und mächtig wirkendes Portal, das zu einer Trutzburg führen könnte – oder wie ein Tunnel zu einem geheimnisvoll verborgenen Eingang.

Nach vielleicht zehn Metern endete der Tunnel jedoch abrupt, um sich in einem smaragdgrünen kleinen Lichthof zu öffnen, der den verborgenen Eingang an seinem Ende in ein weiches Licht taucht.

Neugierige, schmale Fensterreihen umrundeten den kleinen Hof dunkel, geheimnisvoll über mehrere Etagen, bis er sich wie ein Atrium zum Himmel öffnete.

Das magische Grün tauchte den Ort in ein zwiespältiges, mystisches Licht. – Für die einen war es ein schützendes, vertrautes Grün, wie es der Wald verschenkt. – Auf all jene aber, die sich dem Eingang mit unlauteren Absichten näherten und etwas im Schilde führten, musste der Ort überaus bedrohlich wirken.

Denn der Torbogen, der so fröhlich, knallorange und bunt einlud, hereinzukommen, ähnelte auf den zweiten Blick aus der Nähe eher dem Torravelin einer Burg. Vielleicht ähnelte es sogar der Grabenschere eines Festungsportals, von dem aus potenzielle Belagerer, wenn es schlimm kam, in Schach gehalten werden konnten, um sie wehrlos den eigenen Bogen-schützen auszuliefern.

Die Drei durchschritten das Portal wie an jedem Tag, ohne über all das nachzudenken.

Unbemerkt blinzelten die dunklen Fensterreihen im smaragdenen Atrium einen Willkommensgruß zu den drei Mädchen. Ganz in der Tiefe des Fundaments der Schule grummelte es sanft, wie der Seufzer eines Riesen.

Beide knallorangefarbene Schultüren, mit ihren Halbrundfenstern, öffneten sich wie von Geisterhand, schnell genug, um die Schritte der Drei nicht zu bremsen, aber langsam genug, um ihrem Eintreten etwas sehr Würdevolles zu verleihen.

Annabell hüpfte ein paar Schritte voraus, drehte sich zu ihren Freundinnen um und ging ein paar Schritte rückwärts, hob ihre Arme, machte eine grazile Geste und sagte: »Habt ihr die Hijabistas gesehen? Wie machen die das nur?«

»Was meinst du?«, gab Annabell beiläufig zurück.

»Na, die sehen immer so unglaublich perfekt und cool aus.«

»Jetzt, wo du es sagst. Die müssen jeden Morgen Stunden im Bad verbringen«, resümierte Maya.

Kurz schwiegen die Drei und dachten jede für sich darüber nach, was sie selbst so morgens im Bad veranstalteten und wie lange sie dafür brauchten.

Die Schultore wurden vom Hausmeister nun weit geöffnet und für den täglichen großen Ansturm mit dem allgemeinen Johlen, Schubsen und Protestieren der Schülerinnen und Schüler vorbereitet. Im Moment herrschte hier aber noch die Ruhe vor dem Sturm.

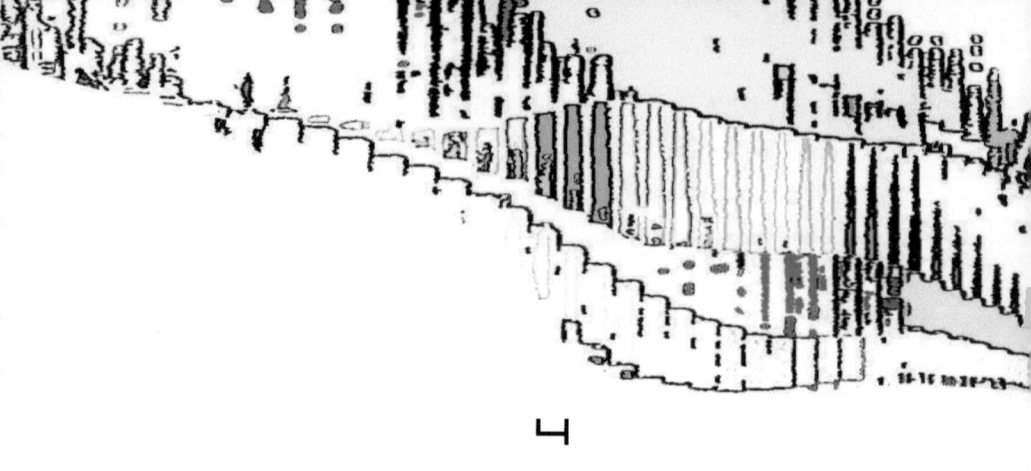

4

VERGANGENHEIT

Dorothea

Gespannt hob Dorothea den Deckel des Koffers vorsichtig und ließ das schwache Licht der Kammer langsam in ihn hineinfließen. Sorgfältig geordnete und in höchster Handwerkskunst hergestellte Dinge zeigten sich. Der Sturz konnte ihnen, wie es schien, nichts anhaben. Alles lag an seinem Platz und war bestechend ordentlich sortiert. Schüchtern zeigten sich elegante Schachteln, Hefte und Bücher, die aus einer anderen, für Dorothea unerreichbaren Welt stammten und die plötzlich zum Greifen nahe vor ihr lagen.

›Der Koffer könnte einem Lehrer bei Hofe gehört haben‹, spekulierte Dorothea. Ihr Blick fiel auf ein beschriebenes, weißes Papier, das mit der Prägung eines Wappens versehen, auf die Innenseite des Deckels geklebt war. Was die von Hand geschriebenen, höchst kunstvoll verschlungenen Buchstaben bedeuteten, konnte Dorothea gerade so entziffern. Denn ein wenig lesen hatte sie schon von dem alten Soldaten gelernt, der hier zweimal in der Woche als Lehrer vorbeikam, um die Kinder im Umkreis der Domäne zu unterrichten. Langsam und ein wenig ratend, denn so eine Schrift hatte Dorothea zuvor noch nie gesehen, las sie sich selbst leise den Namen der Eigentümerin des Koffers vor: »Sophie Magdalena Friederike Beatrix Johanna Wilhelmina Freiherrin von Danckelmuth, Hauslehrerin der Königlichen Familie«

Im Koffer befanden sich:

ein versiegeltes Empfehlungsschreiben adressiert an seine Allerdurchlauchtigste Majestät Friedrich Wilhelm König in Preußen, »Grimms Märchen«, »Lesen und Schreiben lernen«, »Deutsch für Kinder«, »Magische Beschwörungsformeln – Eine Welt in der Welt« und einige Schreibfedern in einem schönen, perlmuttbesetzten Etui, ein kleines Kästchen mit 20 Tintenfässchen, ein beachtlicher Stapel Schreibblöcke, ein leeres, in Leder gebundenes Tagebuch mit königlichem Wappen sowie eine didaktische Anleitung, wie Buchstaben in Schreibschrift geschrieben werden.

Der Koffer entpuppte sich als ein wahrer Schatz. Dorotheas Augen leuchteten und vor lauter Rührung rannen einige Tränen über ihre Wangen. Das lange, rotblonde Haar rahmte ihr genussvoll strahlendes Gesicht ein, und zwischen ihr und dem Koffer verwob sich augenblicklich eine magische Verbindung.

Dorothea zeigte den Koffer nicht ihrem Vater, denn so ehrlich wie er war, hätte er den Koffer nur seinem Besitzer zurückgegeben. Für Dorothea aber war er ihr Seeräuberschatz, ihr Treibgut, ihr Geschenk des Himmels, das nun nur ihr ganz allein gehörte.

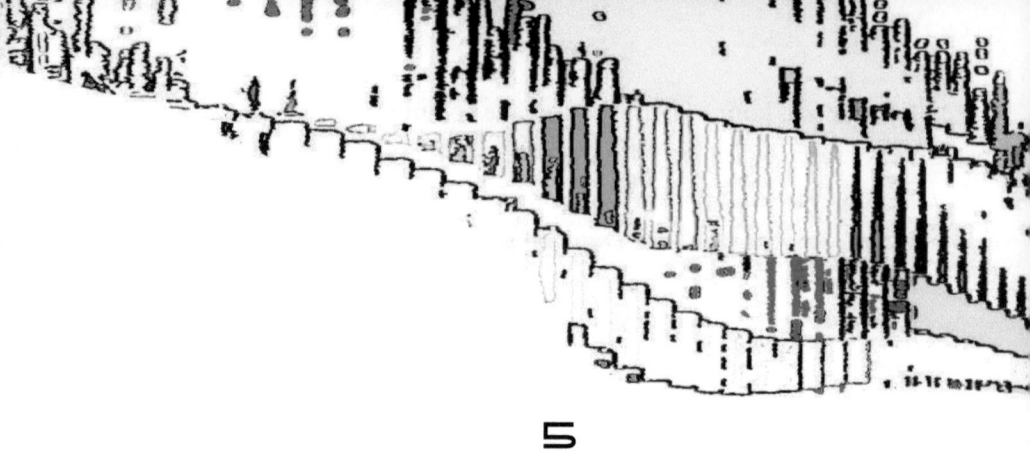

5

GEGENWART

Die Drei

Plaudernd durchschritten die Drei die Eingangsschleuse mit den doppelten orangefarbenen Toren und den streng geometrischen Halbkreisfenstern, die sich zu einem Kreis zusammenfügten, wenn sie zu Unterrichtsbeginn und am Abend wieder geschlossen wurden.

»Los, wir gehen gleich ins Computerkabinett«, rief Maya ihren Freundinnen zu und drehte sich dabei einmal voller Überschwang mit ausgestreckten Armen im Kreis.

»O ja, wenn wir schon so einen langweiligen Tag haben, dann ...« Annabell stoppte und schwieg bedeutungsschwanger.

»Dann wollen wir auf unseren Lieblingsplätzen sitzen«, vollendete Lara ihren Satz.

»Super Idee, schnell, bevor die anderen kommen!«, war Maya sofort einverstanden.

Es war 15 Minuten vor 8 und in zehn Minuten würde die Schulglocke zum Hereinkommen läuten. Dann wird eine Lawine von Schülern von allen Seiten in die Schule strömen, was immer mit reichlich viel Geschrei und Gerangel vonstatten ging.

Annabell, Lara und Maya schlüpften flink an der Aufsichtslehrerin, die am Eingang postiert war, vorbei, gingen durch die Aula und rannten die weite Treppe zur oberen Etage hinauf. Von dort kommen ihnen auf der Mitte der Treppe fünf Jungen entgegen, die soeben von der Direktorin eine kleine Zurechtweisung zum Verhalten auf dem Schulhof erhielten und von einer Aufsichtslehrerin zum Schulhof eskortiert wurden.

Während sie aufeinander zugingen, wurden die drei langsamer. Die Jungs musterten die Mädchen sehr aufmerksam. Die Mädchen erwiderten ihre Blicke. Auf der gleichen Höhe angekommen, blieben sie auf der Treppe beinahe stehen.

Ihre Blicke verschmolzen für eine kurze Ewigkeit miteinander, bis die Jungs so ein seltsames Knistern verspürten. – woraufhin sich ihre Blicke abrupt voneinander lösten, als ob sie aus einem Tagtraum aufgewacht wären, und weitergingen.

»Wow, habt ihr die Lütten aus der Siebten gesehen?«, fragte Wlad seine Freunde.

»Krass, Alter, ja, die sind echt abgefahren anders, Mann«, erkannte auch Ahmed sofort.

»Echt! Was ist denn mit denen passiert?«, prustete Philip und konnte seinen Augen kaum glauben.

»Waren die schon immer so groß? Und wie süß die Chicas jetzt sind. Ich glaub', ich verliebe mich sofort in eine von denen«, mauzte er mit verdrehten Augen und fasste sich theatralisch ans Herz.

»Laber keinen Unsinn, Alter. Die sind noch viel zu klein für dich.«

»Nein Mann, die sind heiß.«

Für so Zeugs hatten die Drei kein Ohr, denn die Jungs konnten echt nervige Idioten sein.

Noch war hier in der Aula alles ruhig. Der Teppichboden auf der Treppe und im gesamten Schulgebäude schluckte aber sogar im Hochbetrieb fast jeden Schall, und so sah es selbst in den hektischen Minuten vor dem Unterrichtsbeginn so aus, als würde hier ein Film ablaufen, bei dem die Soundeffekte vergessen wurden.

Denn das sonst so übliche laute Füßetrampeln, das sonst in den Fluren und Treppenhäusern eines Schulgebäudes vervielfacht zwischen Beton und Steinwänden widerhallte, fehlte hier einfach, weil es von den hölzernen Wandverkleidungen und den weichen Teppichböden wohltuend absorbiert wurde.

Die fünf Jungs sahen noch einmal zu den Mädchen auf, die mit gezielten Schritten über die Galerie zum Computerkabinett gingen.

Schweigend schlenderten die »Back School Boys« nach ihrem Auftritt im Direktorenzimmer für die letzten Minuten vor dem Unterricht auf den Hof.

Annabell, Lara und Maya bogen flink in den Flur ein, in dem rechts beängstigende, surreale, schwarz-weiße Fotocollagen von der Wand auf sie schauten. Geradezu, wo der Flur um die Ecke bog, befand sich der Raum, in dem sie heute den ganzen Tag verbringen sollten. Die Tür, die mit großen, geschwungenen, kalligrafischen Ornamenten in Grün und Rot bemalt war, ist noch geschlossen.

Eine Handbreit rechts neben der Türklinke prangte ein Pfeiler wie ein magisches Torwächter-Totem, das sich mit großen kubistischen Mustern schmücken ließ. Es war ringsherum mit poppigen, gelben, blauen, roten, grünen und braunen Dreiecken umwoben.

Ganz oben, gleich daneben, wachte in der Ecke zur Decke die chromglänzende Pausenklingel wie ein allsehendes Auge. Sie und ihre Schwestern schienen die Wächterinnen der Zeit hier in dieser Schule zu sein.

Die Klassenräume und den Flur verband ein langes Band von Fenstern. Allerdings waren sie so hoch unter der Decke platziert, dass sie den Blick in die Klassenräume nicht freigaben. Sie ließen aber ein weiches Licht in den sonst fensterlosen Flur herüberschwappen.

Maya öffnete die Tür zum Computerkabinett.

Die Drei mochten diesen Raum schon immer, und auch an diesem Tag versüßte er ihnen die Zeit während der langweiligen bevorstehenden Projektarbeit.

Der Raum war ein lichtdurchfluteter Ort mit einer riesigen, von der Decke bis zum Boden und von der rechten zur linken Wand reichenden Fensterfront, die die gesamte Wand zur Terrasse ausfüllte. Hier standen auf jedem Tisch zwei Flachbildschirme, mit Tastaturen und Computermäusen, die auf Mauspads chillten und auf neugierige Schülerinnen und Schüler warteten. An der rechten Wand neben der großen grünen Kreidetafel hingen weitere Tafeln mit Magneten und gelben Stickern.

Auch hier war es noch still wie in einem, nein, nicht wie in einem Grab, eher wie in einem Wald, wo jedes leise Piepsen und Summen gut zu hören war. Vor den Fenstern, die auf die hintere Seite des Schulhofes führten, standen sehr alte, mächtige Platanen, die am Vormittag ihren sanften Schatten ausbreiteten.

Gleich rechts neben der Tür im Computerkabinett stand der Bruder des Totem-Pfeilers, fast wie sein Zwillingsbruder. Er war aber nicht wie sein Pendant im Flur ein naturgöttliches Totem, sondern erinnerte eher an ein altes, magisches, ägyptisches Symbol, an einen Djed-Pfeiler, mit vier horizontalen, farbigen Banderolen in Blau, Rot, Gelb und Grün verziert, die sich wie eine magische Beschwörung dreimal wiederholten. Wohlwollend wachte er von dort über den Klassenraum.

Fast schien es, als ob die Schule ein großer Organismus wäre, der im Verborgenen sein Eigenleben führte, der wie ein Myzel jede Faser, jeden Stein und jedes Glas als ein schützender Gedanke durchzog, der sich aus der Natur von allen Zeiten speist, die schon immer da war und nie enden wird.

Von alldem ahnten die Drei jetzt allerdings noch nichts. Sie wussten nur, wie gern sie in ihre Schule gingen und wie sicher und wohl sie sich hier fühlten.

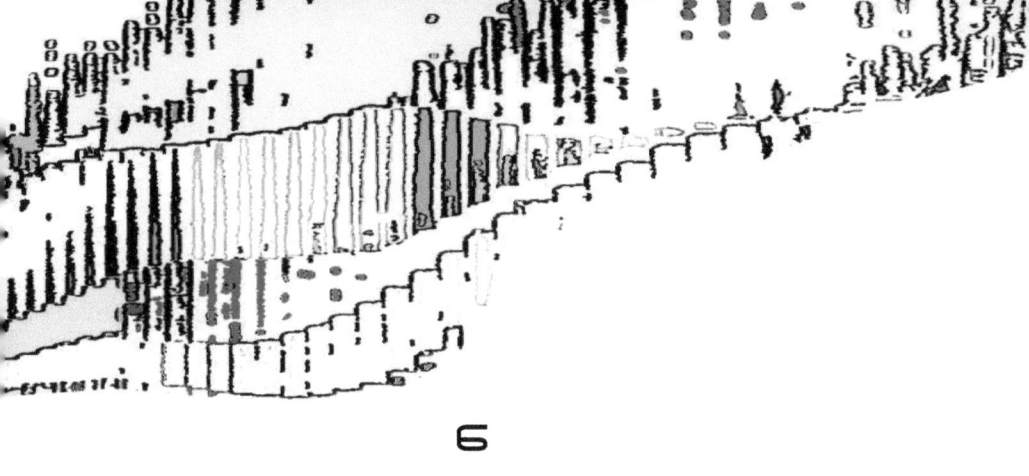

6

VERGANGENHEIT

Christoph

Es ist der 26. Mai 1722,
ebenso an einem Dienstag unweit der Walkmühle und etwa
zur gleichen Zeit, zu der Dorothea der geheimnisvolle Koffer
vor die Füße fiel, unweit auf dem Exerzier- und Übungsschießfeld des Feldbataillons der Artillerie der königlichen Armee.

Satter Rauch hing in der Luft und roch beißend nach Pulver.
Laut dröhnten die acht in einer Reihe aufgestellten Kanonen.

Der kleine Christoph staunte über die Kraft und den Donner,
der sich aus den langen, eisernen Rohren entlud.
   Weiße Ringe aus Rauch umzogen die Kanoniere nach der
Salve. Geschriene Kommandos folgten und die Soldaten
mussten das Geschütz schnell nachladen und erneut schießen.

»Feuer!«, schrie ein Offizier in schneidiger Uniform und ließ seinen Säbel peitschend am lang ausgestreckten Arm nach unten sausen.

»Halte dir nicht die Ohren zu, mein kleiner Christoph. Das ist Musik, die du noch früh genug lieben lernen wirst«, schrie der Feldmarschall, der sein Vater war, mit den blinkenden Orden und der geschmückten Uniform, vom Pferd neben ihm in seine Richtung.

Auch Christoph saß auf einem Pferd, seinem eigenen Pferd Moritz, und sah das Geschehen aus einer komfortablen Höhe mit an, die ihn, obwohl er erst 12 Jahre alt und zugegebenermaßen für sein Alter noch recht klein war, den gesamten Schießplatz sehr gut überschauen ließ.

»Jawohl, mein Herr Vater«, gab Christoph gehorsam zurück.

»Auf dem Schlachtfeld, mein Sohn, wird der wahre Kerl in jedem Mann erst sichtbar. Merk dir das!«

»Jawohl, mein Herr Vater.«

»Ganz recht, mein Sohn. Du wirst die Schlacht lieben, das sehe ich daran, wie du mit den Spielsoldaten zu Werke gehst. Ein wahrer Mann kann seinen Schneid niemals verlieren.«

»Ja, natürlich, wie recht Ihr habt, Vater.«

»Feuer!«, schrie es, und ein Säbel peitschte erneut an einem ausgestreckten Arm nach unten. Augenblicklich donnerte es aus acht Rohren wie ein Beben, was den Boden unter den Pferdefüßen erschütterte und weiße ringartige Wolken um die Kanonen aufsteigen ließ.

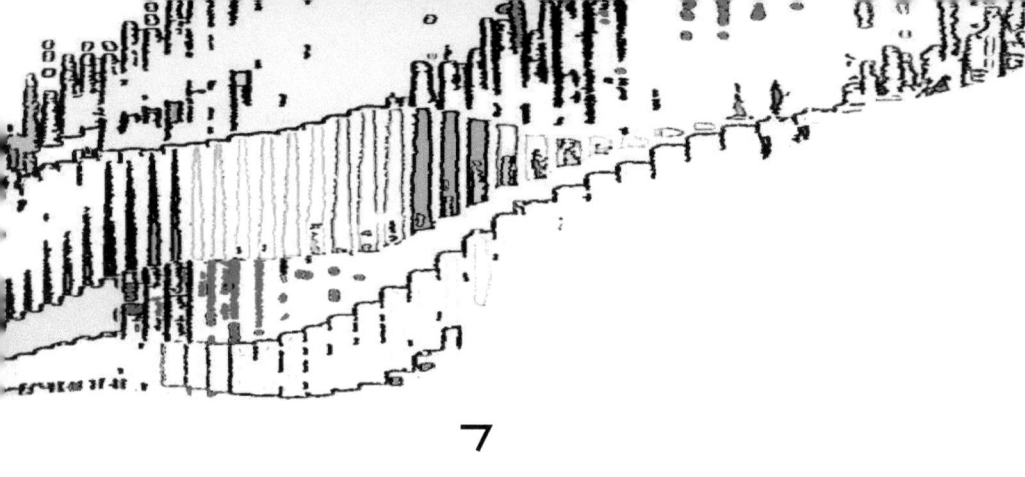

7

GEGENWART

Die Drei

Die Tür zum Balkon stand weit geöffnet, als die Drei den Raum betraten, und ließ die frische, duftende Morgenluft herein. Die mächtigen Platanen filterten die Luft und das Licht mit ihren großen Blättern. Die Sonne wird erst am Nachmittag ihr gleißendes Licht hierhereinscheinen lassen und dringt bis dahin nur gnädig sanft an diesen Ort vor.

Die Drei kannten ihren Lieblingsplatz nahe am Fenster, von wo aus sie einen guten Blick in das Computerkabinett hatten, schnell an den Tafeln waren und wenig Getrappel von anderen Schülern um sie herum ihre Konzentration störte.

Nun waren sie perfekt für den Tag vorbereitet.

Es klingelte, und bald darauf ertönte ein Johlen wie von einer herannahenden Herde. Kurz darauf sprang die Tür auf und in einem kleinen Tumult rannten die Mitschüler zu irgendeinem Platz und ließen ihre Taschen laut fallen oder hängten sie an die kleinen Haken an den Tischen auf.

Im Nu war die Klasse voll und die Stille vorbei. Einige Jungs der Klasse mussten noch ein wenig herumrennen und sich gegenseitig jagen. Dann kam die Lehrerin Frau Leberknecht herein.

»Guten Morgen.« Keiner beachtete sie.

»Alle bitte hinsetzen!« Es wurde stiller.

»Habt ihr alle einen Platz gefunden?«, fragte Frau Leberknecht mit ihrer kräftigen, versöhnlichen Stimme.

Die letzten Jungs rannten herein, setzten sich mit einem entschuldigenden Blick, und dann war es still.

Die Glocke klingelte zum Unterrichtsbeginn.

Frau Leberknecht stand an ihrem Tisch und sah sich um.

»Heute haben wir unseren Projekttag: Politik und Wirtschaft. Wir werden den ganzen Tag hier im Computerkabinett bleiben und mithilfe der Computer auf euren Tischen in Arbeitsgruppen an acht verschiedenen Themen arbeiten.

Das Hauptthema haben wir vor den Ferien ja schon kurz angesprochen. Gleich wird eine Referendarin zu uns stoßen, Frau Jorinde Schönbaum, die euch heute im Umgang mit dem Rechner unterstützen wird. Ihr wisst also, worum es geht?«

Schweigen in der Klasse.

»Jonas, willst du uns noch einmal kurz zusammenfassen, worum es geht?«

Jonas war überrascht, denn er war mit seinem Nachbarn damit beschäftigt, Kärtchen unter dem Tisch auszutauschen, und noch in einer anderen Welt unterwegs.

»Äh ja, wir machen so ein Projekt ...«, er stockte kurz, »... in dem wir am Computer arbeiten.«

»Jonas ist offensichtlich noch mit anderen Dingen beschäftigt.«

Alle lachten.

»Möchte ihm jemand anderes kurz auf die Sprünge helfen?«

Ein kleiner, zierlicher Junge in der ersten Reihe meldete sich. Da klopfte es an der Tür.

»Moment bitte.«

Frau Leberknecht ging zur Tür und öffnete sie.

»Kommen Sie herein, wir haben schon angefangen.«

Eine sehr sanfte und angenehme Stimme sagte: »Verzeihen Sie, ich bin zu spät.«

»Das ist mir nicht entgangen, aber Sie haben noch nichts verpasst. Wir sind gerade dabei, das Thema zu erörtern.«

»Verzeihung nochmals.«

»Aber gern.« Frau Leberknecht wandte sich zu den Schülern und fuhr fort. »Nun, das ist Jorinde Schönbaum. Wie ich schon eingangs erwähnte, wird sie euch heute im Umgang mit dem Rechner zur Seite stehen.«

Frau Schönbaum war in der Tat wunderschön in ihrem weißen Kleid, mit der schlanken Taille, dem weiten, plissierten Rockteil, auf dem riesige, täuschend echt wirkende Tulpen leuchteten, und dem eleganten roten Lackledergürtel mit der großen silbernen Schnalle. Für eine Lehrerin trug sie ziemlich extravagante, sehr rote und hohe Pumps.

Alle Jungs starrten sie mit großen Augen an und einige Mädchen dachten sofort an Prinzessinnen aus Märchenfilmen. Denn eine Frau mit einem so schönen Kleid war in Berlin sonst nie zu sehen. Für einen Moment dachten Annabell, Lara und Maya, dass ihnen Frau Schönbaum irgendwie bekannt vorkam. Aber wie sollte das sein?

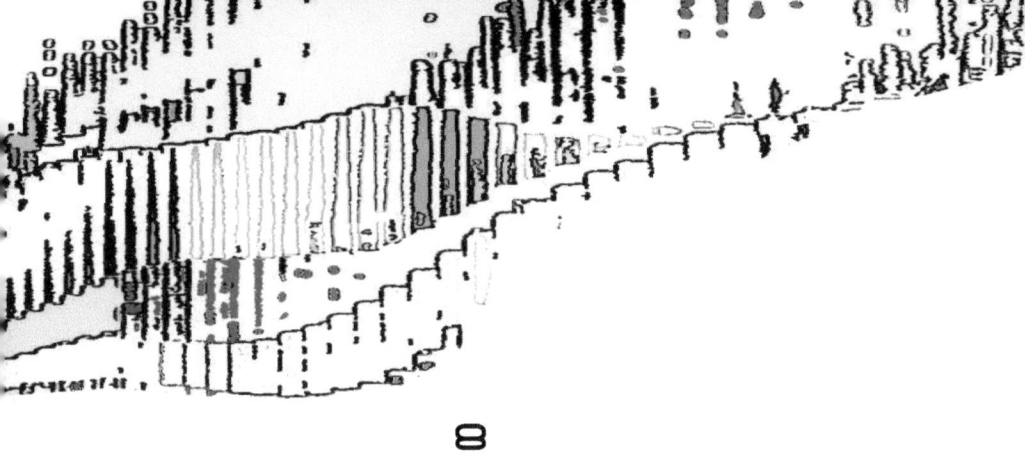

8

VERGANGENHEIT

Christoph

Es ist der Morgen des 30. Mai 1722,
ein Sonnabend.

Christoph ging durch den Schlosspark in Friedrichsfelde,
in dem er aufwuchs. Seinen Hauslehrer und Erzieher ließ er
noch einen Moment warten und genoss den Morgen zwischen
den Blüten, den umhersummenden Hummeln und Bienen.
Schmetterlinge flatterten von einer Blüte zur anderen, saßen
für einen Moment und ließen ihre großen Flügel pulsierend
leicht auf und ab bewegen. Es schien einer der wärmsten Sommer zu werden, an den sich Christoph erinnern konnte. Seine
Sinne wollten all dies noch eine Weile genießen.

Gleich aber wird er adrett gekleidet in seiner maßgeschnei-
derten Uniform, in sein Lehrkabinett zurückkehren, sich

von dem Drill seines alten Hauslehrers Ernst Johann von Wehrheim martern lassen, mit Altgriechisch, Latein und Geschichte.

Heute sind der Dreißigjährige Krieg und taktische Manöver in der Schlacht dran.

»Da ist er ja endlich. Ihr ließet mich warten. Das muss ich dem Markgrafen melden«, sagte der knochige Alte mit heiserer Stimme. »Undisziplinierte Soldaten verlieren die Schlacht, merke er sich das!«, krächzte er noch hinterher.

Der Hauslehrer war ein alter, in vielen Kriegen und Schlachten erprobter sowie lang gedienter Offizier der Kurfürstlich Brandenburgischen und später Königlich Preußischen Armee. Er wurde verwundet, gefangen genommen, gefoltert, beinahe erblindet und hat Soldaten des Feindes verwundet, gefangen genommen, geblendet, gefoltert, gemordet und Schlimmeres mit Frauen des Feindes getan. Er war treu zu seinem Kurfürsten, der später auch sein König wurde. Er war nie verheiratet, hatte keine Kinder, hasste Kinder.

All die geschundenen und gemordeten Seelen aber, die er auf dem Gewissen hatte, suchten ihn jede Nacht heim, um sich ihm zu zeigen, ihr Leid zu klagen, um ihm als letzte Rache den erholsamen Schlaf zu rauben.

Heute verbrachte der Alte seine letzten Tage als Hauslehrer bei seinem letzten Heerführer, nicht als Gnadenbrot, wie man denken könnte. Sondern als Begleichung einer alten Schuld, die Christophs Vater sein Leben lang bei ihm abzutragen hatte.

Denn als der alte Hauslehrer und Christophs Vater noch etwas jünger waren und gemeinsam in der Schlacht Schulter an Schulter kämpften, rettete der Alte ihm das Leben und fing eine Kugel, die für seinen Feldmarschall bestimmt war, mit seiner eigenen Brust ab.

»Was einen Soldaten stark macht, ist seine erbarmungslose Entschlossenheit«, fuhr der kleine Mann fort, und das war gerade erst der Anfang der heutigen Lektion im Schloss Friedrichsfelde, am vielleicht schönsten Frühsommertag seit Jahren.

Viel lieber hätte Christoph im Garten gesessen und die zahllosen Blüten und Vögel gezeichnet, die um ihn herumschwirrenden Hummeln und Schmetterlinge skizziert und einen Lehrer gehabt, der sein Zeichen- und Maltalent gefördert hätte.

Stattdessen aber wird ihm der kleine, hagere Mann, mit der krächzenden Stimme und dem dicken Monokel, alles beibringen, was er als Soldat wissen und können muss. Wobei er genau genommen gewisse wichtige Details auslassen wird, weil sie allzu privat und gefühlsbetont sind und in der Soldatenehre tiefe Kratzer hinterlassen würden.

Christoph seinerseits war mindestens für die höhere Offizierslaufbahn vorgesehen, und wenn er sich prächtig machte, sollte er in die Fußstapfen seines Vaters treten und ebenfalls zum Feldmarschall aufsteigen. Das war der ganze Erziehungsplan für den kleinen Christoph, der keine Zeit für Unwichtiges wie Kunst oder sensible Reflexionen oder Empfindungen zuließ.

»Jeder in Uniform, sei er der Niedrigste oder Höchste, ist im Herzen und in der Seele ein Soldat.« Das war es, was Christophs alter Hauslehrer und Erzieher ihm ohne Wenn und Aber, mit Zucht und Ordnung in den kommenden Jahren einbläuen wird.

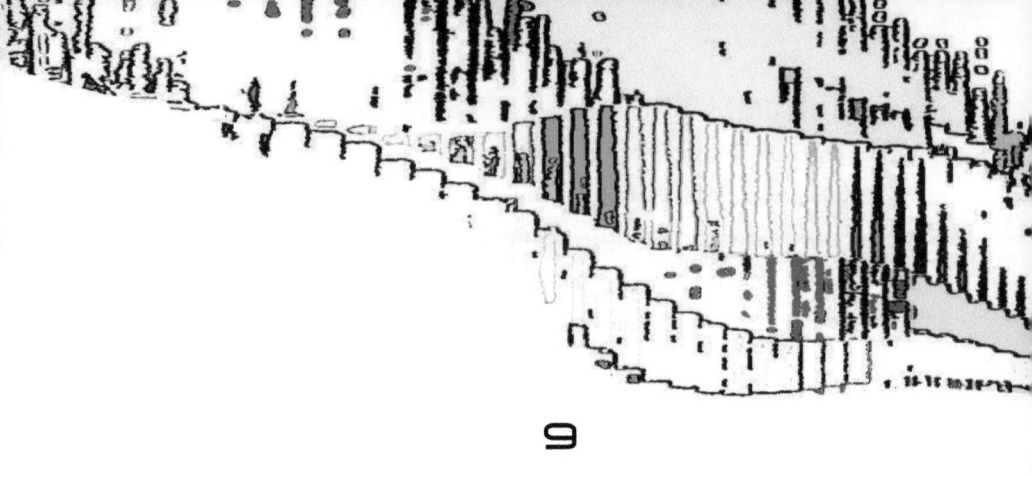

9

GEGENWART

Die Drei

Frau Leberknecht fuhr mit dem Unterricht fort:

»Wo waren wir gleich stehen geblieben? Jasim, bitte.«

»Wir … na, wir wollen was mit Politik und Wirtschaft machen.«

»Na, das war schon viel besser.«

Frau Leberknecht sah mit der Antwort etwas zufriedener aus, drehte sich zur Tafel und schrieb darauf das Thema, für alle sichtbar, mit gelenker Hand und leuchtend weißer Kreide.

Ihr ganzer Körper zuckte und schwang bei jedem Buchstaben wie eine große elastische Götterspeise in alle Richtungen.

In Wellen durchzog sie das Thema von den Haaren bis zu den Füßen. Ihre Hüften ließen den knielangen Rock besonders bei den O's fröhlich tanzen. Das große W in Wirtschaft ließ ihren Arm heftig zucken. Dieses Spektakel fesselte die

Blicke der Kinder, solange es andauerte. Zweimal brach in den heftigen Kurven die Kreide ab und die abgebrochenen Stücke fielen mit einem leisen Pling auf den Boden. Das störte Frau Leberknecht keineswegs. Sie nahm einfach ein neues Stück aus der Schale und schrieb weiter.

Blitzschnell stand für alle lesbar das Thema auf der Tafel: ›Wie Erfindungen die Gesellschaft formen‹.

»Erinnert ihr euch noch, was wir vor den Ferien sagten?«

In der hintersten Reihe meldete sich ein Mädchen mit schwarzen Haaren und einem blau-weiß karierten Kleid.

»Ja ... Alles, was wir jeden Tag benutzen, musste vorher von jemandem erfunden worden sein.«

»Sehr gut, Sarah. Das ist die wichtigste Voraussetzung, damit eine Gesellschaft funktioniert und wir den Wohlstand in unserem Land erhalten und mehren können, die Natur dabei schützen und ein gesundes Lebensumfeld für Menschen, Tiere und Pflanzen schaffen.

Und natürlich muss jede Erfindung einen langen Prozess der Realisierung durchlaufen. Wichtige Erfindungen wie die Elektrizität oder die Eisenbahn brauchten manchmal viele Jahre, damit der praktische Nutzen von den Menschen für ihr Leben erkannt wurde.

Natürlich gab es auch Erfindungen, die weniger gute Auswirkungen hatten und auf die die Menschheit gern verzichtet hätte. Aber das herauszufinden, ist das Thema unserer Projektarbeit. Im Anschluss werdet ihr, wie ihr das schon kennt, eine Woche an dem Thema in der Projektgruppe arbeiten, und jede Gruppe präsentiert ihr Thema und die Erkenntnisse, die ihr daraus gewonnen habt, vor der Klasse.«

Frau Leberknecht machte eine kurze Pause, um das Gesagte einen Moment bei den Schülern setzen zu lassen.

»Gibt es Fragen?« Keiner meldete sich.

»Also gut, dann beginnen wir mit der Zusammenstellung der Lerngruppen und Themen. Wie immer nutzen wir das Zufallsprogramm meines Laptops. Und los geht's !«

Frau Leberknecht beugte sich zu ihrem Laptop herunter und schrieb einen Moment mit gesenktem Kopf und klapperndem Geräusch auf ihrer Tastatur, schwieg dabei und sah sehr konzentriert aus.

Wie ein freches Pelztierchen wedelte dabei die hochgesteckte Frisur auf ihrem Hinterkopf in der Luft herum. Alle Kinder waren davon wie hypnotisiert und sprachen kein Wort.

»Gut, wir haben die Gruppen«, sagte sie, als ob bereits ein Stück harte Arbeit geschafft war.

Ein Videobeamer, der an der Decke angebracht war, ging an und zeigte die Namen der Projektgruppen groß auf der zweiten weißen Tafel, neben der tiefgrünen, auf der das Thema mit Kreide geschrieben stand.

Auf eine magische Weise waren die Drei in einer Gruppe, und auf eine gänzlich unmagische Weise gesellte sich ein Jungenname dazu.

Die Drei stöhnten leise:

»Der Sven, – musste ausgerechnet der das sein?«

»Es hätte nicht schlimmer kommen können.«

Die Drei steckten die Köpfe zusammen und tuschelten:

»Habt ihr das Thema gesehen? Hexenverfolgung. Was für eine Erfindung ist das denn?«

»Ist das eine neue App?«

Annabells, Laras und Mayas Gesichter zeigten, dass sie nicht erfreut waren, weder über das Thema noch über den Trottel, den sie in ihrer Gruppe hatten. Ausgerechnet Sven, der im Unterricht lieber aus dem Fenster sah, vor sich hinträumte und sonst auch noch die schlechtesten Noten in der Klasse hatte.

»Jetzt setzt euch bitte in den Arbeitsgruppen zusammen.«

Stühle rückten und ein etwas träger Platztausch mit allgemeinem Gemurmel begann. Nach einer Weile saßen dann alle an ihrem neuen Platz.

Neben den Drei, die an ihrem Platz bleiben konnten, saß jetzt Sven.

»Er war ein sehr hübscher Junge«, so würde ihn seine Mutter beschreiben - mit warmen, sanften Gesichtszügen, - mit dunkelbraunem Haar, das brav bis über seine Ohren hing, - einem blauen Hemd und engen Blue-Jeans. Er sah gar nicht so aus wie die coolen Jungs, denen die Drei heute auf der Treppe begegnet waren. Nein, er war einfach nur nett, hübsch und super langweilig und irgendwie ein Idiot.

»Wenn ihr jetzt alle euren neuen Platz gefunden habt, fahren wir fort mit den Themen. Jede Lerngruppe hat ihr Thema auf dem Bildschirm. Ich stelle die Themen der Erfindungen aber noch einmal kurz für alle vor.

Ihr werdet schnell erkennen, es sind Erfindungen, die wir täglich nutzen. Und sie waren nicht immer so da, wie wir sie kennen. Viele Änderungen und neue Erfindungen beeinflussten wiederum existierende Erfindungen, die dadurch wiederum weiterentwickelt werden konnten.

Eine entscheidende Erfindung war die Elektrizität. Sie hat ihrerseits alle Erfindungen sehr verändert und zumeist verbessert. Daher ist sie zugleich Thema für alle Arbeitsgruppen.

»Aber nun zu den Themen. Das erste Thema ist die Toilette mit Wasserspülung.« Frau Leberknecht fand so schnell kein Ende und gerade kam sie so richtig in Fahrt.

»Was ist die entscheidende Voraussetzung, um eine Toilette mit Wasserspülung zu haben? Wer kann etwas dazu sagen?« Stille im Raum. Alle überlegten angestrengt.

»Keine Idee?« Alle im Raum grübelten schweigend vor sich hin.

»Sauberes Wasser ist die entscheidende Voraussetzung, um in einer Toilette etwas herunterspülen zu können. Und natürlich Elektrizität. Und selbst eine Wohnung und Frieden in unserem Land sind dafür genauso wichtig.«

Sanft umhüllte der Fluss ihrer Worte die Ohren der Schüler und erfüllte den gesamten Raum.

»Aus Brunnen oder Seen wird das Wasser zu den Wasserwerken gepumpt, die das Wasser reinigen, sodass es so sauber wird, dass wir es als Trinkwasser bezeichnen können. Von den Wasserwerken bringt ein weitverzweigtes unterirdisches Netz von Rohrleitungen das Wasser in eure Wohnungen und alle anderen Häuser wie Schulen, Fabriken, Büros, Kirchen, Moscheen, Synagogen und einfach überallhin, um die Toiletten spülen zu können, aber auch Wäsche damit zu waschen. Und ihr könnt euch damit duschen, Zähne putzen, kochen und es sogar trinken, wie der Name ›Trinkwasser‹ schon besagt.«

Es war kein Ende in Sicht. Frau Leberknecht schien das Thema zu lieben. Sie holte noch einmal Schwung und sagte:

»Damit nicht genug. Das Wasser fließt dann über ein ebenso verzweigtes unterirdisches Netz von Abwasserkanälen zu den Kläranlagen und wird dann von allen Giften, Waschmitteln und sonstigen Verunreinigungen gereinigt, um danach wiederum in Flüsse eingeleitet zu werden.

Ihr seht, dass hier ein Kreislauf entstanden ist, von dem jede Toilette bei euch zu Hause ein Teil ist. Erkennt ihr den Kreislauf, den das Wasser nimmt?«

Alle nickten vorsichtshalber zustimmend mit dem Kopf.

»Schön«, sagte Frau Leberknecht zufrieden.

»Das zweite Thema ist öffentliche Verkehrsmittel.«

Einige Schüler begannen, mit den Füßen zu schlenkern, und andere fummelten auf der Tastatur herum, die erwartungsvoll vor ihnen auf dem Tisch stand.

»Ihr seht, wie spannend eine einfache Sache wie eine Toilette sein kann. So in etwa wünsche ich mir, dass ihr die anderen Themen auch betrachtet und Zusammenhänge in eurem Projekt findet, mit euren eigenen Worten beschreibt und sie uns allen in eurer Präsentation kommende Woche vorstellt.

Die folgenden Themen lesen wir kurz vor, denn ihr sollt gleich herausfinden, wie interessant die Zusammenhänge zwischen Wirtschaft und Politik sind, die die einzelnen Themen betreffen.

Abdullah, du beginnst mit dem Vorlesen und deine Nachbarin liest das nächste Thema vor und so weiter, wie wir das schon kennen.«

»Muss ich anfangen?«

»Ja, bitte.«

»Internationaler Flugverkehr«, las Abdullah langsam vor.

»Sehr gut, weiter.«

»Lebensmittelherstellung am Beispiel einer Kuh.«

»Ja, weiter. Sven, hier vorn spielt die Musik und nicht da draußen in den Bäumen. Fahrt fort.«

»Religionen.«

»Medizinische Versorgung.«

»Bildung, zum Beispiel an Schulen.«

»Hexenverfolgung.«

»Danke, Julia. Das war sehr gut.« Frau Leberknecht sah jetzt sehr zufrieden aus und sagte mit verheißungsvoll betonter Stimme:

»Und jetzt beginnen wir mit der Recherche im Internet. Findet alle wichtigen Informationen zu euren Themen. Frau Schönbaum steht den beiden hinteren Tischreihen zur Seite und ich helfe den beiden vorderen Tischreihen. Los geht's. Und meldet euch, wenn ihr nicht weiterkommt oder seltsame Fenster auf Webseiten aufpoppen, die euch etwas verkaufen wollen oder noch Schlimmeres.«

Frau Leberknecht ging durch die Reihen und beobachtete, wie alle ihre Projektthemen in Browser eingaben. Es klackerte und klapperte auf den Tastaturen. Die Schüler tuschelten und wussten schnell, wie sie finden könnten, was sie suchten.

Einige Rufe wie: »Mann, du Idiot!«, »Hab ich dir's nicht gesagt!« oder »Was für'n blödes Thema!«, schwirrten umher.

Aber das war normal, und Frau Leberknecht beobachtete nur, solange nichts wirklich eskalierte.

Das hielt sie aber nicht davon ab, wie eine Nervensäge noch einmal auf etwas hinzuweisen: »Und vergesst nicht, das ist sehr wichtig, bitte beachtet den politischen und wirtschaftlichen Hintergrund eures Themas.«

Die Drei und Sven gaben ›Hexenverfolgung‹ in ihr Such-
programm ein. Sven murmelte leise mit, was er schrieb, woraufhin sich die Mädchen abschätzig hinter seinem Rücken
angrinsten.

Nach wenigen Sekunden erschien eine Liste der gefundenen Webseiten, auf denen das Thema besprochen wurde.

»Seht, auf Wikipedia ist ein langer Artikel darüber«, fand
Annabell schnell heraus und las vor: »Zieht euch das rein. Als
Hexenverfolgung bezeichnet man das Aufspüren, Festneh-
men, Foltern und Bestrafen (insbesondere die Hinrichtung)
von Personen, von denen geglaubt wird, sie praktizierten Zauberei beziehungsweise ...«

»Gut, dass wir heute leben und nicht im Mittelalter«, sagte
Maya und runzelte die Stirn.

Annabell las weiter: »... stünden mit dem Teufel im Bunde.
In Mitteleuropa fand sie vor allem während der Frühen Neuzeit statt. Global gesehen ist die Hexenverfolgung beziehungsweise der sogenannte Hexenwahn bis in die Gegenwart ver-
breitet.«

»Die waren echt krass drauf«, meldete sich Sven das erste
Mal zu Wort. Ich glaube, die hätten mich schon längst umge-
bracht.

»Ach, Quatsch, fürs Aus-dem-Fenster-Glotzen wurde
damals bestimmt, niemand gefoltert und so«, wandte Lara
schnippisch ein.

»Dafür vielleicht nicht, aber für das, was ich sehe, wenn ich
aus dem Fenster sehe, vielleicht schon.«

»Na, das klingt ja sehr interessant. Was siehst du denn?«

»Hmmm, das kann ich nicht sagen, das würdet ihr ohnehin nicht verstehen.« »Ha, ha, das ist so witzig, Herr Neun-

malklug! Du laberst so einen Unsinn, dass du es selbst nicht mal merkst.« Annabells Geduld war für den Moment dahin. »Lasst uns weitermachen. So einen Quatsch will ich mir nicht länger anhören müssen.«

Annabell las weiter laut auf der Wikipedia-Seite: »So gab es zu Beginn der Neuzeit eine Vielzahl an Krisen wie die Kleine Eiszeit, pandemische Seuchen und verheerende Kriege.

Außerdem konnte es erst strukturell zu massenhafter Verfolgung kommen, als einzelne Aspekte des Magieglaubens in das Strafrecht der frühmodernen Staaten übertragen wurden ...« – »Ist das öde langweilig«, unterbrach Annabell sich selbst und fuhr fort: »Ein Interesse an der Verfolgung von Hexen beziehungsweise vorchristlich-germanischen Deutungsmustern, die persönliches Unglück wie regionale Missernten und Krisen auf Magie zurückführten, war in breiten Bevölkerungskreisen vorhanden ...«

Der Text nahm kein Ende. Lara übernahm schweigend das Lesen. »Hexenverfolgungen wurden teilweise aktiv wie auch gegen den Willen der Obrigkeit eingefordert und praktiziert.«

»Die haben es sich damals wirklich nicht einfach gemacht«, warf Maya genervt ein, meldete sich und wollte Frau Schönbaum etwas fragen.

»Was ist los?«, wollte Frau Schönbaum wissen, die sich kurz vom Nachbartisch zu ihr umsah, erkannte aber an Mayas Gesicht sofort, dass es hier mehr zu erklären gab, und sagte freundlich: »Bin gleich bei euch«. Sie beendete das Gespräch mit den beiden am Nachbartisch und kam dann zu ihnen herüber.

Die Drei und Sven waren in Gedanken tief in eine dunkle Zeit eingetaucht und hingen zwischen der Vorstellung von

Verfolgung, Magie und Folter fest. Einige Bilder von mysti-
schen, schrecklichen Gestalten, die sie im Internet fanden,
befeuerten ihre Fantasie noch umso mehr.

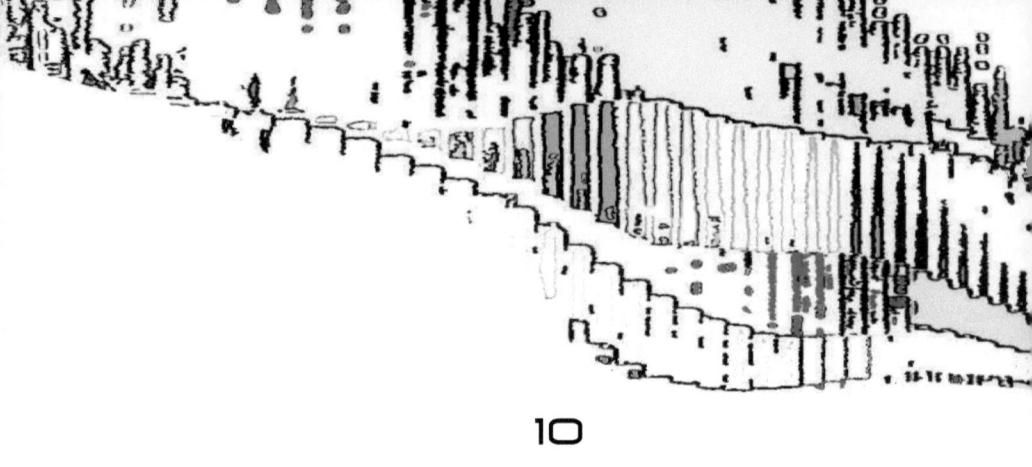

10

VERGANGENHEIT

Dorothea

Auf der hölzernen Uferböschung, an der Spitze der Mühleninsel, die die Panke nördlich in den Mühlengraben und südlich in die Alte Panke teilte, saß Dorothea und las ein Buch, ein, für sie sehr wichtiges Buch mit dem Titel: »Magische Beschwörungsformeln – Eine Welt in der Welt«.

Das Buch aus dem Koffer war so klein, dass sie es in der Tasche unter ihrer Schürze verstecken konnte, ohne dass es jemand bemerken würde. Dorothea kannte den Inhalt ihres geheimen Koffers jetzt schon in- und auswendig.

Sie hatte in dem Jahr, das seit dem glücklichen Fund vergangen war, exzellent lesen und schreiben gelernt. Sie führte sogar das in feinstes Leder gebundene Tagebuch mit dem schönen Wappen und füllte die Seiten mit ihren ganz persönlichen Erlebnissen.

Die Schreibfedern gehorchten ihr blind und die Tinte würde noch eine ganze Ewigkeit ausreichen, um all das zu beschreiben, was ihr in den Sinn kam.

Auf der flussaufwärts liegenden Seite der Mühle wurde das Wasser zu einem kleinen See angestaut, um das Mühlenrad zu betreiben. Hier an der Spitze der Mühleninsel, auf der hölzernen Uferböschung hinter Bäumen versteckt, war Dorotheas zweitliebster Platz.

Von hier aus sprang sie an den wenigen warmen Tagen, die ihr der Sommer schenkte, ins Wasser, um zu baden. Und hier saß sie jetzt, um ebendieses wichtige Buch schon zum vierten Mal zu lesen.

Der kleine angestaute See beruhigte den Fluss. Libellen schwirrten umher, Fische versammelten sich neugierig zu Dorotheas Füßen, die sie dicht über dem Wasser baumeln ließ.

Vögel sangen ihr wundervolles Lied. Manchmal kam ein riesig großer Karpfen vorbeigeschwommen, der mit seinem großen Maul gemächlich in der spiegelnden Wasseroberfläche nach Luft schnappte und dabei einen tiefen Trichter im Wasser formte, in den Dorothea locker ihre Hand hätte stecken können.

Sie sprach mit den Fischen und den Vögeln, aber auch mit den Gräsern, Insekten, Blüten, Steinen, Bäumen und Sträuchern. Sie alle umschlossen ihre kleine, geborgene Welt wie ein schützender Urwald.

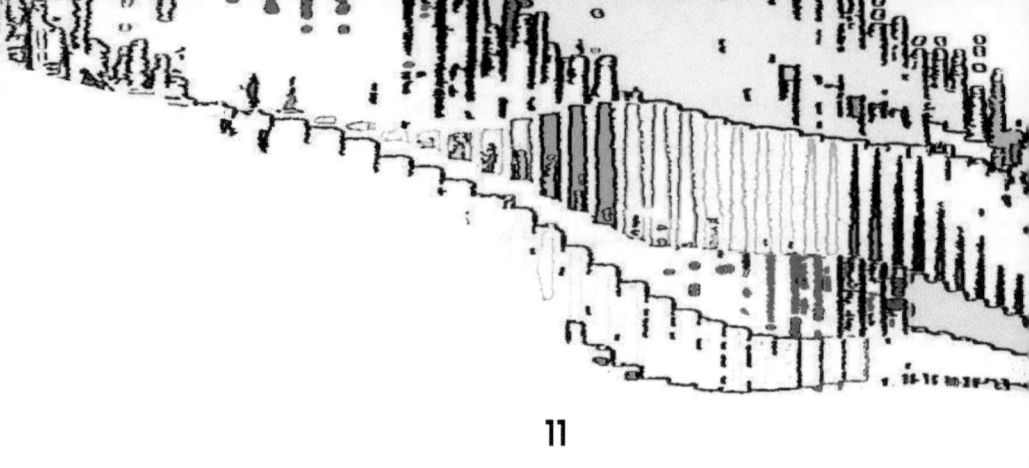

11

GEGENWART

Die Drei

Frau Schönbaum in ihrem schönen Kleid mit den großen, aus der Nähe geradezu lebendig wirkenden Tulpen, den extravaganten Pumps, ihrer wallenden Frisur mit den rot-blonden Haaren und besonders ihrem Duft, der sie herb und schwer umgab und umso stärker wurde, je näher sie kam, stand jetzt vor ihnen.

Sie beugte sich über den Tisch und sah den drei Mädchen und dem Jungen der Reihe nach tief in die Augen.

Drei Mädchen und ein Junge schauten in ein Gesicht, das so klar, rein und strahlend war wie das der Hijabistas, doch war darin nicht das kleinste Make-up zu erkennen.

»Ja, meine Herzchen, wie darf ich euch helfen?«, fragte Frau Schönbaum mit warmer Stimme.

»Was meinen die hier damit, dass sich die Menschen vor Magie fürchteten?«, fragte Maya mit einem leicht zerknautschten Gesichtsausdruck, denn sie wusste weder, was Magie wirklich war, noch weshalb man sich davor fürchten sollte.

»Vielen Dank. Du bist Maya, richtig?« Maya nickte mit dem Kopf.

»Das ist eine sehr gute Frage, Maya, die ich gern beantworten will.« Frau Schönbaum lächelte erfrischend und fuhr mit sanfter Stimme fort: »Eigentlich hatten die Menschen Angst davor, was sie selbst mit der Kraft, die sie Magie nannten, anfangen würden, um ihren eigenen Vorteil gegenüber anderen durchzusetzen. Kurz gesagt: Sie misstrauten sich selbst und daher allen Menschen, von denen sie glaubten, sie würden Magie beherrschen.«

Frau Schönbaum machte eine kurze Pause und sah in die Gesichter der vier.

»Das erklärt aber noch nicht, was Magie eigentlich sein soll«, fragte Annabell mit grübelndem Gesichtsausdruck nach.

»Magie, mein Engel, war damals ein Sammelbegriff, unter dem Menschen all das vermuteten, was sie sich nicht erklären konnten. Naturereignisse, Krankheiten, Träume, Schatten in der Nacht, unerklärliche Ereignisse, der Tod und vieles mehr, aber auch Heilung und Macht über Dinge.

Heute würden die Menschen vieles davon als Wissenschaft ansehen.«

»Waren Hexen Wissenschaftlerinnen?«, wollte Maya wissen.

»Damit liegst du gar nicht so falsch. Heilerinnen kannten viele Pflanzen, Pilze und Kräuter, die uns die Natur bereitstellt. Schon das Wissen um die Kräfte der Natur machte sie zu Verdächtigen, die von der Inquisition, aber auch von ängstlichen Nachbarn im Dorf verfolgt werden konnten. Rote Haare galten als Zeichen dafür, dass eine Frau eine Hexe sein könnte. Aber auch Männer traf das Urteil.«

»Sie haben auch rote Haare. Sind Sie eine Hexe?«, wollte Annabell einen schelmischen Satz loswerden.

»Aber nein, mein Engel. Ich bin keine Hexe. Dass ich das weiß, hätte mich aber im Mittelalter nicht davor geschützt, als Hexe verdächtigt zu werden. Insofern ist deine Frage sehr gut gedacht.«

Sie sah in vier neugierige Gesichter mit großen Augen, die Bände sprachen. War sie eine Hexe? Oder eher nicht? Hmm.

»Ihr Süßen, habt ihr noch eine andere Frage oder möchtet ihr mit euren Recherchen fortfahren?«

»Danke, Frau Schönbaum, wir machen weiter«, sagten die Vier im Chor.

Frau Schönbaum lächelte noch kurz und sagte: »Schön« und wandte sich einer anderen Lerngruppe zu, die schon ganz aufgeregt mit ihren Zeigefingern in der Luft herumstocherte.

»Was haltet ihr davon?«, wollte Sven, dessen Aufmerksamkeit jetzt ganz hier im Klassenraum war, von den drei Mädchen wissen. Er wirkte seltsam wach und neugierig. So hatten sie ihn hier zuvor noch nie erlebt.

»Ist alles okay mit dir? Du siehst so happy aus.«

»Bin ich auch. Ist sie nicht wunderbar?«, schnurrte er und himmelte noch ein wenig vor sich hin.

»Du bist echt ein Freak, Sven.«

»Woher willst du das schon wissen?«, gab er angriffslustig zurück.

»Los, Mädels und ein Freak. Nun kriegt euch ein, sonst werden wir nie fertig.« Maya konnte es kaum abwarten, weiter im Internet nach einer Spur zu suchen. Sven ließ sich aber nicht einschüchtern und schrieb mit dem linken Zeigefinger sehr langsam und murmelnd auf seiner Tastatur: » H e x e n v e r f o l g u n g , B e r l i n «.

Dafür erntete er sofort Spott von den Mädchen.

»Du kannst es nicht lassen. Wie sollten wir hier eine Hexenverfolgung haben? Das passiert doch nur in Dörfern, Burgen und Klöstern und nicht in einer großen Stadt wie Berlin.«

Sven durchsuchte die Liste der Suchergebnisse auf seinem Bildschirm nach brauchbaren Links. »Da gibt es eine Spur auf der Seite ›berlin:street‹. Zieht euch das rein, das wird euch umhauen«, sagte er und las vor: »Zu den wenigen Prominenten, die sich in der Geschichte des heutigen Stadtteils Gesundbrunnen finden, gehört auch der Teufel.«

Die Mädchen wendeten ihre Köpfe ungläubig zu Sven, der weiterlas: »Er soll sich ab 1728 dort herumgetrieben haben. Und so berichten alte Dokumente, dass leichtgläubige Bürger Angst bekamen, wenn sie über den Wedding fahren mussten.

Dazu passten auch die Erzählungen der Prostituierten Dorothea Staffin, die im letzten Berliner Hexenprozess angeklagt war.

Sie gab zu, dass sich einer ihrer Freier ihr gegenüber als der Teufel zu erkennen gegeben habe und ihr auch ein mit Blut geschriebenes Pergament gab.

Damit könne sie nun unbeobachtet stehlen gehen, versicherte ihr der angebliche Teufel, der für diese Großzügigkeit von nun an kostenlos die Dienste der Staffin in Anspruch nehmen durfte.« Sven sah die Drei stolz an und war neugierig, was sie nun sagen würden.

»Habt ihr so was schon gehört? Das muss ein wirklicher Idiot gewesen sein.« Maya konnte kaum fassen, was sie da hörte.

»Es ist noch nicht zu Ende«, sagte Sven ungeduldig und las den letzten Abschnitt vor: »Doch die Richter waren aufgeklärt genug, sodass sie annahmen, dass da jemand nur auf einen teuflischen Gedanken gekommen, aber nicht Satan in Person war. Die Staffin wurde daher nicht der Folter unterzogen, jedoch trotzdem zu lebenslanger Arbeit verurteilt.«

»Das ist so ungerecht!« Nun hob Maya die Hand und pikste wild Löcher in die Luft. »Frau Schönbaum, Frau Schööönbaum«, rief Maya mit dringlichem Ton, um ihrer Geste noch mehr Aufmerksamkeit zu verleihen.

»Ja, mein Engelchen, du hast eine Frage?«

Ohne auch nur den Bruchteil einer Sekunde abzuwarten, schoss es in einer lauten, kreischenden Stimme aus ihr heraus: »Wie kann denn so was in Berlin passieren?«

Alle Schüler in der Klasse drehten sich blitzartig zu Maya, um zu sehen, was da Schreckliches passiert war. Denn so aufgebracht hatten sie sie zuvor noch nie erlebt.

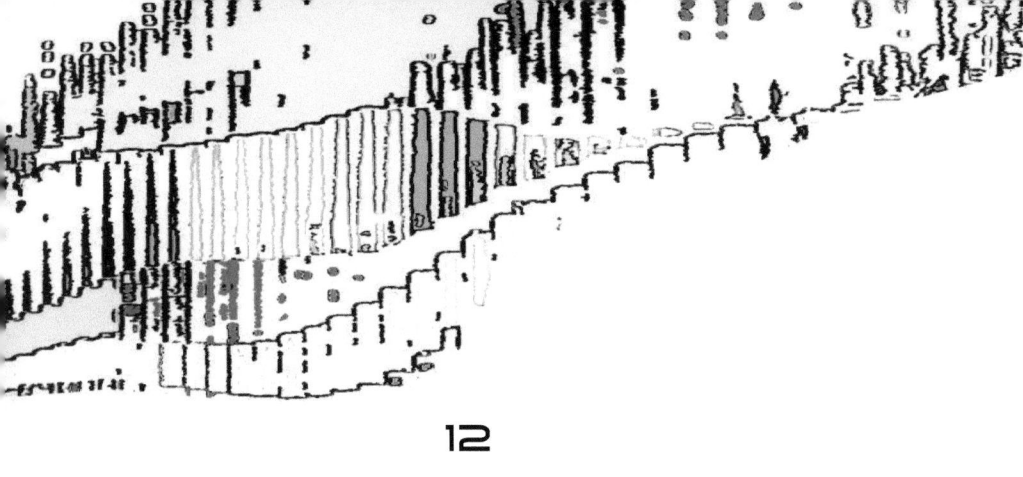

12

VERGANGENHEIT

Dorothea

Es ist der 14. August 1726,
an einem sonnigen Mittwochmorgen um 07:27 Uhr.

Nach einer Woche verhangenem Himmels mit dicken Wolken
und feinem Regen war dies endlich einmal ein schöner Tag,
an dem die Sonne warm schien und weiße Schäfchenwolken
über den Himmel zogen.

Nun endlich konnte auch der Filz wieder draußen an der
frischen Luft im seichten Wind trocknen, wo er immer einen
angenehmen Duft von den Wiesen und Feldern annahm.

Dorothea zog eine große Filzbahn auf den Trockenrahmen
auf, was immer eine harte Arbeit war, für die sie all ihre Kräfte
aufwenden musste. Gemeinsam mit einer Magd zog sie die
Bahn lang und befestigte sie auf dem hölzernen Gestell. Die

beiden sangen dabei ein altes Volkslied, in dem es um ein Fest ging, auf dem junge Paare miteinander tanzten und Wein tranken und gemeinsam ein Festmahl aßen.

Die Arbeit in der Walkmühle war sehr hart, denn viele Filz-bahnen mussten jetzt, wo die Sonne schien, so schnell wie möglich zum Trocknen auf unzählige Holzrahmen aufgezogen werden.

Dorothea war zu einer jungen, hübschen Frau herangewachsen. Genau genommen war sie so schön und anmutig, dass so mancher feine Herr seinen Kopf aus seiner vorüberfahrenden Kutsche nach ihr ausstreckte, um ihr noch einen Moment länger hinterherzusehen.

Junge Offiziere, die hoch zu Ross vorbeikamen, grüßten sie, denn sie war in der ganzen Gegend bekannt. Die schöne, schlaue Tochter des Walkmüllers, nannten sie Dorothea. Und das nicht ohne Grund, denn sie war nicht nur hübsch, sondern schlagfertig, machte gern schelmische Witze und war gebildeter als so manche feine Dame.

Es sprach sich herum, dass sie sehr gut lesen und schreiben konnte, was sie zu einer großen Hilfe für ihren Vater machte, denn in Verhandlungen und Verträgen und auch in der Buchhaltung war er keineswegs talentiert.

Woher Dorotheas Weisheit allerdings kam, konnte sich niemand so recht erklären, denn ihr Geheimnis, den Koffer, der ihr einst vor die Füße gefallen war, wahrte sie wie einen verborgenen Schatz.

Manche neideten ihr ihre Schönheit und Intelligenz, die sie so spielerisch anwenden konnte. Dorotheas Selbstbewusstsein schüchterte einige der Mägde und Knechte sogar regelrecht ein. Sie fragten sich, ob es bei der Dorothea wohl mit rechten Dingen zuging.

Ihr Leben war hart hier auf der Walkmühle, wo sie seit ihrer frühesten Kindheit lebte und arbeitete. Die Arbeitstage waren lang, doch sie liebte die Arbeit, auch wenn sie sich ein anderes Leben durchaus vorstellen konnte.

Ein Tag glich dem anderen. Die immer gleiche Arbeit bewältigte sie routiniert und fast schon meditativ, sodass ihr Körper zwar beschäftigt war, ihre Gedanken hingegen frei umherschweifen konnten.

Nachdem die Trockenrahmen fertig waren, wird sie wie immer die neue Filzlauge mit Seife, gefaultem Urin oder Walkerde ansetzen. Das stank so entsetzlich, dass keine andere Magd diese Arbeit machen wollte.

Doch Dorothea schweifte, während sie die Zutaten der Lauge zusammenmischte, in fantasievollen Gedankenwelten herum, die sie in eine ganz andere Welt entführten und den Geruch kaum spüren ließen.

Dann wird sie mit einer Magd die Schafwolle-Fasern für das Walken am kommenden Tag vorbereiten und am Abend die getrockneten Filzbahnen von den Trockenrahmen abnehmen, um wiederum am Tag darauf mit der gleichen Arbeit fortzufahren.

Die Walkmühle hatte von früh am Morgen bis spät in die Nacht in Betrieb zu sein, denn für die rasant wachsende Armee des Königs brauchte es ungeheure Mengen von Walkfilz, um die unzähligen Stiefel, Gamaschen, Pferdedecken, Mäntel, Hüte und Überzieher für die Uniformen der Soldaten herzustellen.

Über die Jahre wurde der Walkmüller, der ein gütiger Mann war und sein Herz am rechten Fleck hatte, sogar in einem bescheidenen Maße wohlhabend. Das lag nicht zuletzt an Dorotheas Verhandlungsgeschick, die mehr und mehr die Geschäfte für die Walkmühle mit der Kriegs- und Domänenkammer in Berlin führte.

In der Mühle gab es gutes Essen für alle Mägde und Knechte, die die schwere Arbeit hier verrichteten.

Der Müller, Dorothea und alle Mägde und Knechte aßen jeden Tag gemeinsam an einem langen Tisch in der großen Küche zu Mittag. Einmal in der Woche, am Sonntag, gab es sogar Hammelfleisch oder an ganz besonderen Tagen Rindfleisch und ein, zwei Gläser Wein.

Die Bauern vom Königlichen Vorwerk Wedding versorgten die Walkmühle sehr gut mit duftenden, geräucherten Würsten, Eiern, frischem Brot aus ihren Backöfen sowie Gemüse und Obst aus ihren Gärten, denn auch sie brauchten, nicht selten sogar, das begehrte Filz von der Mühle.

Als Dorothea zu ihren geschäftlichen Verhandlungen in Berlin war, kaufte sie sich eines Tages zwei schöne Kleider aus Leinen in frischem Aquamarinblau und elegantem Gelb-Olivgrün mit halblangen Ärmeln, die mit Rüschen abgesetzt waren, einem vorn gebundenen Mieder und der raffinierten Drapage, die ihre schlanke Taille und ihre wohlgeformte Figur sichtbar werden ließen. Dazu kaufte sie zwei farblich passende Hüte mit exotischen Federn, die ihr schönes Gesicht noch strahlender leuchten ließen.

Ihr kräftiges, fast hüftlanges rotblondes Haar steckte sie elegant hoch und fixierte es mit drei perlmuttbesetzten Hutnadeln. Auch ein besonderes Parfum mit einem betörenden Duft kaufte sie für die kleinen Reisen in die große Stadt, denn sie wusste um die Macht der Düfte.

Wenn Dorothea in der Kriegs- und Domänenkammer in langen, zügigen Fluren auf harten Bänken warten musste, bis sie in das Büro des zuständigen Herren vorgelassen wurde, kam sie gelegentlich ins Gespräch mit feinen Herren, die sofort bemerkten, welch anregende, gebildete und interessante Frau sie war.

Und so kam es, dass sie Dorothea anboten, sie mit der Kutsche in den Wedding mitzunehmen, da sie den gleichen Weg mit ihr teilten. Auch wurde Dorothea gelegentlich, für alle sichtbar, von denselben eleganten Herren in ihren Kutschen vom Wedding nach Berlin mitgenommen.

Sie taten das, weil sie Dorotheas Gesellschaft schätzten, mit ihr tiefgründige Gespräche führen, lachen und über so manchen Unsinn plaudern konnten. Für einige wurde sie sogar eine vertraute Beraterin in kniffligen Fragen der Wirtschaftsführung oder in strategischen Belangen, die sie lieber nicht mit ihren Verwaltern oder Ehefrauen beraten wollten.

Für Dorothea eröffnete sich dadurch eine Welt, die jener, aus der ihr geheimnisvoller Koffer gekommen war, sehr ähnelte.

Sie war noch keine 17 Jahre alt und schien doch schon so gewandt und charmant wie eine gebildete Dame aus hochwohlgeborenem Hause.

Ansonsten lernte sie viel von den Herren. So zum Beispiel, wie das System der Vogte und Großbauern funktionierte, wie es am Königshof vor sich ging und einige Verhaltensregeln,

die sie unbedingt einhalten sollte, um die Sache der Walkmühle noch erfolgreicher vor der Kriegs- und Domänenkammer vertreten zu können.

Das allerdings brachte Dorothea bei ihren Neidern nur
noch weiter ins Gerede, die ihren Verdacht jetzt immer offe-
ner aussprachen. Sie tuschelten darüber, dass Dorothea den
feinen Herren unschicklich zu Diensten gewesen wäre, oder
sie gar verhext hätte, oder schlimmer noch, dass der Teufel
mit ihr im Bunde sei und jetzt hier im Wedding umschleiche.

»Nehmt euch in Acht vor ihr!«, war ihre Warnung an jeden,
der ihnen zuhörte. »Der Teufel geht um im Wedding!«, hieß
es von nun an.

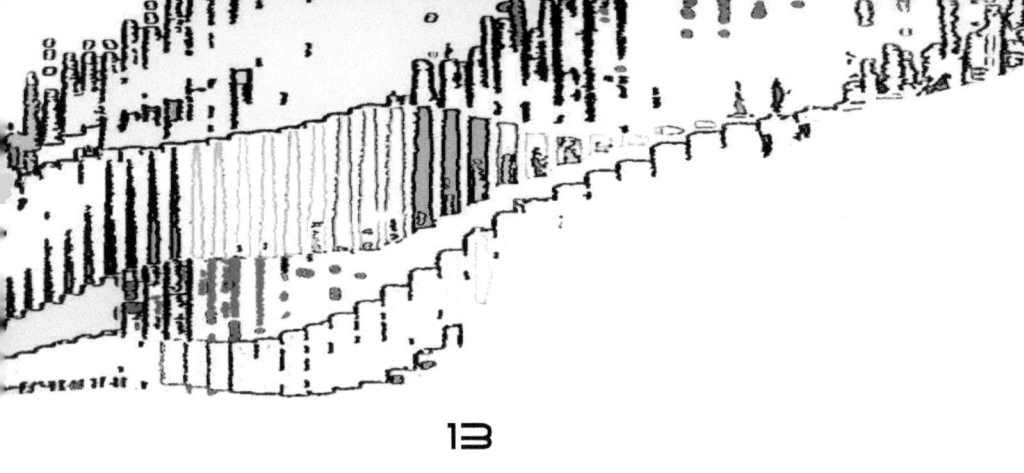

13

GEGENWART

Die Drei

»Maya, du hast vollkommen recht. Heute würde so etwas in Berlin nicht mehr möglich sein. Aber das war nicht immer so. Selbstbewusste, frei lebende und unverheiratete Frauen wurden bis zu der Zeit, als Dorothea Staffin lebte, ja selbst noch bis in die Zeit, als eure Urgroßmütter lebten, diffamiert.« Frau Schönbaums Gesicht verdunkelte sich ein wenig, als sie das sagte.

»Was bedeutet diffamiert?«, wollte Annabell wissen.

»Nun, Annabell, so nennt man es, wenn über jemanden etwas Falsches behauptet wird, wenn er verleumdet oder mit Schimpfwörtern wie ›Hexe‹ belegt wird. Das war zu allen Zeiten sehr schrecklich für diejenigen, die es traf.«

Sven wollte auch etwas hinzufügen, denn er wurde auch gern von seinen Lehrern und Mitschülern mit Schimpfwörtern und falschen Behauptungen belegt, besann sich dann aber und sagte etwas anderes: »In der Geschichtsschreibung, die bis vor Kurzem fast ausschließlich von Männern geschrieben wurde, wurden Frauen, die berühmte Heilerinnen, Priesterinnen, Königinnen oder Pharaoninnen waren, ja sogar Künstlerinnen und Wissenschaftlerinnen, ignoriert oder sogar von späteren Generationen einfach aus der Geschichtsschreibung entfernt.«

»Und woher willst du Träumer das nun so genau wissen?«, fragte Lara in einem trotzigen Ton, machte eine Grimasse in Svens Richtung und fügte hinzu: »Bist du jetzt der Frauenversteher?«

Sven nahm die Attacke ganz gelassen, denn diesen Ton kannte er schon zur Genüge von seinen Mitschülern.

»Um mich herum sind viele Frauen. Meine Mutter, Tanten, Schwestern, sogar Kindergärtnerinnen, Lehrerinnen und Schülerinnen und natürlich Freundinnen. Da wissen logischerweise auch Jungs wie ich so einiges über Mädchen und Frauen. Wäre krass, wenn nicht, oder?«

»Schon gut, ihr kleinen Monster, beruhigt euch«, schritt Frau Schönbaum beherzt ein. »Das ist kein Grund für einen Streit, denn eigentlich meint ihr beide etwas sehr Ähnliches. Und es wäre die reinste Verschwendung, wenn ihr eure Energien gegeneinander richtet, statt miteinander an etwas Größerem zu arbeiten.«

Die vier verstanden nicht sofort, was Frau Schönbaum damit meinte, dachten aber jeder für sich noch einen Moment darüber nach.

Maya begann als Erste, den Namen Dorothea Staffin in die Suchmaschine einzugeben. Bruchteile von Sekunden danach gab es einen Treffer: »Der goldene Galgen«. Und darunter stand in großen Buchstaben »DAS NEUE BERLIN«. Sehr seltsam, dachten die vier.

»Berlinische Miniaturen von Dr. H. Löwenthal. Berichte über Kriminalfälle aus dem alten Berlin«, summte Lara leise vor sich hin. Die vier überlegten, was sie davon halten sollten.

»Hier unten in der vorletzten Zeile der ersten Seite steht es noch einmal: ›Der letzte Hexenprozess Berlins nahm am 10. Dezember 1728 sein Ende. Angeklagte war die Müllerstochter Dorothea Staffin.‹ Da ist ihr Name wieder. Es muss sie also wirklich gegeben haben.« Lara las weiter: »Sie hatte versucht, sich selbst zu erhängen.

Als sie noch lebend gerettet wurde, bezichtigte sie sich selbst des Umgangs mit dem Teufel. Das Mädchen war eine Dirne und im Kalandshofe, der bis zum Jahre 1797 als Stadtgefängnis diente, ihres unsittlichen Lebenswandels wegen eingesperrt worden.‹ Das ist echt ätzend! Schon wieder so eine unglaublich krasse Ungerechtigkeit!«

»Aber ich befürchte, das ist noch nicht das Ende der Geschichte. Es geht hier noch weiter«, bemerkte Sven mit deutlich hörbar gedämpfter Stimme. »In diesem Kalandshof also saß Dorothea Staffin, als sie ihr sonderbares Geständnis ablegte. Sie schilderte ihre Zusammenkunft mit dem Teufel genau. Eines Tages war sie vor den Toren der Stadt am Wedding spazieren gegangen.

Dort begegnete ihr ein vornehmer Mann in blauem Rock und gestrickter Weste, mit dem Dorothea ins Gespräch kam und handelseinig wurde. Der Herr bezahlte sie und ging von dannen. Einige Zeit später traf sie besagten Herren wieder, und zwar in Berlin auf der langen Brücke. Beide beschlossen darauf, wieder nach dem Wedding zu gehen. Dort angekommen, erzählte ihr der Herr mit dem blauen Rock, er sei der Teufel ...«

»Wer's glaubt, wird selig«, warf Lara ein. »Findet ihr nicht auch, dass das wie ein superschlechter Witz klingt?«

Sven las weiter: »Dorothea Staffin zweifelte weder an den Worten des Herren, noch war sie überrascht oder entsetzt. Zweifel, Überraschung und Entsetzen gehörten nicht zu ihrem Handwerk.

Sie nahm also die ihr gemachte Mitteilung zur Kenntnis. Daraufhin zog der Teufel ein Stück Papier aus der Tasche, auf dem drei Buchstaben standen, an die sie sich nicht mehr erinnern konnte, und forderte sie auf, ihre Unterschrift darunterzusetzen. Irgendetwas zu verweigern, gehörte ebenfalls nicht zu Dorotheas Handwerk. Sie weigerte sich auch dieses Mal nicht.

Der Teufel ritzte sie darauf mit seinem Daumennagel am Finger, bis Blut hervorquoll. Mit diesem Blut unterschrieb sie das Papier, das der Teufel an sich nahm.

Er gab ihr daraufhin ebenfalls ein Stück Papier, auf dem drei rote Buchstaben standen. Dieses Papier gab sie bei ihrer Vernehmung zu den Akten.«

Die Drei und Sven saßen mit traurigen Gesichtern nur so da und starrten schweigend auf ihre Bildschirme. Ihnen wurde plötzlich bewusst, wie real die Geschichte war, auf die sie hier gestoßen waren. Das hätte ein Abenteuer aus einer weit entfernten Märchenwelt sein können, war es aber nicht. Die Geschichte trug sich gleich hier um die Ecke im Wedding zu.

»Das ist so deprimierend.« Maya fehlten die Worte, um mehr zu sagen. Wie eine Rettung schrillte die Pausenklingel. Fünfzehn Minuten, kleine Pause. In der Klasse sprangen fast alle Schüler auf und machten keinen Hehl daraus, wie froh es sie machte, vor der Erfindung, die sie untersuchen sollten, zu fliehen, und rannten jubelnd aus der Tür.

Annabell, Lara und Maya standen langsam von ihren Plätzen auf und verließen schweigend die Klasse in Richtung Schränke im Untergeschoss.

Sven folgte ihnen.

»Was machen wir verflixt noch mal mit dieser Dorothea? Sollen wir sie jetzt als unser Projekt betrachten und eine Abschlusspräsentation über ihr tragisches Schicksal halten?«, warf Annabell in den Raum.

Sie gingen über die Galerie, stoppten, stellten sich nebeneinander an das orangefarbene Geländer, legten ihre Unterarme auf den Handlauf und ließen ihren Blick ziellos von oben über die riesige Aula, die Bühne, bis zum hinteren Bereich mit den vielen gelben Schränken schweifen. Sven tat es ihnen im sicheren Abstand gleich.

Schüler aus allen Klassenstufen saßen nun auf den Stühlen und Tischen vor der Bühne, lachten, neckten sich gegenseitig oder sprachen über etwas, von dem nur sie wussten, weshalb es wichtig war.

Versonnen nahmen die Drei und Sven das alles hier wahr, wie aus einer anderen Welt, als ob die Schule und der gesamte Tag in dieser Welt nur eine Illusion gewesen wären.

»Wir sollten mehr über Dorotheas Leben herausfinden. Was haltet ihr davon?«, fragte Lara ihre Freundinnen und ignorierte Sven.

»Ich bin dafür«, sagte Maya.

»Bin auch dabei!«, erwiderte Annabell.

Lara lächelte das erste Mal, seitdem der Unterricht heute begonnen hatte.

»Ich finde die Idee super«, sagte auch Sven mit vorsichtig abenteuerlustiger Stimme.

»Aber komm uns ja nicht in die Quere, Herr Neunmalklug«, schallte es von Lara wie eine Ohrfeige zurück. Das war eigentlich zu viel, und das wussten die Drei, als Lara diesen heftigen Satz gegen Sven abfeuerte.

Maya ruderte zurück. »Nimm's nicht so krumm, wie es klingt. Lara meint es nicht so«, sagte sie in einem versöhnlichen Ton zu Sven.

Sven schwieg und dachte, dass die Drei echt harte Brocken sind, freute sich aber aus noch unerfindlichen Gründen darüber, mit ihnen in einem Team zu sein, auch wenn es sich für ihn im Moment noch nicht wirklich so anfühlte.

Das sollte sich allerdings bald ändern, denn die Drei wussten von Sven bisher nur, was man eben so über ihn erzählte. Und das war nicht annähernd die zutreffende Beschreibung, um den schüchternen, oberflächlichen, verträumten, schönen Typen zu sehen, wie er tatsächlich war.

Erst einmal allerdings ließen die Drei Sven allein an der Balustrade stehen und stiegen die majestätisch anmutende Treppe herab, die die großzügige Halle der Aula durchquerte, gingen in den hinteren Teil des gigantischen Raums, wo die Spinde waren, und schlenderten durch die langen Reihen mit den gelben Schränken. Die höchste Schranknummer, an der sie vorbeikamen, war die 825. Alle Schränke sahen gleich aus.

Es waren jeweils vier schmale, übereinander angeordnete Schranktüren mit je einem Schloss, einer Nummer und einem Briefschlitz für Nachrichten. Rechts daneben war eine von oben nach unten durchgehende, etwas breitere Schranktür für die hängenden Jacken und Kittel, aber auch längere Projektmaterialien wie Papierrollen und so.

Genau genommen sah es hier ziemlich trist aus, fensterlos wie in einem langweiligen Bürogebäude, von grellem, kaltem Leuchtstofflampenlicht überflutet. Ein Raum, der einem Hollywood-Highschool-Filmset zum Verwechseln ähnelte, wären da nicht die bunten Sticker und seltsamen Liebessprüche, die mit fetten Markern auf viele Türen geschrieben waren, zum Beispiel:

LiiEBE *

DiiCH *

SHADZ

- QUZiH - *

H + C *

* = *

♡

Oder:

I Love

Lisa

I too

☺

THX11

HDLC3

85

An einigen Türen klebten Poster mit revolutionären Aufrufen. So zum Beispiel dieses, von dem leider schon fast die Hälfte abgerissen und nur noch ein Teil davon zu erkennen war.

Es zeigte eine Demo-Ankündigung für den 26. November um 10 Uhr am Potsdamer Platz, das Jahr fehlte. Rote Fahnen wehten auf dem Bild, geballte Fäuste ragten aus der Menge und eine Comic-Sprechblase verkündete: »Sparpaket stoppen, Sie sagen: Kürzen! Wir sagen: Stürzen!«

Das Gerücht der Schulschließung schwang wie ein Damoklesschwert im Raum und hinterließ bei den Mitschülerinnen und Mitschülern ganz unterschiedliche Gefühle, von Verlassenheit und ungerechter Behandlung über Bestürzung bis hin zu aggressiver Abwehr. Das Poster aus der autonomen Szene gehörte offensichtlich zu den letzteren.

Annabell, Lara und Maya waren jetzt aber so sehr von Dorotheas Schicksal und der unglaublichen Ungerechtigkeit, die ihr widerfahren war, erfüllt, dass sie an nichts anderes mehr denken wollten. Mehr und mehr wuchs in ihnen ihre ganz persönliche Mission gegen eine Ungerechtigkeit, die schon vor langer Zeit geschehen war.

»Dann haben wir einen Plan? Wir finden heraus, wo Dorothea im Wedding lebte, und gehen dorthin, – einfach um zu sehen, ob und was es noch von ihr zu finden gibt«, schlug Annabell vorsichtig, aber mit kämpferischer Stimme vor.

»Ja, und vielleicht gibt es sogar noch Spuren von ihr in diesem komischen Kalandshof, wo sie verhört wurde«, ergänzte Maya forsch und mit fester Stimme.

»Dann soll Dorothea unser Projekt sein und lasst uns unseren Plan besiegeln«, sagte Lara feierlich.

Die drei Mädchen stellten sich dicht im Kreis auf und legten ihre Hände in der Mitte übereinander, ließen sie dreimal energisch auf und ab schwingen und riefen es beim dritten Mal laut, mit einer Stimme: »DEAL!«

In diesem Moment schrillte die Pausenklingel wie ein Signal, das den Schwur der Drei noch dramatischer untermalen oder mehr noch bekräftigen wollte.

»DEAL!«, hallte es in den Herzen und Köpfen von Annabell, Lara und Maya nach. Fast platzten sie jetzt vor Energie und rannten entgegen allen Regeln der Schule in den Projektraum zurück, sprangen auf ihre Stühle und starteten die Suche nach weiteren Spuren von Dorothea Staffin.

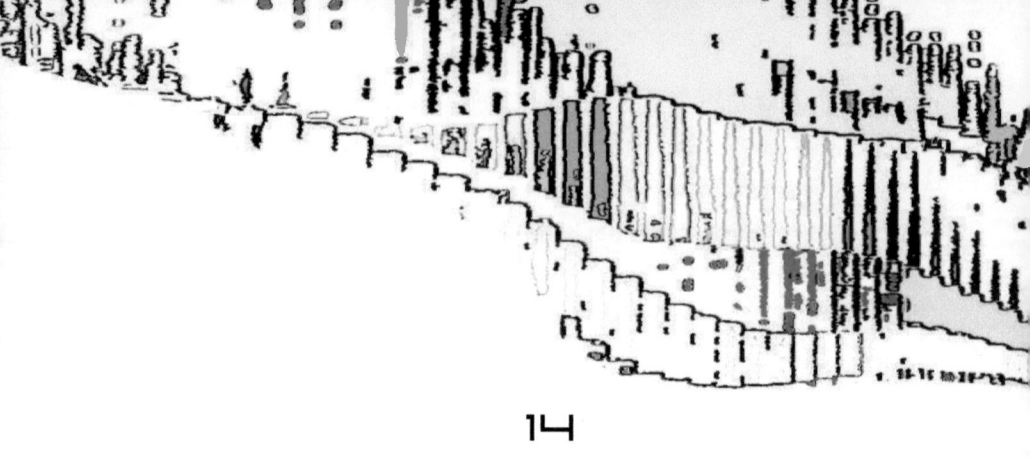

14

GEGENWART

Die Drei

»Dorothea Staffin, wo bist du?«, waberte und schwabbelte und blitzte und donnerte es durch die Köpfe der Drei, verstärkt von ihrem Bewusstsein durch das ganze Universum.

Die Drei fühlten diese Frage so laut und heftig, und die Antwort schien zum Greifen nahe, denn sie konnten das Echo ihres Rufes aus der Welt da draußen schon fast körperlich spüren. – Denn das ganze Schulgebäude, mit seinen sichtbaren und verborgenen Kräften, sendete ihre Frage, als ob es ihre ganz persönliche Antenne wäre, in alle Zeiten und Räume, in das unendlich Große und unvorstellbar Kleine hinein.

»Hey ihr Süßen, was geht ab?«, riss es die Drei aus ihrer Konzentration.

»Du bist ja so ein Idiot!«, kam es aus drei Mündern zurück.

»Du bist ja so ein Idiot!«, kam es aus drei Mündern zurück.

Sven hatte ein unglaublich uncooles Timing für diesen Spruch. Und dabei wollte er einfach nur eine nette Brücke bauen und sagen, dass er jetzt wieder da sei.

»Hab' ich etwas verpasst?«, fragte Sven im zweiten Versuch etwas kleinlaut, um die Wogen zu glätten.

»Ach Sven, würdest du es checken, wenn du etwas verpasst hättest? Ich meine, wenn etwas passieren würde, das du verpassen könntest?«, kam es genervt zurück.

Der Versuch war gescheitert und leider hatte Sven für solche Art des Misslingens ein zu gutes Händchen.

»Ich glaube, ich habe da etwas.« Maya zeigte mit dem Finger auf ein Suchergebnis auf ihrem Bildschirm.

»Dorothea Staffin war die Tochter des Müllers und lebte in der alten Walkmühle an der Panke.«

»Das ist doch was«, versuchte Sven noch einmal, mit all seinem Charme im Team anzukommen.

Leider waren die Mädchen noch nicht fertig mit ihm.

»Setz dich doch einfach an deinen Rechner und such selbst etwas Gescheites für unser Projekt!«, gab Maya provokant zurück.

Das war eindeutig, und Sven sah keinen Grund, das nicht zu tun.

»Aber was höre ich denn da?« Eine betörend sanfte Stimme unterbrach den Streit. »Sagte ich es nicht schon zuvor?« Frau Schönbaum machte eine kurze Pause, um die Vier nachdenken zu lassen. »Wollt ihr nicht eigentlich das Gleiche? Wäre es nicht die blanke Verschwendung, wenn ihr eure Energie damit vergeudet, euch gegenseitig zu piesacken?«

Die vierschwiegen.

»Was meinen Sie damit, wir wollen das Gleiche?«, wollte Lara nun doch von Frau Schönbaum wissen.

»Nun, das werdet ihr herausfinden, wenn ihr euch zusammenrauft«, ergänzte Frau Schönbaum mit einem Lächeln, das keinen Widerspruch duldete, und wandte sich einem anderen Projektteam zu, das, so wie es sich anhörte, jeden Moment ebenso miteinander in Streit geraten wird.

Annabell, Lara und Maya wurde plötzlich bewusst, wie nahe bei ihnen sich das Leben von Dorothea Staffin abgespielt hatte und dass sich ihre Wege hier im Wedding vermutlich schon viele Male gekreuzt haben mussten. Sven sah konzentriert auf seinen Rechner und tippte ein Suchwort in den Browser: »Kalandshof in Berlin«. Sofort kamen einige Suchergebnisse, von denen er das Vielversprechendste anklickte.

»Landesarchiv Berlin / Kalands-Gasse«. Eine Karte war zu sehen, auf der der Fernsehturm und die Marienkirche des heutigen Berlins abgebildet waren. Auf der linken Seite des Bildschirms konnten viele alte Karten aktiviert werden. Sven entschied sich für die älteste auf der Liste, die mit dem Jahr 1910 datiert war, und klickte auf das grüne Icon mit einem kleinen weißen Kreuz. Daraufhin überlagerte eine alte, vergilbte Karte die neue und ermöglichte so etwas wie eine kleine zweidimensionale Zeitreise.

Die Drei standen seit einigen Minuten um Sven herum und sahen ihm dabei neugierig über die Schulter.

»Die Kalands-Gasse! Das musste es sein, wo Dorothea ihre Verhandlung und das Verhör hatte«, sagte Sven in ruhigem Ton zu sich selbst.

»Na, du bist ja doch zu etwas zu gebrauchen«, gab Annabell widerwillig zu.

Sven drehte sich um und war stolz auf die Aufmerksamkeit, die er nun genoss. »Hier werden wir zwar kein Haus mehr finden, wie es aussieht. Aber ich glaube, das wird uns weiterhelfen. – Genau am Fernsehturm. – Ist das cool«, fuhr er mutig fort.

Gänsehaut durchfuhr die Vier bei der Vorstellung, die Orte der Ereignisse persönlich begutachten zu können. In der Klasse hielt sie nun nichts mehr und sie wollten sofort los.

›Exkursion‹ war das Zauberwort, das so einiges bewirken konnte.

Die Vier aus dem Projektteam ›Hexenverfolgung‹ fanden schon zwei Orte in Berlin, an denen sie die 282 Jahre zurückliegende Spur zum letzten Hexenprozess in Berlin aufnehmen konnten.

In ihren Herzen aber fühlten sie eine immer größer werdende Verantwortung für das Schicksal von Dorothea Staffin, auch wenn sie nicht die leiseste Ahnung davon hatten, wie sie den Lauf des weit zurückliegenden Geschehens ändern sollten.

Möglicherweise sollte sich das aber bald ändern.

»Frau Schönbaum, Frau Schönbaum«, riefen die Mädchen. Drei Zeigefinger durchlöcherten aufgeregt die Luft des Klassenraums. Frau Schönbaum, die gerade wieder mit der Gruppe am anderen Tisch im Gespräch war, sah zu ihnen herüber und deutete an, dass sie gleich zu ihnen kommen würde.

Sie war bei der Projektgruppe mit dem Thema »Toilette mit Wasserspülung«, zeigte mit dem Zeigefinger auf den Bildschirm und fragte: »Hilft euch das weiter?« Einvernehmlich nickten vier Köpfe, die jetzt voll mit dem komplexen Thema des Wassers erfüllt waren, und ließen wortlos ein deutliches ›Ja‹ erkennen.

Langsam, fast in Zeitlupe, mit einem genüsslichen Gesichtsausdruck, kam Frau Schönbaum zu Annabell, Lara, Maya und Sven herüber.

Ihr Kleid, ihr Duft, ihre gesamte Erscheinung schienen zu ihnen zu schweben und umschlossen die Vier wie ein Schwarm von Schmetterlingen. Leicht und bunt umschwebte die Teenager eine Vielzahl von sinnlichen Wohlgefühlen.

»Ja, ihr Lieben, wie darf ich euch weiterhelfen?«

»Frau Schönbaum, wir haben den Ort gefunden, wo Dorothea Staffin lebte, und den anderen Ort, den Kalandshof, in dem sie gefangen gehalten und verhört wurde.

Na, eigentlich meinen wir den Ort, an dem er damals war.« Maya war zu aufgeregt, um weiterzusprechen.

»Ist das so?«, fragte Frau Schönbaum. »Aber das ist wunderbar.«

Sanft streichelte ihre Stimme Mayas Seele.

»Ja, und wir wollen dorthin gehen, um zu sehen, ob wir dort noch Spuren von ihr finden können«, flehte Annabell mit all ihrem Charme.

»Nun, das klingt aufregend.« Frau Schönbaum machte eine kurze Pause, damit sich die Vier beruhigen konnten.

»Was habt ihr jetzt vor?«

»Na, wir wollen eine Exkursion machen und jetzt gleich los und mit unserer Recherche für das Projekt vor Ort weitermachen«, sagte Lara und sah dabei Frau Schönbaum mit großen, fragenden, ja herzerweichenden Augen an.

»Wir wollen auch Fotos für unsere Präsentation machen«, legte Sven schnell nach, weil das bei Projektarbeiten immer gut ankam.

»Herzchen, das ist eine wunderbare Idee.« Einen Moment spannte sie die Vier noch auf die Folter und sagte: »Dann müsst ihr sofort losgehen, denn wir haben bestes Licht und gutes Wetter, nicht wahr?«

»Genau das dachten wir auch!«, platzte es aus Annabell heraus, die ihren Ohren kaum glauben konnte, dass es plötzlich so leicht war, auf eigene Faust loszugehen.

»So sei es, vergesst nicht, alle Informationen auszudrucken, die ihr auf dem Weg benötigt. Habt ihr eine Kamera?«

Sven war jetzt in seinem Element, seine Augen leuchteten auf, denn eine Kamera hatte er und war so richtig gut darin, zu fotografieren.

»Ja, hab' ich, sogar eine sehr gute.«

»Na, dann steht eurer Exkursion nichts mehr im Wege, würde ich sagen.« Frau Schönbaum war sichtlich froh darüber, dass die vier nun mit einem gemeinsamen Plan aufbrachen. Sogar die Tulpen auf ihrem Kleid schienen jetzt etwas weiter aufgeblüht zu sein.

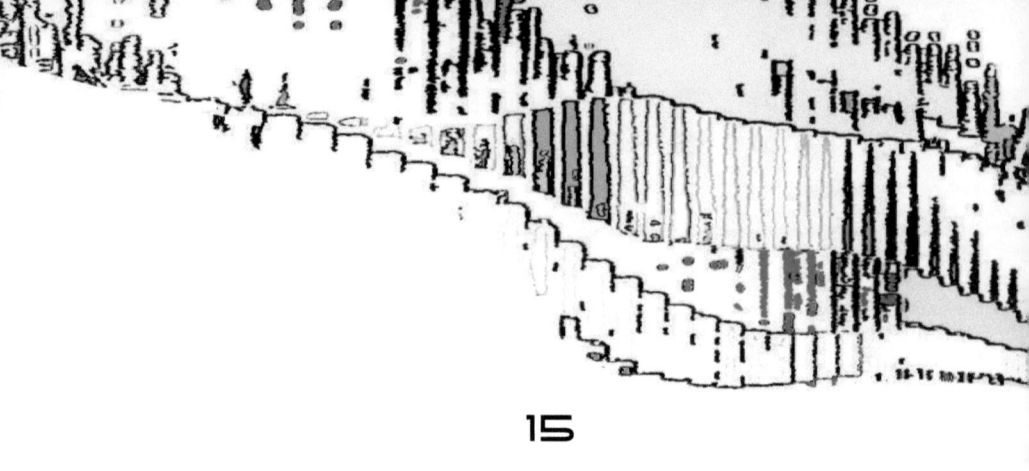

15

GEGENWART

Die Drei

Nun konnte es nicht schnell genug gehen. Die gefundenen Informationen über die Mühle an der Panke und den Kalandshof am Fernsehturm waren schnell ausgedruckt.

Mittlerweile ist es schon fast 12 Uhr und die Mittagspause nahte.

In der Klasse herrschte Stille, denn auch die anderen Schülerinnen und Schüler waren jetzt konzentriert in ihre Gruppenarbeit eingetaucht. Anscheinend war das Thema jetzt doch ein voller Erfolg, und die Erfindungen waren interessanter, als sie es sich zuerst vorstellen konnten.

Rasch wie der Wind schnappten die Vier ihre Sachen, verabschiedeten sich von Frau Schönbaum und Frau Leberknecht und brachen auf zu ihrer Exkursion, um vor Ort Details für ihr Projekt zu recherchieren.

Eilig gingen sie die große Treppe herunter, verstauten ihre Schultaschen in ihren gelben Schränken und verließen die Schule durch das seltsame smaragdene Portal mit den gelben Schultüren. Sie blieben für einen kurzen Moment auf dem Treppenabsatz stehen, wo sonst die Hijabistas standen, und atmeten die Luft des Abenteuers ein, das nur auf sie zu warten schien.

»Ich muss noch kurz nach Hause, um Timmy zu holen«, sagte Sven kurz zu den Drei Mädchen, die noch nicht ganz sicher waren, ob er sie wirklich begleiten sollte und ob er tatsächlich ein Gewinn für ihre Exkursion war.

»Wer ist Timmy?«, fragte Annabell schon wieder etwas genervt.

»Das ist mein Hund. Ich muss jeden Tag in der Mittagspause mit ihm Gassi gehen. Er ist sonst zu lang allein zu Hause und stellt dann immer die krassesten Sachen an.«

»Das fängt ja gut an«, stöhnte Lara über die Schulter zu Sven. Denn sie war schon einige Schritte voraus und mit den Gedanken längst auf dem Weg zur Mühle an der Panke.

»Ich wohne gleich hier vorn in der Swinemünder Straße. Es ist auf dem Weg, den wir ohnehin gehen, kein Umweg also.«

»Wenn es denn sein muss. Aber bilde dir nur nicht ein, dass wir lange warten.«

»Versprochen, geht ganz schnell.«

Die vier gingen die Swinemünder Straße entlang und waren mit einem Hefter bewaffnet, der alle bisher bekannten Details über Dorothea Staffin enthielt. Mit diesem Wissen unter dem Arm fühlten sie sich bestens ausgerüstet, um alle vorstellbaren Abenteuer zu bestehen.

»Wir sind schon da.« Sven rannte in sein Haus und erschien nur wenige Minuten darauf mit Timmy, der sofort mit clever süß im Wind flatternden Ohren und heftig wedelndem, fast senkrecht zum Himmel aufstehendem Schwanz, wie ein Gummiball springend, umherrannte und jeden Busch, der sich anbot, ins Visier nahm.

Er war klein, aber kompakt wie ein Ringer, hatte ein kurzhaariges, hellbraun-weiß gescheckts Fell, einen ebenso braun gezeichneten Kopf mit zwei großen braunen, geradezu symmetrischen Flecken um die Augen und Ohren. Sein Schwanz endete in einer wilden, weißen, buschigen Spitze, die wie eine Fahne im Gefecht herumwehte.

Unwiderstehlich machten ihn aber seine großen, nachtdunklen Augen mit den langen schwarzen Wimpern und seine niedlich abgeknickten Ohren. Er war perfekt an das Herumtollen und Springen angepasst, was ihm auch so richtig viel Spaß zu machen schien.

»Was ist das für ein Hund?«, frage Maya etwas ängstlich, denn mit Hunden hatte sie eigentlich nicht so viel im Sinn, und dieser hier schien unberechenbar wild zu sein.

»Das ist ein Jack Russell Terrier. Wir haben ihn erst seit ein paar Wochen. Eine alte Dame in unserem Haus ist gestorben und ihre Verwandten hatten Timmy, der eigentlich Timothy von Steckelwitz heißt, schon ins Tierheim gegeben.«

»Eigentlich ist er ja ganz süß«, sagte Annabell und dachte daran, wie sehr sie sich einen Hund wünschte. Ihre Mutter ließ sich aber leider nicht erweichen, einen anzuschaffen – wegen der langen Zeit, die er in der Woche allein zu Hause sein müsste.

»Er sieht richtig schlau aus«, kam es Annabell über die Lippen. Einen so intelligenten und frech wirkenden Hund hätte sie dem verträumten Sven gar nicht zugetraut.

»Timmy!«, rief Sven.

Sofort rannte der kleine Wildfang wie der Wind zu ihnen und sprang jeden reihum kurz zur Begrüßung ein, zweimal an, setzte sich vor sie und sah erwartungsvoll, wie es nur Hunde können, aus seinen großen, dunklen Augen, jeden der vier für einen kurzen Moment aufmerksam an.

Sven sprach weiter mit einer liebkosenden Stimme, wie man sie für Babys und Hunde benutzt: »Timmy haben wir aber sofort, als meine Mutter von seinem Schicksal hörte, wieder aus dem Tierheim in Ahrensfelde abgeholt und quasi adoptiert. Jetzt lebt er bei uns«, und als er das sagte, streichelte Sven Timmy mit beiden Händen und nahm seinen Kopf kuschelnd in die Hände. Beide sahen sich für einen Moment tief in die Augen.

Die Drei sahen Sven und Timmy dabei zu und bemerkten plötzlich einen ganz anderen, zärtlichen und liebevollen Sven.

Timmy schien frech zu lächeln, sprang Sven fast an die Nase und rannte um die drei Mädchen herum, um jeden noch einmal aufgeregt anzuspringen.

»Okay, ist ja gut, Timmy. Komm her, jetzt nehme ich dich lieber an die Leine. Wir gehen mit den Mädchen auf eine Exkursion und du kommst mit. Gefällt dir das?«

Timmys Augen leuchteten, denn er verstand jedes Wort, so schien es jedenfalls. In seinem Kopf regten sich genussvollste Fantasien von weiten Wiesen mit geheimnisvollen Düften und allem möglichen Getier, dem er hinterherjagen konnte. Er war sichtlich einverstanden mit dem Plan der vier Menschenteenager. Fix war die leuchtend grüne Leine an dem ebenso grünen Halsband befestigt und schon waren fünf Abenteurer bereit für den Aufbruch.

Unsere Fünf hatten zur Mühle an der Panke nur einen kurzen Weg zu gehen, der kaum 15 Minuten lang, aber reich an Begegnungen mit einer berauschenden Anzahl unterschiedlichster Kulturen war.

Es flirrten vielleicht zehn bis zwölf exotische Sprachen um ihre Ohren und Menschen mit allen Hautfarben, von rosigweiß bis tiefschwarz und allen Schattierungen dazwischen, kreuzten ihren Weg, leuchtend farbige Muster, wie sie somalische Frauen trugen, sprangen ihnen in die Augen und tiefschwarze Gewänder, aus deren Sehschlitzen stark geschminkte Augen schauten, schwebten geheimnisvoll an ihnen vorbei.

Verschiedene Düfte von Gewürzen schmeichelten ihren Sinnen, aber auch beißende Gerüche, die aus Hausfluren kamen, schonten ihre Nase nicht.

Für die Drei und Sven war das alles ganz normal, denn sie waren hier aufgewachsen, in diesem Gemisch aus Menschen, die hier friedlich zusammenlebten.

Drei Mädchen, ein Junge und ein Hund kreuzten die Ampel an der Pankstraße, vorbei an dem mächtigen Plattenbau mit seinen hellblau abgesetzten Balkonen.

Fast waren sie da. Die letzten Meter auf der Badstraße ließen ihre Neugierde noch einmal größer werden, denn ihre Erwartungen, nur eine kleine Spur von Dorothea Staffin zu finden, die ihnen etwas über ihr Leben erzählen konnte, waren sehr hoch.

Wie Annabell, Lara, Maya und Sven da so nebeneinander gingen, konzentriert, fokussiert und mit einem gemeinsamen Ziel in ihren Köpfen, waren sie für einen flüchtig vorbeikommenden Passanten kaum voneinander zu unterscheiden. Sie waren etwa gleich groß, trugen Bluejeans, Sweatshirts und Sneaker.

Die Mädchen hatten etwas längere Haare oder einen Zopf, aber sonst waren sie sich zum Verwechseln ähnlich. Und dass sie jetzt hier gemeinsam in eine Richtung gehen, war ein langer Weg vom heutigen Morgen, als sie sich noch heftig attackierten, bis zu diesem harmonisch wirkenden Bild mit so positiver Spannung, dass sich eine fast sichtbare Aura um sie legte, die so stark und groß war, dass sie selbst Timmy einhüllte.

Am Ende der Badstraße, zwischen Pankstraße und Pankebrücke, schien alles etwas simpler, menschenleerer und weiter weg von allem zu sein.

Die sechsspurige Straße mit dem kargen, wildbegrünten Mittelstreifen schien hier breiter zu werden, und die Auslagen der Läden wie aus einer fernen Provinzstadt hergezaubert, wenn sie nicht ganz leer, geschlossen oder gar verlassen waren, so wie der Imbissladen mit den zerrissenen, herumhängenden Markisen genau an der Ecke zur Brücke über die Panke.

Überhaupt hatten die Hauseingänge hier etwas sehr Verwahrlostes an sich, so als hätten es die Menschen, die in diesen Häusern lebten, aufgegeben, sauberzumachen, Türklingeln zu reparieren, öffentliche Mülleimer zu benutzen, Schmierereien an den Wänden zu entfernen oder es sich einfach nur für sich selbst hübsch zu machen.

Auch wenn der prächtige Glanz aus der »Belle Époque« immer noch erkennbar von den Fassaden der Häuser strahlte und ihre Dächer stolz in den Himmel wuchsen, erweckten sie doch den Eindruck, als würden ihre Fundamente auf einem ungeliebten Land stehen.

Vom Grund abgewandt, strebten die Dächer in einen verheißungsvolleren Himmel empor. Auf den Haussimsen saßen Figuren von Göttern, die den Eindruck erweckten, nun endlich nach Hause zu wollen, weil es für sie hier nichts mehr zu holen gab.

Nicht einmal Bettler oder Obdachlose trieb es bis hierher. Auf den Gehwegen, in den angeranzten Hauseingängen und traurigen Geschäften herrschte einfach nur eine verwunschene, verlassene, entzauberte Stille. So weit waren die Vier zuvor noch nie auf der Badstraße gegangen.

Plötzlich fühlten sich die drei Teenager, als ob sie in eine kalte, unwirkliche Welt vorgedrungen wären. Ihre Exkursion verwandelte sich mehr und mehr in ein merkwürdiges Abenteuer.

Waren sie noch in der Welt ihrer Eltern, ihrer Lehrer oder in einer abseitigen Märchenwelt? Ein schales Gefühl des Verlassenseins kam in ihnen auf, überlagert von einem unbestimmten Grau des Abschieds. Durften sie hier sein?

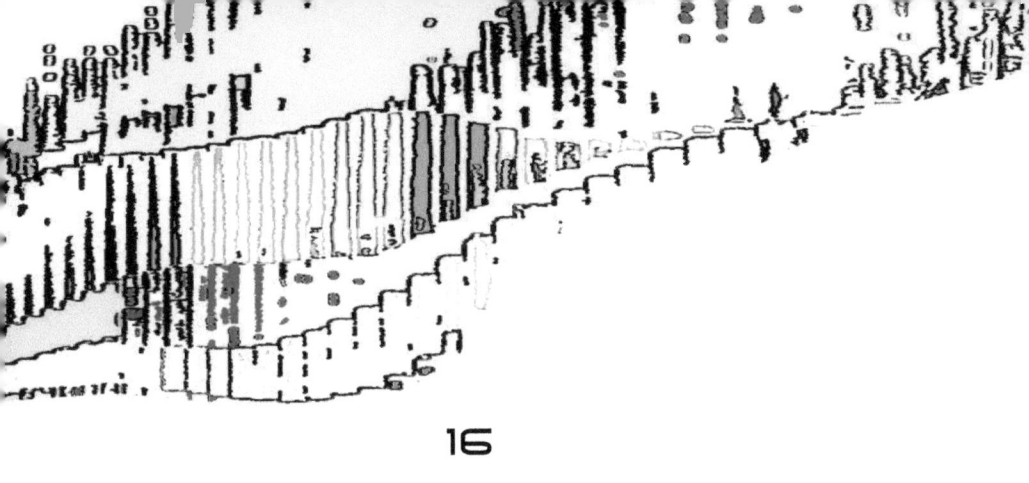

16

VERGANGENHEIT

Christoph

Es ist der 14. August 1726
an einem Mittwoch, die genaue Zeit ist nicht bekannt.

Christoph war jetzt herangewachsen, ja, wir würden sagen, er
ist schon fast erwachsen, obwohl er noch ein Teenager war.

Sein Hauslehrer hatte ganze Arbeit getan und Christoph
zu einem pflichtbewussten und mehr noch entschlossenen
Soldaten erzogen, der schon in einigen Schlachten und Schar-
mützeln zeigen konnte, dass ein ganzer Kerl in diesem Mann
steckte.

Er hat für seinen König geschossen, gefochten, gefoltert,
gemordet, geraubt, geplündert und an den Frauen des Feindes so manche Untat verübt. Christoph hatte seine Hände in
Blut gewaschen und einigen Männern auf dem Schlachtfeld,

im festen Griff seiner Hände, mit seinem Messer die Kehle aufgeschlitzt, dass es nur so blutrot um ihn herum spritzte. Er hatte an seinem ganzen Körper gespürt, wie das Leben aus einem Menschen entwich, wie sich ein letztes Mal sein aufbäumender Körper wehrte, bevor er sich sanft dem Tod hingab.

Gerade erst 17 war er damals und doch schon so alt in seiner Seele, dass es für zwei lange Leben gereicht hätte.

Des Nachts suchten ihn die Seelen derer heim, die er geschändet und ermordet hatte, und berichteten ihm von ihrer Qual. Sie raubten ihm den erholsamen Schlaf bis in alle Ewigkeit als Rache für das, was er ihnen angetan hatte.

Sein Körper aber war so unversehrt und jung, so hübsch und charismatisch, so elegant und schlank, so muskulös, wie es sich ein junger Mann in seinem Alter nur wünschen konnte. Wenn Christoph dann noch seine elegante Uniform trug, mit dem schönen Blau und rot abgesetzten Streifen, schmolzen die Mädchen nur so dahin.

Keine konnte ihm widerstehen, und er genoss die Macht, die ihm sein Körper und die Uniform über jeden Menschen und im Speziellen über die Frauen verlieh.

Sein Herz aber blieb im Dunkeln. Denn was er erlebt und getan hatte, konnte er mit keiner Frau teilen. Dies verhüllte seine Seele hinter einem dichten Schleier von tiefster Einsamkeit.

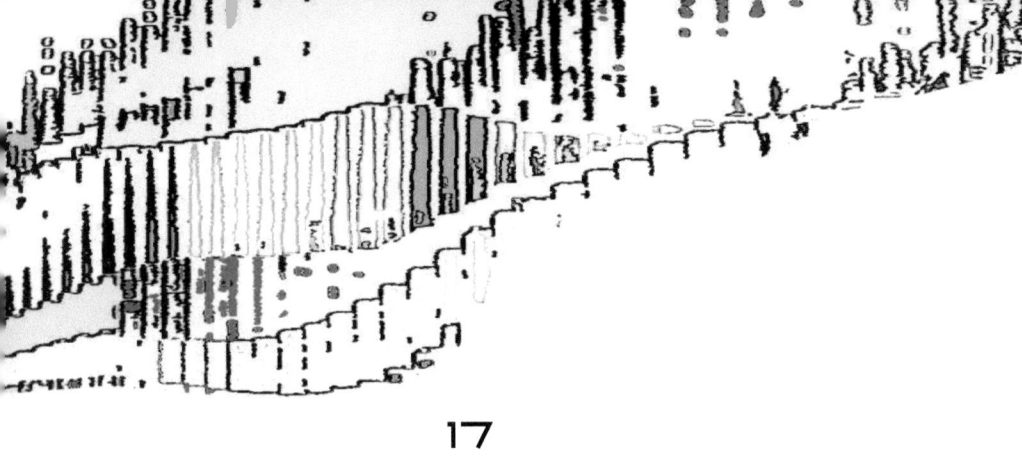

17

GEGENWART

Die Drei

Eine große Toreinfahrt mit unheimlichen, eisernen Toren aus bedrohlich spitzen und wehrhaften Formen, die zu einer Gruft führen könnte, lenkte die Fünf von ihrem Weg ab. Sie gingen ein paar Schritte hinein, denn ein Flügel des Tors war verlockend weit geöffnet.

Annabell war in dieser Zeit und Welt wie üblich die Erste – besonders, wenn es unheimlich wurde. Und so war sie nicht mehr zu bremsen.

»Seht euch das an. Hier sind Vitrinen mit alten Fotos und Karten und sogar eine Beschreibung der Geschichte der Mühle, die im Jahr 1709 beginnt.

Das ist schon aus der Zeit vor Dorotheas Gerichtsverhandlung«, rief Annabell euphorisch zu den anderen, die immer noch zögerten, in die große Durchfahrt hineinzugehen. Denn sie hatte etwas wirklich Unheimliches, Versifftes und Verwunschenes an sich.

Die dunkle Tuffsteinverkleidung der Wände wirkte einfach nur gruftig und schmuddelig. An der Decke war ein verstaubtes Netz mit durchhängendem Bauch gespannt, das jeden Moment herabzufallen und wie eine Falle zuzuschnappen drohte.

Das Tor war zwar schön, konnte aber auch aus einer creepy Fantasy-Story stammen, in der Kinder in ein Labyrinth gelockt werden, um dort wer weiß, was mit ihnen anzustellen.

Timmy nahm alles genau unter die Lupe seiner Hundenase. Jede Ecke schien ihm ein ganzes Buch zu öffnen, ließ Ereignisse und Schicksale durch seinen Geist ziehen.

Und dann plötzlich zog Sven Timmy an der Leine zu Annabell, die gebannt auf eine Vitrine starrte.

Klebriger Staub und ein dahingeschmiertes Graffiti bedeckten die Scheiben.

»Was hast du gefunden?«, fragte Sven, ganz ruhig zu ihr gebeugt und fast schon vertraut.

»Zieht euch das rein: ›Dorotheas Vater war der Müller der Walkmühle und benutzte die Quelle, die nahe am gegenüberliegenden Flussufer armdick sprudelte, zur Trinkwasserversorgung. Die Walkmühle wurde von 1709 bis 1714 gebaut und stand auf einer Insel in der Panke.‹ Krass, oder?«

Lara, Maya, Sven und Timmy lauschten Annabell und entwickelten jeder für sich in seiner Fantasie ein Bild vom damaligen Geschehen, welches in ihren Gedanken plötzlich sehr lebendig wurde.

»Das war noch nicht alles«, fuhr Annabell fort. »In der Folgezeit gerät die Quelle bei Ausflüglern immer mehr in den Ruf, eine Heilquelle zu sein. Es wurde das Luisenbad gegründet. Auch davon hängen hier Bilder.«

Die Vier dachten nach. Es war still.

»Könnte das etwas mit Dorothea zu tun gehabt haben? Vielleicht hatte sie die Quelle durch ihre magische Anwesenheit zu einem heilsamen Ort werden lassen«, fragte Maya leise und fügte noch verschmitzt hinzu: »Vielleicht war sie ja wirklich eine Hexe, eine gute, eine weiße, heilende Hexe, meine ich.«

Wieder waren sie still. In ihren Köpfen sausten die Gedanken nur so umher.

Sven unterbrach das Schweigen: »Ich mache Bilder von allen Fotos, Texten und Karten. Sicher können wir die später noch gebrauchen.« Die Drei nickten zustimmend.

»Cool! Hier sind Zeitungsartikel von 1920 mit Bildern von den Häusern, die hier immer noch stehen, und ein Bild von Menschen, die in der Panke badeten, und sogar eine alte Fotografie von der Papiermühle.«

»Hier steht, dass die Walkmühle schon 1731 in eine Papiermühle umgewandelt wurde.«

»Das war nur drei Jahre nach Dorotheas Prozess.«

»Unglaublich, in eine Papiermühle? Zumindest das Gebäude schien noch am gleichen Ort zu stehen, wo Dorothea aufgewachsen war.«

Lara war selbst erstaunt über diesen Gedanken, denn so unglaublich es schien, hatten sie doch eine reale Spur gefunden, die sie so nahe an das Leben von Dorothea Staffin führte, wie sie es sich vor einigen Minuten zugegebenermaßen zwar sehnlichst gewünscht, aber nur sehr vage vorstellen konnten.

»Ich habe alles fotografiert, auch die alten Karten. Nachher können wir das alles ausdrucken und in unsere Präsentation einfügen«, sagte Sven stolz auf sich selbst und war höchst erfreut.

»Na los, Mädels, weiter geht's«, verkündete Annabell wie ein Schlachtruf und fügte noch hinzu: »Lasst uns zur Brücke über die Badstraße gehen.«

»Ja, von dort aus müssten wir das Müllerhaus schon sehen können«, ergänzte Maya und war zufrieden, nun endlich wieder auf dem Weg zu sein. Denn die unheimliche Durchfahrt machte ihr wirklich keinen Spaß.

Die vier sahen sich an und waren sich einig. Timmy allerdings fand die geheimnisvoll duftenden Ecken in der Durchfahrt so unglaublich interessant, dass es Sven nur mit einiger Mühe und Überredungskunst gelang, ihn davon loszureißen.

Vorbei an den letzten geschlossenen Läden, dem Restaurant mit zugeklebten Fenstern und halb ausgefahrenen, zerfetzten Markisen im Eckhaus an der Badstraße, über den süßen kleinen Platz mit dem Holzschild im Stil von Jurassic Park II - das von einer unsichtbaren Walter-Nicklitz-Promenade kündete. - Vorbei an den roten Kolonnaden mit den farbig glasierten Mauersteinen, kamen sie endlich auf der Brücke über die Panke an.

Passend zu dem trostlosen Ort trug die Brücke nicht einmal einen Namen, so klein wurde sie unter den vierspurigen Fahrbahnen aus Stahl und Beton.

Die vier konnten es kaum erwarten. Der Karte zufolge mussten sie die Mühle von hier aus schon sehen können.

»Endlich, das ist es«, sagte Maya erleichtert.

Zu viert lehnten sich die Teenager nebeneinander an das schmiedeeiserne Brückengeländer und sahen flussaufwärts in die Richtung, in der links an der Panke die alte Mühle stehen sollte.

Das Geländer war eingezwängt, links zwischen der direkt aus dem Sand des Flussbettes über vier glatte Maueretagen bis zur Giebelspitze aufragenden Hauswand, und rechts an der Ufermauer, die an der Balustrade mit Kolonnaden endete. Die Stadt ließ dem kleinen Fluss nur eine winzige, unscheinbare, kaum ins Auge fallende Lücke.

Um ihn einst zu zähmen, wurde das Bett des kleinen Flusses mit Mauern wie mit einer straffen Korsage eingegrenzt. Nun sieht es so aus, als ob ein großes Ungeheuer in dem kleinen Flussbett wohnt, das nur auf seine Gelegenheit wartet, Angst und Schrecken zu verbreiten, und nur mit hohen Mauern gezähmt werden konnte.

In der Vergangenheit geschah es aber tatsächlich zuweilen, dass sich die Panke aufbäumte, wild wurde und in einer lüsternen Flut alles zerstörte, was ihr in den Weg kam. Von all dem war heute aber nichts mehr zu erahnen.

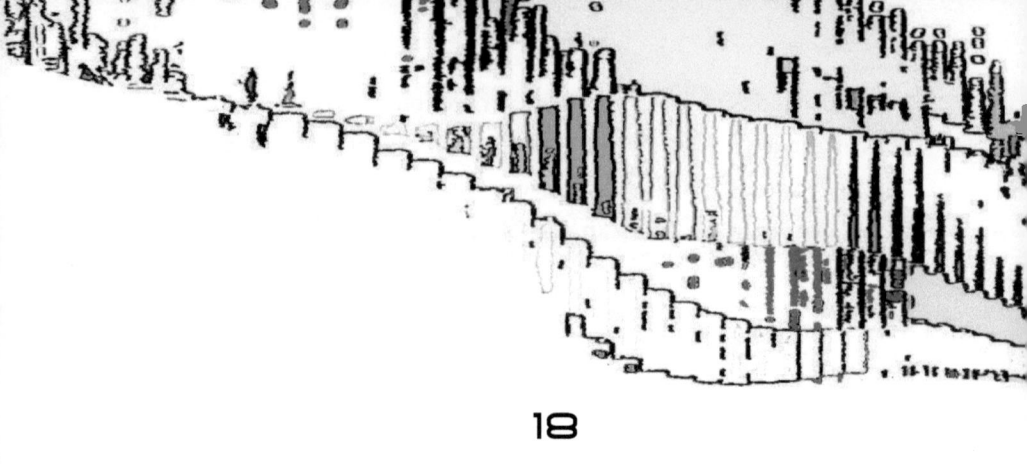

18

VERGANGENHEIT

Dorothea und Christoph

Es ist der 11. März 1728
an einem Donnerstag um die Mittagszeit

Dorothea und Christoph begegnen sich zufällig das erste
Mal, als er vom Exerzier- und Übungsschießfeld nach Berlin
ritt und kurz stoppte, um sein Pferd am Trog vor der Walkmühle zu tränken. Ihre Blicke trafen sich flüchtig aus nächster
Nähe, als Dorothea am Trog vorbeiging. Zuerst aber nahm sie
das außergewöhnlich schöne und anmutige trinkende Pferd
wahr und dann ließ sie ihren Blick zu dem Offizier gleiten,
der neben ihm stand. Es kam zu einem kurzen Wortwechsel.
Christoph sagte zu ihr mit einem zweideutigen Lächeln:
»Ihr seid ein schönes Kind, meine Dame.«
»Sind Sie ein alter Kerl, mein Herr?«

»Klug sind Sie obendrein. Darf ich Sie nach Ihrem Namen fragen?«

»Aber ja, geben Sie nur nicht so schnell auf, danach zu fragen, mein Herr.« Sie sagte es, drehte sich mit einem freundlichen Lächeln um, ließ ihr Haar dabei durch die Luft wirbeln und ging mit ihrem prall gefüllten Korb voller schönster, reifer Früchte und einem reichen, bunten Blumenstrauß unter dem Arm durch das gleißende Sonnenlicht – als ob es ihr ganz allein gehörte – und sie es mit allen Menschen auf der Welt voller Liebe teilte.

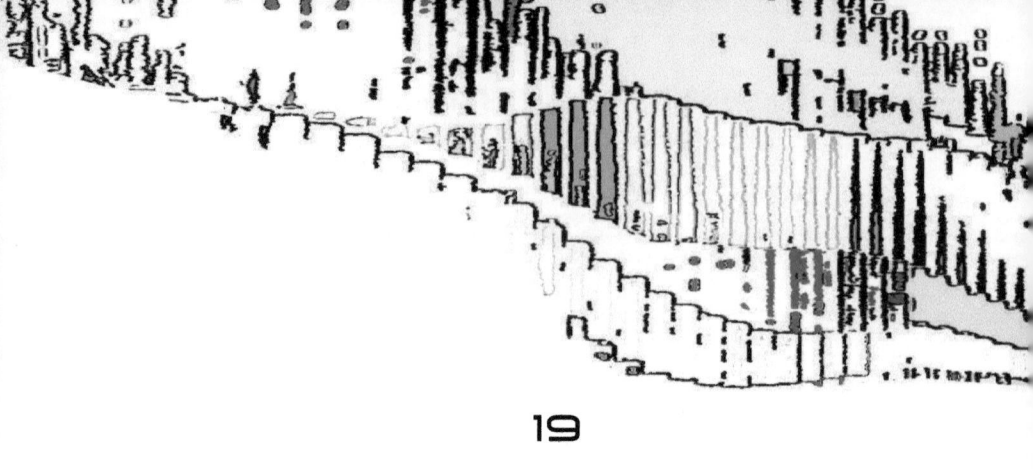

19

GEGENWART

Die Drei

Unter ihnen strömte er sanft, der kleine Fluss. Leicht wellte sich die Wasseroberfläche und spielte mit dem blauen Spiegelbild des Himmels. Elegant wie das Haar von Nymphen schlängelte sich leuchtend grünes Flussgras im Spiegelbild des Himmels, der sein Blau in die Tiefe des Flussbettes sandte.

Elegant wie das Haar von Nymphen schlängelte sich leuchtend grünes Flussgras im Spiegelbild des Himmels, der sein Blau bis in die Tiefe des Flussbettes senkte.

Etwas weiter hinten kreuzte eine verträumt wirkende Fußgängerbrücke die Panke, hinter der es plötzlich verheißungsvoll grün wurde mit saftigen Gräsern, Wildblüten, Sträuchern und Bäumen.

Die vier standen noch einen Moment auf der Brücke und tauchten ein in die Schönheit und die Stille. Hinter ihnen aber rollte der Verkehr vierspurig, der Beton heizte sich auf, und die tristen, leeren Gehsteige verbreiteten einfach nichts, wofür es sich gelohnt hätte, sich umzudrehen.

Je tiefer sie in Gedanken versanken und je weiter weg die seltsamen Läden um sie herum und die hässliche Straße hinter ihnen rückten, desto schöner wurde dieser kleine Fluss unter ihnen, der hier alles andere als vergessen, verwunschen oder verlassen wirkte.

Das Flüsschen war kristallklar, der Boden zeigte sich in sandigem, leuchtendem Ocker. Das Wasser wurde nicht müde, mit dem langen grünen Flussgras zu spielen.

Ihre Sinne kamen zur Ruhe. Ihre Blicke verschmolzen mit dem wiegenden Grün. Ihre Aufregung wich. Sie sahen jetzt nur noch dem Wasser beim Fließen zu und nahmen die natürliche Kraft wahr, die von dem Flecken Natur unter ihnen in der engen Schneise der Großstadt ausging. Beinahe vergaßen die vier Teenager, weshalb sie eigentlich gekommen waren.

Nur Timmy wusste plötzlich aber ganz genau, weshalb er hier war. Die Wiesen und das Getier zum Herumjagen waren schon in Schnüffelweite. Das konnte er mit seiner genialen kleinen Nase förmlich greifen.

Hier war es also – das gesuchte Haus –, das die Papiermühle war und an der Stelle stand, oder sogar das gleiche Haus war, in dem einst die Walkmühle war und in der Dorothea gelebt hatte.

Stolz stiegen in leuchtendem Weiß seine zwei Etagen mit einem römischen Dach obendrauf direkt aus dem Flussbett der Panke auf.

Es war ein einfaches Haus ohne Verzierungen. An das Mühlenrad erinnerte nur ein großer aufgemalter Kreis an der

Fassade. Die große weiße Wand hatte lediglich zwei Fensterreihen. Links der Wand schloss sich ein kleiner Garten mit Obstbäumen an. Rechts der Wand erreichte eine kleine Fußgängerbrücke die gegenüberliegende Uferseite, die vor langer Zeit eine Insel war.

Das alte Schwarz-Weiß-Bild aus der Vitrine in der Durchfahrt wurde lebendig. Genau von dieser Stelle auf der Brücke wurde das Foto damals aufgenommen. Die Mühle hatte sich seit 1920 kaum verändert.

»Wow, ist das cool, dort unten war der Steg, von dem aus die Leute auf dem Bild ins Wasser sprangen.« Lara war ganz aus dem Häuschen. Die Welt der Schwarz-Weiß-Bilder begann, in ihren Gedanken immer lebendiger zu werden.

Timmys Geduld neigte sich jetzt aber endgültig dem Ende zu. Während Annabell, Lara, Maya und Sven verträumt in eine andere Welt abglitten, sah Timmy nur noch die Enten, die so verlockend im Fluss vor sich hin gründelten, süß ihre Schwänze in den Himmel streckten und völlig abgelenkt sicherlich sehr gut zu jagen waren.

Timmys Ohren hoben sich etwas an, er lauschte gespannt, schnüffelte und wedelte mit seinem aufrecht stehenden Schwanz, dessen weißer Puschel jetzt vor Aufregung nur so durch die Luft flirrte.

Nichts konnte den kleinen Wildfang mehr halten. Timmy ergriff seine Chance und riss sich von Svens Hand los, sah noch einmal zu ihm auf und rannte blitzschnell über den kleinen, leeren Platz, der wie für ein nettes Gartencafé gemacht schien, an dem Schild im Stil von Jurassic Park II vorbei. Mit flatternder Zunge und wippendem Schwanz lief er, so schnell ihn seine kurzen Beine nur tragen konnten, die unsichtbare Walter-Nicklitz-Promenade entlang, an dem geschlossenen Restaurant mit der zugeklebten Fensterfront vorbei, über die verträumte Fußgängerbrücke auf die andere Seite, die einmal eine Insel war, gleich rechts dahinter um die scharfe Kurve und die Treppen hinunter zum Wasser, wo die Enten schwammen.

Timmy bellte sogar vor Aufregung zweimal, was er sonst nie tun würde. Der kleine Hund war jetzt aber außer Rand und Band. Sein ganzer kleiner Hundekörper erinnerte sich, wofür er gezüchtet worden war: für die Jagd. Die Enten hingegen fühlten sich im schnell fließenden Fluss sicher. Sie bemerkten Timmy nicht einmal, was ihn nur noch mehr aufbrachte.

Jetzt kamen auch Sven und die Mädchen über die kleine Fußgängerbrücke aus Metall angerannt, die dabei heftig ins Wanken geriet. Sie rannten rechts die Backsteintreppe hinunter auf die kleine Wiese am Fluss, wo Timmy aufgeregt hin und her wetzte und keinen Blick von den Enten ließ.

Sven versuchte, Timmys Leine zu greifen, sprang geschickt umher und warf sich schließlich mit lang ausgestreckten Armen auf den Boden. Seine Finger waren fast dran, verfehlten die Leine aber um einige Millimeter. In einem zweiten Sprung erwischte er die Leine zwischen zwei Fingern – ganz knapp.

Für eine Sekunde bemerkten die Mädchen plötzlich, wie schön es hier war, fast wie in einer Auenlandschaft mitten in der Natur. Hier befreite sich sogar der kleine Fluss von seiner gemauerten Einfassung.

Gemächlich zogen die Enten wegen der kleinen Unruhe auf der Wiese zur anderen Uferseite herüber. Timmy geriet wiederum in Rage, sodass er sich erneut in einem unachtsamen Moment von Sven losriss.

Und schon ging die Jagd von Neuem los. Timmy lief, als ob es um sein Leben ginge, die Backsteintreppe hinauf, links um die Ecke über die Fußgängerbrücke und wieder links den kleinen Weg zum Wasser hinunter.

Das sahen die vier nur aus den Augenwinkeln, während sie verzückt über die Wiesen und die geheimnisvoll tief über den Fluss gebeugten Bäume staunten.

»Wow, das ist hier wie in einer anderen Welt«, sagte Maya, die immer noch ein wenig außer Puste war.

Dann rannten sie schon wieder, etwas erschöpft, nicht mehr ganz so schnell und immer noch ein wenig außer Puste, über die Brücke zu Timmy auf die andere Seite der Panke.

Die vier schienen jetzt plötzlich in einem verzauberten Auenwald angekommen zu sein. Vom zu schnellen Rennen wurde ihnen etwas schwindelig. Sie atmeten tief und schnell.

Für einen Moment verschwamm alles vor ihren Augen. Sie bemerkten, dass sie auf einem kleinen Deich standen, der sich von hier aus längs der Panke erstreckte.

Oben auf dem Deich, in seiner Mitte, führte ein kleiner Weg entlang, der dicht mit aneinandergereihten Bäumen gesäumt war.

Der erste Baum neigte sich nach rechts, von wo die Sonne schien. Dichte Sträucher am Ufer bildeten ein kleines Dickicht und links floss die Panke ganz friedlich dahin.

»Findet ihr nicht auch, dass es hier wie in einem magischen Feenwald aussieht?«, sagte Annabell in einem neckischen Tonfall, den sie liebte, um zu sagen, dass es unheimlich wird.

Kräftige, armdicke Wurzeln schlängelten in einem Geflecht von dem ersten, größten Baum über die Erde auf sie zu, tauchten aus dem Deich auf und verschwanden unsichtbar in der Tiefe. Es war still. Doch die Luft sah seltsam aus. Sie vibrierte, waberte und schien zu verschwimmen. Kein Lufthauch wehte.

»Was ist das?«, fragte Sven.

»Bist du hier nicht der Oberschlaue?«, fragte Annabell zurück.

Timmy rannte von den Enten über die Wiese, den kleinen Deich hinauf zu den Vieren, und war schon wieder nicht zu stoppen. Schnurstracks rannte er an ihnen vorbei, mitten durch die seltsame Luft, und war verschwunden.

Für einen Moment waren Annabell, Lara, Maya und Sven sprachlos.

»Timmy, Timmy«, schrie Sven und rannte, ohne darüber nachzudenken, hinterher und war ebenfalls verschwunden.

»Wenn das ein Trick von Sven ist, knalle ich ihm ein«, entfuhr es Annabell.

»Los, hinterher!«, rief Maya und war höchst erregt. Denn irgendwie kam ihr das hier plötzlich wie ein Déjà-vu vor. Das hatte sie schon mal erlebt, dachte sie, irgendwie so ähnlich jedenfalls. Maya rannte hinterher, und jetzt konnte auch Annabell und Lara nichts mehr halten.

Sie gingen langsam und bedächtig, staunend auf das Wabern zu und standen jetzt ganz dicht davor, sahen einander mit entschlossenem Blick an, nahmen sich fast reflexartig an die Hand und machten einen großen Schritt hinein. – Kurz war es schaurig kalt, als ob ein Geist durch sie hindurchwehte. Und dann sehen sie Sven, Maya und Timmy, die vor lauter

Staunen wie angewurzelt stehen geblieben sind, wo immer sie jetzt sein mögen. Denn alles sieht so aus wie zuvor, nur dass sich nichts mehr bewegt, kein Lüftchen weht, kein Vogel singt, der Fluss erstarrt in seinem Bett verharrt und kein Laut zu hören ist. Selbst die Enten sind wie eingefroren, bewegungslos und still im Wasser.

»Denkt ihr, was ich denke?«, fragt Annabell als Erste.

»Ja, das war kein seltsamer Traum von letzter Nacht. Das war - ja genau, ich erinnere mich -, das ist alles tatsächlich passiert. Kein abgefahrener Traum«, kommt es Maya verzückt über die Lippen.

»O mein Gott, wie cool ist das denn?«, fasst sich Lara wieder und explodiert fast vor Begeisterung. Die Augen der Drei leuchten und ihre Gesichter sprechen Bände voller Staunen und Erinnerungen, die jetzt immer deutlicher zurückkommen. Die Tamanaken, das große Rachmakud, das wunderbare Gefühl, das sie dort empfinden, und ihre Freunde Schikla und Flaro.

Sven erwacht als Erster aus dem Staunen, dreht sich zu den Mädchen um und will etwas sagen. Augenblicklich aber fehlen ihm die Worte, vielmehr die Gedanken dazu, und sofort erstarrt er mit weit aufgerissenem Mund und Augen angesichts dessen, was er sieht, zu einer Salzsäule.

»Was hast du?«, fragt Annabell.

»Seht ihr das auch?« Sven stockt der Atem. »Dort sind zwei echt krasse Gestalten hinter euch.«

Annabell, Lara und Maya drehen sich um, und da sind sie, ihre Freunde aus der Welt der Tamanaken: Schikla und Flaro, aus denen irisierendes, pulsierendes, strahlendes violettes, grünes und gelbes Licht scheint. Ihre Körper sind nahezu durchsichtig. Mit dem Farbspektakel zeigen sie ihren Freunden ihre aufgeregte Freude über das Wiedersehen.

»Träume ich oder ist das real?« Sven kann nicht fassen, was er da sieht.

»Wen habt ihr denn da mitgebracht?«, fragt Schikla cool wie immer, ohne viele Worte zu verlieren.

Annabell, Lara und Maya gehen zu den beiden Wesen aus der anderen Welt, die so sehr ihre Freunde geworden waren.

Noch können sie es nicht wirklich glauben, aber als sie sich so nahe gegenüberstehen und einander tief in die Augen sehen, wird es real. Schikla hat große, schöne, sehr eindringlich leuchtende Augen, große, tiefschwarze Pupillen, die von einer grün-violett schimmernden Iris umrandet sind, die so tiefgründig sehen können, dass sie alles, buchstäblich alles sehen.

So sieht sie auch die Drei und ihren Begleiter neugierig an. Das erdenrote breite Band um ihren schlanken, langen Hals schimmert wie eine perlmuttglänzende Tätowierung im Sonnenlicht. Ihr Körper ist schlank und geschmeidig mit der besonderen, glatten Haut. Sie strahlt Stärke und Entschlossenheit aus.

Flaro steht neben ihr, still, aber sehr aufmerksam, mit seiner unbeschreiblichen Wachheit – immer noch ziemlich aufgeregt leuchtend. Seine kleinen, schönen, sympathischen Augen schauen die Wesen aus der Menschenwelt, die die Tamanaken Felsenmenschenwelt nennen, erwartungsvoll an.

Noch einen Moment schweigen alle vor Rührung und Zärtlichkeit. Denn auch für die Tamanaken ist die Begegnung ein sehr ergreifender Moment. Felsenmenschen kennen sie eigentlich nur als unbewegliche Wesen, die in ihrer Welt wie starre Felsen in der Landschaft herumsitzen oder stehen, denn dort ist alles still, so wie es jetzt hier still ist.

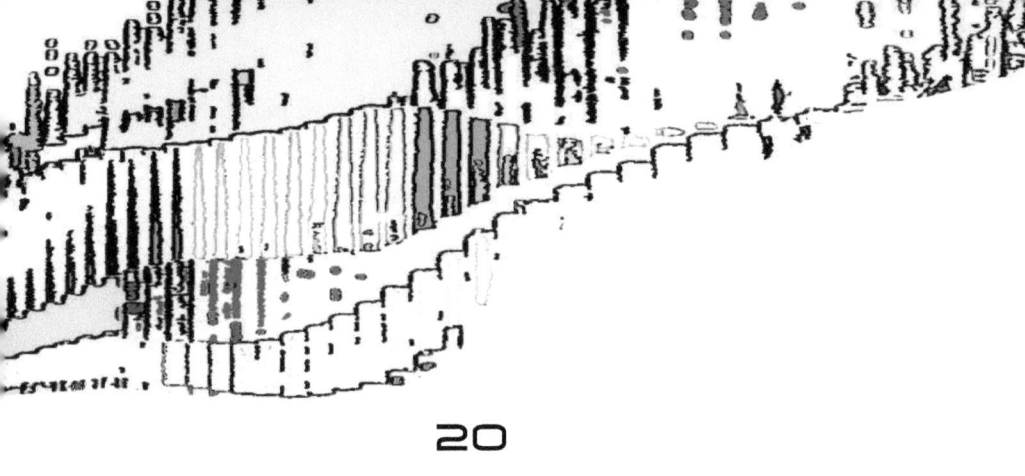

20

GEGENWART

Die Drei

Timmy erwacht als Erster aus dem Erstaunen und besinnt sich auf seine eigentliche Lust, dem Hinterherjagen, Auskundschaften und Herumtollen.

Er rennt so schnell wie der Wind zu den regungslosen Enten, schnüffelt sie mit seiner feuchten Nase an - riecht sie -, doch sie bleiben regungslos wie eingefroren im Wasser stecken, was ihn ziemlich erstaunt und verwirrt.

Hilflos bellt er die Enten zweimal an, doch nichts geschieht. Sie bleiben, wo sie sind, und regen sich keinen Millimeter. - Ihr Federkleid schimmert nur elegant im Sonnenlicht.

Alles riecht, wie es sein soll, doch kein Geräusch dringt zu seinen hochsensiblen Ohren.

Der Spaß des Herumjagens ist ihm plötzlich vollkommen vergangen.

Sven fragt leise: »Wo sind wir? Wer sind die beiden? Woher kennt ihr euch?« Seine Neugierde ist groß, und doch weiß er nicht, was er sonst noch sagen soll, und schwieg.

»Die Göttin des Waldes berichtete uns, ihr könntet unsere Hilfe in einer dringenden Angelegenheit benötigen«, sagt Flaro, um die Stille zu durchbrechen.

Schikla mustert Sven, denn sie sieht ihn in all seiner Persönlichkeit und blickt in die Tiefe seines Seins. Sie mochte ihn sofort, denn was sie sieht, gefällt ihr sehr.

»Ihr habt einen Seher und vielleicht sogar einen Magier mitgebracht, das war schlau von euch. Wie ist dein Name?«

Sven fühlt sich angesprochen. Denn auch er spürt Schiklas intensiven Blick durch seine Seele wandern – durch ihre tiefsten Tiefen schweifen – und fühlt sich nie zuvor so gesehen und wohl dabei. Hatte er es doch bisher in seinem Leben immer mit Menschen zu tun gehabt, die nur seine Oberfläche, seine Schönheit betrachteten, durch die hindurch sie aber nicht sein wahres Wesen erkennen wollten oder konnten.

»Mein Name ist Sven, Sven Halawa«, antwortet er kurz und schüchtern.

»Es ist mir eine Freude, dich kennenzulernen, Sven. Das ist mein Bruder Flaro und ich bin Schikla, wir sind vom Volk der Tamanaken. Wir haben euch in unsere Welt eingelassen, um zu beraten, wie wir euch bei der Lösung einer schwierigen Aufgabe helfen können.«

»Er ist okay, glaube ich, aber wir beobachten ihn noch«, wirft Lara ein, die jetzt fast ein wenig eifersüchtig ist, denn die Tamanaken sind doch eigentlich ihre Entdeckung, so denkt sie jedenfalls. Weshalb spricht Schikla jetzt so lange mit diesem dämlichen Sven?

»Wie ich sehe, haben sich vier, oder soll ich besser sagen, fünf von euch noch nicht richtig kennengelernt«, stellt Schikla fest und sieht dabei Annabell, Lara, Maya, Sven und Timmy für einen Moment der Reihe nach einzeln tief in die Augen. »Aber das wird sich bald ändern. Ihr werdet sehen, wie gut sich das anfühlt«, fügt sie noch in einer dominant, verwirrend klaren Stimme hinzu.

Schikla klingt jetzt distanzierter als bei ihrer ersten Begegnung und hoheitlich gebietend wie ihre Mutter, die die Matriarchin der Tamanaken ist. Bei den Tamanaken sind seit dem 24. Mai 2010, dem Pfingstmontag, als sie die drei Felsenmenschen-Mädchen das letzte Mal sahen, und was genau genommen gestern war, einige hundert ihrer Jahreszyklen vergangen.

Auch Flaro wirkt jetzt unvergleichlich viel erwachsener als noch einen Tag zuvor, als die Drei von der Göttin des Waldes in die Geheimnisse des großen Spiels und der schöpfenden Kraft eingeweiht wurden, als sie die unendlich feinen Fäden des großen Gleichgewichts der vielen Dimensionen von Raum und Zeit mit ihren Händen liebkosend heilten, als sie all ihre Träume und Wünsche in das Geflecht aus vielen Dimensionen mit verwoben und damit die Welt retteten.

Obwohl die Tamanaken perfekt sind, wäre es ihnen niemals geglückt, das große Gleichgewicht wiederherzustellen, denn sie verfügen zwar durch ihre Erinnerungskunst über alles Wissen von allen Tamanaken-Generationen aus jeder Zeit und von allen Orten in ihrer Welt.

Das machte sie zwar weise im höchsten Sinne – weil sich ihre emotionale Intelligenz und ihr universelles Wissen über Milliarden von Tamanaken-Generationen verbinden können. Sie sind aber so vernünftig, dass sie unerfüllbare Hoffnungen oder Wünsche gar nicht erst haben, woraus sich die paradoxe Situation ergibt, dass sie jeden ihrer Wünsche sofort erfüllen können.

Die Tamanaken können ihren Lebensraum in vielen parallelen Realitätsebenen aufbauen, sie lösten das Energieproblem so nachhaltig, wie es überhaupt nur vorstellbar ist, sie lernten, ihre Emotionen wie das Licht zu formen, und sie konnten Erinnerungsbilder erschaffen, die eine Realität in all ihren erdenklichen Nuancen wiedergeben können.

Und doch fehlt ihnen, was die Mädchen aus der Menschenwelt haben. Das sind unerfüllbar erscheinende Hoffnungen und sehnliche Wünsche und darüber hinaus eine träumerische, reine, kindliche Neugierde.

Um das folgende Abenteuer zu bestehen, braucht es die Symbiose aus den Stärken der Tamanaken und vier jungen Teenagern aus der Menschenwelt und möglicherweise auch die unbändige, quirlige Schläue eines kleinen Hundes.

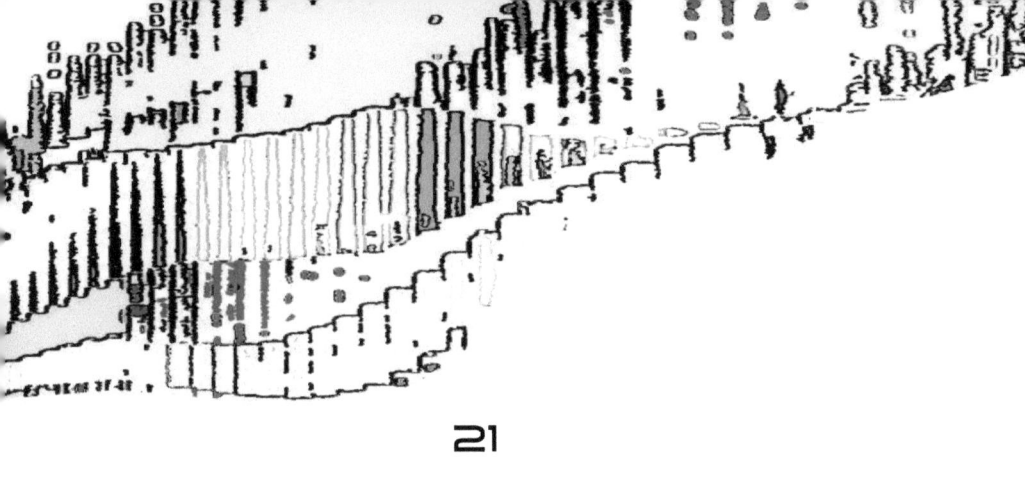

21

GEGENWART

Die Drei

Es ist der 26. Mai 2010,
um 14:16 Uhr an der Walkmühle.

»Wie können wir euch also helfen?«

Die Drei und Sven erzählen Schikla und Flaro die gesamte Geschichte in jedem Detail: vom langweiligen Projekttag, der Zuweisung ihres Themas, über das Projekt Hexenverfolgung bis hin zur Entdeckung Dorotheas und dem letzten Hexenprozess, der sich gleich um die Ecke hier in Berlin an der Mühle abspielte.

Die beiden hören aufmerksam zu und unterbrechen die Vier an keiner Stelle.

»Und jetzt sind wir hier an der alten Mühle, um Dorotheas Spur aufzunehmen und zu sehen, was von ihr noch zu finden ist«, beendet Maya die lange Geschichte mit allen Details, die sie bisher über Dorotheas Leben herausgefunden haben.

»Meinen Glückwunsch, das ist eine wirklich großartige Entwicklung«, sagt Flaro und leuchtet dabei wieder aufgeregt in pulsierenden, schillernden Farben.

Stolz fährt er fort: »Auch wir konnten unser Wissen, nach dem wir uns das letzte Mal sahen, auf ungeahnte Weise erweitern. Und ganz besonders auch dank unserer Begegnung mit euch konnten wir vieles lernen, von dem wir uns zuvor nicht einmal vorstellen konnten, dass es möglich wäre.

Als ihr in unserer Welt wart, konnten wir uns mit euren Gedanken verbinden. Wir sahen mit euren Augen, wie ihr das große Gleichgewicht durchquertet, fühlten, wie ihr die Fäden und Knoten von Zeit und Raum heilen konntet, und so erkannten wir einen Weg, die Zeitdimensionen zu verbinden. Zeit, müsst ihr wissen, ist wie ein Band durch unendlich dicke Stapel von sehr großen Blättern, wobei jedes Blatt eine Realitätsebene ist.«

Sogar Timmy sitzt vor den beiden Tamanaken, hört ihnen mit angehobenen Ohren neugierig zu und sieht ihnen aus großen, staunenden Augen zu. Seinen Kopf neigt er mal nach rechts und dann nach links, sein Schwanz wedelt manchmal leicht und der weiße Puschel an seinem Ende tanzt dann jedes Mal fröhlich in der Luft umher, die, wie alles hier, immer noch so verwirrend stillsteht.

Und so verpasst Timmy nicht das vielleicht Wichtigste, das die Tamanaken in der Zwischenzeit lernten.

»Wir können jetzt an einem Ort, ihr würdet es vielleicht mit einem Fahrstuhl vergleichen, von einer Zeitebene zu einer anderen reisen, vor und zurück, oder, um in eurem Bild zu bleiben, aufwärts und abwärts reisen.

Sogar in der Felsenmenschenwelt können wir jetzt mit unseren Körpern wie in einem Erinnerungsbild umhergehen. Doch das gab bisher immer einige sehr heftige Verwirrungen bei den Felsenmenschen, wenn sie uns sahen. – Damit müssen wir also noch sehr vorsichtig sein. Könnte euch das alles bei der Suche nach eurer Dorothea helfen?«

Das sind ungeahnte Möglichkeiten, von denen die Menschenkinder noch vor einigen Stunden, als sie im Internet Spuren von Dorothea suchten, nicht zu träumen wagten.

»Mega abgefahren ist das!«, sagt Sven, sein Kinn zwischen Daumen und Zeigefinger wippend, und kann seinen Augen und Ohren nicht trauen, als er hört, welche Möglichkeiten sich da plötzlich ergeben.

Die Mädchen sind da etwas pragmatischer, denn die Welt der Tamanaken ist ihnen schon ein wenig vertraut, und die neuen Möglichkeiten scheinen ihnen fast schon normal zu sein. Sie realisieren aber sofort, welche ganz praktischen Vorteile sich jetzt bei ihrer Suche nach Dorothea ergeben.

»O mein Gott, okay, ich denke, wir fangen gleich hier an«, sagt Lara altklug und zeigt mit dem rechten Zeigefinger auf den Boden unter ihren Füßen.

»Oder lieber dort?«, ergänzt Maya und zeigt auf das Haus der alten Mühle.

»Okay Mädels, wir haben einen Plan. Schlagt ein!«, fasst Annabell entschlossen mit einem kämpferischen Gesichtsausdruck zusammen.

Plötzlich, und das ist den Teenagern in diesem Moment nicht bewusst, eröffnet sich mit der Hilfe von Schikla und Flaro eine weitere, gänzlich unerwartete Wendung in ihrer Geschichte. Und dabei meine ich noch nicht einmal den Fakt, dass sie Wesen aus einer anderen Welt gegenüberstehen.

Nein, denn diese Wendung bezieht sich ausschließlich auf das höchst grauenvolle und ebenso ungerechte Schicksal, das Dorothea Staffin widerfahren war, und vielleicht steckt dahinter sogar noch weitaus mehr, von dem selbst der Autor dieses Buches, als er diese Zeilen schrieb, nicht im Geringsten eine Vorstellung hatte.

Doch noch sind die Drei und Sven nicht so weit, und eine wichtige Handlung ist genau jetzt zu vollführen. Die Drei stellen sich in einem Kreis auf und lassen einen Platz für Sven frei, der sofort erkennt, was sie meinen, und sich geehrt fühlt – meint er, fand das supercool, und stellt sich in den Kreis zu den drei Mädchen.

Die Vier verbinden ihre acht Hände in ihrer Mitte zu einer großen Faust, lassen sie dreimal auf- und abschwingen, um sie beim dritten Mal nach oben über ihre Köpfe schnellen zu lassen. Dabei rufen sie wie aus einer Kehle: »Für Dorothea!«. Und damit ist ihr Bund für immer, in allen nur vorstellbaren Zeiten und Welten, besiegelt.

»Sveeheen ...«, druckst Annabell ein wenig mit lang gezogener Stimme. »Jetzt, wo wir ein Team sind, kannst du uns doch verraten, wie du das mit dem Sehen machst, oder?«

Für Annabell ist diese Frage an Sven ein weitaus größerer Schritt, als ihr es euch möglicherweise vorstellen könnt.

War Sven für die drei Mädchen doch heute Morgen noch der größte Idiot der Schule, und jetzt soll er plötzlich ein Seher sein, der mit ihnen gemeinsam eine große Sache plant?

Mayas Neugierde wächst ebenso fast bis zum Himmel an und sie bekräftigt Annabells Frage noch einmal aufgeregt, als Sven nicht so recht erfreut zu sein scheint, die Frage zu beantworten. Laras Blick fixiert neugierig Svens Lippen, die hoffentlich jeden Moment ein Geheimnis enthüllen werden, von dem die Drei begeistert und überwältigt sein wollen und das sie sowas von extrem cool finden wollen, dass es Sven vor lauter Erwartungsdruck fast die Sprache verschlägt.

Lara hakt noch einmal nach: »Wie machst du das mit dem Sehen, Sven?«

»Na ja, das ist nicht so einfach zu erklären ...«, beginnt Sven langsam und versucht, seine Gedanken zu sortieren. »Also, ich sehe mir an einem Ort alles, was dort ist, sehr genau an: welche Farben es hat, in welchem Winkel Dinge sie zueinander stehen, welche Formen und Materialien es gibt, einfach alles, was den Ort beschreibt, an dem ich gerade bin.

Ich nehme die Gerüche wahr, höre tief in jedes und alles hinein, spüre das Unsichtbare wie Schwingungen und so weiter, und dann beginne ich, meine Frage als Gedanken oder was ich einfach wissen will über das, was ich hier mit allen Sinnen wahrnehmen kann, quasi darüberzulegen – durch sie hindurch wie durch eine Brille zu sehen.

Ich kann das nicht in Worten erklären, aber so ungefähr läuft das ab.

Und dann formt sich ein Gedanke zu etwas, das ich sehe, so als ob es aus einem Nebel aufsteigt. Oder vielleicht so, wie es eine Rückkopplung in einem Soundsystem gibt, wenn sich der Lautsprecher und das Mikrofon sehr nahekommen. Oder als ob ich in einen Ozean springe und plötzlich erkenne, wie das Wasser zusammenhängt.

Keine Ahnung, wie ich das erklären soll.

Es passiert einfach, auch wenn ich nicht weiß, wie genau.

Beim Sehen ist das ähnlich in meinem Kopf, in Gedanken wie ein Bild aus allen Sinnesinformationen, gemischt mit Gefühlen. – Irgendwie so jedenfalls.

Und das ist es, was ich sehe, die Antwort auf meine Frage, manchmal kommt es von ganz allein«, erklärt Sven, so gut er nur kann, was eigentlich nicht in Worten zu erklären ist.

»Und das funktioniert?«, fragt Annabell ungläubig, denn sie hat eine fantastisch spektakuläre Zeremonie mit Zaubersprüchen, magischen Mitteln und Verkleidungen erwartet. Aber das, was Sven da so unbeholfen versuchte, als großes Geheimnis zu enthüllen, ist echt simpel.

Alle sehen sich schweigend an.

Um die Situation zu retten, fragt Lara: »Deshalb siehst du in der Schule immer so lange aus dem Fenster?«, kann Annabell nicht widerstehen, Sven weiter zu löchern: »Warum hast du dann so schlechte Noten? Kannst du die Ergebnisse der Fragen im Test nicht auch einfach sehen?«

»Nein, das ist ganz anders. Darin bin ich gar nicht gut.

Da muss ich Kram auswendig lernen und Namen und so.

Das ist für mich sehr schwierig, denn es ist so abstrakt und hat nichts mit der Realität, wie ich sie sehe, zu tun.

Das ist reines Pauken, die absolute Tortur, aber kein Erkennen oder gar Wissen, wie ich es empfinde, wenn ich sehe.«

Sven schweigt einen Moment und grübelt, wie er den Drei wohl verständlich machen könnte, wie seine Gabe funktioniert, denn eigentlich hat er zuvor selbst nie darüber nachgedacht, was genau er tat, wenn er es tat, und schon gar nicht, wie er es jemandem erklären könnte.

Vielleicht hilft noch ein Beispiel, denkt er, und sagt: »Ich kann auch aus den Augen von Tieren oder Menschen sehen. Das ist sogar leichter, denn ich sehe mir an, wie ein Mensch oder ein Tier aussieht: den ganzen Körper, die Beine, den Kopf, die Augen, das Fell, die Haare, die Haut – einfach alles, was den Körper formt. Und ganz besonders wichtig sind die Muskeln, weil sie jeden Körper mit den Erlebnissen formen, die ein Mensch oder ein Tier je in seinem Leben hatte. Ihr müsst wissen: Muskeln speichern jedes Erlebnis, jedes Gefühl in einem Wesen, in etwa so, wie die Rillen auf einer Schallplatte die Musik speichern ...«

Jetzt gerät Sven etwas außer Atem, denn so intensiv hat er zuvor noch nie mit jemandem über seine Gaben und wie er sie anwendet gesprochen.

Sven sieht in ungläubige Gesichter, versucht aber noch einen Anlauf: »... und wie sie sich bewegen, und das alles zusammen, erzählt mir, wie Tiere oder Menschen die Welt sehen und was sie selbst dann sehen. Es würde euch sicherlich Spaß machen, wie ich euch kenne, und euch vor so manchem Irrtum bewahren, aber euch auch so manche Illusion rauben, dafür aber mehr Gewissheiten verschaffen.« ›Geschafft‹, denkt Sven. Nun wissen sie es.

»Das kann ich mir echt nicht vorstellen«, sagt Annabell skeptisch, zieht dabei ihre Augenbrauen zusammen und zaubert etwas angestrengt wirkend, gut sichtbare kleine Falten auf ihre Stirn. Denn Sven kannte sie seit zwei Jahren und sahen ihn jeden Tag in der Schule. Ebenso geht es Lara und Maya, die Sven ungläubig ansehen. Ihre Gesichter sprechen Bände und Sven versteht.

»Das macht nichts, vertraut mir einfach. Vielleicht könnt ihr ja Sachen, die ich mir wiederum nicht im Traum vorstellen kann. Ich werde euch vertrauen, denn wie es scheint, habt ihr schon mal die Welt gerettet.«

Schikla sieht den Vier etwas gelangweilt zu und sagt: »Euch Menschen zu beobachten, ist zuweilen ein Trauerspiel, denn ihr seid immer mit euch selbst beschäftigt, habt es nicht gelernt, euch gegenseitig zu sehen, und streitet unaufhörlich um Kleinigkeiten. Wie dem auch sei, wir sind hier, um euch zu helfen.

Was also können wir für euch tun?«, fragt Schikla und leuchtet dabei in gelbschwarzen, pulsierenden Kreisen, was das eindeutige Zeichen dafür ist, dass sie jeden Moment ihre Geduld verlieren würde.

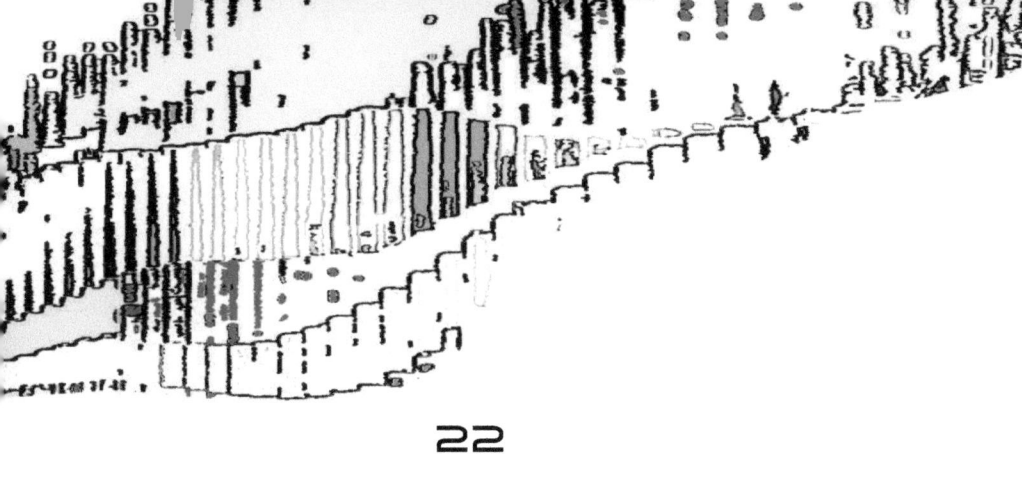

22

GEGENWART

Die Drei

Flaro übernimmt jetzt lieber die weitere Unterweisung.

»Bei den Zeitreisen werdet ihr viel Energie benötigen. Die Nahrung der Menschen ist dafür nicht energiehaltig genug und wird zu schnell von euren Körpern verbraucht. Annabell, Lara und Maya, ihr erinnert euch sicherlich noch an die Lanutu-Schnecken und den Lanuxa-Blütenpollensaft. Ich habe ganz persönlich frische Lanutu für euch gebacken. Erinnert euch das an etwas?«

»O ja, das klingt superlecker«, kommt es im Chor von drei hungrigen Mädchen, die sich sehr gut erinnern können.

Schikla sieht ihren Bruder an und gesteht: »Du bist ein wahrer Meister im Backen, mein Bruder. Alle lieben dich dafür«, was sie immer ein wenig eifersüchtig macht.

»Wir machen gleich hier ein Picknick.«

Alle strahlen und sogar Sven und Timmy verstehen jetzt, dass es gleich etwas unglaublich Gutes zum Lunch geben wird.

Wie aus dem Nichts erscheint Flaro mit einem gedeckten Tisch und fünf Stühlen.

»Nehmt Platz und lasst es euch schmecken.«

»Wie machen die das nur immer?«, fragt Lara ihre Freundinnen, als sie sich an den Tisch setzen. »Es ist wie Zauberei.«

»Was sind die Lanutu?«, will Sven wissen.

»Du wirst sie lieben, die sind einfach himmlisch«, sagt Maya, die es gar nicht mehr erwarten kann.

Die Lanutu liegen in der Mitte des Tisches in einer einfachen, gläsernen Schale, und jedes der Menschenkinder hat einen gläsernen Teller und einen gläsernen Becher, in dem bereits der Pollensaft leuchtend gelb und grün schimmert.

Sven nimmt alles, wie es seine Art ist, sehr intensiv wahr.

Die Stühle sahen zwar gläsern aus, doch sie fühlen sich nicht so an. Der Tisch könnte aus Holz sein, besteht aber aus einem gänzlich anderen Material.

Für den Moment denkt Sven aber nicht weiter darüber nach, denn er und die vier anderen Wesen aus der Menschenwelt sind jetzt einfach nur hungrig, und selbst Timmy findet die Lanutu und den leuchtenden Saft unwiderstehlich.

Lara, Annabell und Maya entrollen die köstlichen Schnecken und beißen genüsslich hinein. »Hm... Das ist gut«, murmeln sie vor sich hin.

»Woraus sind die Lanutu gemacht?«, fragt Sven.

»Es ist eine Art Gebäck aus Samen der Kamyakupflanze«, antwortet Flaro mit einem kleinen Stolz in seiner Stimme auf die Frage des Sehers.

Auch Makira und Flaro essen ein wenig, aber nur so zur Gesellschaft.

»Der Blütenpollensaft ist das Beste, was ich je getrunken habe.« Maya fühlt sich wie im Himmel. Lara empfindet ähnlich. Denn Essen ist für beide eines der schönsten Dinge überhaupt im Leben.

Flaro nutzt die Gelegenheit, um die Menschenkinder und Timmy auf den nächsten Schritt, das Zeitreisen, vorzubereiten.

»Es ist lebenswichtig für euch, dass ihr vor jeder Zeitreise eine Lanutu-Schnecke esst und ein Glas Lanuxa-Blütensaft trinkt. Anderenfalls könntet ihr in der Zeitreise hängen bleiben, denn eure Körper müssen mit jedem einzelnen Teilchen durch die extrem dünne Zeitöffnung gleiten.«

Die Vier zucken etwas zusammen, als sie Flaros Worte hören. Für ein Schulprojekt hört sich das doch ziemlich gefährlich an, oder? Worauf haben sie sich hier nur eingelassen? Tausende Gedanken schwirren plötzlich in ihren Köpfen herum.

»Keine Angst, ihr müsst gar nichts tun. Seid einfach entspannt und denkt an, na ja, am besten an nichts. Das erleichtert es Schikla und mir, in der Zeit zu navigieren«, sagt Flaro möglichst selbstbewusst.

»Eins noch ...«, fügt er mit ernst wirkendem, pulsierendem Licht hinzu. »... Schikla und ich reisen in unserer Welt. Damit wir in eurer Welt nicht in Erscheinung treten, ist das der beste Weg. Und es spart Energie.« Flaro macht eine kurze Pause und überlegt, wie viel die Wesen aus der Menschenwelt über das Zeitreisen wissen sollten, was sie möglicherweise nur verwirren und somit alle in Gefahr bringen könnte, wenn sie wieder so emotional außer Rand und Band geraten, und vor allem, wenn sie wüssten, wie unberechenbar das Reisen durch die Zeit für sie alle jetzt noch sein könnte. Denn weder die Tamanaken noch die Menschen erprobten je zuvor, was sie in einigen Minuten gemeinsam ausprobieren werden.

»Seid ihr so weit gestärkt für den nächsten Schritt unseres Abenteuers?«, will Schikla wissen.

»O ja, ich bin bereit!«

»Ich auch.«

»Kann's kaum erwarten, loszulegen.«

»Dito«, kommt es von Sven und ein Schwanzwedeln von Timmy.

»Na, dann sollten wir die Vergangenheit nicht warten lassen.«

Auch wenn es nicht so scheint, sind sie alle dennoch sehr aufgeregt, jeder auf seine Weise. Es ist deutlich zu spüren, wie die wachsende Spannung zum Greifen ganz fett wie Pudding in der Luft hängt.

Dann fügt Flaro noch hinzu, der jetzt immer aufgeregter zu leuchten beginnt: »Wir sind so eine Art Taxi für euch, die Zeitpiloten, könnte man auch sagen, oder vielleicht jemand wie ›Q‹ für James Bond.

Schikla und ich statten euch mit allem aus, was ihr braucht: Kleidung, die man in der Zeit, in die ihr reist, gerade trägt, Dinge, die ihr benötigen könntet – Waschen und Kochen gewissermaßen für euch – und natürlich sorgen wir für euer leibliches Wohl in jeder erdenklichen Hinsicht. Klingt das nach der Unterstützung, die ihr benötigt?«

Alle machen staunende Augen, damit hatten sie nicht gerechnet.

»Das ist super, und wir können uns ganz auf die Suche nach Dorothea konzentrieren«, sagt Annabell, woraufhin die anderen zustimmend nicken.

»Und das wird keine leichte Aufgabe für euch, denn ihr könnt nur in der Zeit und nicht im Raum reisen. Ihr müsst also persönlich in eurer Stammzeit, das ist die Zeit, in die ihr natürlicherweise gehört und die nur einmal existiert, oder der Zeit, in der ihr gerade seid, an den Ort gehen, an den ihr in der Zielzeit ankommen wollt.«

Die Vier schauten und hörten sehr konzentriert zu. Das klingt wie die Unterweisung in tausend Regeln für ein superkompliziertes Videogame – doch ist alles sehr real.

»Ja, und nicht zu vergessen: Als Taxi halten wir in unserer Welt an dem Ort an, an den ihr in eine andere Zeit reisen wollt, öffnen die Tür zu eurer Welt, ihr steigt ein und kommt in unsere Welt, wir schließen die Tür, meint das Tor zwischen den Welten, und dann geht es los.

Und wenn wir in der anvisierten Zeit angekommen sind, sehen wir eure Welt zu der bestimmten Zeit so still, wie ihr es schon kennt, dann checken wir, ob alles okay ist, öffnen die Tür und lassen euch in eure Welt. Alles klar so weit?« Flaro versucht zu lächeln. Seine Farben leuchten nicht ganz so entschlossen, wie es seine Worte sein wollen, und er vergisst fast zu ergänzen: »Zurück machen wir das genauso, nur andersherum.«

Einige Details lässt Flaro mit Absicht aus und denkt, die Wesen aus der Menschenwelt werden lernen, wenn es so weit ist.

Vier Teenager und ein Hund stellen sich in einer Linie auf mit dem Gefühl im Bauch, als würden sie aus einem einige tausend Meter über der Erde fliegenden Flugzeug, im beißenden Wind an der geöffneten Tür stehend, auf das Kommando für den ersten Fallschirmsprung warten, – oder, bereit für ihren ersten Bungee-Jump, an einem Gummiseil befestigt auf dem langen, schmalen Steg, der über das Dach eines Wolkenkratzers ragt, stehend in die Tiefe blicken, – vielleicht auch mit dem Gefühl, für den ersten Wingsuit flight auf einem schroffen Felsvorsprung am Rande eines steinigen Tals zu stehen, in der Erwartung, sich jeden Moment wie ein Vogel in den Abgrund zu stürzen, – vielleicht auch, als würden sie mit einer Dogge nach einem Tennisball jagen, deren Po zum Anschnüffeln so hoch ist, dass du nicht einmal mit den höchsten Sprüngen drankommen würdest. Nun ja, das Letztere war gewiss Timmys Vorstellung.

Wenige Minuten später, am gleichen Tage um 14:22 Uhr an der Walkmühle, wird das Außergewöhnliche geschehen.

Vier Kinder, zwei Tamanaken und ein Hund werden gemeinsam eine Zeitreise unternehmen, die allerdings nur sehr kurz sein sollte und genau genommen auch lediglich der erste Test sein wird.

Denn ob es funktionieren würde oder nicht, wissen selbst Schikla und Flaro nicht wirklich so ganz genau.

Mit getragener Stimme und ein wenig so, als ob es gleich mit einem Raumschiff auf eine Mission zum Mars gehen sollte, verkündet Schikla:

»Auf Drei: Eins – ...«

»Es geht los!«, ruft Annabell laut, und vier noch sehr junge Teenager und ein kleiner Hund entladen ihre gesamte Spannung in ein ohrenbetäubendes Kreischen und Jaulen. Dann verstummen sie plötzlich.

»Sind wir schon da?«, fragt Maya.

»Es ist noch nichts passiert, warum schreit ihr so entsetzlich? Ich sagte, auf Drei geht es los.«

»Na, wir dachten, es wird unheimlich und uns in Stücke reißen oder so.«

»Bei der Göttin des Waldes, wie soll das nur ein gutes Ende nehmen. Also noch einmal. Seid ihr jetzt so weit?« Vier Köpfe nickten still.

»Auf Eins: Drei, Zwei, Eins.«

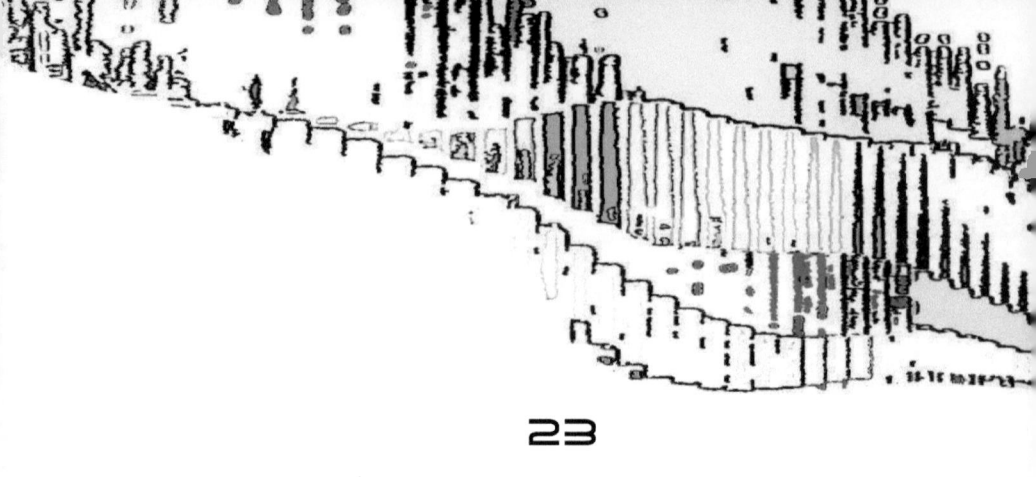

23

GEGENWART

Die Drei

Eigentlich geschieht zuerst gar nichts.

Aber dann doch. Die Welt um sie herum schien sich aufzulösen, genau genommen aber lösen sich vier Kinder und
ein Hund auf, ihre Köpfe mit den Haaren, Ohren, Augen und
Nasen mit all den Sinnen, die hören, sehen, riechen und fühlen. Dann ihre Oberkörper, ihre Herzen, Lungen, alle Organe,
das Blut, die Nerven, die Arme und dann weiter nach unten
ihr Bauch, die Beine und Füße, bis zum letzten kleinen Zeh,
sehr organisiert, und selbst ihre Kleider folgten ihnen ebenso
gehorsam mit jedem Molekül.

Die vier Teenager und ein Hund verbinden sich in einer
Wolke, die zu einem kleinen, klitzekleinen Punkt hinschwebt
und dort verschwindet, ganz langsam, als ob sie von einer
anderen, unsichtbaren Welt aufgesogen werden.

Aber was noch viel interessanter zu sein schien, ist, wie sich die vier Menschenkinder und ein kleiner Hund dabei fühlen, derartig aufgelöst, ineinander vermischt zu sein. Sie denken, sehen, riechen, hören und fühlen plötzlich mit jeder einzelnen Zelle ihres Körpers alles um sie herum und fühlen sich miteinander verbunden und aufgelöst wie das Salz in einem Ozean.

Jedes Selbstsein löst sich auf und vier Kinder und ein kleiner Hund erlangen miteinander das reine Einssein.

Sie fühlen, was die anderen fühlen, und sehen, was die anderen sehen, wie sich ein kleiner Hund fühlt, wenn er wie ein Mensch fühlt, und wie sich Sven fühlt, wenn er sich wie drei Mädchen fühlt, oder die Mädchen, die sich wie Timmy fühlen und so weiter.

Es fühlte sich an wie eine wohlige Ewigkeit, wie ein ganzes Leben in einem Leben, wie ein schöner Tag, der nie zu Ende geht, wie eins zu sein mit dem großen Gleichgewicht, von dem die Tamanaken so leidenschaftlich sprechen.

Wie ein Schwarm fliegen ihre Zellen, die sich weiter in ihre Teilchen auflösten, die sich jetzt sogar in ihre kleinsten subatomaren Teilchen mit den dazugehörigen Bauplänen auflösen, durch die ersten Blätter der Zeitenebenen hindurch.

Keiner der Zeitreisenden hätte sagen können, wie lange es dauerte, aber dann waren sie in der anvisierten Zeit angekommen. Alle Teilchen fügten sich, wie von magischer Hand geführt, nach ihren Bauplänen zusammen und wurden zu Zellen, von denen jede wiederum zurück an ihren Platz fand und schließlich zu drei Mädchen, einem Jungen und einem

Hund wurde, wie wir sie bereits kannten. Sie sahen sich selbst an, ihre Hände, Arme und Beine, dann sahen sie sich gegenseitig an und befanden, es sei alles okay so weit.

Doch etwas ganz Entscheidendes hatte sich an ihnen verändert. Ihre Erinnerung an die Zeitreise blieb: wie es war, im Schwarm der Elementarteilchen verwoben zu sein, so aufgelöst zu sein, wie der Rauch von fünf Räucherkerzen, und das wunderbar entgrenzte Gefühl des gemeinsamen Seins zu spüren, voller Vertrauen und Harmonie.

»Wo sind wir?«, fragt Maya verwundert, denn alles sieht so aus wie zuvor. Sie stehen genau dort, wo sie vor Kurzem schon waren, auf dem Deich an der Panke, unweit der Mühle, auf der magisch aussehenden Wurzel des Baumes, der oben auf der Spitze des Deichs ziemlich schräg nach rechts geneigt ist.

Alles ist still und unbewegt wie zuvor. Nur die Enten befinden sich jetzt etwas weiter flussaufwärts, die wie alles hier wie in einem »Bullet Time«, einem fotogrammetrischen 3D-Spezialeffekt, aufgenommen aussehen, unbeweglich festgehalten bei dem, was sie da gerade tun, was aber auch irgendwie unglaublich cool aussieht.

»Du meinst, wann wir sind«, ergänzt Lara geistesgegenwärtig in einer sehr warmen und freundlichen Stimme, »denn wir sind ja immer noch am gleichen Ort, wie es scheint.«

Ganz leise und versonnen sagt Annabell: »Stimmt, aber seltsam, wie anders sich jetzt alles anfühlt. Könnt ihr das auch spüren?«

Sven ist in dieser Zeitebene noch nicht ganz angekommen und kann noch keinen Mucks von sich geben, doch auch er kann es deutlich fühlen.

Schikla und Flaro beobachten die vier Kinder und einen kleinen Hund aus der Felsenmenschenwelt sehr genau, um zu sehen, ob ihr Experiment geglückt ist. Alle Körperteile sind, wo sie auf den ersten Blick zu sein haben, und es scheint, als würden ihre von außen nicht sichtbaren Körperteile wie Organe, Blut, Nerven und Gehirne bis zum kleinsten Molekül so weit wie zuvor arbeiten.

»Wie es aussieht, sind die Felsenmenschen putzmunter, und wir können sie weiter in das Zeitreisen einführen«, sagt Schikla zu Flaro mit großer Zufriedenheit, denn was hier soeben vor sich ging, war das erste Mal in der Tamanakengeschichte überhaupt versucht worden.

»Wir haben es geschafft, meine Schwester. Jetzt benötigen wir unbedingt ausreichend Lanutu und Lanuxa, damit wir mit den Felsenmenschenwesen unbeschadet größere Zeitsprünge zurücklegen können«, sagt Flaro voller Stolz zu Schikla, die die vier Teenager und ihren kleinen Hund immer noch eindringlich beobachtet und eine bemerkenswerte Veränderung an ihnen feststellt.

»Sieh dir die Felsenmenschenkinder doch mal ganz genau an.«

»Was meinst du?«, fragt Flaro. Denn im Sehen ist Schikla als Tamanakina mit ihren großen, durchdringenden Augen, die so mancher Tamanako im Wettkampf fürchtet, ihrem Bruder um einiges überlegen.

»Sieh dir ihren klaren Blick an, wie gelassen sie dort stehen und wie sie sich fühlen. Die Menschenkinder haben sich verändert. Sie scheinen jetzt mit der großen Harmonie verbunden zu sein ...«, sagt Schikla liebevoll und ergänzt: »Wer hätte das gedacht, die Menschenkinder werden uns noch so manches Mal überraschen.«

»Und wer weiß, vielleicht lernen wir noch mehr von ihnen«, stimmt Flaro ihr nachdenklich zu, mit einigen orangen Farbwellen, die um seinen Kopf herum pulsierten, und freut sich über die sanfte Bemerkung seiner Schwester. Denn er mochte die Mädchen vom ersten Moment an, als er ihnen am Tor zwischen ihrer und der Menschenwelt im alten Schlehenbaum auf der großen Wiese im Humboldt-Hain begegnete.

Nur Schikla hat ihre Vorbehalte gegenüber den quirligen, ängstlichen, unwissenden und unglaublich mit sich selbst beschäftigten Mädchen. Sie sind so anders, als es Schikla selbst in den vielen Vorbereitungslektionen lernte, die sie auf das Leben und die Verantwortung als Nachfolgerin ihrer Mutter, der großen Patriarchin der Tamanaken, vorbereiten sollten. Eines Tages würde sie selbst die Verantwortung für alle Tamanaken tragen.

Doch Schikla benutzt jetzt sogar das nettere Wort Menschenkinder für die ihnen anvertrauten Wesen aus der, wie sie sie etwas herablassend betonte, Felsenmenschenwelt.

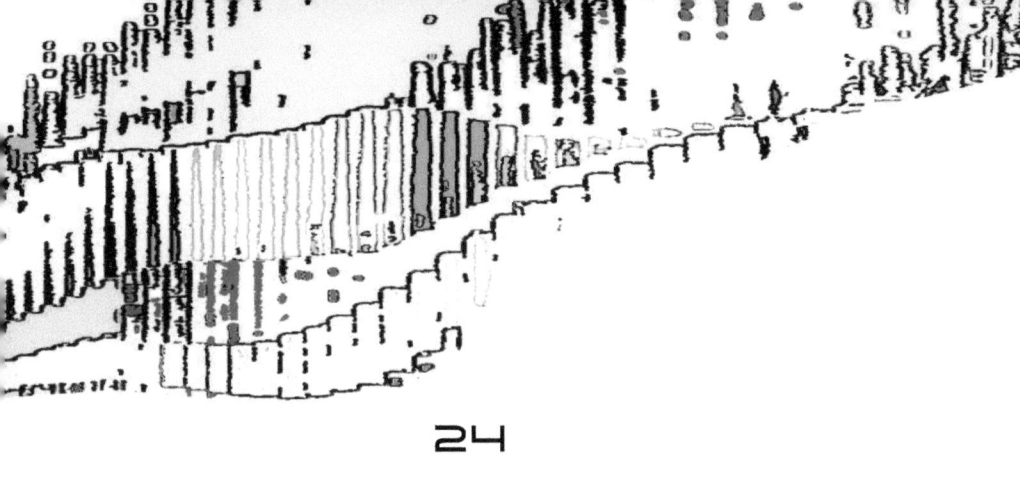

24

GEGENWART

Die Drei

»Wir sind vier Stunden in die Vergangenheit gereist.

Wir sind immer noch am 26. Mai 2010, aber schon um 10 Uhr und 22 Minuten, hier am gleichen Ort, von wo wir gestartet waren.« Flaro stoppt kurz mit seiner Erläuterung, um zu sehen, was die Vier dachten und ob sie so weit alles verstanden hatten.

Maya hat sofort eine Frage: »Gibt es uns jetzt zweimal hier in dieser Zeitebene?«

»Ja, exakt. Sehr wichtig. Jetzt sitzt ihr in dieser Zeitebene in der Schule. In jeder Zeit, in der es euch bereits gibt, wird es euch doppelt geben. Deshalb müssen wir aufpassen, wo sich euer Selbst in dieser Zeit gerade aufhält. Wenn ihr euch in einer Zeitebene treffen würdet, sozusagen doppelt gegenüberstündet, könnte das zu unvorhersehbaren Rückkopplungen

143

zwischen den Zeitebenen und zu unberechenbaren Wissensschleifen führen. Das heißt, wenn ihr euch später an etwas erinnert, worüber ihr mit eurem anderen Selbst gesprochen habt, kann es dazu führen, dass das Gespräch gar nicht mehr stattfindet und ihr in der Erinnerungsschleife gefangen bleibt.

Das könnte zerstörerische Auswirkungen auf eure neuronalen Systeme haben. Kurz: Wir wissen eigentlich nicht genau, was dann passieren würde, denn wir bewegen uns wie erste Entdecker von neuen Welten auf absolutem Neuland.

Also, seid einfach vorsichtig. Treffen mit euch selbst solltet ihr unbedingt vermeiden, solange wir nicht genau wissen, was dann passiert.

Nur in dem klitzekleinen Zeitfenster, von dem ihr losgereist seid, das sind in etwa wenige Zehntelsekunden, wird es euch nur einmal geben.

Dorthin müssen wir euch am Ende der Reise also immer wieder zurückbringen, sonst kann es zu verhängnisvollen Verflechtungen im Zeitkontinuum kommen.«

Es wird ganz still. Die Menschenkinder spüren plötzlich, dass sie sich auf ein echtes Abenteuer eingelassen haben, von dem sie keine Ahnung haben, wie gefährlich es tatsächlich ist.

Auch die Tamanaken fühlen sich auf einmal ein wenig hilflos, denn auf welche Weise sollen sie den Menschenkindern erklären, wie das Zeitreisen funktioniert?

Denn alle für Tamanaken erdenklichen Risiken, Notfallpläne, Verhaltensvorschriften und Interaktionen mit der großen Harmonie in der Menschensprache mitzuteilen, würde vermutlich Jahre in Anspruch nehmen, die meisten Sachverhalte hätten überhaupt erst mit einem Menschenwort benannt werden müssen oder ließen sich gar nicht erst in gesprochene Worte fassen und Missverständnisse wären vorprogrammiert.

Das Reisen zwischen den Zeitebenen ist eine so komplexe Angelegenheit, dass sie nur mit der gesamten tamanakischen Kommunikationsvielfalt mitgeteilt und verstanden werden kann, die von Energie-Zell-Kommunikation, Gefühlssprache, Austausch von Erinnerungstechniken und tamanakische Telepathie bis hin zu weiteren Techniken reicht, die nicht einmal Techniken im eigentlichen Sinne sind.

Denn Felsenmenschen haben keine Sprache dafür, und wie Schikla und Flaro in Felsenmenschengeschichte gelernt hatten, wollen Menschen, selbst die kleinsten von ihnen, alles in Worten und wissenschaftlich verständlich erklärt haben.
Doch Wissenschaftler in der Menschenwelt glauben nicht einmal daran, dass Zeitreisen möglich wären, und begründen ihren Irrtum mit sehr seltsamen Vorstellungen davon, wie Realität angeblich funktionieren würde.
Kurz gesagt: Sie mussten improvisieren.

Ohne Worte zu benutzen, tauschten Schikla und Flaro zwei angeblich weise Sätze aus, die sie im Fach Felsenmenschengeschichte kennengelernt hatten und die sie jetzt plötzlich neu verstehen: »Auch die längste Reise beginnt mit dem ersten Schritt.« und »Der Weg erschließt sich beim Gehen.«
Jetzt verstehen sie, weshalb die Menschen solche aus tamanakischer Sicht naiven Sätze erfanden, sie auch noch weise nannten, und die ihnen offensichtlich helfen, mit dem Ungewissen umzugehen.

Alle schweigen und die Menschenkinder sind von der Transformation in eine andere Zeitebene sichtlich erschöpft, gähnen der Reihe nach, reiben sich die Augen, können sich kaum noch auf den Beinen halten und sind dem Schlaf sehr nahe.

»Wie fühlt ihr euch? Seid ihr ganz hier in dieser Zeitebene angekommen?«, fragt Schikla sanftmütig und besorgt.

Das Sven noch einige Zeit etwas benommen wirkt, ist ihr natürlich nicht entgangen.

»Ich bin okay, ein wenig erschöpft, aber sonst fühle ich mich gut, und ihr?«, fragt Annabell, schaut in die Runde und zu Timmy herab, der sichtlich zu lächeln scheint.

»Schlaft einen Moment«, sagt Schikla etwas hilflos, und Flaro übernahm:

»Das ist alles noch sehr ungewohnt für euch.

Zeitreisen entziehen euren Körpern viel Energie.

Eure Zellen müssen sich regenerieren.

Schlaf hilft dabei am besten.

Wir holen energiereiche Lanutu und Lanuxa.

Danach wird es euch viel besser gehen.

Schlaft jetzt einen Moment.

Seid ganz unbesorgt, hier ist es sicher für euch.«

Die vier gähnen in den vielleicht schönsten Urgeräuschen, die Menschen machen können, stecken sich gegenseitig damit an, sie wurden so unendlich schwer, setzen sich auf den Boden zwischen die Wurzeln und kuscheln sich ineinander wie ein Rudel frisch geschlüpfter Welpen.

Und natürlich legt sich Timmy in Svens Arme und schnüffelt mit seiner feuchten Nase, sehr zufrieden, noch kurz das

Kinn des Jungen an, und versinkt wie die anderen in einen tiefen, traumlosen, erholsamsten Schlaf.

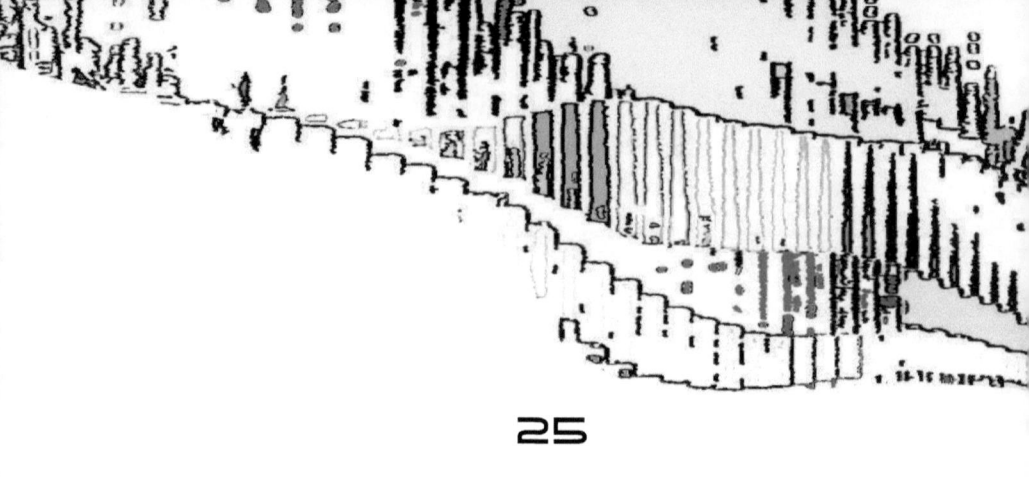

25

GEGENWART

Die Drei

Um ehrlich zu sein, weder die Menschenkinder noch Schikla und Flaro hatten einen richtigen Plan, was nun zu tun sei. Denn eigentlich starteten sie ihr gewagtes Abenteuer, in der Zeit zu reisen, um Dorothea Staffin näherzukommen und um zu verstehen, wie es zu dem ungerechten Urteil kommen konnte.

Für den Moment war das alles aber vergessen. Bis jetzt ging es eigentlich nur darum, das Zeitreisen so gut es nur ging zu erlernen. Nun aber sollte es ernst werden.

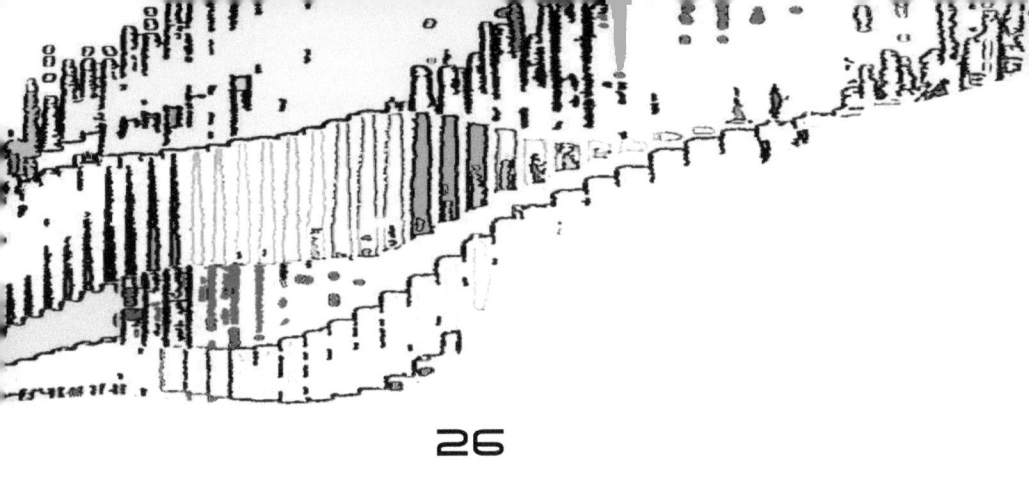

26

GEGENWART

Die Drei

Während die Kinder schlafen, bereiten Schikla und Flaro den nächsten Zeitreiseschritt so gut sie nur können vor. Sie müssen nicht sprechen, um ihre Gedanken auszutauschen. Ihre telepathischen Talente wurden schon früh gefördert. Zudem sind sie Meister im Deuten von Körperlumineszenz und virtuos in der Anwendung von Gefühlssprache.

Selbst wenn es für einen Menschen wie ein langweiliges Nebeneinanderstehen der beiden aussieht, konnten sie währenddessen mit Erinnerungsbildern und telepathischem Austausch unglaublich wundervolle Welten entstehen lassen, das letzte große Rachmakud nacherleben oder in jede andere Ebene oder Zeit, die Tamanaken je erlebt hatten, eintauchen.

Um all das zu tun, brauchen sie keine Flatrate oder Membership, sie müssen nicht verkabelt sein, benötigen kein Wi-Fi oder Bluetooth, keine Softwareupdates oder Cookies, sie müssen nicht irgendwohinfliegen, Auto fahren oder mit dem Zug reisen. Auch brauchen sie keinen Kick durch Shopping, Extremsport, Drogen oder sonstige Stimulanzien.

Was die Tamanakengeschwister aber in der Zwischenzeit, in der die Menschenkinder und ein Hund tief schlafen, tatsächlich machen, ist, an Lösungen von Problemen zu arbeiten und einen Plan für die nächste Zeitreise zu entwerfen.

So besorgen sie angemessene Kleidung, in der die drei Mädchen und ein Junge auf der nächsten Zeitreise nicht so sehr auffallen. Und natürlich zaubern sie wie aus dem Nichts ein kleines Picknick mit köstlichsten Lanutu-Schnecken und Lanuxa-Saft herbei.

Die Teenager erwachen zur gleichen Zeit aus ihrem Schlaf, müssen nur einmal ordentlich gähnen, strecken sich kurz und stehen geradewegs auf, fühlen sich putzmunter, wie mit klarster, frischer Energie aufgeladen.

Nicht zu überhörende animalische Geräusche, die von ihren Bäuchen herrühren, künden von fünf hungrigen Wesen aus der Menschenwelt.

Sie sehen wüst um die Haare aus, und eigentlich ist es an der Zeit, die Sachen zu wechseln, denn es lagen aufregende lange Stunden hinter ihnen, was für sensible Nasen durchaus zu bemerken ist.

In der Welt der Tamanaken gibt es keinen Tag oder Nacht, Morgen oder Abend, die den Tag strukturieren würden. Denn gemessen an den 24-Stunden-Tageszyklen, wie wir sie kennen, in denen der Lauf der Sonne den Rhythmus des Tages mit Tag und Nacht bestimmt, ist ein Tageszyklus in der Welt der Tamanaken nur wenige Hundertstelsekunden lang. Mit anderen Worten: In der Menschenwelt war nahezu keine Zeit vergangen, seit Annabell, Lara, Maya, Sven und Timmy durch das Tor in die Tamanakenwelt gegangen waren.

Nichts hat sich hier bewegt und alles bleibt, wie es vor dem Schlafengehen war. Nicht einmal ein Wimpernschlag hätte seither in der Steinmenschenwelt passieren können.

Es ist immer noch der 26. Mai 2010 um 10:22 Uhr und vielleicht einige Hundertstel Sekunden später, was nahezu keinen Unterschied macht.

Alle sitzen jetzt am Frühstückstisch und genießen die Schnecken und den Blütenpollensaft.

»Hm... Ich liebe diese Dinger am Morgen«, schnurrt Lara.

»Ich auch, so cool sind die«, brabbelt Annabell mit vollem Mund.

Ganz versunken schwelgen die vier und ein kleiner Hund, bis ihr Abenteuer sie wieder zurück in die Realität holt.

»Ihr kennt, wenn ich das richtig verstanden habe, zwei Orte, an denen Dorothea war.

Das ist die Mühle und das Gefängnis im Kalandshof, korrekt?« Flaro fragt das fast wie ein Lehrer, aber war dabei so unglaublich süß, dass es ihm die Vier nicht übelnehmen können.

»Das stimmt absolut ...«, sagt Annabell und ergänzt: »... dann fangen wir am besten gleich hier an, was haltet ihr davon?«

»Das dachte ich auch. Dorothea war an diesem Ort sicherlich am häufigsten und längsten, weil sie in der Walkmühle aufwuchs, und die Wahrscheinlichkeit, dass wir sie hier antreffen, ist, glaube ich, sehr groß«, ergänzte Sven etwas naseweis.

»Na, gut, dass wir einen Seher bei uns haben«, sagte Lara und lachte herzhaft.

Annabell, Maya und auch Sven stimmen ein, aber es ist jetzt ein eindeutig herzliches, schwesterliches Lachen, fern von jedem Spott, den Sven nur zu gut kennt.

Jetzt stimmen auch Schikla und Flaro in das Lachen mit ein und Sven ergänzt voller Selbstironie: »Und den Magier bitte nicht zu vergessen«, macht eine große, ausladende Geste mit seinem linken Arm und prustet vor Lachen all die blockierenden Anspannungen, die sich in der Schulzeit tief in ihm angestaut hatten, frei aus sich heraus.

Wie bei einem Vulkanausbruch entlädt sich alle Spannung aus den tiefsten tektonischen Tiefen seiner Seele, und wie eine Eruption bewegt sich plötzlich alles um sie herum, jedes Blatt, jede Wolke, die Sonne, jeder Grashalm, der Fluss und die Enten, für die Dauer eines Wimpernschlags.

»Hast du das bemerkt, meine Schwester?«

»Das gab es noch nie, mein Bruder.«

»Sven scheint den Zugang zu seiner magischen Energie entdeckt zu haben.«

»Wir werden sehen, was er damit anstellen wird.«

Auch Timmy vernimmt die Veränderung und springt auf Svens Schoß, sieht ihn mit seinen großen Augen an, hebt die Ohren, gibt ihm einen großen Schmatzer auf sein Ohr und ist glücklich, bei seinem neuen Herrchen zu sein.

Denn so viele Abenteuer, ausgelassenen Spaß und lustige Freunde kannte er von der alten Dame, die zuvor sein Frauchen gewesen war, nicht.

Dennoch denkt Timmy gern an die vielen Jahre zurück, die sie zusammenlebten. Schon als Welpe kam er zu ihr und lernte unglaublich viel von ihr über Hunde, Menschen und das Leben,

»Dann machen wir das so«, fokussiert Schikla die Teenager und ihren Hund auf das Projekt und ergänzt: »Für jeden von euch haben wir Kleidung vorbereitet. Seht mal, ob das Passende für die Mädchen und dich dabei ist, Sven.«

Fein säuberlich sind vier kleine Stapel auf dem Boden ausgebreitet. Die Vier gehen zu ihnen und suchen kurz nach ihren Lieblingsfarben und ob Mädchen- oder Jungenkleidung dabei ist.

»Ich glaube, ich nehme das«, sagt Maya zuerst. Sie nahm den Stapel mit dem hellvioletten Unterteil und der bestickten Korsage ins Visier. Wie die Puffärmel allerdings aussehen sollten, ist ihr noch nicht so ganz klar, denn sie sind unter dem Arm einfach an die Korsage angenäht und hängen schulterlos herunter.

»Dann wird dieses für mich wohl am besten passen«, sagt Annabell und nimmt sich den blutroten Rock, dazu die olivgrüne, vorn geknöpfte, ärmellose Weste mit den vielen Knöpfen, dem gewagt weiten Dekolleté und die weiße kurzärmlige Bluse mit Rüschenansätzen dazu.

»Ich glaube, ich liebe das hier«, sagt Lara und steht abschätzend vor ihrem kleinen Paket. Sie nimmt sich den weiten sandfarbenen Rock, hält ihn kritisch hoch, die dunkelgrüne lange

Weste, die sie gleich mal anhält, und die weite hellrosafarbene langärmlige Bluse mit weiten Ärmeln.

»Also, ich habe mich für dieses hier entschieden«, sagt Sven ironisch, denn es ist das letzte Paket und es bleibt ihm keine andere Wahl, denn da ist nur eins mit einer Hose.

Alle, einschließlich Sven, lachen schon wieder herzhaft.

»Ich dachte, dass nur die Mädchenkleider damals so kompliziert waren«, murmelt Sven und hält eine sandfarbene, knielange Hose in die Luft, an der die Beine mit langen Bändern ganz wie eine Korsage gebunden werden können.

Oben am Bund sind einige Knöpfe und eine Art Latz muss hochgeklappt werden, um die Hose zu schließen. Dazu bekam er ein helles Hemd mit weiten Ärmeln und eine kaffeebraune Weste mit vielen Knöpfen.

»Und Schuhe?«, fragt Lara überrascht, denn sie kann keine entdecken.

»Schuhe, ja Schuhe, ihr könnt doch die nehmen, die ihr anhabt. Die sind viel gesünder und bequemer als jene aus dem Jahr 1722. Glaubt mir.« Damit schließt Flaro seine Argumentation und die vier Menschenkinder schauen auf ihre supermodernen, bunten Sneaker.

»Na, wenn es doch niemandem auffällt. Die Mädchen haben lange Röcke, da wird das nicht so offensichtlich sein. Bei Sven ist das eben ein supercooler Look, wie ihr immer so schön sagt«, beschließt Schikla. Sie ist nicht so die Expertin in Fashion-Fragen, das merkt sogar Timmy sofort.

»Wenn wir in einem Videospiel wären, würde ich noch ein Attribut dazukaufen.«

»Welches?«

»Vielleicht einen Schirm im angesagten Style.«

Alle lachen schon wieder und schmunzeln.

»Waren auf den alten Bildern nicht immer alle Frauen mit einem von diesen langstieligen und klitzekleinen Schirmchen unterwegs?«

»Vergesst es, wir sind Kinder auf dem Land, und die haben so was nicht«, klärt Sven die Mädchen mit schelmischem Ton auf.

»Vermutlich hast du recht. Aber ein Bad will ich vorher doch noch haben. Ohne gehe ich aus keiner Zeit in irgendeine andere Welt«, sagt Lara entschlossen. Denn sie vermisst schon jetzt ihre ausgedehnten morgendlichen Badaufenthalte, mit denen sie ihren Bruder immer zur Weißglut bringt.

»Da ist was dran. Wollen wir nicht in der Zeit zu Dorothea reisen und dort ein Bad nehmen?«, folgert Annabell messerscharf.

»Du hast auch immer die besten Ideen. Das machen wir. Also schnappt euch eure Sachen, und dann geht's los«, kommandiert Lara freudig, und alle finden die Idee großartig.

»Wenn ihr es so wünscht? Stellt euch in eine Reihe, wie beim ersten Mal. Habt ihr alle eure Kleidung für die nächste Zeitreise? Wunderbar, das ging schnell.

Auf Eins: Drei, Zwei, Eins.«

Die Vier und ein Hund lösen sich wieder sehr organisiert auf, verbinden sich zu einer Wolke, die, wie beim ersten Mal, in einem winzigen Loch wie im Nichts verschwinden.

In der anderen Zeitebene erscheinen sie wie ein Rauch aus einem ebenso kleinen Loch und setzen sich erneut sehr diszipliniert zu drei Mädchen, einem Jungen und einem Hund zusammen, denen augenscheinlich nichts fehlt oder falsch zusammengesetzt ist. Die Felsenmenschenwelt um sie herum ist noch wie eingefroren.

»Wir öffnen jetzt das Tor zum 26. Mai in das Jahr 1722 um 10:22 Uhr. Es ist ein Dienstag«, sagt Flaro wie ein Zeitreise-Guide und konzentriert sich gemeinsam mit seiner Schwester, um das Portal, die Verbindung zwischen den Welten, zu öffnen. Dann ist es so weit.

»Ihr könnt jetzt in diese Zeit hinausgehen. Seid vorsichtig und vergesst nicht, ihr müsst immer wieder zu diesem Ort zurückkommen. Merkt euch den Weg hierher, das ist lebenswichtig für euch. Wir werden hier auf euch warten. Keine Angst, es ist alles sicher so weit, und euch gibt es hier noch nicht. Aber bitte – macht keinen Unsinn.«

Flaro hätte noch eine Ewigkeit so weiterreden können.

Schikla legt ihm ihre Hand auf seine Schulter und sagt in ihrer lautlosen Sprache: ›Lass sie gehen, mein Bruder. Sie werden wissen, was sie tun oder lassen sollten. Das spüre ich.‹

Dann gehen sie hinaus durch das Tor zu ihrer ersten echten Zeitreise.

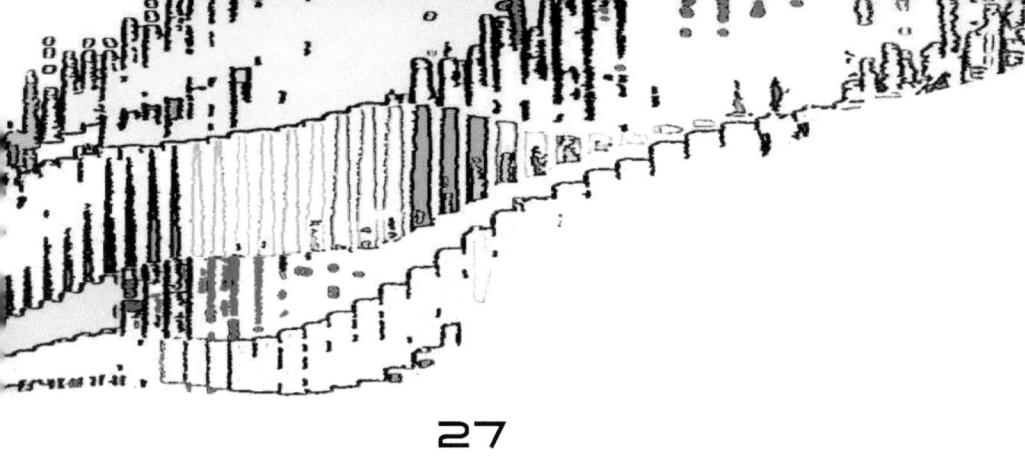

27

VERGANGENHEIT

Die Drei

»Wow, es sieht hier alles ganz anders aus. Überall sind Felder und Wiesen und der Himmel ist plötzlich so riesig!« Lara drehte sich um ihre eigene Achse, mit ausgestreckten Armen, als ob sie die Welt umarmen wollte, und staunte mit großen Augen.

»Und es riecht auch ganz anders, wie auf 'nem Dorf nach Kuhscheiße und Hühnerdreck«, ergänzte Annabell mit zugehaltener Nase und quäkender Stimme, und Maya fügte verträumt hinzu: »Und es duftet auch nach frischem Stroh, blühenden Wiesen und geschnittenem Gras.«

Es war nicht zu überhören, wie sehr die Vier geborene Stadtkinder waren. Und plötzlich sind sie auf dem Land, wo das Marschland in alle vier Himmelsrichtungen bis zum Horizont reichte, zwischen Beeten, Feldern, Wiesen und der

Heide. Allerdings am gleichen Ort, an dem eben noch der Wedding mit seinem Häusermeer aus dem Boden rankte, nur eben 288 Jahre früher, als hier noch nicht einmal ein Dorf, geschweige denn eine Kirche stand und die Stadtmauern Berlins fast eine Vierteltagesreise zu Fuß entfernt waren.

Eigentlich waren hier weit und breit nur die Walkmühle und das königliche Vorwerk.Bäuerinnen und Bauern des Vorwerks bestellten die umliegenden Felder und veranstalteten an den wenigen Feiertagen, die es hier im Jahr gab, rauschende Bauernfeste. Und ja, natürlich gab es unweit auch den Exerzier- und Schießplatz des Feldbataillons der Artillerie, von dem zweimal in der Woche Kanonendonner herübergrollte.

Wäre da nicht die lebendige, viel befahrene Straße, die den Norden mit dem Süden verband, die die beiden Brücken über die Mühleninsel in der Panke überquerte und die Welt an Dorothea vorbeiziehen ließ. Hochherrschaftliche Kutschen, die nach Berlin brausten, kamen so nahe an Dorothea vorbei, wenn sie vor dem Haus spielte, dass sie den Duft des Puders der Passagiere riechen konnte.

Unzählige Pferdegespanne und Ochsenkarren polterten über den Platz vor der Mühle, die reich beladen mit Früchten, Getreide, Hühnern, Gänsen, Heu und allem sonst Erdenklichen nach Berlin fuhren, um die Stadt mit dem zu versorgen, was bei Hofe, von Bürgern, Baumeistern, Handwerkern und ganz besonders von hungrigen Soldaten, täglich so verzehrt wurde.

Nicht zu vergessen die großen Schafs- und Kuhherden, Gänsefamilien, aber auch Mägde und Knechte, die zu Fuß die Brücken an der Mühle kreuzten.

Und da wären noch die königlichen Armeen mit den feschen Offizieren hoch zu Ross, den Pferdegespannen, die Geschützlafetten mit großen Kanonen hinter sich herzogen, und die vielen Artilleriesoldaten, die in Marschformation voll bepackt mit Marschgepäck und Gewehren an der Mühle vorbeimarschierten und die Straßen mit ihren Uniformen in ein Meer aus Preußischblau tauchten.

Sie alle zogen an Dorotheas kleiner Welt vorbei wie ein großes Versprechen, das sich eines Tages möglicherweise erfüllen wird, wenn sich noch einige wohlwollende Zufälle hinzugesellen sollten.

»Endlich ein Bad«, sagte Lara sehnsüchtig, ging zum Ufer an der Panke und setzte sich auf die Uferbefestigung aus dicken alten Holzbohlen und ließ ihre Beine in das kristallklare Wasser baumeln.

»Hier ist jetzt ein richtiger kleiner See.«

Maya und Annabell kamen Lara durch das Gebüsch. Maya kniete sich neben Lara und gab ihr mit der Schulter einen kleinen Stups.

»Ist das nicht cool?«

Es wirkte hier so still, und das, obwohl die Walkmühle mit ihrem dumpfen Rumpeln der Walzhämmer unüberhörbare Geräusche über das Wasser schickte. Es war sogar so still, dass selbst das leise, hohle Echo zu hören war, das nur die stillste Stille hörbar machte und jedes Geräusch begleitete.

»Ich gehe rein«, verkündete Lara, und schon plätscherte es, und sie flüsterte mit hoher Stimme: »Huch – ist das kalt, aber ...«, das wollte sie nicht vollenden und genoss das klare Wasser. Mit sanfter Kraft stieß sie sich vom Ufer ab und drehte sich im Wasser auf den Rücken, sah in den Himmel und schwamm mit weit ausholenden Armbewegungen.

»Das fühlt sich so wunderbar an.«

Maya und Annabell folgten ihr.

»Brrr! Ist das kalt! Huu, das ist wirklich krass kalt!«

Aber dann war auch Annabell fasziniert und Maya erst. Sie brachte kein Wort heraus, mit dem sie ihre tiefe Freude hätte kommentieren können. Die Drei wollten möglichst leise sein, denn in dieser fremden Welt fühlten sie sich noch wie Gäste in einem Haus, dessen Regeln sie nicht kannten.

»Wo ist Sven?«, sagte Lara besorgt und versuchte, ihn am Ufer zu entdecken, doch da war kein Sven.

»Ist er nicht mit euch zusammen hier herübergekommen?«

»Nein, ich habe nicht auf ihn geachtet. Timmy ist auch nicht zu sehen.«

»Wir sind aber doch zusammen durch das Tor gegangen, oder?«

»Ja, das würde ich auch so sehen.«

Laut Rufen trauten sie sich in dieser noch zu erkundenden Welt nicht.

»Shit, wo ist der nur?«

»Da, endlich!«

»Wir machen uns schon Sorgen. Was machst du da so lange?«

»Timmy und ich haben Äpfel für uns gepflückt. Da drüben sind einige Bäume. Ein paar Äpfel waren sogar schon reif.«

»Mach das nie wieder, hörst du! Wir haben so einen scheiß Schreck bekommen«, war Annabell sichtlich erbost, aber überraschenderweise auch ehrlich besorgt um Sven.

»Etwas stimmt nicht. Äpfel sind zu dieser Zeit noch nicht reif.« Annabell sah sich um und sagte: »Seht ihr das auch? Wir sind hier mitten im Sommer.«

»Stimmt, eigentlich müssten wir hier im Mai sein.«

»Äpfel werden doch eigentlich viel später reif, ich glaube im August oder so.«

»Im Supermarkt gibt es immer welche.«

»Jetzt bist du aber die Schlaumeierin«, sagte Sven cool und konnte sich nicht verkneifen, noch hinzuzufügen: »In dieser Zeit gibt es keine Supermärkte. Alle Produkte sind saisonal, meint, Äpfel und alle anderen Früchte gab es nur, wenn sie reif waren oder über den Winter eingelagert wurden.«

»Er hat recht. Wir sollten der Sache auf den Grund gehen. Sven, hast du eine Idee?«

»Ich denke schon die ganze Zeit darüber nach«, antwortete er und nahm einen großen Biss von dem Apfel, den er vor wenigen Minuten frisch vom Baum gepflückt hatte, und sagte mit vollem Mund: »Wann auch immer wir sind, das ist köstlich.«

Er biss erneut in den Apfel, dessen Saft ihm die Wangen herunterlief und ihm vielleicht gleich eine Erkenntnis bescheren würde.

Das Schreien eines Babys durchbrach die Stille.

Wie eine Trillerpfeife schrie es.

Mit rollendem, sehr hohem, schrillendem Ton bekundete hier ein kleines Wesen, wie unzufrieden es mit seiner Lage war.

Ein Mann kam von der Brücke auf der Insel herüber zur Rückseite der Mühle, im Arm ein schreiendes Bündel und eine Frau an seiner Seite.

»Maria, du bist so nett, deine Milch für das Balg zu geben. Ich bin dir sehr dankbar.«

Müller, das ist wirklich keine Mühe für mich. Die Kleine scheint eine gute Seele zu haben, und wie du hörst, ist sie sehr hungrig. Wie heißt sie eigentlich?«

Auf der anderen Seite des Flusses standen Annabell, Lara, Maya und Sven und lauschten dem Gespräch des Müllers mit der Frau, die eine Amme zu sein schien.

»Brat mir einer einen Storch. Das muss die kleine Dorothea sein«, kombinierte Sven, dem der Apfel wohl doch eine Eingebung schenkte.

»Der Pfarrer der St.-Marien-Kirche gab sie mir heute nach dem Sonntagsgottesdienst in meine Obhut und sagte: ›Müller, dieses Kind Gottes mit Namen Dorothea wird dir eine gute Tochter sein‹.Dann hat er mir das Bündel mit dem Balg in den Arm gelegt. Seit meine selige Marta und unsere beiden Söhne ihr Leben geben mussten, hatte ich keine Familie mehr. Der Krieg hat sie mir alle genommen.«

»Ah, das ist recht so. Du sollst die kleine Dorothea wie deine eigene Tochter aufziehen. Ich will dir helfen in Allem, was ich kann.«

»Ach Maria, da fällt mir ein Stein vom Herzen. Was würde ich nur ohne dich machen?«, sagte der Müller mit rauer Stimme in sanftem Ton.

Maria setzte sich auf die Bank, die an der Hauswand der Mühle stand, und begann sofort, die kleine Dorothea zu stillen. Ihre Brüste waren reich und prall gefüllt, denn sie war eine gute Amme, die erst vor wenigen Tagen eine Stellung in einem guten Haus in Berlin beendet hatte und jetzt mit ihrer Milch die neue Müllerstochter stillen konnte.

»O mein Gott«, flüsterte Lara. »Seht ihr, was ich sehe?«

»Ja, das scheint wirklich Dorothea zu sein, als sie noch ein Baby war und vom Müller adoptiert wurde.«

Sie flüsterten ganz leise, um nicht entdeckt zu werden.

»Das bedeutet, wir sind gar nicht am 26. Mai 1722 um 10:22 Uhr, wann wir sein sollten, sondern einige Jahre früher.«

»Ist das krass?«

»Der Müller scheint ein Supernetter zu sein. Wie der sich um das Baby sorgt, – ist voll süß.«

In dem Moment, als alle konzentriert lauschten, was dort drüben auf der Insel vor sich ging, schreckte Lara auf.

»Da ist was an meinen Beinen, da ist etwas ganz Großes und, o Gott, glitschig, es hat mich gestreift.« Lara riss die Augen auf und hielt sich die Hand vor den Mund, sonst würde sie laut losschreien.

Eine Welle und ein schuppiger Rumpf tauchten kurz an der Wasseroberfläche auf und verschwanden wieder.

»Was war das? Los, raus hier!«, rief sie.

Die Drei schwammen so schnell sie konnten zum Ufer und kletterten mit einem Satz aus dem Wasser und starrten, nackt wie sie waren, auf die Wasseroberfläche.

»Das war so unheimlich.«

»Könnt ihr etwas sehen?«

»Sven, du Seher, was war das?«

Die Drei bibberten immer noch vor Angst.

Das Wasser war still wie zuvor. Doch jetzt wirkte die Stille auf einmal ziemlich unheimlich.

Dann ... genau vor ihnen im Wasser, tauchte ein faustgroßer Trichter auf, öffnete und schloss sich wieder.

»Das ist ein krass großer, superalter Karpfen«, rief Sven leise. »Seht ihr seine Augen und seine Schuppen? Da kommt sogar die Rückenflosse aus dem Wasser.«

Die Mädchen sahen es und waren erleichtert. Dann kamen zwei trompetende weiße Schwäne im Gleitflug angeflogen, die in dem kleinen Stausee in der Panke noch größer wirkten, als sie ohnehin schon waren, und landeten mit einer großen Bugwelle im Wasser.

Die Welle verschluckte den Trichter und der Karpfen verschwand mit einem lauten Platsch seiner Schwanzflosse. Die Schwäne interessierten sich nicht für die Kinder und schwammen majestätisch, weiß leuchtend, mit zwei lauten, widerhallenden Rufen ihres rauschigen Trompetens in die andere Richtung auf der gegenüberliegenden Seite der Panke.

»Was machen wir jetzt?«

»Wir ... okay ... es scheint, wir sind aber trotzdem Zeugen eines superwichtigen Ereignisses im Leben von Dorothea geworden.«

»Stimmt.«

»Ja, wir wissen jetzt, dass der Müller sie adoptierte und Dorothea von einem Pfarrer einer Kirche in Berlin kam.«

»Wer mögen dann wohl ihre Eltern sein?«

»Na, eine Hexe und der Teufel bestimmt nicht.«

»Ha ha, sehr witzig.«

»Los jetzt, gehen wir noch mal ins Wasser, denn Zeit spielt von nun an, wenn ich das richtig verstanden habe, keine Rolle mehr, und ich habe es gerade so richtig genossen, bevor der unheimliche Fisch erschien«, sagte Maya und schlüpfte schon wieder mit einem genussvollen »O ja, wie ich das liebe« ins Wasser.

Annabell, Lara und Sven folgten ihr. Selbst Timmy sprang mit wehenden Ohren und einem kleinen Bauchklatscher hinterher.

Wenige Meter von ihnen entfernt aber war ein kleines Baby sehr glücklich in seinem neuen Zuhause angekommen, und dem Müller wurde es in diesem Moment ganz warm ums Herz bei dem Gedanken, von nun an einem kleinen elternlosen Mädchen unter seinem Dach ein Heim zu geben. Und so wurde die nagelneu errichtete Walkmühle auch gleich viel mehr zu einem Zuhause für ihn, dem bei allen als gerechten und sanftmütigen Mann bekannten Müller.

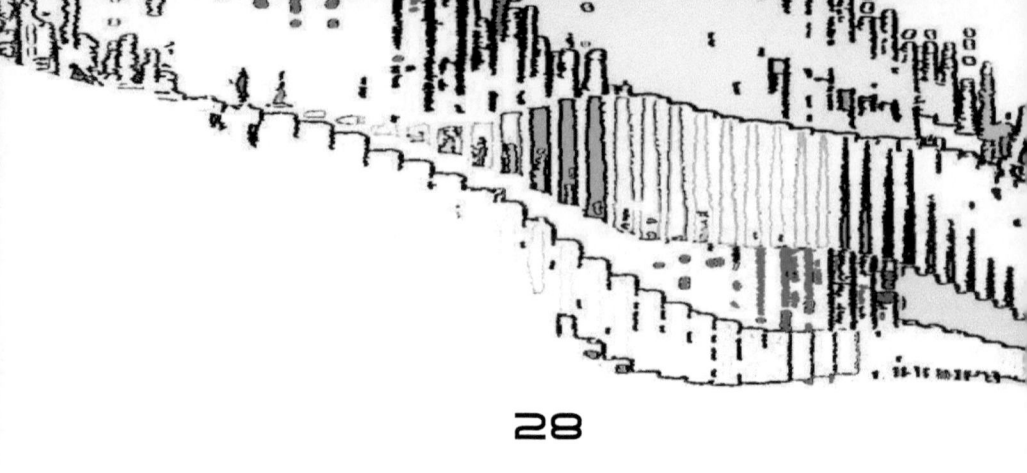

28

VERGANGENHEIT

Die Drei

Vier junge Teenager standen vor vier kleinen Stapeln mit Kleidern, Hemden, Hosen und Westen aus dem Jahr 1722, so dachten sie jedenfalls. Sie waren nackt und tropften noch ein wenig vom Baden. Im warmen Wind, der über die Marsch blies, trockneten sie aber schnell. Dann begannen sie, sich anzuziehen. Unterwäsche und Schuhe, dachten die Tamanaken, tun es auch aus dem 21. Jahrhundert.

Maya nahm ihr Kleid hoch und hielt es sich an. Sie liebte es auf den ersten Blick. Doch wie die Puffärmel angezogen werden sollten, war ihr noch ein Rätsel. Selbstbewusst stieg sie erst einmal von oben in das Kleid hinein und zog es bis zur Taille hoch. Die weißen, weiten Ärmel hingen rechts und links teilnahmslos und schlaff herab. Die bestickte Korsage wollte schon gleich an ihren Platz gezogen werden, aber die

Ärmel blieben ihr immer noch ein Rätsel. »Wie soll das gehen? Könnt ihr mir bitte helfen?«

Annabell und Lara hatten es etwas leichter mit ihren Blusen und Kleidern, zumal sie von vorn geschnürt und geknöpft wurden. Mayas Kleid musste von hinten geschnürt werden, was nur mit Personal oder besten Freundinnen möglich war.

»Na, du wirst die Schönste von uns sein«, sagte Annabell etwas neidisch.

»Dafür wirst du wohl die Coolste von uns sein.«

»Na, das klingt doch sympathisch, oder?«

Lara war als Erste fertig angezogen. »Na,wie sieht's aus, ihr Süßen?«, fragte sie ihre Freundinnen, zupfte noch das Dekolleté zurecht und knöpfte die vielen kleinen Knöpfe ihrer Weste zu und fühlte sich sichtlich wohl in ihrem Kleid.

»Bin auch fertig«, bemerkte Annabell noch unsicher an sich hinabblickend, ob sie nicht etwas vergessen hatte.

»Okay, jetzt vollenden wir dein Outfit, Maya.«

»Wir halten das Kleid rechts und links. Und du steckst deine Arme in die Ärmel hinein.«

»Ja, genau so.«

Maya schob beide Arme in die Ärmel, und mit leichtem Druck zogen Annabell und Lara das Kleid an den Seiten herauf, bis es endlich saß, wo es perfekt passte.

»Wow, das ist krass.«

»Und jetzt noch die Korsage hinten binden.«

»Meine Liebe, wie willst du da jemals ohne uns herauskommen?«

»Stimmt. Du musst dich mit uns sehr gut stellen, schätze ich«, alberten ihre Freundinnen und kicherten dabei neckisch herum.

»Oder du musst auf den Prinzen warten, der dich entkleidet«, wollten Annabell und Lara noch nicht aufhören, Maya zu necken, und sie ergänzte mit gespielter Hochnäsigkeit: »Oder ich nehme mir einen reichen Prinzen, der eine Zofe für mich einstellt.«

Alle lachten laut auf.

»Jetzt, wo wir zeitgemäße Outfits tragen, dürfen wir auch wieder auffallen und laut lachen.«

»Ja, niemand wird uns verdächtig finden.«

»Wo ist Sven schon wieder abgeblieben?«

»Ich bin hier«, rief es leise aus einem Busch hinter ihnen.

»Die Hose ist mir ein echtes Geheimnis. Allein fünf Knöpfe hat jede Seite meiner Kniehose und ganz unten sind noch auf jeder Seite viele Lederbänder dran. Keine Ahnung, wozu die gut sein sollen.«

»Zeig mal, wir können dir helfen«, sagte Lara ganz neugierig und fragte sich, weshalb die paar Jungenklamotten so viel komplizierter sein sollten als ihre Kleider.

Sven kam langsam aus dem Gebüsch und schaute hilflos an sich herab. Das weite, weiße Hemd mit den ebenso weiten, langen Ärmeln hatte er schon an, den unteren Saum musste er allerdings mit dem Kinn festhalten, damit die Hose und das eigentliche Problem zu sehen waren. Denn mit beiden Händen musste er noch die Hose festhalten. So weit, dass sie allein an ihm hielt, war er noch lange nicht gekommen.

Hilflos wie Sven aus den Büschen kam, sah er unwiderstehlich süß aus. – Das süßeste Opfer weit und breit.

»Na, dann helfen wir dem kleinen Sveni mal beim Anziehen«, konnte sich Annabell diesen Scherz nicht verkneifen. »Na, schau, hier die Knöpfe am Bund musst du zuknöpfen, dann fällt die Hose auch nicht mehr herunter. Siehst du?«, sprach sie mit niedlicher Stimme wie zu einem kleinen Jungen aus dem Kindergarten. Annabell hockte vor Sven und fühlte sich, als ob sie mit ihren Puppen zu Hause spielte. Ihre langen Haare warf sie nach links über die Schulter, um zu sehen, was Sven da oben so machte, während sie ihn demonstrativ bemutterte. »Und jetzt noch das Lätzchen vom Höschen hoch und rechts und links anknöpfen. Na, sieht doch super schick aus.« Lara nahm ihr Werk in Augenschein.

Annabell und Maya nahmen an der Zeremonie sehr belustigt teil und kicherten sich einen ins Fäustchen. Annabell fuhr fort mit ihrem Kommentar: »Na, sieh, die Knöpfe an den Beinen machst du einfach zu, von oben nach unten, einer nach dem anderen, auf jeder Seite. Geschaaafft.«

»Na ... und was soll ich mit den Bändern machen?«, fragte Sven wie ein kleiner Junge, der es aufgegeben hatte, die Geheimnisse dieser Welt entschlüsseln zu wollen.

»Das, mein lieber Sveni, sind Zierbänder. Die lässt du einfach, wo sie sind, und erfreust dich daran, wie sie immer so hin und her schlenkern, oder du bindest sie zu zwei wunderschönen Schleifchen zusammen.«

»Jungsklamotten in unserer Zeit haben solche Spielereien nicht nötig. Aber früher war das supermodern, noch in den 70ern waren Bänder und Fransen megacool bei Jungs ...«, sinnierte Maya. »... aber heute, oder besser gesagt im Jahr 2010, kennen Jungs nur noch Jeans, Sneaker und T-Shirts. Wie langweilig.«

Lara übernahm den Gedanken und fuhr fort: »Wenn ich alte Bilder oder Filme aus den 70ern, Piratenfilme oder die

›Drei Musketiere‹ sehe, oder genau, Indianerfilme, denke ich immer, wie cool die damals waren. Kein Wunder, dass Mädchen heute manchmal so gelangweilt von Jungs sind.«

»Sind sie das?«, fragte Sven nach.

»Glaub schon.«

»Vielleicht kommt ja irgendwann mal wieder eine Mode, die Jungs hübscher macht«, sagte Maya hoffnungsvoll lächelnd.

»Wusstet ihr, dass die Frauen der Navajo und generell die Frauen bei den meisten Indianervölkern in Nordamerika das Sagen hatten? Aller Besitz, auch die Zelte und so, gehört ihnen und sie vererben den Besitz, wenn sie sterben, an ihre Töchter weiter. Sie leben bis heute im Matriarchat. Hab' ich auf Arte gesehen.

Das war so was von krass«, sagte Annabell und stellte sich noch einen Moment vor, wie sich das in ihrer Welt so gestalten würde.

Sven genoss die Nähe zu den Mädchen sehr, obwohl sie ihn von ganzem Herzen neckten. Dabei waren sie aber sanft und charmant in dem, was sie sagten, und nicht so aggressiv wie die Mädchen, die er von der Schule her kannte.

»Jetzt noch die Weste mit den vielen Knöpfen.«

»Oh, ja, das sind 14 Knöpfe ...«, bemerkte Sven. »... muss ich die jedes Mal auf- und zuknöpfen, wenn ich die Weste aus- und anziehe?« Wieder lachten die Mädchen herzhaft.

»Stell dir vor, mein Lieber, ja, das musst du.«

»Weißt du, was viele Mädchen so alles machen müssen oder sogar gern machen?«

»Wir machen uns Make-up ins Gesicht, gehen zum Friseur, lassen unsere Nägel machen, tragen Kleider und Röcke mit vielen Knöpfen und tragen Stiefel mit Schnallen und sogar hohe Schnürstiefel ohne Reißverschluss, wohlbemerkt.«

»Jungs leben wirklich in einer anderen, langweiligen Welt«, beendete Maya den kleinen Schlagabtausch zwischen der ›Mädchen- und Jungswelt‹.

Währenddessen zogen sich die Mädchen ihre Schuhe aus dem 21. Jahrhundert an. Unter den Röcken waren sie tatsächlich kaum zu sehen. Nur beim Gehen lugten sie kurz hervor.

Sven war jetzt auch so weit, und schwupps hatte auch er seine Sneaker an. Das ging schnell.

»Geschafft!« Sven war doch ein wenig stolz auf sich. Er fühlte sich in den kompliziert geschnürten und geknöpften Klamotten viel mehr angezogen, und es gab ihm ein Gefühl der Sicherheit, das er bis dahin nicht kannte. Ist es das, was Mädchen an ihren komplizierten Outfits so interessant finden?, dachte er im Stillen ganz für sich.

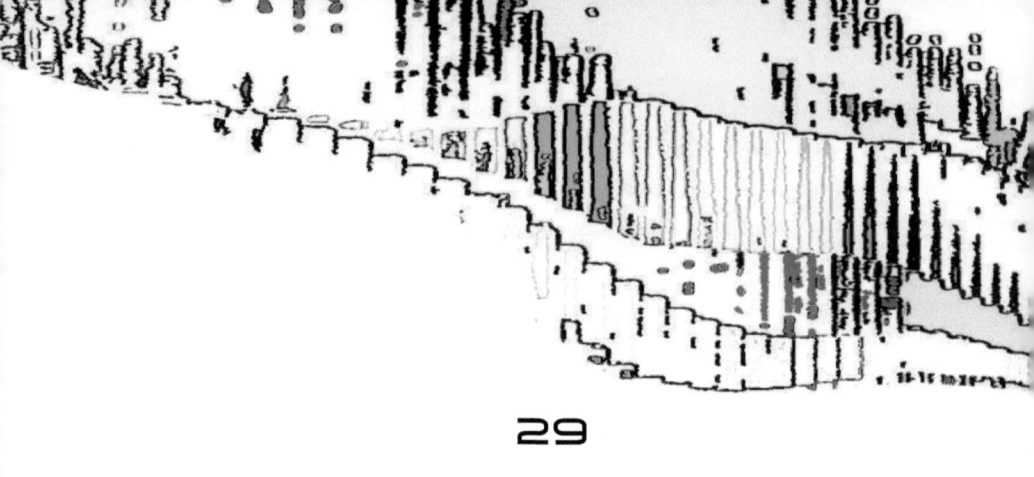

29

VERGANGENHEIT

Die Drei

»Wie sagten Schikla und Flaro gleich, wie wir sie rufen sollten?«, rätselte Annabell ein wenig flüsternd zu sich selbst, als
sie darüber nachdachte, wie es jetzt weitergehen sollte.

»Also, ich kann mich nicht daran erinnern, dass sie darüber
so genau gesprochen hätten«, bemerkte Lara grübelnd.

»Hast du eine Idee, Sven?«, fragte Annabell, während sie
durch das hohe Gras zu dem Ort gingen, an dem sie in dieser
Zeit angekommen waren.

Die Mädchen mussten im unwegsamen Gelände ihre Kleider vorn anheben, um nicht über den Saum zu stolpern.

Sven ging mit forschendem Blick voran, gefolgt von Timmy,
der unglaublich stolz aussah, ganz so, als ob er der erste Hund
im Weltraum sei, und irgendwie war das ja sogar auch so.

»Eigentlich sagten sie nur so viel – dass wir an die Stelle zurückgehen sollten, an der wir angekommen waren«, erinnerte sich Sven, stoppte kurz und ergänzte:»... es muss genau hier gewesen sein.«

»Das würde ich auch so sehen, aber wie können wir sicher sein?«, gab Lara zu bedenken.

»Ich werde Schikla und Flaro rufen.« Sven nahm eine bedeutungsschwanger erscheinende Haltung ein und rief in gedämpfter Lautstärke:»Schikla, Flaro, könnt ihr uns hören?« Es wirkte ein wenig albern, so zu den Beeten zu sprechen.

»Wir sind bereit, um abgeholt zu werden«, schob Lara noch schnell nach und hoffte, dass ihre Worte gehört wurden.

Nichts geschah. Dann aber doch.

Die Luft begann zu vibrieren und zu wabbeln, bis sich die Kontur des Tores abbildete und zum Eintreten bereit war. Fast schon geübt gingen die Vier und Timmy auf die seltsam wellige und transparent erscheinende Oberfläche zu und verschwanden wie im Nichts. Einer nach dem anderen.

Sie sind zurück in der Felsenmenschenwelt der Tamanaken. Alles um sie herum ist wieder unbeweglich und still.

Schikla und Flaro stehen konfus leuchtend nebeneinander und mustern die vier Menschenkinder und ihren Hund.

Eine unbestimmte, seltsame Spannung ist zu spüren.

Schikla fragt zurückhaltend:»Habt ihr etwas über Dorothea herausfinden können?«, und fügt eilig hinzu:»Das Zeitfenster war etwas verrutscht. Das tut uns sehr leid und es war nicht so einfach, euch in der Unendlichkeit der Zeitebenen wiederzufinden. Es gibt einfach unglaublich viele Zeitebenen, in denen ihr hättet sein können.«

»Aber liebe Schwester, nun jag den Kindern nicht so einen großen Schrecken ein«, übernimmt Flaro jetzt, um Schlimmeres zu verhindern. »Wir haben einen Weg gefunden, euch zu orten. Es hat viele unserer Jahreszyklen gedauert, aber dann konnten wir sehr zielgenau hierherfinden. Darüber, wie das genau funktioniert, solltet ihr euch nicht so viele Gedanken machen. Wir sind hier am 17. August im Jahr 1709, einem Sonntag übrigens, um 18.42 Uhr, – weshalb es hier auch so still ist, denn sonst würde ein lebhaftes Treiben von der Hauptstraße herüberschallen«, versucht er das bei den vier Teenagern und ihrem Hund aufkommende Unbehagen abzuwenden.

Jetzt aber wird Schikla neugierig, was es war, das die Mädchen und Sven entdeckt haben, und fragt ungeduldig: »Was habt ihr also entdeckt?«

Alle wollen zugleich antworten, aber das ist plötzlich ein großes Durcheinander, und schließlich ergreift Annabell das Wort: »Wir sahen, wie Dorothea als Baby vom Müller in sein Haus gebracht wurde, und konnten hören, wie er der Amme, einer Magd aus der Gegend, glaube ich, erzählte, wie es dazu kam, dass er Dorothea adoptierte.«

»Genau ...«, übernimmt Lara. »... und es war der Pfarrer der Marienkirche in Berlin, der dem Müller das Baby anvertraute.«

»Wir wissen also, dass sie andere Eltern hatte und der Müller nur ihr Adoptivvater war«, fasst Sven kurz zusammen, grübelt einen Moment und fragt das Offensichtliche:

»Wenn wir falsch in der Zeit waren, wie kam es, aber dass wir an solch einem wichtigen Tag angekommen sind und nicht an einem x-beliebigen?«

»Das ist eine gute Frage, die Sven da stellt«, findet Flaro und versucht, etwas sehr Kompliziertes so einfach wie möglich zu erklären: »… nun, wir fanden heraus, dass solche Momente, in denen viele Emotionen aktiv sind, eine Art Rille in das Zeitkontinuum eines Menschen oder Wesens einweben oder einkratzen, wenn du so willst. Und diese Rillen rasten sehr leicht bei der Navigation in einer Zeitreise ein. Deshalb landen wir leichter dort, wo etwas sehr Aufregendes geschehen ist. Ich glaube, bei den Nachrichten in eurer Welt ist das ähnlich. War das so einigermaßen verständlich erklärt?«, fragt er und sieht in vier rätselnde Gesichter.

»Na, eigentlich ist es etwas komplizierter, doch das muss uns jetzt nicht weiter interessieren«, schließt Flaro kurz ab, um nicht noch mehr Fragen zu hören, deren Antwort die Menschenkinder doch nicht verstehen können.

Timmy hat indes viel Spaß mit den langen Kleidern der Mädchen. Er verschwand unter einem und beschnüffelte den Saum von innen und wollte sogar unter dem Rock hochspringen, was zu Juchzern und »Timmy nicht!«-Ausrufen führte.

Dann sieht er plötzlich nur mit seinem Kopf, den großen Augen und einem frechen Lächeln unter einem Rock hervor, um sogleich unter einem anderen zu verschwinden, und so geht es eine ganze Weile, währenddessen Schikla und Flaro die Lage und den nächsten Schritt ihrer Mission mit den vier Menschenkindern besprechen.

»Meint ihr, wir reisen einfach so drauflos durch die Zeit und hoffen darauf, dass ein Emotionsmarker uns schon richtig landen lassen wird?«, fragt Lara, die vorsichtig geworden ist, und Flaro denkt im Stillen: ›Genau so eine Frage wollte ich vermeiden.‹ Aber nun ist es unwiderruflich raus.

»Na ja, wenn du es so ausdrücken willst«, druckst er, »... ja, da ist was dran, wie ihr so schön zu sagen pflegt: Vertraut uns! So wie wir euch vertrauen!«, ergänzt Schikla, denn Flaro ist für den Moment am Ende seiner Erklärkunst in der Menschensprache angekommen.

Denn noch solch eine heikle Frage hätte möglicherweise das gesamte Abenteuer gefährdet.

Unbemerkt sind hinter den Kulissen aller Raum- und Zeitdimensionen Kräfte am Werk, die sich weder die Tamanaken noch die Teenager oder ihr Hund je hätten vorstellen können.

Die schöpfende Kraft – sie ist unermesslich und mindestens ebenso unberechenbar. Immer folgt sie aber einem Plan, den nur sie allein kennt, oder es zumindest glaubt. Denn die schöpferische Kraft wirkt indirekt, wie eine Negativform, wie so eine aus dem Buddelkasten, die den Sand formt.

Die ganze Tragik daran ist aber, dass, was die schöpfende Kraft auch immer erzeugt, bleibt ihr so fremd, weil es das ganz Gegenteil von ihr selbst ist, und sich daher ihrer Vorstellungskraft entzieht. Es blieb immer das Entgegengesetzte, das Andere, und doch ist es ein exaktes, nur umgekehrtes Abbild von ihr selbst. Das ist ihr Dilemma. Darin ist sie gefangen, bis sie verstehen wird, was das alles soll.

Doch weder die Tamanaken noch die Fünf wissen von der grundlegenden Tragik dieses Sachverhalts. Für sie ist schöpfende Kraft unfehlbar und kann jedes und alles sein, haben und hervorbringen – was immer sie will –, was irgendwie tatsächlich sogar stimmt.

»Wo werden wir als Nächstes hingehen?«, fragt Annabell.

»Wir wissen es nicht«, sagt Flaro.

»Wir folgen dem emotionalen Raster im Zeitkontinuum«, ergänzt Schikla kühl.

»Also reisen wir in eine unbekannte Zeit?«, fragt Sven.

»Ja, das tun wir, aber du als Seher kannst vorausahnen, wohin wir gehen sollten«, deutet Schikla sehr vorsichtig an.

»Kannst du sehen, wo das sein könnte?« Maya beginnt, Sven zu vertrauen, denn er zeigt sich so entwaffnend ehrlich, dass sie darüber nachdenkt, wie es wäre, wenn er tatsächlich sehen könnte. Sie fragt Sven: »Versuchst du zu sehen, wohin wir gehen sollten?«

Sven denkt nach.

»Schau dir alles genau an, wie du es uns beschrieben hast.« Maya gibt nicht so schnell auf. »... sieh genau hin.«

Sven beginnt noch einmal, sich umzusehen: das Feld, die Panke, die Sträucher, die Apfelbäume und die Mädchen. Er wird ganz still.

Alles um ihn herum beginnt sich zu drehen, verformt sich, wird klein und entfernt sich und kommt schnell näher, ganz nahe.

»Da ist es, ich kann es sehen.«

»Was kannst du sehen?«

»Die Vergangenheit.«

»Welche Vergangenheit?«

»Ich weiß es nicht.«

»Versuch, es zu sehen.«

»Wir müssen von hier in die Zukunft, nur einen Zeitsprung. Ich weiß, das klingt verrückt. Los, in die Richtung.«

»Du bist wirklich verrückt.«

»Vertraut mir, das ist nichts, was sich in Worten sagen lässt.«

»Na okay, dann – ...!«

»Ja, wir sollten jetzt los – wohin auch immer«, drängt Annabell die immer ungeduldiger wird.

»Schikla, Flaro, wir sind so weit«, gibt Lara ihren Beschluss bekannt.

»Wir folgen euren Signaturen und den emotionalen Rastern in Dorotheas Leben«, verkündet Maya abenteuerlustig.

»Also dann ...«, sagt Schikla sichtlich zufrieden leuchtend.

»Konzentriert euch.« Und auch Flaro zeigt seine Freude über die Entschlossenheit, die die Vier wiedergefunden haben.

»Ja, wir sollten jetzt los, – wohin auch immer«, drängelt Annabell die immer ungeduldiger wird.

»Schikla, Flaro, wir sind so weit«, gibt Lara ihren Beschluss bekannt.

Annabell, Lara, Maya, Sven und Timmy stehen wieder in einer Reihe, bereit für ihre nächste Zeitreise.

Gleich werden sie sich nach einem geheimnisvollen Bauplan in Zellen und ihre Elemente auflösen, sie werden sich miteinander vermischen und verwoben durch unbekannte Zeitebenen in eine unbekannte Zeitdimension reisen, deren Ziel so ungewiss ist, wie das Resultat einer Google-Suche im Internet.

Hm ..., viel ungewisser eigentlich, weil weder die vier Menschenkinder noch Schikla und Flaro oder Timmy die Frage so genau formulieren konnten.

Nur eines ist klar: ›Zeit spielte keine Rolle mehr‹, kreist es noch einmal in Mayas Kopf herum, und ihr wird bewusst: Es ist kein Videospiel, bei dem sie als Spielerin, wie sie es gewohnt war, jederzeit die Konsole ausschalten, ihrem sonstigen Leben nachgehen und, wenn sie Lust darauf hatte, weiterspielen konnte.

Nein, das hier wurde überraschend ernst und es ist von Anfang an real.

Lediglich Timmy hat keine Erfahrung im Umgang mit virtuellen Parallelspielwelten, in denen Interaktionstechniken wie Undo oder Reset ganz normal sind und jeden Vorgang quasi nur als eine von vielen wiederholbaren Möglichkeiten geschehen lassen.

In seinem Leben betrifft jedes Ereignis immer seine gesamte reale Hundeseele, die an jeder Aktion wahrhaftig beteiligt ist.

»Hört auf, wir sind alle müde, hungrig und nervös. Können wir nicht eine kurze Pause machen? Mir schwirren die Gedanken«, unterbricht Annabell den Aufbruch. Sie bekommt plötzlich kalte Füße und will es aber nicht zugeben. Lieber erfindet sie einen altbekannten Umweg, um ihre Aufregung zu überspielen. – Und es ist erfolgreich.

»Gut, dann sind wir gleich wieder mit den Lanutu und Lanuxa zurück. Gut, dass du uns darauf hinweist ...«, sagt Flaro selbstvergessen, »... ihr benötigt die Energie, denn das Zeitreisen verbraucht in jedem eurer Teilchen viel Energie«, sagt Flaro noch und sieht Schikla einen Moment schweigend an.

Alle sind aufgeregt und versuchen, sich mit den neuen Möglichkeiten und damit einhergehenden, verschobenen Grenzen des Unmöglichen zu arrangieren.

Annabell, Lara, Maya und Sven stehen immer noch nebeneinander, in ihren Outfits aus dem frühen 18. Jahrhundert.

Einen Moment lang wird es wieder ganz still. Die Vier beginnen, die Leinenstoffe auf ihrer Haut zu spüren, die Nähte, die ihre Körper an so ganz anderen Stellen berühren.

Ihre Taillen, die sich plötzlich fest umfasst anfühlen, mit dem sanften, kontinuierlichen Druck des Mieders am Bauch, an den Hüften und dem Rücken, der immer stärker zu spüren ist. Sie spüren die Länge und Schwere der Kleider, aber auch, wie sie die Rüschen der Säume am Hals streicheln. Einige Stellen beginnen zu kratzen. Laras und Mayas Dekolleté sind ungewohnt weit und luftig.

Da die Drei größer sind, als es Mädchen im Jahr 1722 normalerweise waren, muss Flaro auf Kleider von jungen Damen ausweichen, was die Mädchen jetzt etwas erwachsener erscheinen lässt.

Nur Sven fühlt sich einigermaßen normal in seinem Burschengewand. Nur im Schritt der Hose ist es ungewohnt weit und luftig, ähnlich wie in einer von diesen angeblich so coolen Baggy-Jeans, die er aber genau aus diesem Grund normalerweise nie getragen hätte.

In Windeseile sind Schikla und Flaro mit den Lanutu und Lanuxa auf einem, wie immer stylish-elegant gedeckten, Tisch zurück. Fast ebenso schnell sind die leckeren Schnecken und der köstliche Blütenpollensaft vertilgt. Selbst Timmy liebt es mehr und mehr. – Darf er doch ganz offiziell das Gleiche essen, was auch Sven so genießerisch verputzte.

Sonst ist es Timmy nämlich ohne Ausnahme verboten, Menschenessen zu essen.

Schikla und Flaro tauschen einige wortlose Gedanken aus: ›Mein Bruder, wollen wir einen neuen Versuch zu einer Zeitreise wagen? Meinst du, sie sind so weit?‹

›Meine Schwester, das sind sie, ich kann es deutlich sehen. Ihr Energielevel war nur etwas gesunken und das schwächte sie auch mental. Lass uns beginnen.‹

›Dann sei es so. Wir tasten uns von hier aus in die Zukunft vor und gehen bis zu der nächsten Vertiefung im Raster der Zeitlinie.‹

›Wir müssen vorsichtig sein, sonst können wir die Menschenkinder in der Unendlichkeit verlieren.‹

›Sie würden mir sehr fehlen. Also lass uns mit äußerster Voraussicht durch die Zeitebenen navigieren.‹

Annabell, Lara, Maya, Sven und Timmy stellen sich wieder in einer Reihe auf.

›Wie schön sie sind.‹

›Sie sind perfekt.‹ Schikla und Flaro sehen die Fünf an und sind verzückt und mehr noch verliebt in die Menschenkinder und ihren Hund. Alle schweigen und konzentrieren sich für einen Moment.

»Auf Eins: Drei, Zwei, Eins«, zählt Schikla gefasst und demütig den Countdown. Denn was nun kommen würde, sollte sich erst auf der Zeitreise selbst entscheiden.

Schikla und Flaro werden an den Zeitlinien entlangnavigieren, mit einem unvorstellbar kleinen Druck an den zarten Linien im Zeitkontinuum sanft entlangkratzen, bis es ein kaum vernehmbares Klick macht und ein wichtiger Punkt in Dorotheas Leben gefunden ist.

Von Schikla und Flaro verlangt dies die Anwendung ihrer höchsten Konzentrationskunst, die sie mit jeder Zeitreise zudem weiterentwickeln müssen, um die Kinder sicher durch die Zeitebenen zu führen und sie nicht in anderen, den dunklen Dimensionen, zu verlieren.

Denn dorthin würde nichts und niemand und selbst die schöpfende Kraft keinen Zugang haben können. So weit soll es aber niemals kommen. Darin sind sich die Geschwister aus der Welt der Tamanaken einig.

Für die Fünf löst sich aber nicht alles vor ihrem Bewusstsein auf. Nein, es teilt sich vielmehr in so viele Fragmente, wie sie aus Teilchen bestehen, und jedes ihrer Teilchen lässt es sie fühlen. Mit jeder Zeitreise spüren sie es genauer und bewusster, können damit auf eine ganz besondere Weise sehen und hören - unbeschreibliches wahrnehmen, das um sie herum geschieht.

Die Haare beginnen zuerst, sich zu dematerialisieren, dann die Haut, ihre Nasen und Ohren, Hände, bis sie in einer Wolke aufpoppen und für einen kurzen Moment leicht in der Luft schweben, um dann zu einer gemeinsamen Wolke zu dem winzig kleinen Punkt zu schweben, von dem sie scheinbar eingesogen werden.

Ihr Bewusstsein für jedes einzelne Teilchen schärft sich.

Jedes der fünf sich auflösenden Wesen aus der Menschenwelt fühlt sich jetzt wie eine Megastadt oder gar ein ganzer Hyperstaat, aus Trillionen und Abertrillionen Individuen, die eben noch zusammengekuschelt dicht an dicht ihre Stellung im System einnahmen und jetzt wie in einer Völkerwanderung aufbrechen. Und ebenso, wie sich Individuen begegnen, die sich auf eine Reise begeben und anderen begegnen, sich austauschen und Freundschaften schließen, waren die kleinsten Teilchen der Fünf auf Reisen und lernten einander kennen. Ganz so, wie sich Menschen aus verschiedensten Kulturen mit diversen Hautfarben und den exotischsten Sprachen begegnen. ... »Bla, bla, bla. Das klingt ja wie die Ansprache eines greisen Reisebusfahrers. Ich übernehme hier mal. – Sie, die Teilchen, könnten sich gegenseitig zuerst fragen:

›Woher kommst du?‹

Dann würde das andere Teilchen vielleicht antworten:

›Ach, ich komme aus der Bundesrepublik, ANNABELL aus der Region LEBER.‹

›Klingt interessant, und wo ist das genau?‹

›In der Nähe der linken Venenkonfluenz im Sektor 4a.‹

›Oh, das kommt mir bekannt vor. Und du?‹

›O ja, vielleicht hast du schon davon gehört, ich komme aus der Bundesrepublik SVEN, aus der Region LUNGE und dort aus den Alveolen.‹

›Nein, tut mir leid, davon habe ich noch nichts gehört, klingt aber nett.‹

›Lass uns doch mal was zusammen machen, solange wir noch ungebunden sind.‹

›Klingt super, hast du grad was vor?‹

›Ach, nichts Genaues.‹

›Geht mir genauso. Bin einfach auf der Durchreise.‹

›Okay, dann lass uns einfach ein wenig zusammen herumschwirren.‹

Wer hätte gedacht, dass sogar Elementarteilchen rot werden können? Diese beiden kommen aus den hart arbeitenden Gewebeschichten, wenn du weißt, was ich meine.

Andere sind eher hochnäsig und halten sich für was Besseres. Besonders die aus der Großraumregion GEHIRN oder generell die aus den Regionen der verzweigten NERVEN-Gebiete gehören dazu. Die meinen, sie würden mehr wissen als die anderen. Wer's glaubt ...

Oder die Mobilen aus den vernetzten Regionen der BLUT-GEFÄSSE. Die finden sich supercool, weil sie immer unterwegs sind und nicht ständig mit den gleichen Zellen abhängen müssen. Die treffen immer neue Teilchen und alle möglichen Elemente. Manche nehmen sie sogar wie ein Taxi mit, machen dann miteinander rum, gehen Bindungen ein und na ja, wer weiß, was sonst noch so.

Aber einige von denen dürfen kämpfen oder müssen sogar töten, wie so eine Art Armee, weißt du? Das ist kompliziert, denn sie müssen alle innerstaatlichen Teilchen, die von fremden Händlern und Lieferanten, aber auch alle sonst so herumchillenden Zelltypen, kennen und entscheiden, wer da sein darf und wer nicht. Die sind eingebildet und manchmal furchteinflößend. Krasse Gestalten, sag' ich dir. Denen willst du nicht im Herzmuskel begegnen.

Hier auf der Zeitreise lernen sich die seltsamsten und verschrobensten Teilchen aus allen Gewebeschichten kennen. Das ist megacool. Aber am Ende gehen wir liebend gern zurück an unseren Platz, weil sonst könnte der Bundes-Organ-Megastaat seinen Rückhalt bei den guten Zellen verlieren. Wir, die Guten, müssen immer in der Überzahl bleiben. Das versteht sich von selbst, oder?

Sorry, ich hatte mich, glaube ich, gar nicht vorgestellt. Ich bin der Zeitreiseführer aus der Region des GEHIRNS, FRONTALER KORTEX, stets zu Diensten.

Wir organisieren ... Ha!!! Ha!!! Verstehst du? Noch einmal langsam zum Mitschneiden: ›Wir o r g a n i s i e r e n Reisen jeder Art, auch die Unbekannten in eine ferne Zukunft‹ – ist unser Slogan. Klingt cool, oder?

Nach den ersten beiden Zeitreisen, die so lala verlaufen sind, haben wir uns gesagt: Da müssen wir etwas unternehmen, und gründeten unsere Agentur mit dem Ziel, Zeitreisen unserer Megaorganismen, für unsere Teilchen, zu einem schillernden multi-organigraphen Festival zu machen.

Das war's, ich muss jetzt los – viel zu tun. Man sieht sich«, sagte das Teilchen und verschwand auf nimmer, immer wiedersehen in der Elementarteilchen-Cloud, die jetzt schillernd und in allen Regenbogenfarben leuchtet.

Nettes Ding, oder? Nun, dann fahren wir wie gewohnt fort:

So wandern Trillionen und Abertrillionen Elementarteilchen von fünf Wesen in eine andere Zeitdimension, um sich dort wiederum sehr organisiert nach fünf sehr präzisen Bauplänen zu den fünf riesigen perfekten Organismen von Megastaaten der Gattung MENSCH und HUND zusammenfügen.

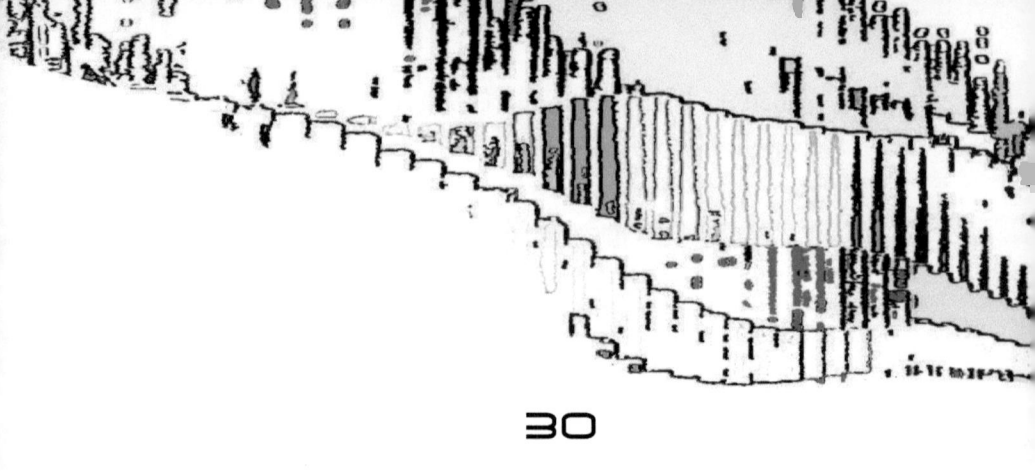

30

VERGANGENHEIT

Die Drei

Es ist noch einmal der 26. Mai 1722,
etwas früher um 10:35 Uhr, an dem gleichen Dienstag und
auf den Tag genau 288 Jahre, bevor vier junge Teenager ihr
Schulprojekt starteten, einen kleinen Hund mitnahmen und
zu ihrer ersten Zeitreise aufbrachen.

An diesem Tag zu der oben genannten Uhrzeit erschienen und
verschwanden sie, so schnell sie gekommen waren.

»Was pass–?« Nicht einmal diesen kurzen Satz konnte
Maya aussprechen, und schon waren sie wieder in der reisen-
den Party-Cloud aufgepoppt.

Wie durch ein Wabern sahen die Kinder Dorothea nur für
einen Wimpernschlag lang dabei zu, wie sie, als sie etwa in
ihrem Alter war, einen großen Koffer über den Hof schleppte.

Dorothea sah auf der anderen Seite des Ufers eine Erscheinung. Vier Kinder und ein Hund, die am helllichten Tag wie von einem Blitz in einem Gewitter kurz erhellt, aufleuchteten und wieder im Licht des Tages verschwanden.

Fast, ohne in dieser Zeit richtig angekommen zu sein, verschob es sie schon weiter in eine andere Zeitdimension.

Die Teilchen ihrer Megaorganismen schienen plötzlich ihre eigenen Interessen zu verfolgen, begannen, ihre ungebundene, neue, höchst individualisierte Lebensweise zu lieben, verwandelten ihre Existenz in ein schillerndes, multi-organigraphes Festival und wollten nicht mehr in ihre alten, vorbestimmten, festen Bindungen zurückkehren.

Dabei verbrauchten sie die Ressourcen ihrer Herkunftsorganismen wie eine Batterie, die irgendwann erschöpft sein wird.

Doch daran wollte keines der Teilchen jetzt denken, denn es war gerade so berauschend schön, und später irgendwann konnte das immer noch geregelt werden.

Mit ihren frenetischen, atemberaubenden Festen im Wechsel zwischen den Zeitdimensionen, so dachten die Teilchen, hätten sie den großen Jackpot ihres Teilchenlebens gewonnen und wollten ihn so schnell nicht wieder hergeben.

Es blinkte der 14. August 1726, ein Mittwoch, um 07:27 Uhr vor Annabells, Laras, Mayas, Svens und Timmys Augen auf. Für einen Augenblick sahen sie Dorothea, die jetzt 16 Jahre alt war, wie sie gemeinsam mit einer der Mägde auf der Mühleninsel Filzbahnen aufspannte. Und Dorothea sah im Augenwinkel ebenso kurz vier Kinder und einen Hund auf der anderen Uferseite der Panke aufblitzen, die ihr irgendwie bekannt vorkamen. ›Ein Déjà-vu?‹, dachte sie und kümmerte sich nicht weiter darum.

»Was ist ...«, konnte Annabell noch sagen, und schon lösten sich die Fünf wieder in einer immer glamouröser leuchtenden Partywolke auf.

Schikla und Flaro konnten nur machtlos dabei zusehen, was vor ihren Augen und mit den Teenagern und ihrem Hund geschah.

»Schwester, das ist ein gefährliches Chaos. Was können wir nur tun? Die fünf Wesen aus der Menschenwelt dürfen uns nicht verloren gehen.«

»Bruder, wir können im Augenblick nur die genauen Zeitbahnen, auf denen sie die Zeitdimensionen durchqueren, verfolgen, um zu wissen, wo wir die Fünf finden, wenn es irgendwann aufhören sollte.«

»Ich mache mir große Sorgen, weil sie in den kurzen Momenten des Materialisierens keine Nahrung, kein Lanutu und Lanuxa, zu sich nehmen können.«

»Du hast recht, Bruder. Jede Zeitreise verbraucht ihre Lebensenergie, und ich hoffe, ihre Ressourcen werden nicht vollständig von den Wechseln zwischen den Zeitdimensionen aufgebraucht. Das wäre ihr unausweichlicher Tod.«

Die Teilchen indessen, feierten eine große Zeitparty nach der anderen. Sie gerieten, wie im Rausch, in bisher für sie unbekannte Zustände des Wohlgefühls. Sie waren so unermesslich ungebunden, schwirrten in sich ständig neuformierenden Paaren und Gruppen umher, trafen sich und entwickelten elektromagnetische Rhythmen, die tief unter die Teilchenstruktur gingen. Sie jonglierten mit ihren Ladungen und spielten sogar eine Art Badminton mit ihren Elektronen, dass es nur so knisterte und leuchtete. Virtuos wechselten sie ihre positiven und negativen Ladungen, sodass es zu ihrem Feuerwerk der höchsten Kunst und der puren Ekstase wurde.

Ein anderer Tag erschien für einen Wimpernschlag so kurz und war doch von großer Bedeutung für Dorotheas Leben. Das war der 11. März 1728, ein Donnerstag um die Mittagszeit.

Die fünf Wesen aus der Menschenwelt materialisierten sich langsamer als zuvor und waren jetzt schon sichtlich geschwächt. Sie hatten nicht mehr die Kraft und konnten sich kaum auf den Beinen halten.

Selbst Timmy lag hechelnd am Boden und konnte kaum seinen Kopf heben.

Sie sahen von Weitem, wie Dorothea mit einem jungen, vielleicht gleichaltrigen Mann in Uniform auf dem kleinen Vorplatz an der Brücke vor der Mühle stand und sich mit ihm unterhielt.

Die Fünf waren jetzt so geschwächt, dass sie sich nicht sofort wieder auflösten, denn auch die Teilchen brauchten Energie, um sich ihrer spektakulären Revolution hinzugeben.

Dorothea stand mit ihrem Rücken zu den Kindern, aber das Gesicht des jungen Offiziers in seiner leuchtend blauen Uniform mit den roten Säumen und der sandfarbenen Hose sprach Bände. Er strahlte voller Hingabe, aber auch Hilflosigkeit, denn dieses Wesen, Dorothea, schien für ihn wie ein unheimliches und zugleich magisch anziehendes Rätsel, mit einer Schönheit in ihrer Seele, der er sofort verfallen war.

Dorothea ihrerseits tauchte in diesem Moment des Blickkontaktes tief in die Seele dieses jungen Offiziers ein, der sein ganzes Leben dem Militär verschrieben hatte und der im Angesicht dieser rätselhaften Frau sein tiefes frühes Selbst mit ihr gehen ließ, als ob sie ihn an die Hand genommen hätte, um ihn in die tiefen, dunkelsten Ecken seiner Seele zu führen.

Unter lauten Kommandos und Pulvergeruch, zusammengekauert auf dem Grund seiner Kindheit verschüttet, saß es ängstlich da, und er erkannte, dass sie das alles so klar wie den reinsten Bergkristall sah, und kehrte mit aller Macht an die Oberfläche seines Bewusstseins zurück.

Dorothea sagte etwas, für die Vier aus der Ferne Unverständliches, wendete sich ab und ließ den jungen Offizier mit sich selbst zurück, keine Vorstellung davon habend, was tief in seiner Seele in Bewegung geraten war.

Nur eines war ihm klar: ›Was auch immer es mich kosten wird, ich muss dieser jungen Frau so nahekommen, wie es nur möglich ist.‹

So weit, um das zu erkennen, kamen die Fünf nicht mehr, denn ihre Teilchen, die nur noch ihrem freien, ungebundenen Willen folgten, lösten die fünf Wesen aus der Menschenwelt ein weiteres Mal auf, feierten, als ob es kein Morgen gäbe, und zogen mit ihrer neuen großen Lightshow-Party zu einer anderen Raumdimension weiter.

Die Teilchen transformierten hin und her wie in einem Rausch. Vor den Augen von Annabell, Lara, Maya, Sven und Timmy blitzten für den Bruchteil einer Sekunde Raumebenen auf und verschwanden wieder. Die Kinder und ihr Hund wurden schwächer und schwächer. Sie konnten sich nicht mehr auf den Beinen halten und lagen jetzt flach atmend am Boden irgendeiner Raumdimension.

»Schwester, können wir gar nichts tun, um ihr Leiden zu beenden?«

»Nein, mein Bruder. Sie müssen diesen Kampf für sich führen. Wir können nur zusehen und hoffen. Es sind ihre Elemente, die zurückfinden und mit ihnen Frieden schließen müssen.«

Die Fünf erschienen, lösten sich auf und erschienen abermals, als wollte es kein Ende nehmen. Tragisch wanden sie sich, fast schon bewusstlos lagen sie am Boden, als sie nur kurz aufblitzten und wieder verschwanden. Die fünf Wesen aus der Menschenwelt fühlten die Ekstase ihrer Teilchen deutlich wie einen fröhlichen, bunten Schatten, der ihnen ihre Lebenskraft langsam entzog.

Alle schwangen so schnell und unberechenbar umher, dass ihre unvereinbaren Gegenüber, ihre Antiteilchen, andeuteten, zu erscheinen.

Das Schlimmste, was ihnen geschehen konnte, war, dass die negativ geladenen Antiteilchen die positiv geladenen Teilchen auslöschten, wie ein Plopp schlicht neutralisierten und sie danach nicht mehr, in keiner der uns bekannten Welten, existierten.

Das wäre der Tod der Teilchen und sie würden in die Dunkle-Materie-Welt eingesaugt, möglicherweise sogar in ihre Quantenfragmente zerrissen und in den mysteriösesten und unheimlichsten Teil des Universums, DAS QUANTEN-VAKUUM, verschleppt.

Die Teilchen, die den Bauplan kannten, bemerkten zuerst, dass etwas nicht stimmte. Es wurde immer schwieriger, die Aminosäureketten zusammenzufügen, weil die Disziplin der Teilchen immer mehr zu wünschen übrigließ. Es entstanden Fehler in der Materialisierung der Zellkerne.

Teilchen, die eigentlich in der Lunge zu Hause waren, siedelten sich im Magen an, und alle wollten eigentlich lieber in den Blutgefäßen umherschwirren oder zu den neuronalen Netzen, als zu den sogenannten hart arbeitenden Gewebeschichten gehören.

Nahezu alle Teilchen bemerkten aber auch eine gewisse Ermattung und Müdigkeit, die einsetzte, wenn sie sich an ihrem zugewiesenen Platz eingefunden hatten.

Daher sehnten sie sich nach dem nächsten Trip, dem Rausch, der alles wiedergutmachen würde, doch es wurde immer schlimmer.

Bis, ja, bis sogar die Zeitreiseorganisation der Teilchen bemerkte, wie sich selbst das Auflösen nach Plan mühevoller gestaltete.

Der einstige Kick, den alle Elementarteilchen verspürten, wollte sich auch nicht so wie erwartet einstellen.

Das Licht des Feuerwerks begann zu verblassen. Die Farben reduzierten sich, bis zum Schluss nur noch ein mattes, graues Licht übrigblieb. Jetzt merkte auch das letzte Teilchen, dass sich etwas ändern musste.

Die Teenager und ihr Hund lagen fast bewusstlos mit schwachem Puls am Boden. Ihre Augen sahen lichtlos-blass aus und zogen sich weit in ihre Höhlen zurück. Die Haut am ganzen Körper begann zu schrumpeln. Wie alte Menschen auf dem Sterbebett lagen sie reglos nebeneinander. Die schönen Kleider waren ihnen zu groß geworden. Ihre Arme und Beine staksten wie blanke Knochen aus den Stoffen hervor.

»Schwester, das Ende ist nahe. Sie werden sterben.«

»Ja, es sieht so aus. Diese fünf Wesen aus der Menschenwelt waren voller Hoffnung, mutig, und stark.«

»Wir hätten nicht so weit mit ihnen gehen sollen. Diesen Tod hatten sie nicht verdient.«

Beinahe war es zu spät, doch dann, im letzten Moment, der den Teenagern und einem Hund noch blieb, sahen die Teilchen ihre Zukunft, die große Transformation, in der ihre Organismen – ihre geliebten Megastaaten – in den großen Kreislauf zurückkehren würden. Sie sahen mit Trauer und Schrecken, wie sie zu Staub zu verfallen begannen, und in einem nächsten Teilchenleben vielleicht in langweiligen, starren Beton oder Glas gezwängt würden, in einen Felsen hineinwachsen oder als Kunststoffverpackung für tausende von Jahre auf dem Planeten umherirren würden.

Nicht zu vergessen die dunkle Welt der Teilchen, die schon darauf wartete, sie in dieser Realität für immer auszulöschen.

Denn Elementarteilchen, so sehr sie auch feiern konnten, hatten keine Seele. Sie kannten nur Baupläne, die sie für höheres, organisches Leben bestimmen konnten.

Und wenn sie aus dem Bauplan des Lebens entnommen würden, bliebe ihnen nichts von dem, was sie so sehr liebgewonnen hatten, bis sie eventuell von einem lebendigen, weichen und warmen Organismus wieder in einen Bauplan zurückgeführt würden, und das konnte nach irdischen Maßstäben Tausende, ja sogar Millionen oder in kosmischen Dimensionen gar Milliarden von Jahren dauern.

Wenn sie ihre große Partyrevolution etwas gelehrt hatte, dann war es das: Es ist besser, jetzt ein Teil eines Wunders wie das des Lebens zu sein, als in kosmischer Zukunft, vielleicht nur als ein Teilchen im kalten, leeren Weltraum, allein umherzutreiben.

Die Erde war einzigartig im Universum, und ihre kuscheligen, lebendigen Mega-Organ-Staaten Annabell, Lara, Maya, Sven und Timmy waren in diesem Universum ihr Zuhause.

Zum Glück kannten einige Teilchen ihren Bauplan trotz allem noch.

Jedes Teilchen konnte sich nach allem noch an seinen Platz und seine Aufgabe in seinem Mega-Organ-Staat erinnern, und eigentlich, wenn sie noch einmal darüber nachdachten, liebten sie ihre Aufgaben.

Gemeinsam beschlossen sie im letzten Moment, in dem sie alles verlieren konnten, ihr Zuhause nicht zu verlieren, mehr noch, dafür zu kämpfen, um es zu retten.

Sofort setzten sie ihren Entschluss um.

Sie vereinbarten sogar eine Art Charta, in der sich jedes Teilchen verpflichtete, ›fortan bis in alle Zeiten und an jedem Ort‹, was in diesem Falle wörtlich zu nehmen war, ›alles zum Wohle ihres Mega-Organ-Staates und der ihnen Nahestehenden, namentlich Annabell, Lara, Maya, Sven und Timmy, zu tun, Böses von ihnen fernzuhalten und alles Gute in ihnen zu mehren, gemeinsam mit ihnen gegen jeden Feind zu kämpfen und zum Wohle aller zu handeln, ihren Platz zu lieben und zu ehren sowie ihrem Organismus mit all ihnen vorstellbaren Fähigkeiten, mit denen sie das Universum ausstattete, zu dienen‹.

Und das sollte mehr sein, als sich je ein Mensch zu träumen wagte, und selbst die Tamanaken noch in höchstes Staunen versetzen.

Etwas Ähnliches hatten Elementarteilchen zuvor nur Göttinnen und Göttern versprochen, die bekanntlich in ihrer Güte und Macht Unermessliches bewirken konnten, weil für sie fast alle Naturgesetze aufgehoben waren.

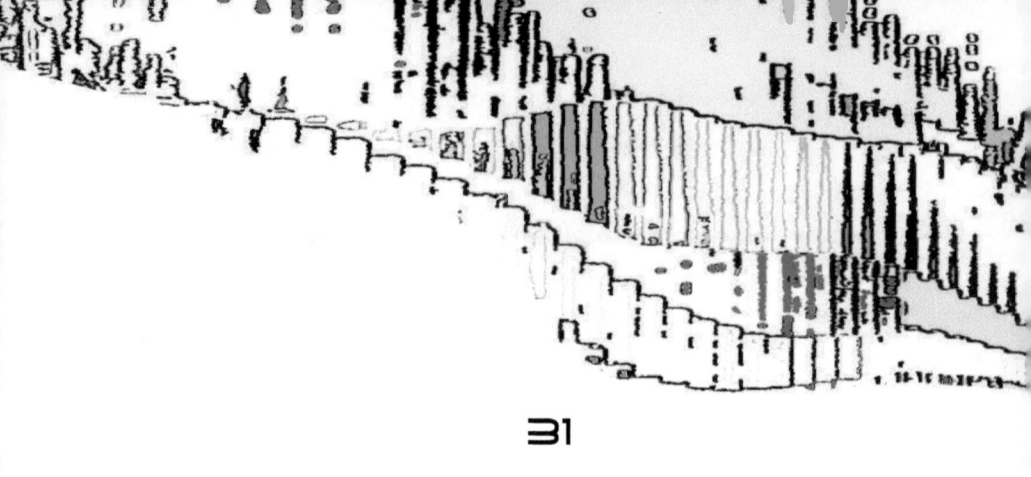

∃1

VERGANGENHEIT

Dorothea und Christoph

Es ist der 16. Juli 1728
um ziemlich genau 14 Uhr und 34 Minuten.

Dorothea ging an einer mächtigen Fensterreihe in einem langen, hohen Flur entlang. Die Sonne schien schräg hinein und malte große, fröhliche Lichtvierecke, auf den schwarz-weiß gefliesten Boden. – In die Mitte jedes Einzelnen aber warf sich ein großes, dunkles, verheißungsvolles Schattenkreuz.

Dorothea musste lange im mittleren Flügel des Berliner Schlosses in einem zügigen Gang der Kriegs- und Domänen-kammer warten, um die neuen Bestellungen für die Walk-mühle entgegenzunehmen. Zäh verhandelte sie die Menge, die Termine, die Qualität und den Preis der herzustellenden Filzbahnen.

Der Beamte der Kriegs- und Domänenkammer kannte Dorotheas charmante und zugleich clevere Verhandlungsstrategie. Jedes Mal wollte er die Belange des Königs und des Heeres an erste Stelle setzen und war am Ende doch, wie schon so viele Male zuvor, nach zähem Verhandeln mit der begabten Dorothea Staffin, Tochter des Walkmüllers, und ihrem geschickt süßen Geplauder über seine Gattin und die drei Kinder bereit, Kompromisse zugunsten der Walkmühle einzugehen.

So auch heute.

Dorothea war nach den neu unterzeichneten Verträgen mit dem Beamten der Kriegs- und Domänenkammer in höchst ausgelassener Stimmung. Sie tanzte mit ausgestreckten Armen Pirouetten durch den langen, hohen, grauen Schlossgang und ließ ihr leuchtend olivgrünes Kleid weit um sich herumfliegen. Ihr Hut, mit exotischen Federn geschmückt, ließ ihr schönes Gesicht und mehr noch ihre klaren Augen im einfallenden Sonnenlicht noch freudiger leuchten. Die hochgesteckten, rotblonden Haare hielt zwar eine perlmuttbesetzte, breite Haarspange im Zaum. Zwei lange, rotblonde, frech arrangierte Locken rechts und links von ihrem Gesicht aber flogen mit dem weiten Rock und den schillernden Hutfedern um die Wette wie in einem Wirbelsturm durch das Schloss.

Dabei sprang Dorothea mit eleganten Schritten von Lichtfeld zu Lichtfeld zwischen den Kreuzen umher und vermied es tunlichst, auch nur eines davon zu berühren. Berauscht von ihrem Erfolg summte sie ganz für sich eine Melodie, die ihr vom Pfingsttanz in der Domäne in den Sinn kam, bis der laute, mächtige, bedrohliche Schrei eines Mannes die Schlossmauern erschüttern ließ, woraufhin Dorothea die Flucht ergriff, geschwind wie der Wind die Wendeltreppe hinunterstürmte, Stufen gewandt übersprang und die engen Kurven höchst grazil umrundete und in voller Geschwindigkeit hinter einem Bogen hervorschnellend, auf den letzten Stufen, einem jungen Offizier mit einem lauten »Huch« direkt in die Arme sprang.

Dorotheas Schrecken war riesig, denn sie rannte vor diesem ungeheuren Schrei davon, der sie bis ins Mark erschütterte.

All ihre Fröhlichkeit und Freude waren augenblicklich verflogen. Flucht war das Einzige, was ihr helfen konnte, um dem Echo dieser lauten Person zu entkommen.

Wer durfte in einem Schloss ungestraft so laut schreien, wenn nicht der König selbst? Und mit diesem ungemütlichen Mann wollte sich Dorothea ganz gewiss nicht anlegen.

Nun aber, nachdem Dorothea Hals über Kopf durch das Schloss gerannt war, lag sie völlig außer Atem in den Armen eines jungen Offiziers, der obendrein sehr freundlich zu ihr sprach und sagte: »Wen haben wir denn da? Die kluge und schöne Tochter des Müllers von der Walkmühle im Wedding. Siehe da ...«

Dorothea konnte sich nicht gleich erinnern, und da fuhr er fort: »Sagten Sie nicht, ich soll nicht aufgeben, Sie nach Ihrem Namen zu fragen?«

Dorothea erinnerte sich dunkel an einen jungen Offizier, der sie vor einigen Monaten an der Walkmühle ansprach und den sie völlig vergessen hatte.

»Ah. Sie sind das«, sagte sie beiläufig.

»Aber ja doch, wer sonst. Nun, darf ich Sie erneut nach Ihrem Namen fragen?«

»Kann es sein, dass Eure Hände immer noch um meine Taille liegen?«, sagte Dorothea unwirsch und blickte an sich herunter. »Wenn Sie darauf bestehen, fragt mich, nur zu. – Doch zuvor entfernt Eure Hände von mir!«, forderte sie mit fester Stimme.

Dorothea gewann langsam ihre Contenance zurück, denn Rennen, müsst ihr wissen, in einem Kleid mit eng geschürtem Mieder, wie es bei Hofe damals erwartet wurde, ist eine im wahrsten Sinne des Wortes atemberaubende Angelegenheit, die nicht selten in einer höchst ohnmächtigen Bewusstlosigkeit, am Boden liegend, oder ebenso derangiert in den Armen eines Mannes enden konnte, von dem wir hoffen müssen, dass er ein wahrer Gentleman ist.

»Verzeiht. Würden Sie mir jetzt Ihren Namen verraten?«

»Sie geben nie auf, oder?«

»Sollte ich denn?«

»Ich bin Dorothea, die Tochter des Müllers der Walkmühle in Wedding«, versuchte sie, so kurz wie möglich zu antworten, um bei dem jungen Mann keine Begehrlichkeiten zu erwecken.

»Sieh an, sieh an. Gestatten, ich bin Christoph Graf von Raufenberg, Sohn des hochdekorierten Feldmarschalls Ernst Magnus Graf von Raufenberg und Leutnant im Feldbataillon der Artillerie.«

»Verzeiht meine laxe Anrede, mein Herr. Das klingt zu schön, um wahr zu sein«, sagte Dorothea matt und versuchte damit, die Ironie in ihren Worten zu kaschieren.

»Glauben Sie es nur, denn es ist die Wahrheit.«

»Mein junger Graf, worauf seid Ihr aus? Eine Heirat kommt wegen unseres Standes nicht infrage und eine geschäftliche Beziehung? Nun, diese Frage könnt Ihr Euch selbst beantworten. Was also wollt Ihr mit mir? Konversation? Oder doch eine Affäre? Für Letzteres, das sei Euch gleich vorab gesagt, stehe ich nicht zur Verfügung.«

»Darf ich Sie für den Moment nur ein wenig begleiten?«

»Habt Ihr nicht etwas Wichtigeres zu tun?«

»Nun, meine Schöne, heute haben wir keinen Krieg und der Frieden kommt an solch einem wunderschönen Sonnentag auch ohne diesen Soldaten aus.«

»Also, wenn Ihr darauf besteht, dann begleitet mich ein Stück über die Lange Brücke. Danach, das sei Euch gleich gesagt, müssen sich unsere Wege trennen.«

»Ich fühle mich geschmeichelt. Danke, dass Sie mir diese Ehre zuteilwerden lassen.«

Dorothea und Christoph verließen das Treppenhaus, gingen in den riesigen Schlosshof, aus dem Tor, über den großen Platz, der direkt zur Langen Brücke führte.

Der junge Offizier seinerseits wollte schlendern und legte Dorotheas Arm auf den seinen und deutete damit an, dass sie sich bei ihm unterhaken sollte.

Doch das wies Dorothea energisch zurück, denn dieser fremde Mann nahm sich für den ersten Moment deutlich zu viel heraus.

Was würde jemand denken, der sie in einer derart anzüglichen Liaison sieht? Und das auch noch zwischen den vielen Kasernen in dieser Gegend, direkt vor dem Schloss.

»Graf, Ihr seid impertinent. Behaltet Eure Hand bei Euch. Zügelt Euch, wenn Ihr mich noch über die Brücke begleiten wollt.«

»Dorothea, ich kann es nicht mehr verbergen. Ihr berührt mein Herz auf eine sehr besondere Weise, die mich völlig verwirrt. Ich fühle mich, seit wir uns das erste Mal vor der Mühle sahen, auf eine rätselhafte Weise zu Ihnen hingezogen. Ich kann nichts dagegen tun. Schon nach unserer ersten Begegnung war ich verloren.«

»Graf. Wenn Ihr mich noch bis auf die andere Seite der Brücke begleiten wollt, erzählt mir etwas Inspirierendes und spart Euch das Süßholz für Eure Huren auf.«

›Soldaten‹, dachte Dorothea, ›waren es gewohnt, sich zu nehmen, was immer sie begehrten. Im Krieg war das so und im Frieden nicht anders. Nur dass sie jetzt süße Worte einsetzten statt purer männlicher Muskelkraft, um an ihr Ziel zu gelangen. Das Ziel aber war immer das Gleiche.‹

Viel hatte sie schon davon gehört, was in Kriegen mit Zivilisten, Mägden, Knechten und Frauen im Allgemeinen so passiert.

Und mit Soldaten, welcher erlauchten Herkunft auch immer, verband Dorothea nichts, was sie auf irgendeine vorstellbare Weise angezogen hätte. Ausweichend, in provozierendem Ton, ergänzte sie: »Eure Eltern ließen Euch auf nur einen Vornamen taufen? Ich dachte, so erlauchte Personen wie Ihr, Graf, haben zwei, drei oder gar mehr davon.«

»Nein, ich habe nur einen Namen, wie unser Kronprinz auch nur auf einen Namen getauft wurde, ganz schlicht ›Friedrich‹.«

»Ah, Ihr vergleicht Euch also mit dem Kronprinzen. Na, das lässt sich in jedem Fall leichter merken, denn mit Namen habe ich so meine Probleme.« Und als ob sich Dorothea in ihren

Vorurteilen gegenüber Christoph bestätigen wollte, fragte sie: »In welchen Kriegen habt Ihr schon gekämpft?«

»Bisher hatte ich die Ehre, nur an einem Feldzug, am Großen Nordischen Krieg, teilzunehmen. Ich kämpfte im Pommernfeldzug von 1715 bis 1716 im Feldbataillon der Artillerie des alliierten Heeres gegen Schweden.«

»Und wie war es so im Krieg?«, wollte Dorothea wissen, denn mit einem Soldaten hatte sie bisher noch nie über das Thema gesprochen.

»Wir waren siegreich und eroberten gemeinsam mit den alliierten Dänen und Sachsen ganz Schwedisch-Pommern. Als Tribut des Siegers erhielt Preußen die Stadt Stettin, Usedom und alle südlichen Gebiete der Peene.« In seine Worte mischten sich Erinnerungen wie ein schwarzer Regen, Tropfen für Tropfen, die das Leid des Krieges in sein Bewusstsein zurückbrachten.

Christoph verschloss in Friedenszeiten alle seine Emotionen: die verheerenden, zerstörerischen, bedrückenden, zum Krieg gehörenden, weit weg in seiner Gefühlswelt, hinter allen anderen, in einer dunklen Ecke, in Ketten mit einem großen Schloss, um nicht von ihnen übermannt und gequält zu werden.

Wenn aber der Krieg kam, öffnete sich dieses Schloss mit der Leichtigkeit des Flügelschlags eines Schmetterlings auf einer Blumenwiese.

Der gebannte und aufgestaute Druck von Gewalt, Blut, Mord und Totschlag entfaltet sich dann in einer seltsamen Entspannung, die inmitten der Ereignisse, in der Schlacht, gar nicht mehr so bedrückend wirkten.

In Friedenszeiten, des Nachts aber, standen die Männer, Frauen und Kinder, die er in der Schlacht und sonst im Krieg getötet hatte, einer nach dem anderen, mit abgetrennten Beinen, weggeschossenen Armen, zur Unkenntlichkeit verbrannt und manchmal mit fehlenden Köpfen, an seinem Bett. Ein unerträglicher Gestank von Blut, Pulver und ungewaschenen Menschen, die seit Monaten in den Feldlagern lebten, erfüllte dann immer seinen ganzen Geist.

Sein bester Freund aus der Kadettenschule fiel auf dem Schlachtfeld neben ihm einfach um. Ohne ein Wort, ohne einen Schrei sank er zu Boden, mit einem kleinen Loch in der Stirn, so klein wie ein Daumennagel, aus dem nicht mehr als ein winziger Tropfen Blut rann.

Ein anderer Freund aus der Kadettenschule wurde zwei Tage nach dem Sieg auf dem Schlachtfeld gefunden. Verletzt lag er da in einer Blutlache, so groß wie ein Teich, zwischen unzähligen anderen, dem Blut und den Körpern anderer gefallener Soldaten seines Regiments, alle aus der Gegend, in der er aufgewachsen war, und jeder von ihnen hatte ein bekanntes Gesicht.

Der Freund wurde gefunden, noch am Leben genug, um ihn mitzunehmen, und das Glück wollte es, dass ein kriegsgefangener Offizier der schwedischen Armee, der Gott sei Dank Chirurg war, ihm mit dem Bajonett eines gefallenen preußischen Soldaten die Kugel aus seiner Schulter entfernen konnte. Er schaffte es bis zum Lazarett, um dann an seinem Blutverlust und dem sich ausbreitenden Wundbrand zu versterben.

»Ihr seid so still geworden«, sagte Dorothea leise und riss Christoph damit aus seinen Gedanken.

Dorothea und Christopher standen jetzt auf der Langen Brücke und sahen flussaufwärts den Fischern beim Leeren ihrer Reusen zu.

»Verzeiht«, sagte Christopfer leise und schwieg erneut. Was von all dem sollte er dieser wunderschönen Frau neben ihm erzählen? Hier im Frieden, in Sicherheit, blühte sie so wunderschön. Ihre Haut war glatt und geschmeidig.

Ihre Augen schillerten so frei aus dem kleinen Schatten ihres Hutes hervor. – Sie, die mit einer erfrischend klaren Stimme sprach. – Dabei ihre Lippen liebreizend bewegte. – Das leuchtende Olivgrün ihres Kleides wirkte so unschuldig sanft. – Die zarten Rüschen, die ihr weites Dekolleté umrandeten, die sich mit jedem Atemzug leicht hoben und senkten.

Alles an ihr wirkte so zerbrechlich, so rein wie der Sonnentau am Morgen. – Obendrein: Der Duft von betörender Herzlichkeit und provokanter Finesse, den sie verströmte, ließ Christophs Geheimnis zu einem barbarischen Akt, zu bloßer Schlachterei, zu Mord und Totschlag werden.

›Nie würde ich ihr davon erzählen können‹, dachte Christoph, als er den Tränen nahe war, und sprach zu ihr: »Mein Vater sagte einmal, als ich noch sehr jung war: ›Nur in der Schlacht erkennt ein Mann, was für ein Kerl in ihm steckt‹. Glauben Sie mir, ich wollte, diesen Kerl hätte ich nie kennengelernt.«

Dorothea sah jetzt plötzlich etwas in dem Offizier, was hinter der Uniform einem jungen Mann ähnelte, der vielleicht in ihrem Alter sei, der gefangen in seinen Erinnerungen nicht der sein konnte, der er vielleicht einmal sein wollte. ›Was geschehen ist, kann nicht ungeschehen gemacht werden‹, dachte sie und sah in das Gesicht ihres Gegenübers, in dem Trauer dunkle Konturen hinterließ.

Da schlug die Glocke der nahen Marienkirche dreimal.

»Die Zeit. Ich muss gehen.«

»Aber wir sind doch nicht am Ende der Langen Brücke angekommen.«

»Ich muss meine Kutsche erreichen. Lebt wohl, junger Herr Offizier.«

»Darf ich Sie wiedersehen?«

»Das weiß ich nicht – besser nicht. Ich muss gehen«, sagte es, drehte sich um und ging ihres Weges, als sei nichts gewesen.

Die Kutsche stand wie vereinbart dort unter dem großen Baum an der Marienkirche. Dorothea konnte sie schon von Weitem sehen und ging nach dem seltsamen Gespräch mit dem jungen Offizier noch ein wenig eiliger, um schnell in Sicherheit zu sein.

Mit Schrecken stellte sie fest: Die Kutsche war leer. Der Kutscher bemerkte Dorothea und sagte von seinem hohen Kutschbock zu ihr herunter: »Der Baron geruht, heute Nacht in Berlin zu bleiben. Er sendet seine Empfehlung und lässt übermitteln, die Konversation an einem anderen Tag fortzuführen. Der Baron gab aber den Befehl, Sie zur Mühle in den Wedding zu fahren, sodass Sie noch vor Sonnenuntergang sicher zu Hause ankommen werden.« Dorothea fiel ein riesiger Stein vom Herzen.

Die Kutsche erreichte die Mühle wie versprochen am Abend, noch vor Sonnenuntergang, als alle Knechte und Mägde vom Feld nach Hause gingen. Die Sonne stand tief und durchleuchtete die Kutsche mit ihrem warmen Licht.

Die alte Magd, die Dorothea schon immer verdächtigte, mit dem Teufel im Bunde zu sein, sah das Schauspiel aus nächster Nähe.

›Dorothea kam in Begleitung eines unsichtbaren Herren, der sie mit der Kutsche mitnahm und nicht gesehen werden wollte. Das konnte nur der Teufel sein.‹ Wie ein Lauffeuer sprach sich die Neuigkeit herum – unter denen, die Dorothea schon immer misstrauten – und allen anderen, die nur zuhören wollten.

»Dorothea ist die Geliebte des Teufels!«, raunte es durch die Gemeinde, und: »Das war der Beweis«, verkündeten alle, die daran glauben wollten. – Genau so würde es den Reichtum des Müllers erklären. – Dorothea nehme reiche Gönner aus, die sie auf ihren Fahrten nach Berlin verführt, verhext und sich ihres Hab und Guts bemächtigt.

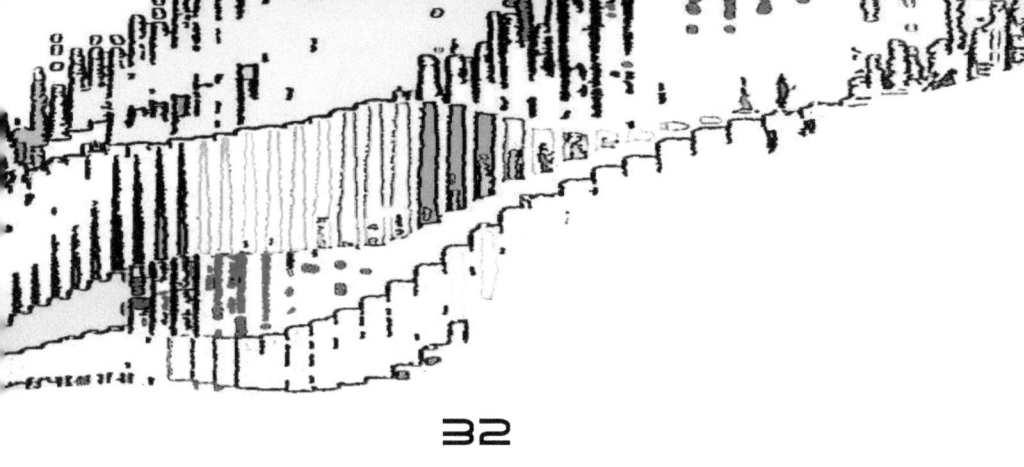

32

VERGANGENHEIT

Die Drei

Noch für einen Moment lagen Annabell, Lara, Maya, Sven und Timmy, völlig verzehrt, wie fünf Häufchen Staub, nebeneinander.

Dann aber änderte sich alles. Ihre Kleider begannen sich langsam zu heben, als ob sie von einer inneren Kraft erfüllt wurden und die Körper darin begannen, sich neu zu sammeln.

Nach einem beinahe verloren gegangenen Bauplan setzten sich kleinste Zellen, Knochen, Muskeln, Organe, Arme und Beine, Nasen, Ohren und Haare aus Staub zusammen, der eben noch bei dem leisesten Windhauch einfach davongeweht worden wäre.

Zum Schluss straffte sich ihre Haut, begannen ihre Augen zu leuchten und ein strahlender Schein umgab jeden Einzelnen von ihnen.

Überraschend schnell kamen die Fünf zurück in die Welt der Lebenden. Sie standen auf und musterten sich gegenseitig, etwas ungläubig. In ihren Adern floss eine ihnen noch unbekannte Kraft und ihre Zellen und selbst ihre Seelen waren verjüngt.

Wie Babys fühlten sie sich neu geboren, auf die Welt gekommen, jeden Stein, die Pflanzen, den Himmel und alles um sie herum neu sehend, jedes Geräusch neu hörend und dabei selbst leuchtend wie ein Stern, erfüllt von großer Harmonie und einer noch unbekannten Macht.

»Was ist mit uns passiert?«, fragte Lara und wusste es bereits. Nur um die Frage zu stellen, um ihre Stimme zu hören, sprach sie diesen kurzen Satz aus, den ihre Freunde sich ebenso dachten und die Antwort darauf bereits wussten.

Was zuvor geschah, erlebten die Fünf mit vollem Bewusstsein: die Revolution der Teilchen, ihre ekstatischen Partys, ihr eigenes Sterben und ihre Wiedergeburt in dieser für sie nun sehr neuen Welt, die sie doch schon so lange kannten und die sie jetzt völlig neu entdecken werden.

Annabell, Lara, Maya, Sven und Timmy spürten, wie jede ihrer Zellen, ja selbst die kleinsten Teilchen in ihrem Körper mit ihnen waren. Das war so etwas wie ein Allradantrieb, nur dass jedes einzelne ihrer Teilchen ein Rad war, das ihre neue Entdeckungsreise, jeden ihrer Gedanken, jeden ihrer Wünsche und ganz besonders ihre Neugierde mit einem elementaren Kraftantrieb durch die Welt bewegte.

Dem Vergangenen war vergeben. Kein Gram oder Zorn ward mehr gebraucht. Die Schönheit in allen Dingen und Lebewesen konnten die Fünf jetzt erkennen. Aller Zweifel,

Zögern oder Hadern entpuppte sich als unnötiger Ballast, der jetzt wie eine zu klein gewordene Haut von ihnen abfiel.

Und ihr werdet euch sicherlich fragen, ob die Fünf fliegen können? Nun, das mussten sie erst noch herausfinden.

Eines jedoch entzog sich ihrer Macht. Sie konnten den freien Willen von Menschen, Tieren und Dingen nicht beeinflussen. Sie konnten sie nur mit ihrem Allwissen um die Elemente und charmanten Tricks zum Besseren verführen.

»Könnt ihr auch die vielen Würmer, Käfer und Schmetterlinge hören, das Gras wachsen sehen und spüren, wie die Bäume miteinander sprechen?« Maya war verzückt und es war ihr ganz warm im Herzen. Sie lächelte mit jedem Muskel ihres Körpers.

»Ja, ich höre sogar die Gespräche, die Menschen in der Ferne führen.«

Auch Sven lächelte mit jeder Faser, jeder Zelle seines Körpers in die Welt hinein.

»Dann lasst uns beginnen mit dem, wofür wir einst aufgebrochen waren. Dorothea braucht uns«, ergänzte Annabell, erfüllt von Liebe, die sie ausströmen ließ und jedes und alles mit ihr einhüllte.

»Seht, ein leuchtender Schein umhüllt uns«, sagte Timmy, deutlich hörbar in der Sprache der Menschen.

»Timmy kann sprechen!« Sven war außer sich vor Freude, nahm ihn auf den Arm, und Timmy sagte zu ihm: »Was bist du doch für ein wohlriechender Mensch«, und gab ihm einen fetten Schmatzer auf die Nase.

»Wow, das ist cool. Timmy ist jetzt wie wir ein volles Mitglied unseres Teams.«

Wortlos gingen sie aufeinander zu und umarmten sich, um ihren neuen Bund persönlich zu besiegeln.

All die Kraft und Macht der Fünf überlagerten sich in ihrer Freude. Heftige, leuchtende Blitze entluden sich, die bis in die Wolken reichten. Damit war ihr Bund geschlossen.

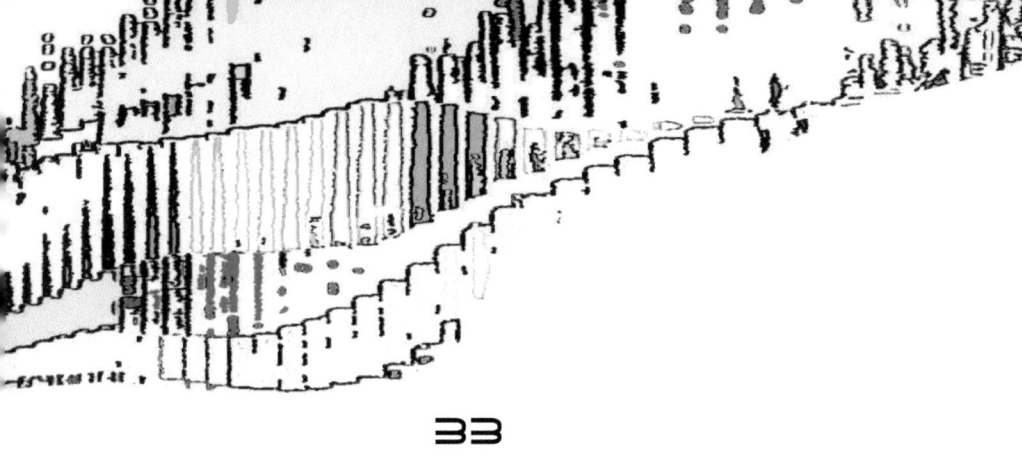

33

VERGANGENHEIT

Dorothea und Christoph

Es ist wieder der 11. März 1728, wenige Augenblicke zuvor um die Mittagszeit. Die Fünf waren zurück und sahen, was nun passierte.

Dorothea verabschiedete sich gerade von dem jungen, hübschen Offizier, mit dem sie eben auf dem kleinen Vorplatz an der Brücke vor der Mühle ein wenig geflirtet hatte.

Sichtlich beschwingt von der Begegnung mit dem überaus attraktiven, ja sogar charmanten und zugleich wortgewandten jungen Mann mit dem noch viel schöneren Pferd, ging Dorothea durch das Tor auf die Wiese hinter der Mühle, wo Mägde und Knechte dabei waren, die vielen schweren Filzbahnen zum Trocknen auf die Holzrahmen zu spannen, als einer von ihnen zum Himmel aufsah und sagte: »Potzblitz! Seht euch das Gewitter an. Wir müssen uns beeilen, sonst könnte es vielleicht zu regnen beginnen und alles wird wieder nass.«

Die anderen sahen zum Himmel auf und erkannten: Dies waren keine gewöhnlichen Blitze. Vielmehr schien es ihnen, als ob sie von dort drüben, von der anderen Seite der Panke aus, in den Himmel aufstiegen.

»Ach, was du sagst, die Sonne scheint, und wer weiß, was das war.« Alle bekreuzigten sich schnell zum Schutz vor dem Wetterleuchten.

»Der Herr wird uns gnädig sein und keinen Regen schicken«, sagte eine Alte mit zerknittertem Gesicht.

»Los, los, weitermachen. Wir haben noch viel zu tun, ihr Faulpelze. Keine Ausreden.«

Der Filz war schwer und verlangte alle Kraft von ihnen ab.

»Passt auf, dass die Bahnen ja gerade sitzen, sonst gibt es Ärger mit dem Müller«, fügte die Alte noch knurrig hinzu.

»Ach, papperlapapp. Du willst dich nur wichtigmachen. Der Müller ist ein guter Mann. Wir geben unser Bestes, wie immer«, erwiderte ein alter Knecht mit zerzaustem Haar und strubbeligem Bart.

»Wollte Dorothea uns nicht helfen?«

»Ach, die wollte, mit einem ihrer Grafen, schon wieder, in seiner Kutsche am Vormittag nach Berlin mitfahren. Weiß der Teufel, was sie da schon wieder in der Kriegs- und Domänenkammer zu suchen hat. Wird wohl wichtig sein. Jetzt los, die Arbeit ruft!«, geiferte die Alte vor sich hin. Die jüngeren Mägde und Knechte dachten sich ihren Teil und gaben nicht viel auf das zänkische Herumgemotze der Alten. Denn mit dem Teufel wollten sie sich nicht anlegen.

»Was gibt es, habt ihr mich gerufen?«, rief Dorothea über die Wiese.

»Nichts, wir sprachen nur übers Wetter«, rief eine recht beleibte Magd in einem verschlissenen braunen Kleid mit ebenso brauner Rüschenhaube zurück.

»Na, dann ist es ja gut. Ich fahre gleich nach Berlin. Wird etwas benötigt, was ihr braucht?«

»Aber nein, wir haben alles. Geh schon und sorge dich nicht um uns.«

Dorothea ging in ihrem schönsten Kleid und dem frechen Hut durch das Tor zur Straße, denn jeden Moment würde die Kutsche eintreffen, die sie nach Berlin mitnehmen sollte.

Mit einem Hooo stoppte der Kutscher den Zweispänner direkt vor Dorotheas Füßen.

Die Tür öffnete sich und der elegant-grüne Samt der Innenverkleidung leuchtete geradezu aus der Kutsche heraus.

Einige Augenblicke zuvor, auf der anderen Seite der Straße, die die Mühleninsel überquerte, stieg Christoph auf sein Pferd, sah hinüber, wo er eben noch mit Dorothea gesprochen hatte, bis er einen Plan fasste.

Wie angewurzelt war er dort auf seinem Pferd sitzend, es noch für einen Moment in Gedanken streichelnd, und sah Dorothea plötzlich auf der anderen Straßenseite aus dem Tor zur Mühle kommen, wie sie an der Straße stehen blieb und auf etwas zu warten schien, – als die prächtige Kutsche eines Edelmannes angebraust kam, die hier offensichtlich nur für die Tochter des Müllers anhielt. Die Kutsche verdeckte Dorothea und Christoph konnte durch ihre spiegelnden Fenster nicht sehen, was genau dort auf der anderen Seite vor sich ging. Doch er war sich ziemlich sicher, zu erkennen, wie sich die Tür der Kutsche öffnete, Dorothea einstieg, Platz nahm und sich augenblicklich mit einem Herren zu unterhalten schien, dessen Schatten sich für einen Moment weit zu ihr beugte.

Dieser Umstand ließ Christoph seinen Plan vollenden.

Von der anderen Seite der Mühleninsel beobachteten die Mägde und Knechte, durch das offenstehende Tor, wie Dorothea in ihrem schönsten aquamarinblauen Kleid und dem frechen, dazu passenden Hut in die elegante Kutsche eines hochwohlgeborenen Herren stieg. – Wie sie das Kleid sanft anhob, ihre zarten Füße auf die Stufe der Kutsche stellte und sich elegant auf den weichen, grünen, samtbezogenen Sitzen niederließ, wo sie schon gleich mit dem feinen, nur schemenhaft zu erkennenden Herren in ein Gespräch vertieft war, – der sich für einen Moment kompromittierend weit zu ihr herüberbeugte.

Die Mägde und Knechte zerrissen sich darüber wie immer heftig ihre Mäuler: ›Ein anständiges Mädchen tut so etwas nicht‹, war dann am häufigsten zu hören.

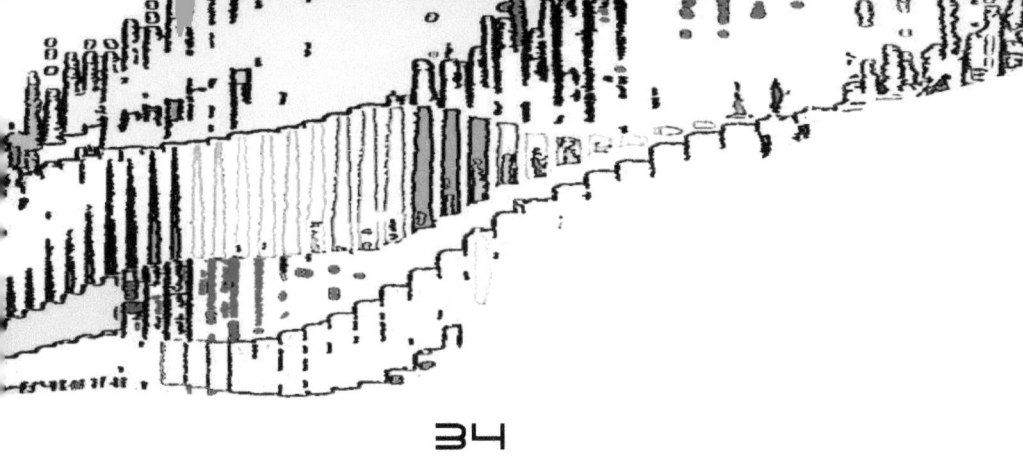

∃Ч

VERGANGENHEIT

Die Drei

»Wir haben sie! Sieh nur, sie sind am Leben.« Schillerndes
Leuchten pulsiert augenblicklich durch Schiklas und Flaros
Körper und verdrängt den grauen Schein der Trauer, den sie
im Angesicht der sterbenden Wesen aus der Menschenwelt
angenommen hatten.

»Und sie sind so überaus prächtig am Leben.«

»Was für ein großes Wunder! Ich bin zutiefst erleichtert,
dass die Kinder und ihr süßer Hund zurück in das Geflecht
der Zeitdimensionen gefunden haben.«

»Was machen sie da?«

Schikla und Flaro sind noch hinter dem Tor zu ihrer Welt und
sehen alles in der Menschenwelt still und unbeweglich, auch
die Fünf stehen eingefroren in ihrer Bewegung im Kreis und

schmieden ihren neuen Pakt, und Blitze kommen aus ihnen heraus – so heftig, dass sie bis zum Himmel reichen.

»Bruder, schau nur, die Fünf sehen so aus, als ob sie in Gedankenkommunikation vertieft sind.«

»Schwester, das kann aber nicht sein. Diese Technik beherrschen sie nicht.«

»Aber sieh doch! – Und es umgibt sie eine leuchtende Aura. Was hat es damit auf sich?«

In diesem Moment öffnet sich das Tor zwischen den beiden Welten und die Fünf, in ihren Outfits aus dem Jahr 1722, treten so lebendig wie nie zuvor in die Welt der Tamanaken ein.

Das Erstaunen hätte bei Schikla und Flaro nicht größer sein können, denn dass die Kinder von sich aus einfach das Tor zwischen den Zeitdimensionen öffnen konnten, ist schlicht unmöglich, so dachten sie jedenfalls.

»Was ist mit euch passiert? Ihr wart dem Tode so nahe. Wir dachten, wir hätten euch verloren«, sagt Flaro immer noch mit Trauer in der Stimme, denn er kann es noch immer nicht glauben, was hier geschieht.

Die Fünf erzählen ihnen in jedem Detail alles, was sie über Dorothea erfuhren, und schließen mit dem, was sie zuletzt zu sehen glaubten: »Es scheint, der angebliche Teufel und Dorothea sind sich hier und heute das erste Mal auf dem Vorplatz der Mühle begegnet. Ein junger Offizier sprach kurz mit ihr, und danach beobachtete er sie noch eine Weile, bis Dorothea in einer supercoolen Kutsche nach Berlin mitgenommen wurde.«

»Wann sind wir eigentlich?«, fragt Maya zur Sicherheit noch einmal nach.

»Lang mussten wir nach euch suchen, dann aber entdeckten wir eine verdächtige Rille in der Zeitachse und am 17. Mai um 13:23 Uhr an einem Montag im Jahr 1723 fanden wir euch schließlich«, sagt Schikla mit lebhaft durch ihren Körper pulsierenden, orangen und grünen Lichtwellen, was eindeutig große Erleichterung bedeutet.

»Was wollen wir als Nächstes machen?«, fragt Flaro neugierig. Denn was die fünf Wesen aus der Menschenwelt mit ihren neuen Fähigkeiten anstellen würden, ist noch völlig offen.

»Ich bin jetzt sooo ... hungrig«, sagt Lara mit großen Augen.

»Ich auch, und ihr?«, stimmt Annabell sofort ein.

»O ja, ich kann es kaum erwarten, na ... was meint ihr? – In ein Lanutu zubeißen und ja, den extrem leckeren Lanuxa-Saft zutrinken?« Maya spürt schon, wie ihr das Wasser im Munde zusammenlief, als sie das nur dachte, und mehr noch, als sie es sagt.

»Also dann ...« Kaum ist der Satz beendet, schon stehen Schikla und Flaro mit einem stylish gedeckten, gläsernen Tisch vor ihnen, auf dem sieben, natürlich von Flaro soeben in der Zwischenzeit selbst gebackene, auf gläsernen Tellern kredenzte Lanutu-Schnecken liegen. Und selbstredend fehlt der leuchtend farbige Lanuxa-Blütenpollensaft nicht.

Die gläsernen Stühle gibt es natürlich auch, und alle können nach einer gefühlten Ewigkeit gemeinsam an einem Tisch sitzen, sich in die Augen schauen, mit erhobenem Becher einander zuprosten, gemeinsam lachen und noch das eine oder andere Abenteuer mit Anekdoten ausschmücken.

Nach allem, was die vier Kinder, Timmy und die Tamana-kengeschwister in den letzten Stunden erlebt haben, ist dies hier die romantischste Pause ever, wie aus einer anderen Welt, in einer Zeit vor der Zeit.

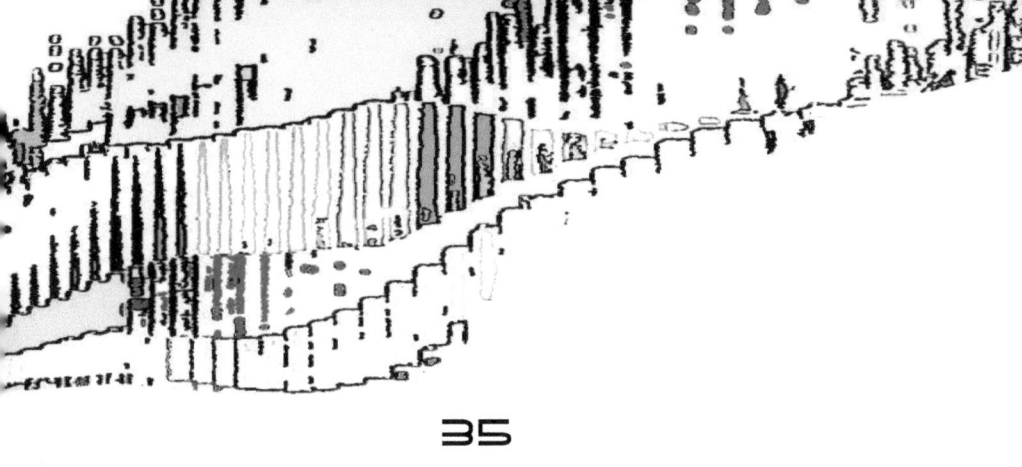

35

VERGANGENHEIT

Die Drei

»Was habt ihr eigentlich noch so drauf?«, will Flaro wissen, denn er spürt, dass sich bei ihnen etwas Grundsätzliches verändert hat, nachdem sie wieder zum Leben erwacht sind. Seine kindliche Neugierde, darüber mehr zu erfahren, ist riesig, und sein wissenschaftliches Interesse daran ist mindestens ebenso groß.

Die Fünf sehen ein wenig ratlos aus, denn was sollen sie auf solch eine Frage antworten, die sie sich selbst nicht hätten beantworten können.

»Also, schießt los«, gibt Flaro so schnell nicht auf.

»Eigentlich wissen wir es nicht ...«, druckste Sven ein wenig herum und ergänzt: »... wir müssen unsere Kräfte erst noch entdecken.«

Drei Mädchen und ein Hund sehen Sven verständnisvoll an und wissen sofort, was er meint. Flaro schwieg einen Moment und wartete erst einmal ab, was seine Fragen bei den Fünf bewirkten.

Annabell beginnt: »Okay, dann nehmen wir einmal an, du wolltest zu Dorotheas Gerichtsverhandlung in den Kalandshof gehen. Was würdest du machen, um dorthin zu kommen?«, fragt Annabell, die sich selbst ebenso die gleiche Frage stellt, denn auch sie hat keine Ahnung, wie sie ihre neuen Kräfte anwenden soll und ob es möglicherweise gefährlich sei, wenn sie es ausprobiert.

Denn die eben erfahrene Ohnmacht und ihr naher Tod sind trotz neuer Teilchenübereinkunft, selbst mit etwas Abstand, noch nicht völlig vergessen und erwecken bei dem Gedanken, noch einmal die Kontrolle über ihren eigenen Körper zu verlieren, eher Ängste als euphorische Begeisterung.

»Schließlich bist du doch unser Seher und siehst am ehesten, was wir machen können«, versucht Lara verschmitzt, den Ball weiterzugeben, um die Gedankenbrücke zu einer ersehnten Antwort zu bauen.

»Guter Gedanke«, beginnt Sven, zaghaft laut zu denken. »Erst einmal würde ich mir ein passendes Outfit auf meinen Körper zaubern, oder wünschen? – Keine Ahnung. – So wie ich jetzt aussehe, würde ich nie in den Kalandshof eingelassen werden, und wenn doch, würde ich vielleicht sofort wieder hinausgeworfen oder sogar eingesperrt.«

Er spricht es und seine Kleidung beginnt, sich krisselig leuchtend aufzulösen, und nimmt sogleich eine elegante neue Form an. Aus dem einfachen Stoff, aus dem die Hose, das

Hemd und die Weste sind, formt sich ein elegantes, ja geradezu schillerndes Gewand eines jungen Herren von erhabener Herkunft.

»Wie hast du das gemacht?«, fragt Lara verblüfft.

Die Mädchen und Timmy sehen mit großen Augen zu, wie sich Svens Outfit neu erfindet. Die Überraschung aber über das, was sie sehen, hält sich in Grenzen, denn mittlerweile rechnen sie eigentlich mit fast allem.

Eher aus einer professionellen Neugierde heraus über das Arbeitsergebnis eines Teammitglieds, fragt Maya ihn anerkennend: »Wow, mein junger Herr, wie fühlt Ihr Euch?«

Denn Sven sieht jetzt wie verwandelt aus, in einem weißen Hemd mit ziemlich großen Rüschen an der Knopfleiste und superweiten Ärmeln und einer Hose mit hohem Bund, aus dem das Hemd gebieterisch hervorquillt und damit seine Taille umso gut aussehender betont.

Adjektive wie ›cool‹ oder ›abgefahren‹ reichen hier nicht mehr aus. ›Heiß‹ eventuell, aber das klingt schon wieder eine Nummer zu uncool.

»Nun sag schon, wie fühlst du dich jetzt nach der Verwandlung deines Fells?«, will Timmy von Sven wissen, der es kaum erwarten kann, zu erfahren, wie es war, als sich sein Gewand veränderte. Timmy hat wohl ein wenig Angst davor, was mit seinem Fell passieren würde, wenn er sich etwas Falsches wünscht, oder sich etwas in seine Gedanken schmuggelt, was er vielleicht nicht kontrollieren kann.

»Es ist okay, es kitzelt nur ein wenig auf der Haut, wenn es passiert. Stellt euch einfach vor, was ihr wollt, und es geschieht.«

»Ist das Magie, die hier am Werk ist?«, fragt Annabell skeptisch.

»Nein, ich würde sagen, es ist eher eine Art Physik...«, erklärt Sven etwas oberschlau. »...vielleicht ist es auch Teilchenphysik oder Quantenmechanik, die hier wirkt. Oder alles zusammen.–Wenn Teilchen und ihre Elementarteilchen die Bindungen verlassen und sich neu formieren können, lassen sich Gegenstände, alle Dinge und Organismen nach jeder Vorstellung beliebig verändern. Die Elementarteilchen sind immer die gleichen. Sie können sich nach jedem Bauplan zu jedem Material, jeder Farbe, jeder Form und was auch immer zusammensetzen.«

»Klingt für mich nicht gefährlich, oder was sagt ihr?«, findet Maya und sagt, neugierig geworden: »Ich denke mir jetzt ein neues Kleid aus, wie aus dem Film ›Marie Antoinette‹, ihr wisst schon, den mit Kirsten Dunst von Sofia Coppola, den wir vor drei Wochen bei Annabell gesehen haben, als es mal wieder regnete und Annabells Mama auf Dienstreise war.«

Augenblicklich beginnt sich ihr bäuerliches Kleid in demselben krisseligen Licht, wie schon zuvor bei Sven, in schillernden Blau-, Orange- und Grüntönen aufzulösen und in einer Wolke aus Licht neu zu formieren.

»Das kitzelt wirklich an jeder Stelle. Wirklich sehr nett fühlt sich das an. Davon könnte ich noch viel mehr haben«, gibt sie mit versonnener Stimme bekannt und fügt noch ein langes, genüssliches »Hmm ...« hinzu.

Annabell will ungeduldig und aufgeregt wissen: »Aber wie machst du das? Ich kann mich nicht an jedes Detail erinnern.

Die Klamotten waren einfach supercool und echt schrill bunt. An mehr kann ich mich aber nicht mehr erinnern.«

»Na, versucht, euer Unterbewusstsein die Arbeit machen zu lassen. Dort ist noch jedes Detail gespeichert«, empfiehlt Sven fachmännisch.

Annabell und Lara versuchen es jetzt auch.

Selbst wenn ihnen nicht so ganz klar ist, wie sie es machen, sind auch die letzten beiden im Handumdrehen neu und überaus prächtig eingekleidet.

Alle außer Timmy, der ganz traditionell auf sein Fell geschworen hatte und unverändert umherläuft, um die neuen Gewänder mit seiner Nase zu erkunden.

Diesmal gibt es sogar überaus komfortable Schuhe für die Teenager, die ihren Füßen zudem mit eleganten Schnallen und schillerndem Seidenbezug schmeicheln.

Auch die perfekten Accessoires fehlen nicht. Dezente, aber betörend hübsche goldene Ketten, mit Rubinen, Türkisen und Aquamarinen besetzt, schmücken ihre Dekolletés, goldene Ohrringe mit riesigen Perlen, wie es sich für junge Damen des gehobenen Adels ziemt, zieren ihre Ohrläppchen, samt üppiger, hochgesteckter Frisuren, aus denen ein langer, gedrehter Zopf über die Schulter fällt.

Und vollendet dekoriert ist ihre Haarpracht mit den frechen kleinen aufgesteckten Stroh- und Seidenhütchen, mit farblich passenden, exotischen Federn, versteht sich.

Am schönsten aber sind ihre Kleider. Annabell, Lara und Maya tragen eine Contouche aus schillernder Seide mit eingewebten großen Mustern in leuchtenden Farben, wie sie die Drei von dem Film ›Marie Antoinette‹ kennen und jetzt aus ihrem Unterbewusstsein in fast allen Details hervorzaubern.

Mayas Kleid ist aus naturweißer Seide mit eingewebtem, leuchtend rosafarbenem Rosenmuster, das raffiniert mit zarten grünen Ranken verbunden ist.

Der Saum ihres weiten Dekolletés ist ebenso wie die Säume ihrer halblangen, eng geschnittenen Ärmel mit gerafften Seidenrüschen des gleichen Rosendekors verziert.

Alle Rüschen führen in der Mitte des Dekolletés in einer großen, sinnlichen Schleife zusammen.

Ihr Mieder ist auf dem Rücken geschnürt.

Kokett umrankt das Rosenmuster ihre schlanke Taille und ihren gesamten zierlichen Körper.

Die großen, für die Contouche typischen Watteau-Falten, die als senkrecht gefaltete, lange Seidenschals von ihren Schultern fast bis zum Boden herabfallen, verleihen den Mädchen eine erhabene Eleganz, so auch Maya.

Der Rock des Kleides ist so weit und riesig, eigentlich wie ein Ballon, und reicht fast bis zum Boden. Nur die klitzeklein erscheinenden seidenbezogenen Schuhe blitzen kokett beim Laufen hervor.

Einen Hut hat sie nicht, weil auch im Film kein Hut zum Kleid gehört. Dafür ist ihr wallendes, leuchtend blondes, lockiges Haar mehr als ein Hut.

Laras Kleid ähnelt der Contouche von Maya, ebenso mit halblangen, bis zu den Ellenbogen reichenden, sehr eng geschnittenen Ärmeln.

Es ist aus einer Seide mit gewebtem Blumenmuster, aber in einem überraschend gelbgoldenen Pastellton, mit weißer, dezenter Klöppelspitze um das Dekolleté, unter dem eine lange Knopfleiste mit dicht besetzten kleinen kugeligen Seidenknöpfchen über den Bauch bis zum Ende des Mieders unterhalb der Taille führt.

Verspielte lange Spitze an den Ärmelsäumen fließt vom Ellenbogen weit über die Unterarme. Und all das zusammen gibt dem Kleid, viel mehr seiner Trägerin, eine atemberaubend ausschweifende Kontur.

Ihr naturfarbenes Basthütchen mit kleiner Krempe und Blütenbordüre ist mit einem Seidentuch nach hinten unter ihre Frisur gebunden, aus der ein langes brünettes Löckchen auf das Dekolleté hängt und jedes Herz, ihr eigenes inbegriffen, verzückt.

Annabells Kleid ist ebenso eine Contouche aus Seide, aber in einfarbigem, zarten Pastellblau mit weitem Schößchen, wobei die Watteau-Falten nur bis zum Bund des Schößchens reichen. Um den Hals trägt sie farblich abgestimmt ein Seidenband mit einer großen Organzaschleife und darauf die perfekte Perlenapplikation in der Mitte des Knotens.

Das Dekolleté ziert eine schmale, dezente, stehende Spitze aus Organza in ebenso zartem Pastellblau, die in der Mitte des Mieders in einem frechen kleinen, gleichfarbigen Schleifchen zusammenlief.

Eine Leiste mit eng besetzten, linsenförmigen Seidenknöpfen, ebenso in der Farbe der Contouche, verläuft vom Dekolleté über den Bauch bis unterhalb der Hüften.

Und verspielt lange Spitze an den Ärmelsäumen, wiederum im gleichen Pastellblau, die in Ellenbogenhöhe offen herabhingen, verleiht der Trägerin eine verspielte, versonnene, sanfte Leichtigkeit – die von dem gleichfarbigen kleinen

Dreispitz in zarter Seide mit einer gewissen Strenge im Zaum gehalten wird.

Und Sven? Nun, er steht den drei jungen Damen in nichts nach. Er trägt einen leichten rot-orangen Justaucorps aus Seide, das ist eine kragenlose, hochgeschlossene, gerade herabfallende, knielange Robe mit langen, umgeschlagenen Armen, großen, aufgesetzten Taschenklappen und in diesem Fall mit vielen, um genau zu sein 20 perfekt angemessen großen linsenförmigen Seidenknöpfen auf der einen Seite der Knopfleiste und gegenüber parierten ebenso vielen aufregend langen, leicht schräg nach oben gedrehten Knopflöchern.

Auch die Ärmelumschläge sind mit den gleichen Knöpfen verziert.

Darunter trägt Sven eine kurze, bis zum Hosenbund reichende Seidenbrokatweste in einem Goldton mit dunkel abgesetztem, eingewebtem Rankenmuster, weit geschnittenem Ausschnitt und vier eleganten Seidenknöpfen.

Wiederum darunter trägt er ein bequem geschnittenes Baumwollhemd ohne Kragen, mit weiten Ärmeln und gerafftem Bündchen.

Nicht zu vergessen die weiße, lange Cravat mit gebundenem, weißem, hohem Schal, die zum Standard jedes männlichen Outfits dieser Zeit gehört.

Keineswegs sollt ihr glauben, das wäre schon alles gewesen. Svens Hose ist knielang und verwirrend eng an den Beinen, aber auch mit einem tief hängenden Schritt.

Sie ist aus feinstem Leinen in Elfenbein mit der üblichen Klappe zum Verschließen der Hose: dem Bavaroise, welches recht leger in einer kleinen, quergelagerten Rolle mit nur zwei

Knöpfen rechts und links befestigt ist, daher nach vorn steht, gerade so, als ob an beiden Seiten kleine neckische Hosentaschen wären.

Die Hosenbeine gehen bis zu den Knien und enden in engen, geknöpften Bündchen.

Und natürlich sind wiederum darunter noch die typischen weißen, langen Strümpfe, die die blassen Waden verhüllen, bis über die Knie reichen und unter der Hose von einem neckischen Strumpfband gehalten wird.

Fast zum Schluss sind da noch die elegant geschnittenen schwarzen Schuhe mit den großen goldenen Schnallen auf dem Spann zu erwähnen.

Auf dem Kopf, wie es sich für einen hochwohlgeborenen jungen Herren jener Zeit gehört, erhebt sich ein majestätischer, meint ziemlich cooler, Dreispitz.

Außer Timmy sind jetzt alle prächtig und angemessen passend, perfekt für die Zeit und ihre Mission, gekleidet, dachten sie jedenfalls.

Nur Timmy trägt sein unverwechselbares, natürliches Pelzgewand. Der kleine »Regiefehler«, der in ähnlicher Form auf Zeitreisen leider immer wieder vorkommt, dass Jack-Russell-Terrier erst im 19. Jahrhundert gezüchtet werden, fällt hier hoffentlich niemandem auf.

»Lasst uns zum zweiten Ort gehen, den wir kennen, an dem sich Dorotheas Schicksal entscheidet: zum Kalandshof nach Berlin«, schlägt Maya kämpferisch vor.

»Super Idee. Wir gehen am besten in dieser Zeitebene zum Kalandshof, der jetzt im Jahr 1723 noch existiert«, kombiniert Lara.

»Du hast völlig recht«, findet Annabell anerkennend.

»Genau, er wird sich leichter in dieser Zeitdimension finden lassen als im Jahr 2010«, bestätigt Sven lächelnd.

»Stimmt. Wenn wir aus der Zukunft kommen und den Gerichtssaal im Kalandshof nicht genau treffen, könnten wir in einer Abstellkammer oder, schlimmer noch, in einem Gefängnis landen«, kann sich Annabell den Scherz nicht verkneifen.

»Ich sehe eine Postkutsche, die nach Berlin fährt, die hier hält«, sagt Sven aufgeregt und schlägt vor: »Wir fahren damit nach Berlin und gehen zum Kalandshof, zu einer Zeit, in der dort niemand ist, in den Gerichtssaal, und reisen zum 10. Dezember 1728 genau in die Gerichtsverhandlung, in der Dorothea verurteilt werden soll. Was haltet ihr davon?«

»Cleverer Gedanke«, gesteht Lara mit einem begeisterten Blitzen in den Augen.

»Berlin im Jahr 1723. Bin gespannt, was da so abgeht«, sagt Annabell neugierig und lässt ihre unverkennbare Freude an einer angemessenen Rache durchblitzen, als sie noch hinzufügt: »Kann es kaum erwarten, diesen Idioten so richtig in den Arsch zu treten.«

»Also, wer zählt ...«

»Auf Eins: Drei, Zwei, Eins.«

Und so schnell wie nie zuvor verwandeln sich die Fünf in eine Wolke, verschwinden in einem kleinen Punkt über ihren Köpfen, und dann ist es still in der Stille der Tamanakenwelt.

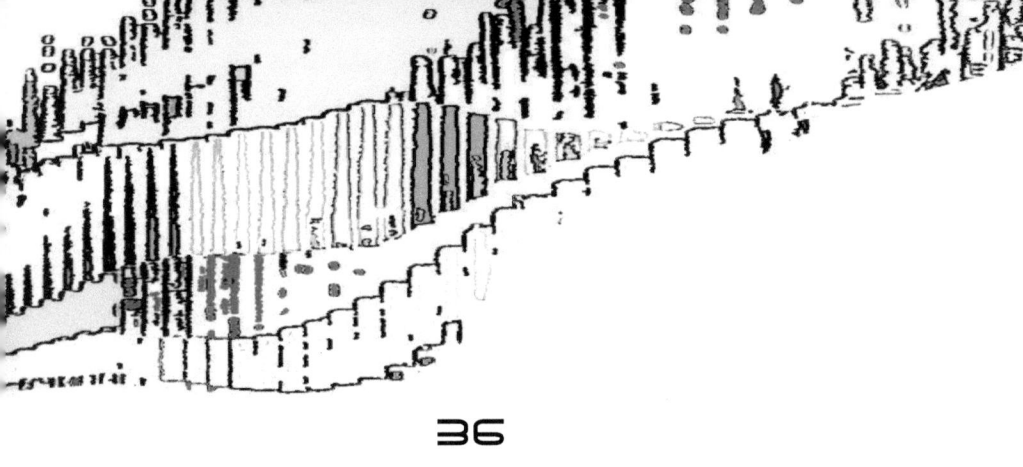

36

VERGANGENHEIT

Die Fürstin

Prächtig in Seide und feinstes Leinen gekleidet, standen drei Mädchen, ein Junge und ein Hund in einer Reihe, die jetzt ziemlich erwachsen aussahen, ihren Blick der Brücke an der Mühle zugewandt und bereit zum Aufbruch in dieser Zeit, 1723, die zugleich eine andere, fremde Welt für sie war, die es noch zu entdecken galt.

Für einen Moment standen sie ganz ruhig, einfach nur so da und sogen diese neue Welt noch einmal sehr bewusst tief in sich auf:

Reges Treiben belebte die Landschaft mit einem leisen Klang, den der sanfte Wind über die Mark Brandenburg zu ihnen trug.

Zarte, klare Töne vom Scharren in der Erde, das leicht hallende Rufen nach jemandem, wiehernde Pferde und dumpfes Rumpeln von großen Leiterwagen wehte seicht und weit durch die vorindustrielle Stille, – die noch keine Maschinen, schreiende Autobahnen oder Flugzeuge kannte, die über den weiten Himmel donnerten.

Das industrielle Grundrauschen von Maschinen, das Feinheiten eines Geräusches überlagert oder gänzlich verschluckt – und die Stimme eines Menschen in der Landschaft schon nach wenigen Metern ersterben lässt –, ist noch ferne Zukunftsmusik.

»O Gott, ich kann's kaum erwarten«, flüsterte Maya.

»Maya, Lara, Sven und Timmy, seid ihr bereit?«, fragte Annabell mit fester Stimme, nur um ihre Aufregung ein wenig zu kaschieren.

»O ja«, sagte Maya und schwang mit ihrer Hüfte und ihren Ellenbogen wie zum Gefecht. »Berlin, wir kommen.«

»Machen die da auch so krasse Maskenbälle wie im Film ›Marie Antoinette‹ …?«, wollte Lara noch schnell wissen, bevor es losging. »Ich liebe ›Hong Kong Garden‹ von ›Siouxsie and the Banshees‹«, träumte sie noch kurz mit den Bildern des Films in Gedanken.

»Wir werden es bald herausfinden, meine Liebe«, erwiderte Annabell ganz und gar abenteuerlustig gestimmt.

»Die Kutsche kommt näher, wir müssen uns beeilen.« Sven schien aufgeregt, als er das sagte. Die kleine Gruppe setzte sich nun rasch in Bewegung in ein neues Abenteuer, auf der Spur von Dorothea Staffin, die sich ihrem Schicksal mit jeder Minute näherte.

Beim ersten Schritt allerdings tat sich eine unerwartete Hürde auf. Maya stolperte nach einem halben Meter über ihr langes

Kleid, was sich im hohen Gras verfing, trat von innen in den vorderen Saum und landete wie in einem wogenden Meer aus aufgeblasener Seide, die sich um sie herum auftürmte, mitten in ihrem weiten Kleid, in dem sie mit einem lauten »Huch« zu versinken drohte.

Lara und Annabell griffen ihre Arme und zogen Maya hoch, und alle Drei lachten frech, ein wenig schadenfroh und dreckig, aber von ganzem Herzen über sich selbst, über den ersten Schritt in diese neue Welt, mit ihren noch unbekannten Tücken.

Die Drei hoben ihre prächtigen Kleider jetzt vorsichtshalber vorn mit beiden Händen an. Ihre drei hinteren Säume aber schleppten breit, mit sanft hohlem Rauschen, über die Wiese. Nachdem die seidenen Kleidersäume darüber hinweggezogen waren, sprangen die Gräser und die duftenden gelben, blauen und weißen Frühlingsblumen wie neugeboren wieder auf.

Sven und Timmy gingen hinter den Mädchen und waren gebannt von dem lustvollen Schauspiel der Kleider und der Natur.

Jetzt ging alles sehr schnell. Die Fünf erreichten den kleinen Vorplatz an der Straße vor der Mühle.

»Da kommt sie«, rief Sven aufgeregt und möglichst leise, um keine ungewollte Aufmerksamkeit auf ihre kleine Gruppe zu lenken.

Eine elegante schwarze Kutsche mit zwei erlesenen Pferden näherte sich.

»Was sollen wir machen, damit sie anhält?«, rätselte Annabell.

»Wir heben einfach die Hand«, schlug Sven vor und ging im selben Moment schon einige Schritte in die Richtung der sich schnell nähernden Kutsche, hob seinen rechten Arm und winkte leicht mit der Hand. Und tatsächlich wurde die Kutsche langsamer und hielt vor Sven an.

»Was hält uns auf?«, rief eine Frauenstimme leicht genervt aus der Kutsche.

»Eure Durchlaucht, ein Herr und einige Damen baten uns, für sie anzuhalten.«

»Was soll das schon wieder, Hans? Wenn mir das nicht ein Pläsier verschafft, reiße ich ihm den Kopf noch einmal ab. So halte er schon an!«

Ein schwarzer, mit Rüschen und Federn geschmückter Hut mit einem kleinen, hageren Gesicht darunter beugte sich dezent aus dem Fenster in der Tür der Kutsche.

Es war eine nicht mehr ganz so junge Frau von offensichtlich edler Herkunft, die mürrisch an den fünf Wegelagerern auf- und abschaute, um zu entscheiden, was sie nun sagen würde.

Ihr Blick hellte sich auf, als sie Sven abschätzend betrachtete. Sah sie doch in ihrer Fantasie eine Kurzweil auf der langweiligen Fahrt nach Berlin, in einer Kutsche, die sie ganz für sich allein hatte und sehnsüchtig auf anregenden Tratsch und Klatsch aus war.

»Wohin des Weges, hübscher junger Herr?«, fragte die Frau Sven mit launischem Zwiespalt im Tonfall.

»Wir sind auf dem Weg nach Berlin und ein Rad unserer Kutsche ist an einem Stein entzweigebrochen.«

»Was für ein Malheur. Ähnliches ist mir auch schon widerfahren. Ich bin Elisabeth Helena Pauline, Fürstin von Tassilo-Hohenyard. Was wartet Ihr noch, steigt schon ein und seid meine Gäste auf der öden Fahrt durch die triste Mark, die so ohne jedwedes Amüsement für mich auskommt. Wen habt Ihr da noch mitgebracht?«

»Eure Durchlaucht, das sind meine drei charmanten Schwestern Annabell, Lara und Maya, und Timmy, unser liebster Hund.«

»Ah, que c'est beau. Was für entzückende Namen. Dann bringt sie alle mit, wenn es schon sein muss«, sagte die Fürstin in der Kutsche, die schließlich etwas enttäuscht, aber durchaus hilfsbereit klang, wenngleich sie zuerst ganz andere Pläne mit dem galanten jungen Herrn in ihren Gedanken hegte.

Die Pferde waren prächtig und muskulös. Ihr fast schwarzes Fell glänzte dunkel vom Schweiß. Sie dufteten streng nach sich selbst und dem durchnässten Leder des Zaumzeugs. Annabell, Lara, Maya und Timmy gingen nahe an ihnen vorbei zur Kutsche.

Das Pferd auf ihrer Seite hob den Kopf zu ihnen, schnaufte flatternd mit den Nüstern und schwang seinen Kopf dabei einige Male auf und ab. Ein strenges »Hooo ...« kam vom Kutscher herüber, und dann war es wieder still und stand geduldig an der Seite des anderen Pferdes, bis es weiterging.

Die Drei sahen die Kutsche jetzt zum Greifen nahe. Alles sah so neu und so gepflegt aus. Ihre Blicke glitten an jedem Detail entlang. Das hochglänzende Schwarz des Lacks schien von keiner Zeit getrübt zu sein.

Zierliche Streben verbanden die großen vorderen Räder mit der Deichsel, die zwischen den kräftigen Körpern der Pferde verschwand.

Ihre Blicke folgten dem großen Bogen, der vielleicht eine Metallfeder war, die gleich oberhalb, hinter dem vorderen Rad, mit einem großen, verzierten Fuß befestigt war und an dessen oberem, zierlich wirkenden Ende die Passagierkabine mit starken, langen Lederriemen sehr flexibel, wie das Körbchen eines alten Kinderwagens, aufgehängt war.

Ihre Augen streiften den Kutscher auf dem Kutschbock, der über der vorderen Achse emporragte wie auf einem Hochsitz für die Jagd, mit seinem langen Cape auf den Schultern, dem Dreispitz auf dem Kopf und den Zügeln in der Hand. In einem Halfter, hoch oben, ruhte eine Peitsche und daneben ein geladenes Gewehr.

Die Sitzbank mit der kleinen Lehne war kunstvoll mit schwarzem Leder abgesteppt. Die Blicke der Mädchen streiften kurz über den schwarzen Samtschal, der am Sitz des Kutschers mit goldenen Bordüren und am Saum mit breiten, goldenen Kordeln verziert war.

Ihnen entging auch nicht das goldgeprägte Wappen mit dem unglücklich dreinschauenden, seine Zunge herausstreckenden Adler.

Zwei zierliche, aber dennoch große Laternen ragten an den vorderen Ecken der Kabine zur Seite heraus. Zwei Lakaien saßen hinter der Kutsche in schwarzen Livreen auf Pferden, den Blick starr wie Katzenaugen nach vorn gerichtet.

Die Fürstin bemerkte, wie erstaunt und überrascht die Mädchen jedes Detail an ihrer Kutsche und an den Dienern studierten, ganz als ob sie zuvor noch nie dergleichen gesehen hätten.

Das erschien ihr höchst seltsam, vor allem, da die Garderobe der Vier am allerehesten auf einen erlauchten Stand schließen ließ und sie mit Derartigem vertraut sein müssten. Doch das kommentierte die Fürstin in diesem Moment noch nicht. Sie wartete lieber auf einen passenden Moment, verpackt in eine verfängliche Konversation, um möglicherweise kompromittierende Details in Erfahrung zu bringen. Denn darin war die Fürstin wirklich gut. – War da möglicherweise eine Affäre oder gar ein Skandal versteckt, den sie bei Hofe als Erste zum Besten geben konnte?

Nun, da alles so weit verhandelt und entschieden war, wurde sogleich gehandelt. Ein Lakai sprang vom Pferd und entfaltete einen kleinen Tritt am Eingang, öffnete sehr formal die Tür und verbeugte sich mit einem Schwenken des anderen Arms, mit dem Dreispitz in der Hand, um zu signalisieren, dass jetzt der Einstieg bereit sei.

»Eure Hoheiten«, sagte er, um sicherzugehen, die Anrede angemessen genug zu bekunden.

So schwarz und abweisend glänzend die Kutsche auch von außen auszusehen schien, war sie von innen ein champagnerfarbenes, samtenes Nest mit Kordeln, Vorhängen, Trotteln, Posamenten, kunstvoll gearbeiteten Faltenwürfen und Steppnähten mit Samtknöpfen. Schlicht alles in der Kutsche, die Polster, die Türverkleidungen, der Himmel, die Armlehnen und sogar der Boden waren höchst kunstvoll in Samt gehüllt.

»Wie schön ist das denn ...«, staunte Lara kurz und fügte etwas zu entäußernd hinzu: »... o Gott, sieh dir den Himmel an.«

»Wow, das ist geil«, entfuhr es Annabell.

Maja war sprachlos, aber auch vorsichtig, denn diese Welt war ihr noch sehr unbekannt. Sven dachte ähnlich, zumal ihn die Gönnerin dieses Transfers nicht aus den Augen ließ. »Ihr habt eine entzückende Kutsche, Fürstin.«

Mit einem Stock stieß die Fürstin zwei Mal gegen den Himmel der Kutsche, und das war das Signal zum Losfahren. Ein lautes Peitschen schwirrte durch die Luft und beim ersten Ruck schwankte die Kutsche wie die Gondel einer Seilbahn vor und zurück. Lara verlor kurz das Gleichgewicht, musste ihren Hut festhalten, und Timmy knurrte und wuffte sogar ganz leise.

Die Fahrt ging dann aber doch gemächlicher vorwärts, und die Landschaft begann sich ebenso langsam zu verändern. Aus den drei großen Fenstern auf jeder Seite ergab sich ein wunderbarer Blick über die vorbeiziehende Mark Brandenburg, die die Fürstin allerdings überhaupt nicht zu interessieren schien. Sie zog es vor, mit der Konversation fortzufahren.

»Mein Herr, Ihr schmeichelt mir, und schon habt Ihr Euch beliebt gemacht. Meine Kutsche ist annähernd so alt wie ich«, sagte sie mit verträumtem Blick, sah in sich hinein und ließ eine sehr pikante Zeit ihrer ausschweifenden Jugend Revue passieren.

Affären, Skandale, das Wohlwollen des Königs und mehr noch der Königin. Ja, das war ein Vergnügen, dachte sie und war für einige Sekunden sehr still und fuhr dann mit sanfterem Gemüt fort: »... und eigentlich fahre ich damit nur zum Hofe des Königs nach Berlin.«

»Sie fahren zum Hof des Königs?«, wiederholte Annabell aufgeregt und nicht im standesgemäßen Ton. »Wart Ihr schon einmal bei Hofe, meine Liebe?«, wurde die Fürstin neugierig.

»Ihr habt Euch noch gar nicht vorgestellt, meine Liebe.« Das war jetzt echt krass gefährlich. Alle lächelten verlegen. Für eine gefühlte Ewigkeit wusste keiner, was genau zu sagen. Auf diese simple Frage waren sie wahrlich nicht vorbereitet.

»Wir waren lange am französischen Hof, Gäste von Marie Antoinette in Versailles.« Sven schlotterten die Knie, als er das sagte, und fügte noch hinzu: »... Daher entsprechen unsere Kleider auch der Mode, wie man sie in Versailles heute trägt und wie sie von Marie Antoinette höchstpersönlich entworfen wurde.«

Alles, was Annabell, Lara und Maya vom 18. Jahrhundert wussten, wussten sie von dem Film ›Marie Antoinette‹, den sie an einem langweiligen, verregneten Nachmittag in der DVD-Sammlung von Annabells Mutter entdeckten und den sie sahen, weil Kirsten Dunst als Marie Antoinette in dem gleichnamigen Sofia-Coppola-Film die Hauptrolle spielte – die sie wiederum aus dem Film ›Melancholia‹ von Lars von Trier kannten – und die sie wiederum zuerst in den ›Spider-Man‹-Filmen sahen, in dem sie Mary Jane Watson, die Freundin von Peter Parker alias Spider-Man, spielte, und die sie als Schauspielerin höchst liebten.

Und obwohl der Film ›Marie Antoinette‹ den Drei eine ferne Vergangenheit zeigte, zeigt er von dieser Zeit aus gesehen eine Welt aus einer nahen Zukunft.

»Waren Sie schon in Versailles?«, fragte Lara die Fürstin, jetzt etwas mutig geworden.

»Teuerste, das war schon immer mein Traum, doch es sollte sich nicht ergeben. Aber Ihr könnt mir davon berichten. Seid Ihr doch eine exquisite Quelle, um mich auf den neuesten Stand zu bringen. Doch sagt mir, wer ist diese Marie Antoinette, von der Ihr ununterbrochen redet? Sie ist mir keineswegs bekannt.«

»Sie ist die Königin von Frankreich, vermählt mit König Ludwig XVI.«, erwiderte Lara forsch.

»Ach mein Herz, was redet Ihr da? Der Dauphin und die Dauphine sind sehr jung. Es ist Ludwig XV., der König von Frankreich ist, um genau zu sein. – Er ist 13 Jahre alt, und seine Königin-Infantin Maria Anna Viktoria von Spanien ist gerade einmal 6 Jahre jung. Wie sollte sie in solch einem zarten Alter extravagante Mode evoziert haben? Erzählt mir mehr von Eurer Zeit in Versailles.« So schnell gab die Fürstin nicht auf.

»Ihr habt Euch noch gar nicht vorgestellt, meine Liebe.«

Geistesgegenwärtig zauberte Maya einen Namen aus ihrer Erinnerung an den Film hervor: »Wir sind die Comtessen Annabell, Lara und Maya von Fersen und unser Bruder ist Sven Graf von Fersen«, sagte es und war neugierig, was nun kommt.

»Oh, es ist mir eine Freude, Ihre Bekanntschaft zu machen«, sagte die Fürstin mit einem Lächeln, was ein wenig undurchdringlich, auf den zweiten Blick aber Zeichen von Nachdenklichkeit aufblitzen ließ. Einen derart niedrigen Stand hätte sie nicht erwartet, nicht mit einer derart exquisiten Garderobe. »Très extraordinaire«, sagte sie dann noch etwas teilnahmslos.

»Unser Vater Hans Axel Graf von Fersen stand in hoher Gunst Ihrer Majestät Marie Antoinette«, erfand Annabell noch schnell hinzu.

»Nun verstehe ich«, antwortete sie, was ebenso gelogen war. Die Fürstin wollte sich wegen ihrer Unwissenheit nur keine Blöße geben. ›Schon wieder diese ominöse Marie Antoinette‹, dachte sie ganz für sich.

Die Kutsche fuhr jetzt über offenes, freies Feld. Vor den drei großen Fenstern auf beiden Seiten der Kutsche zogen Szenen wie von einem alten Gemälde vorbei. Die Vier fühlten sich aber auch ein wenig wie in Jurassic Park, wo auch eine längst vergangene Welt auferstanden war. Doch hier war alles echt und lebendig.

So weit das Auge reichte, wurde auf Feldern gepflügt, geharkt, viele Hände pflanzten Setzlinge auf den großen Beeten der Domäne, die Aussaat wurde von Männern und Frauen mit großen, ausladenden, schwenkenden Armbewegungen auf dem Feld verteilt und hernach mit großen Harken mit Erde bedeckt. Raben, Stare und Spatzen mussten verjagt werden, denn sie ließen sich nicht zweimal bitten, an diesem wohlfeilen Festmahl der Körner Platz zu nehmen.

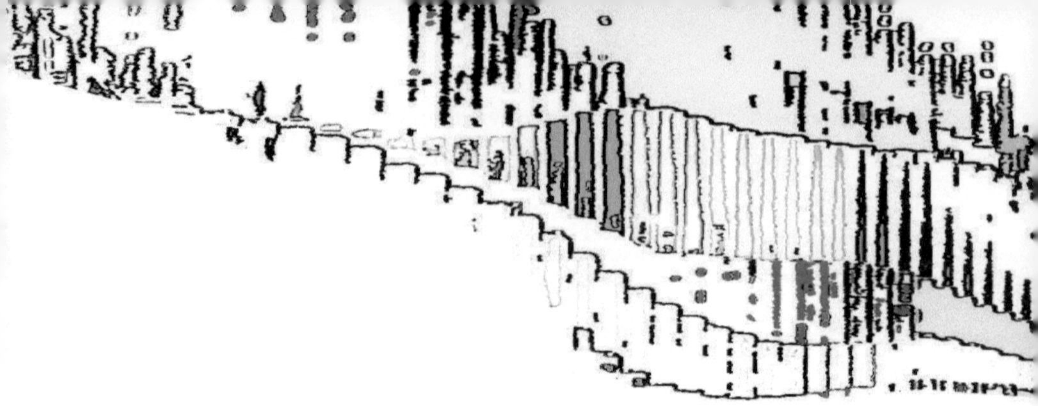

37

VERGANGENHEIT

Christoph

Es ist der 15. August 1728,
um 8 Uhr und 19 Minuten, am Sonntagmorgen, im Park von Schloss Friedrichsfelde.

Als ob es eben erst geschehen wäre, spürte Christoph noch immer, wie diese seltsame Frau im Schloss in Berlin in seine Arme gesprungen war. Voller Sehnsucht fühlt er noch jetzt den Abdruck ihres Körpers in jedem seiner Muskeln, seiner Seele und tief in seinem Herzen. Was war das nur? Er konnte sich die Intensität nicht erklären, die ihn mit dieser Frau verband.

Selbst nach dem ersten kurzen Wortwechsel zwischen ihm und Dorothea, vor Monaten am Tor vor der Walkmühle, war die verbindende, rätselhaft vertraute Kraft zu spüren gewesen.

Des Nachts erschien sie ihm wie einer der Geister, die ihn plagten, und des Tags schmuggelte sie sich wie ein nagender Wurm in sein Bewusstsein. – ›Und warum wollte sie mich nicht wiedersehen? Obwohl sie mir so nah war? Plante sie etwa eine Hinterlist?‹, marterten ihn Vermutungen, Verdächtigungen und wachsende Verteidigungs-, ja sogar Angriffsphantasien, die unaufhörlich in seinem Kopf kreisten.

Schon viele Frauen gab es in seinem Leben, die er sich nahm, die sich ihm hingaben, von denen er sich, wenn es hochkam, vielleicht an zwei oder drei Namen erinnern konnte.

Mit Dorothea, der Müllerstochter, war das anders. Sie erweckte in ihm eine Welt, die ihn in ihrer Gegenwart beängstigte, ja Scham in die Seele trieb, die er zuvor nie gekannt hatte.

Er fühlte sich von ihr tief in seinen verborgensten Abgründen gesehen. Doch sie sah das alles.

Enthäutet – jede Faser seines Körpers lag entblößt vor ihr. Sie sah in die weit weggeschlossenen Geheimnisse seiner Seele, von denen er wusste, dass er sie nur, wenn er im Krieg war, freilassen durfte.

Enthäutet – jede Faser seines Körpers lag entblößt vor ihr. Sie sah in die weit weggeschlossenen Geheimnisse seiner Seele, von denen er wusste, dass er sie nur, wenn er im Krieg war, freilassen durfte.

›Sie sah das Monster in mir, dem ich mich nie stellen konnte, weil ich es nicht aushalten konnte, den dunklen Teil von mir in der zivilen Friedenszeit zu sehen. Doch sie tat es‹, schossen die Gedanken wie brennende Pfeile durch sein zermartertes Hirn.

Grübelnd saß Christoph noch am frühen Morgen auf seiner Lieblingsbank im Park des Schlosses, in dem er aufwuchs, in dem er jeden Stein, jeden Weg und jede Pflanze kannte. Wo ihn die Gärtner mit einer Verbeugung und die Mägde mit einem Knicks freundlich grüßten, wo seine Bücher in der Bibliothek sicher aufgehoben waren, selbst wenn er in einen Krieg ziehen durfte. – Hier im Schloss, wo er am Morgen von einer hübschen Kammerdienerin geweckt wurde, die die Vorhänge aufzog, um dem Sonnenlicht Eintritt zu gewähren, und die Fenster weit öffnete, um den neuen Tag hereinzulassen.

Während sie das jeden Morgen tat, arbeiteten in der Küche schon seit einer Stunde einige Köchinnen an seinem Frühstück, kneteten Teig für frische Brötchen, die sie im vorgeheizten Ofen buken, pflückten Blumen und Gräser für den hübschen Blumenstrauß auf dem Frühstückstisch, rührten Eier in der Pfanne mit Speck dazu und brühten einen exzellenten Kaffee.

›Ich muss diese Frau wiedersehen. Warum hat sie eine so große Macht über mich?‹, wollte es Christoph einfach nicht loslassen. ›Warum fühle ich mich in ihrer Gegenwart so verletzlich? Warum fühle ich mich ihr so nahe, so vertraut, wie ich mich noch keinem Menschen auf der Welt nahe gefühlt hatte? Woher kommt dieser Duft, der mich fast um den Verstand bringt?‹, zermarterte es ihm das Gehirn, und er konnte sich keinen Reim darauf machen.

Ein Schmetterling setzte sich auf seine Hand. Es war ein Tagpfauenauge. Mit langsamen Flügelschlägen ruhte er sich auf der Hand aus, mit der Christoph sein Schwert führte. Währenddessen schwirrte ihm eine Fliege um die Ohren, kam ganz nahe mit ihrem Surren, bis ihre Flügel an seinem Ohr streiften. Das war zu viel. Mit einer schnellen Handbewegung scheuchte Christoph das nervige Insekt davon, womit er auch den Schmetterling aufschreckte, der leicht, im frühen Sonnenlicht schillernd, zu einer nahen Blüte flatterte.

Sonst fühlte sich Christoph von drallen Busen, schlanken Taillen und der Hilflosigkeit von Frauen, die in ihrem Mieder wie in einem Spinnennetz gefangen waren, angezogen. Bei Dorothea spielte das alles keine Rolle. Weder ihre Schönheit, ihre Anmut, noch ihre selbstbewusste und intelligente Art zogen ihn so magisch an oder stießen ihn ab.

Es fühlte sich viel mehr so an, als ob sie der Garten seiner Kindheit wäre, in dem er jeden Stein, jeden Weg und jede Pflanze kannte. Als ob sie das Schlachtfeld wäre, auf dem er jede Waffe, jede Angriffsstellung und jeden Mann zu kennen schien. Und schlimmer noch war ihm, als ob sie das alles und jede, auch die dunkelste seiner Fantasien, die in ihm hauste, kennen würde.

Das machte ihm Angst, große Angst sogar, denn er dachte bis zu dem Tag, an dem er Dorothea das erste Mal traf, dass niemand außer ihm das alles je wissen konnte. Niemals durfte jemand in der friedlichen Welt der Zivilisten etwas davon erfahren. Was im Krieg geschieht, bleibt im Krieg.

»Junger Herr, das Frühstück ist fertig. Darf ich Euch hereinbitten?«

»Danke, Marie. Ist die Milch heute erwärmt?«

»Aber ja, mein Herr, das ist sie.«

Christoph stand auf, überflog mit einem Blick kurz den Park und beendete seine morgendlichen Gedanken mit dem Satz, den er zu sich selbst sagte: »Und wenn du mich verrätst?

Dorothea, Tochter des Walkmüllers ...« Dann fasste er einen Entschluss: »... Du lässt mir keine andere Wahl. Noch bevor du mich verraten kannst, werde ich dich umbringen«, und ging an den blühenden Beeten und dem großen Springbrunnen vorbei ins Schloss, setzte sich an den Frühstückstisch und ließ sich von einer anderen hübschen Dienerin eine Tasse Kaffee eingießen. Dabei trafen sich ihre Augen für einen kurzen, freundlichen Augenblick. Er lächelte sie an und sie lächelte zurück.

Ungemein attraktiv, ja geradezu schön saß er da in seinem weiten blütenweißen Hemd in der Morgensonne, die durch das große Fenster schien. Einige Fenster zum Park waren weit geöffnet und ließen alles Schwirren und Summen, Vogelgezwitscher und sogar die große Stille von Friedrichsfelde hinein in den prunkvollen Salon.

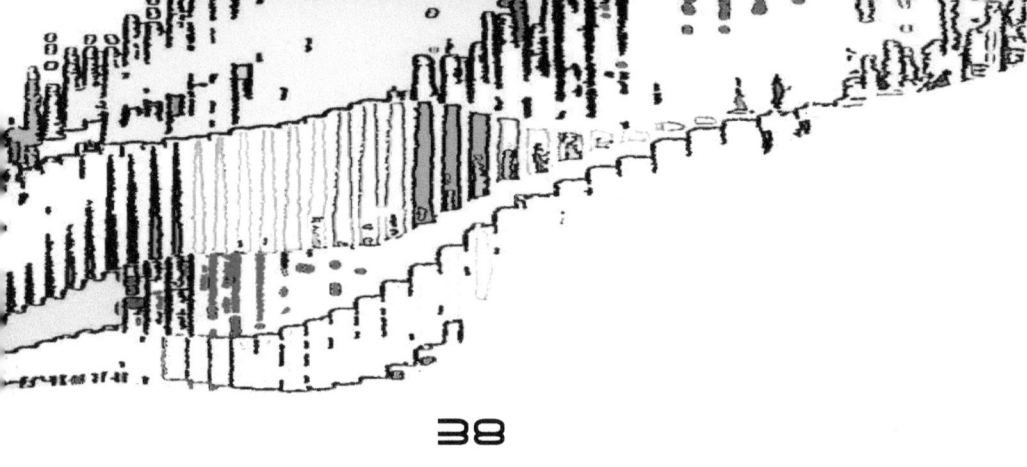

ᗐᗑ

VERGANGENHEIT

Das Gerücht

Es ist der 23. August 1728
um 8 Uhr und 19 Minuten, Montag im Wedding.

Die Gerüchte verbreiteten sich in der Walkmühle und zuerst noch zögerlich in der gesamten Domäne, aber nach einer Weile wie ein Lauffeuer: ›Die Braut des Teufels geht im Wedding um‹, hieß es.

Einige waren sich sogar sicher, der Teufel selbst hätte im roten Abendlicht in der Kutsche gesessen, und wiederum andere wollten darüber hinaus seine Hörner gesehen haben. Schnell ging der Teufel selbst im Wedding um.

Jene, die daran glaubten, und das waren jetzt fast alle Mägde und Knechte hier, fürchteten sich vor Dorothea so sehr, dass sie sich nicht mehr trauten, ihr in die Augen zu sehen oder ihr gar direkt vorzuwerfen, was sie im tiefsten Herzen von ihr hielten.

»Sie war eine Hexe und die Braut des Teufels.« Dessen waren sich jetzt immer mehr Menschen hier sicher. Auch die Strafen, die Dorothea angeblich über jeden ergehen ließ, der sich ihr in den Weg stellte, verbreiteten sich so schnell wie ein Lauffeuer. Sie würde Frauen bis in die fünfte Generation mit Kinderlosigkeit oder Totgeburt bestrafen, die Pest und andere Krankheiten über das Land bringen und Männer gar mit Impotenz strafen.

Eine Frau will gesehen haben, wie Dorothea ihre Tochter in eine Kröte verwandelte, und ein Mann bezeugte höchst glaubhaft, Dorothea hätte seine Frau in Luft aufgelöst, zuerst in Rauch, und dann war sie ganz verschwunden.

»Nun war es aber genug!«, rief die alte Magd, die Dorothea noch nie über den Weg getraut hatte, laut aus. »Wir müssen etwas unternehmen. Ein Plan muss her«, rief sie in die Gruppe ihrer Anhängerinnen und Anhänger, die sich binnen kurzem versammelt hatten.

Da im Wedding keine Kirche existierte und kein Pfarrer ansässig war, der sich solch eines Falls angenommen hätte, musste die heilige Inquisition auf einem anderen Wege auf den Umstand der Ketzerei und Hexerei, die sich hier vor aller Augen abspielte, aufmerksam gemacht werden.

Alle zusammen schmiedeten einen Plan, mit dem sie den Teufel und seine Braut aus dem Wedding vertreiben wollten: Wir hängen ein leeres Blatt mit den großgeschriebenen roten Buchstaben ›M. D. S.‹ in Dorotheas Kammer und hängen in das Gebälk einen Galgenstrick, der direkt neben dem leeren Blatt hängen soll. – Dann verbreiten wir in Pankow, wo ein

Pfarrer ansässig ist, das Gerücht, Dorothea erschien der Teufel in Gestalt eines Offiziers.

Er händigte ihr eine Vollmacht aus, die sie ermächtigt, Unzucht mit ihm zu treiben und als Gegenleistung straffrei hochwohlgeborene Männer zu ihrer Bereicherung zu bestehlen. – Dann sagen wir, sie würde die Schande nicht mehr aushalten und plane, sich der Strafe der Inquisition zu entziehen und sich selbst umzubringen.

Diese Neuigkeit verbreitete sich mit dem Klang der Stimmen, die sie weitertrugen, schneller als je ein Pferd mit einem Boten hätte reiten können, so schnell wie der Schall selbst, und erreichte innerhalb weniger Augenblicke den Priester in Pankow, der ebenso schnell die zuständigen Behörden informierte, woraufhin ein Vertreter der Kirche und auf Geheiß des obersten Gerichtes ein Arzt an die Tür der Mühle im Wedding klopfte.

So glaubhaft und überzeugend das Gerücht auch klingen mochte, gab es doch in dieser schon recht aufgeklärten Welt einen letzten Zweifel daran, dass es überhaupt einen Teufel geben mag oder sogar andere Beweggründe zu der Tat oder der Anklage geführt haben mochten, die es aufzuklären galt.

So kam es, dass Dorothea schon wenige Minuten, nachdem es an der Tür der Mühle klopfte, festgenommen wurde.

Das fingierte Schreiben sowie der Strick wurden als Beweise sichergestellt und alles zusammen nach Berlin in den Kalandshof gebracht.

Der Kalandshof in der Klosterstraße, nahe der Marienkirche, war ein sehr ungemütliches, düsteres Gefängnis, in dem Angeklagte bis zu ihrer Gerichtsverhandlung und für vorbereitende Verhöre inhaftiert wurden.

Den Müller hatte man auch gleich mitgenommen und verhört. Da er ein einfacher Mann war und nur wusste, dass Dorothea nach Berlin fuhr, um die Geschäfte im Schloss zu regeln, verstrickte er sich in Widersprüche, denn er hatte eigentlich keine Ahnung von dem, was genau seine Tochter in Berlin machte. Er wusste nur, wie gut die Geschäfte liefen und dass Dorothea, wie ein heiliger Segen, alles organisierte – was sie nur noch verdächtiger erscheinen ließ.

.

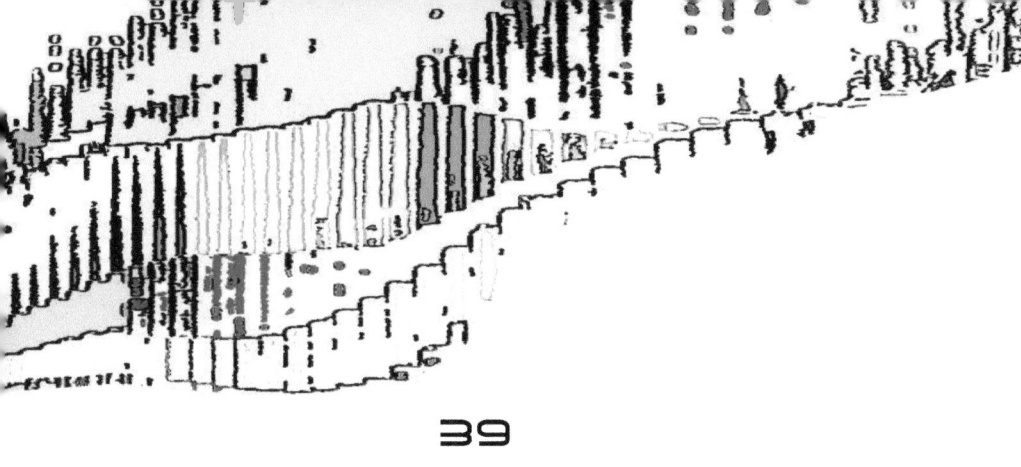

39

VERGANGENHEIT

Die Fürstin

Es ist der 17. Mai im Jahr 1723
um 17 Uhr und 55 Minuten.

Die Fürstin begann sich zu langweilen. Ihre Gäste schienen
sich mehr für den tristen Blick aus dem Fenster zu interessieren als für die Konversation mit ihr.

›Ach, wie öde‹, hallte es für einen Moment enttäuscht in
ihren Gedanken umher.

Die Kutsche schwankte auf der unbefestigten Straße wie
eine Babyschaukel und begann schon, alle ein wenig einzu-
lullen.

›Da war es höchste Zeit, der Gesellschaft mit ein wenig
Esprit neues Leben einzuhauchen‹, dachte die Fürstin und
driftete mit einem charmanten Lächeln in ihre Erinnerun-

gen ab, in die Zeit, als sie in dem frischen Alter ihrer jungen Begleitung war.

»Fürstin, gibt es bei Hofe im Berliner Schloss auch so coole Maskenbälle wie in Versailles?«, kam ihr Maya zuvor und war dabei ziemlich aufgeregt.

»Was auch immer Ihr mit ›coolen‹ Maskenbällen meint, meine Teuerste. Dieser König hat nur für eins Interesse, für seine Soldaten.

Er liebt sie über alles. – Je größer, umso besser.

Dabei ist er ein so kleiner Mann. Meine Verehrte, von Maskenbällen hält der absolut nicht das Geringste.

Paraden, Uniformen, junge Männer marschieren, exerzieren und schießen üben lassen, das ist es, was er liebt.«

»Aber habt Ihr gar keinen Spaß im Schloss?«, wollte Annabell wissen.

»Spaß, meine Liebe, was ist das für ein Wort? Wo habt Ihr das schon wieder her? Ihr kommt wirklich aus einer anderen Welt. Wir haben Spasso, meint Ihr das? Célébrer nos fêtes en secret ist alles, was uns von der einstigen Lust am Amüsement zur Zerstreuung und zum Zeitvertreib geblieben ist.

Ansonsten ist es bei Hofe und in Berlin im Allgemeinen verpönt, laut zu musizieren und zu tanzen und vor allem schillernd gekleidet zu sein, wie Ihr es seid.«

»Aber was ist aus all den wunderbaren Festen geworden?«, fragte Lara etwas enttäuscht. Eigentlich hatte sie Berlin im Jahr 2010 mit all seinen Party-Locations, Rave-, Techno- und Electronic-Clubs im Kopf und dachte, sie würde hier auf die frühesten Wurzeln dieser hippen und schrillen Szene Berlins treffen. Sie dachte, es würde so sein wie im Film bei Marie-Antoinette – ein wenig jedenfalls.

»Sie sind wahrhaftig bemerkenswert, meine Damen. Berlin scheint für Sie so unbekannt zu sein wie eine ferne Provinz.« Langsam wurde es der Fürstin unheimlich mit den drei Damen und ihrem Begleiter. Sie tat ahnungslos und fuhr fort.

»Als ich jung war, so wie Ihr es heute seid, am Hofe Ihrer Hoheit Louise Henriette von Oranien-Nassau auf Schloss Oranienburg, wo ich im Übrigen noch heute über volles Wohnrecht verfüge, gab es so wundervolle Feste, aber ja, auch Maskenbälle mit Buffets.

Très extraordinaire, dank der Erfindung der Mönche vom Orden Dom Pérignon tranken wir Champagner bis in den frühen Morgen, tanzten zur Musik der berühmtesten Komponisten, die atemberaubende Canarie, die Gavotte, o ja, die Courante, und wenn ich an die Trippelschritte der Courante denke …Aber dann kam le plus grand spectacle, das gloriose Feuerwerk, begleitet von der schönsten Musik, die sich eine junge Hofdame, wie ich es damals war, nur vorstellen konnte.

Der gesamte Hof war dann außer sich vor Bewunderung und huldigte Ihrer Majestätund höchster Gastgeberin in Brandenburg.«

Annabell, Lara und Maya hingen gespannt, mit staunenden Augen, an den Lippen der Fürstin.

»Noch lange aber, war das nicht das Ende eines Festes, nicht, bevor uns eines der beruhigenden, unzähligen Menuette und die Allemanden, bis zum Morgengrauen, wie im Rausch in den Himmel oder so manches Tête-à-Tête hinübergleiten ließen. Es war die schönste Lust und eine verführerische Freude, une liberté de plaisir. Meint Ihr das, meine Teuerste, mit ›Spaß haben‹?«

»Wow! Super krass!«

»Ja, wirklich, das klingt nach super mega Fun«, rutschte es Maya und Lara heraus.

»Was für eine Sprache ist das? Nicht französisch jedenfalls.«

»Ach, so reden wir zu Hause. Das ist so eine Art Familiengeheimsprache«, rettete Annabell die Situation.

»Ah, so etwas kenne ich«, antwortete sie und dachte an die heilige Inquisition, die nicht alles wissen sollte, wovon sich junge Damen unter den Bettdecken und im Geheimen gegenseitig unterrichteten.

Die Kutsche näherte sich der Garnisonsstadt Berlin, auf der Straße zum Spandauer Tor. Am Horizont tauchten Spitzen von Kirchtürmen auf. Sven sah die Landschaft höchst konzentriert mit all seinen Sinnen.

Für die Fürstin allerdings war er durchaus eine rechte Augenweide, die sie hungrig wie ein Terrier vor 'nem Sahnetörtchen sitzend regelrecht mit ihren beiden Augen verschlang, sonst aber war er ein rechter Reinfall: Er sah die Gestalt jedes Baumes und jeden Strauches, selbst der Gräser und Steine, des Sandes und der Heidesträucher. Er sah auch die Menschen, wie sie in der Ferne wie kleine Wesen vor sich hinarbeiteten, in matten Erdfarben gekleidet und die wie aus einem Mittelalterfest entsprungen schienen.

Die Frauen waren mit ihren weißen Hauben und Schürzen weithin sichtbar. Die Männer hingegen wurden farblich fast vom Boden verschluckt, wenn sie sich nicht von dem Grün der Pflanzen und dem Blau des Himmels abgehoben hätten.

»Ihr müsst wissen, in meinem bisher überaus langen Leben änderte sich die Welt um mich herum viele Male. Kriege kamen und gingen, Kurfürsten und Könige kamen und gingen, Gesetze änderten sich und das Land wuchs durch schlaue Eheschließungen unaufhörlich in alle Himmelsrichtungen.« Ein kleines Zucken ging durch ihr linkes Augenlid, als sie das sagte, fast unmerklich – und doch setzte es einige merkwürdige Verknüpfungen im Gehirn der alten Dame in Gang.

Merklich erregt, mit einer deutlich höheren Stimme, fuhr die Gräfin fort.

»Vielleicht ist es in Versailles anders, meine Liebe, aber vom 30-jährigen Krieg haben wir uns immer noch nicht erholt. Der Verlust an Menschen war hier zu groß. Die Hälfte aller Menschen starb durch den Krieg, so auch meine gesamte Familie bis auf meine Mutter.

Krankheiten und der erbarmungslose Hunger ließen Menschen wie Fliegen verenden. Besonders merkten wir das bei den Leibeigenen und Bauern. Domänen und Felder lagen brach, weil es keine Menschen mehr gab, die sie bewirtschafteten. Krankheiten und Unterernährung machten auch vor dem Adel nicht Halt. So viele starben. Ihr macht euch keine Vorstellungen.«

Jetzt liefen der Fürstin große Tränen über die Wangen. Das ganze Make-up lief von den Augen, mit den Tränen über die Wangen, bis zum Kinn, wo sie sich sammelten, und auf ihre weißen Handschuhe tropften, in denen ihre Hände sich verkrampft in ihrem Schoß festkrallten. Das Schwarz ihrer Garderobe wirkte eben noch sehr erhaben und elegant. Plötzlich erinnerte es mehr an einen kitschigen Vampirfilm aus den 1960ern.

»Da war es wie ein Erwachen, als Friedrich III., Sohn des Großen Kurfürsten und Luise Henriette, sich selbst in Königsberg zum König in Preußen krönte. Es ist so bedauerlich, dass Luise Henriette die Krönung ihres Sohnes 1701 nicht miterleben durfte. Sie starb schon mit 39 Jahren an der Schwindsucht und erreichte und hinterließ doch so vieles, was uns noch heute ein Vorbild ist.«

Die Fürstin stoppte kurz, um mehrere Male tief durchzuatmen. Ihr Unterbewusstsein ließ immer mehr verschüttete Details frei, Neuronen begannen, sich unkontrolliert zu verknüpfen. – Verschiedenste Emotionen bahnten sich blitzartig ihren Weg über die neuen Brücken der Synapsen.

Jetzt schluchzte die Fürstin in ihr Taschentuch. Ein kleiner Schrei bahnte sich seinen Weg, blieb dann aber doch in ihrem Hals stecken und löste sich in einem kapriziösen Hustenreflex.

Mit weinerlicher Stimme fuhr die Fürstin schließlich fort: »Luise Henriette, meine Liebste, ließ ihr Schloss grandios im Stile ihrer Heimat vollenden, und ihr prächtiges Porzellankabinett, superb – der Lustgarten und die ›Grotte‹, Ihr wisst, was ich meine, der Garten, in dem sie Bäume, Sträucher und Gemüse nach modernsten Methoden der Landwirtschaft kultivierte, sie führte Kartoffeln und Blumenkohl in Brandenburg ein, sie gründete ein Kinderheim, sie war höchste Diplomatin in eigener Mission, enge politische Beraterin ihres Mannes, dem König, und folgte ihm als solche sogar in mehrere Kriege, sie gebar sechs Kinder, von denen zunächst vier überlebten, sie gestaltete die Aussöhnung und Koalition mit Polen in Briefwechseln mit dem polnischen König ...« – Es gab jetzt kein Halten mehr.

Die Neuronen und Synapsen im Kopf der Fürstin taten ihr Erinnerungswerk wie ein Uhrwerk aus Zahnrädern, die sich drehten und längst Vergangenes frisch wie die Jahreszeiten an ihrem Bewusstsein vorbeiziehen ließen. – Und es brach ein Tsunami an Erinnerungen über ihre Seele herein.

Lebte sie doch auf Schloss Oranienburg, wo sie, von einigen Dienern und Zofen einmal abgesehen, fast ganz allein war. Nach Zeiten, in denen sie mit der Kurfürstin, dem König und der Königin unter einem Dach zu Hause gewesen war, war das Schloss jetzt fast leer.

Gelder wurden vom neuen, heutigen König in Berlin gnadenlos gestrichen, nahezu alle schönen Installationen im Park samt Lusthaus abgebaut, Feste und Empfänge abgesagt. Schloss Oranienburg war nur noch ein Schatten seiner selbst, der wie ein Rudiment aus einer fernen, liebevollen Vergangenheit an diesem Ort berichtete. Und gäbe es die Fürstin nicht, wer weiß, vielleicht wäre diese Zeit schon längst vergessen.

Die Fürstin lachte schrill auf, woraufhin ihr Hut fast aus dem geöffneten Fenster fiel, den sie in letzter Sekunde mit der linken Hand festhalten konnte.

Damit verrutschte ihre Frisur, zwei Haarnadeln lösten sich und wallendes graues Haar verdeckte völlig verwuschelt die rechte Hälfte ihres Gesichts und fiel über die Schultern bis auf den Schoß.

Mit der anderen Hand versuchte die Gräfin, zu retten, was zu retten war. Vergebens. Das Gespenstische an ihr nahm nur noch weiter zu.

Die Drei sahen sich beunruhigt an. ›Bei wem waren sie hier gelandet?‹, fragten sie sich im Stillen. Sven hingegen sah weiter aus dem Fenster, die Welt dort draußen studierend, und vernahm die Unterhaltung in der Kutsche nur so nebenbei.

Timmy hingegen hatte seine große Freude mit der Fürstin. Er sprang ihr zuweilen auf den Schoß, stand mit beiden Vorderbeinen auf ihren Schultern, leckte ihr die Tränen und das Make-up mit seiner kleinen Zunge ab und hinterließ blanke Streifen nackter grauer Haut auf ihrem Gesicht. Er sah sie mit erwartungsvollen Blicken, heftig wedelndem Schwanz, verdrehtem Kopf und angehobenen Ohren fast schon verliebt aus seinen großen, dunklen Augen an.

Die Gräfin erinnerte den kleinen Hund jetzt immer mehr an sein verstorbenes Frauchen. Solche Geschichten, wie sie sie erzählte, liebte Timmy, und das blieb der Fürstin nicht verborgen. Auch sie erinnerte sich an ihren kleinen Hund von vor vielen Jahren, der sie überallhin begleitete, ihr alle Tränen der Freude oder Traurigkeit vom Gesicht leckte und jede Nacht angeschmiegt bei ihr schlief. Auch diese Verknüpfungen hinterließen ihre Spuren. Die Fürstin küsste Timmy auf die Nase und die Stirn, schnüffelte an seinem Ohr und machte einige zarte Baby-Hundegeräusche.

Dann wechselte sie blitzschnell in die Menschensprache und fuhr geschwind wie der Wind über die Buchstaben und Erinnerungen in ihrem Kopf hinweg: »... Prachtentfaltung zur Krönung ihres Sohnes, Kurfürst Friedrich III. von Brandenburg, zum König in Preußen in Königsberg, sprach die Welt von Russland über Habsburg, Frankreich, Großbritannien, Spanien bis in die fernsten Kolonien ...« Seufzend und schwer atmend unterbrach sie ihren Ritt durch die Zeit nur für einen Moment. Jetzt galoppierte sie im Stillen kurz über die Worte in ihrem neuronalen Netz hinweg, um dann sofort weiterzujagen, als sei der Teufel hinter ihr her: »... Mit 30 000 Pferden und 1 800 Kutschen ließ der Große Kurfürst die kurfürstliche

Familie und den gesamten Hofstaat aus Berlin zu den Krönungsfeierlichkeiten nach Königsberg transportieren, samt Hochadel, Bischöfen, ja, dem gesamten Klerus, Botschaftern und Repräsentanten aus aller Herren Länder, Höflinge, hochrangige Beamte, Generäle, Zofen, Mätressen, Herolde, Lakaien, Mägde, Köchinnen und Burschen für aller Pläsier ...« – ier ...n n Länder, chkeiten lie ussland über Habsburg, Frankreich, machte einige hwanz, vernd schnell.

Die Drei dachten, die Fürstin könnte jeden Moment explodieren. Wie von einem Geist besessen, fuhr sie fort: »... Die Reise zum Krönungsort weit im Osten Preußens war grandios, aber auch ein überaus strapaziöses Unterfangen im Februar 1701, das zwölf eisige Tage und ebenso viele Nächte dauerte. Ich erinnere mich so gut, als wäre es heute.

Ein glamouröses Geschenk unseres Königs an uns, seine Untertanen. Wir haben mit unseren Steuern alle hinlänglich dafür gezahlt, versteht sich ...« »... Aber ich habe es geliebt«, fügte die Fürstin plötzlich verträumt hinzu und schwärmte noch für einen kurzen Gedanken lang in sich hinein. Dann war sie einen Moment still, totenstill, senkte den Kopf und schloss erschöpft ihre Augen. Die Drei sahen die Fürstin jetzt ganz genau an. Lebte sie noch? Annabell konnte nicht anders, als die Stille mit einer Frage zu durchbrechen.

»War das nicht unglaublich kalt? Es war tiefster Winter. Wie konnten sie sich die vielen Tage in den Kutschen nur warmhalten?«

Mit abgekämpfter, rauer Stimme antwortete die Fürstin langsam. »Das kennt Ihr von Versailles vielleicht nicht, nicht wahr? Aber hier im Norden passiert es im Winter, in abgelegenen Flügeln eines Schlosses, nicht selten, dass das Wasser in einer Vase einfriert, oder sich in der Morgentoilette über Nacht eine kleine Eisschicht auf dem Wasser bildet. Es war nicht kälter als zu Hause im eigenen Schloss, meine Liebe. Und ja, Pelze wirken Wunder im Winter, aber wem sag' ich das«, sagte die Fürstin und winkte mit letzter Kraft vornehm eine Arabeske mit der Hand in die Luft.

Dann machte es Klick im Kopf der Fürstin, als ob sie die letzten Minuten wie im Traum erlebte und jetzt aufwachte. Die Erinnerung an das Gesagte und Erlebte schien wie auf einen Schlag verschwunden.

Stattdessen sagte sie total erschöpft, brüsk, wie es in der preußischen Art jener Soldatenkönig-Zeit üblich war, und ohne jede ersichtliche Scham: »Was für eine langweilige Konversation, gänzlich frei von Esprit und so charmant wie der Blick aus dem Fenster. Gibt es etwas anderes, womit den drei Damen und dem Herrn ein paar erfrischende Geheimnisse zu entlocken sind?«, entfuhr es ihr tatsächlich mit kalter Stimme und düsterem Blick.

Wie bei einer geöffneten Flasche Champagner der Mönche vom Orden Dom Pérignon, wenn sie zu lange geschüttelt wurde, war alles Prickeln, nahezu alles Leben aus der Fürstin entwichen. Es war einfach zu viel für sie in ihrem hohen Alter.

Nein, nicht, was ihr denkt. Die Fürstin war ein Schlachtschiff sondergleichen, das so schnell nicht außer Gefecht zu setzen war.

Wohltuende Stille herrschte für wenige Augenblicke in der Kutsche, und alle konzentrierten sich verlegen auf das Schaukeln, was ihre Körper in jeder erdenklichen Schwingung mitnahm.

Sven sagte jetzt seit Langem endlich auch etwas:

»Wir sind da.«

Von der peinlichen Stille erlöst, aufgeregt, mit großen Augen und einem erwartungsvollen Juchzer, streckten die Drei ihre Köpfe aus den Fenstern der Kutsche.

»Da ist es! Berlin! Juuuhoooo! Wir kommen!«, rief Annabell über die Felder.

»So krass, das ist sooo cool!« Lara sagte das mehr zu sich selbst, ganz leise, mit leuchtenden Augen und dem leichten Fahrtwind im Gesicht. Die Bänder ihres kleinen Hutes umflatterten sanft ihre Hand, mit der sie ihn festhielt. Lara sah Sven an und lächelte. Sven lächelte zurück und beide wurden ein wenig rot.

Beide waren sie weit aus dem Fenster der Kutsche gelehnt und sahen die Kulisse Berlins auf sich zukommen: die spitzen Dächer der Glockentürme, die weiten Wiesen vor dem Fluss und eine seltsam hohe Mauer, über die nur die Dächer der höchsten Gebäude emporragten.

Für den Moment konnten sich die Vier keinen Reim auf das seltsame, mächtig anmutende Bauwerk machen, das die Stadt komplett zu umrunden schien und nur an dem Tor, auf das sie geradewegs zufuhren, einen kleinen Durchlass offenließ.

Da es weit und breit keine Bäume gab, bot sich ein herrliches Panorama über die flache Graslandschaft mit vereinzelten kleineren Büschen und einigen Windmühlen, die in der Ferne ihre Flügel drehten. – beladeneLastenkähne mit wei-

259

ßen Dreieckssegeln, die gemächlich den Fluss entlangfuhren, Fischerboote, von denen Netze ausgeworfen wurden. – Vereinzelt ertönten laute Schreie von Möwen, die über den Booten kreisten, die für einen Moment das geschäftige Rumpeln von großen Holzrädern und das Trappeln der Pferde auf der kopfsteingepflasterten Straße übertönten. – In der Ferne regnete es in fetten Schwaden aus einer tiefdunklen Wolke, sonst war der Himmel über den weiten Horizont hinaus tiefblau, locker mit weißen, dahinziehenden Wölkchen bedeckt.

Eine Gruppe Störche stand unweit auf der Wiese und stach mit ihren langen Schnäbeln in das satte Gras, kleine Schwärme von bunten Schmetterlingen flatterten über das Meer von Frühlingsblüten zwischen den niedrigen Gräsern, Heuschrecken sangen ihr rhythmisch zirpendes Lied, Feldlärchen in ihrem sonoren Singflug standen mit flatternden Flügeln an einer Stelle in der Luft, Menschen strömten gemächlich neben ihren Ochsenkarren laufend, oder mit großen Körben, die sie auf dem Rücken trugen, dem Stadttor entgegen.

So manche elegante Kutsche, mit Lakaien in eleganten Livreen, war dabei. Kompanien von Soldaten marschierten in Marschformation mit Gewehren über der Schulter, aufragenden Bajonetten und großen Tornistern auf dem Rücken in beide Richtungen auf der Straße, die über die Brücke zum Spandauer Tor hinführte.

»Fürstin, wisst Ihr, was das für eine riesige Mauer ist?«, wollte sich Annabell versichern, ob sie sich das Richtige vorstellte. Denn von einer Mauer sprach ihre Mutter in Berlin häufiger.

»Das, mein Engel, das ist das Festungswerk mit dem hohen Hauptwall gegen alle Angreifer, und auf unserer Seite des Grabens, das ist der Niederwall gegen das Hochwasser, wie ein Deich. Davor, wo die Boote fahren, das ist der Festungsgraben. Die Spree verzweigt sich und fließt direkt durch die Stadt, rechts und links am Schloss vorbei und natürlich durch den Festungsgraben, der Berlin gänzlich umschließt.

Berlin ist eine Festung, wie alle Städte heutzutage. Ihr müsst das doch wissen. Gott, wer waren nur Eure Lehrer? Hattet Ihr überhaupt einen?«

In der Zwischenzeit hatte sich die Fürstin etwas erholt und fand schnell zu ihrer alten Form zurück.

»Mit Mauern kennen wir uns natürlich aus.

Berlin ist weithin als die Stadt der ›Berliner Mauer‹ bekannt. Und wir sind jetzt in der sechsten Klasse und besuchen seit zwei Jahren ein sehr gutes Gymnasium«, wollte Lara nun doch klarstellen. Die Fahrt war in wenigen Minuten beendet, und da konnte es nicht schaden, auch mal etwas mit mehr Selbstbewusstsein zu sagen und einen guten Eindruck zu hinterlassen.

Indessen passierte die Kutsche eine Rampe, die hoch auf den ersten Wall führte, und rollte jetzt über die erste Holzbrücke, die zu einer kleineren, mit einer Sandsteinplatte befestigten Insel, einem Kavalier im Festungsgraben, führte.

Hohl klangen die Räder und das Pferdegetrappel auf dem Holz. Dann verstummte es und sie mussten auf der Insel kurz anhalten und auf ein vorbeifahrendes Segelboot warten.

In der Mitte des längeren zweiten Teils der Brücke von der Insel zum Spandauer Tor war eine Zugbrücke, die hochgezogen, mit aufragenden Straßenteilen, ein langes und flaches Segelschiff fast lautlos vorbeiziehen ließ. Der Verkehr stockte.

Stille setzte ein. Jedes noch so kleine Flattern des riesigen weißen, dreieckigen Segels und das Knarren der Wanten am Mast waren zu hören.

Wie eine gigantische Kreatur, die gemächlich vorbeiglitt, nahm der Segler die Blicke aller Wartenden mit sich. An Deck lagerten große Kisten und Ballen mit vielleicht köstlichen Früchten für den Markt, oder explosiver Munition für die Armee, oder gar zerbrechlichem Porzellan, was für den Hof bestimmt sein konnte.

Das Wasser plätscherte sanft am Bug, denn das Segelschiff fuhr flussabwärts, mit dem Strom, fast ohne Widerstand. Der Kapitän winkte den Wartenden noch kurz zum Dank. Verfolgt von einem kleinen Plätschern am Heck war das Schiff vorbeigefahren und entfernte sich.

Einige Kinder auf der Brücke winkten mit ihren Mützen dem Segelschiff auf großer Fahrt hinterher. Ihre Blicke wollten nicht von dem eleganten Segel und den wehenden Fahnen am Mast lassen, die ihre Fantasie von großen Abenteuern beflügelten.

Alles schien hier so idyllisch, so langsam, duftend und einfach zu sein im Vergleich zu Berlin, wie es die Vier seit ihrer frühesten Kindheit kannten. Aber war es das tatsächlich? Schließlich fuhren sie zu einem Hexenprozess, der in fünf Jahren stattfinden wird, in dem eine junge, intelligente und begabte Frau ins Gefängnis muss und zur Zwangsarbeit verurteilt wird.

Die Zugbrücke senkte ihre Flügel. Weiter ging die Fahrt. Das Rumpeln und Getrappel setzte wieder ein. Das Wasser im Festungsgraben beruhigte sich wegen der Strömung rasch und spiegelte den Hauptwall, den Himmel und die Wolken fast wie in einem Spiegel. Die mächtige Mauer um Berlin schien wie in einem Traum dicht über dem Wasser zu schweben.

Stopp! Das wird jetzt doch zu romantisch. Wir befinden uns im Jahr 1723, in der Frühphase der Aufklärung, wo solche himmlischen Ereignisse auf der Grundlage von rationalen Zusammenhängen erklärt werden sollen. Die Phase, die einst Romantik genannt werden wird, beginnt erst in etwa 70 bis 80 Jahren.

Also, es spiegelte sich der Festungswall wegen der Lichtbrechung im Wasser auf verschieden dichten Oberflächen. – Sah trotzdem beeindruckend aus und unsere Vier und ein Hund staunten bei der Fahrt über die Spandauer Brücke, denn damit hätten sie im abgefahrensten Traum nicht gerechnet. Sie fuhren an dem kleinen Häuschen mit den Soldaten vorbei, die ihnen ohne Zweifel zweideutige Blicke zuwarfen und dabei lüstern mit den Augen zwinkerten.

Am Ende der Brücke öffnete das Spandauer Tor die Passage durch den Festungswall für jeden, der in die Stadt hinein und heraus wollte. Das Stadttor war mitten in der Flanke zwischen zwei mächtigen Bastionen platziert, sodass es bestens gegen Angreifer zu verteidigen war. Es war erst neu gebaut, aus großen Sandsteinblöcken, die mächtige Türen hielten. Oben war der Torbogen mit allerlei patriotischem Zierwerk aus Stein wie Standarten, Fahnen und Wappen verziert.

Selbst die Tordurchfahrt spannte sich so hoch wie zwei Etagen der dahinterliegenden Häuser. Ein großer, kühler Schatten warf sich über die Kutsche, und das Getrappel der Pferde hallte mit lautem Klappern zwischen den Wänden hin und her. Hier standen wieder Soldaten, die mit dem gleichen anzüglichen Lächeln wie schon die anderen zuvor mit kindlicher Neugierde, Pflichterfüllung und ungestillter Manneslust in die Kutsche starrten.

»Und schon wieder glotzen uns die Soldaten an, mit dieser blöden Anmache, in ihren auffälligen bunten Uniformen. Das sieht doch lächerlich aus. Die sind doch im Gefecht sofort zu erkennen«, musste Annabell unbedingt mitteilen, denn: ›Ich hasse solche Typen wie die Pest‹, dachte sie noch still hinzu.

Da intervenierte die Fürstin dann doch, bevor die Mädchen mit derart provokanten Thesen fortfuhren.

»Meine Liebe, seid nicht ungerecht. Diese Männer schenken ihrem Souverän alle Treue und der gesamten Stadt Schutz, für den sie mit ihrem Leben einstehen würden. Seien Sie etwas nachsichtiger«, überraschte sie die Mädchen mit ihrem vormodernen Statement.

Die Kutsche fuhr über einen kleinen Platz und wollte geradewegs in die Rosenstraße steuern.

Der Festungswall auf der Innenseite in der Stadt, rechts und links an das Stadttor anschließend, ragte riesig, mindestens acht Meter in die Höhe, und war eine mächtige, einfarbige, fensterlose Wand, die frei von jeder Zierde, so weit das Auge reichte, jeden Blick auf die Segelboote, Fischer, umliegenden Felder und Wiesen nahm.

In der Rosenstraße befanden sich einige Häuser noch im Bau. Andere, die Mehrzahl, war schon vollendet. Es waren wohlhabend anmutende, neu gebaute Stadthäuser auf beiden Seiten der Straße mit zwei, manchmal sogar drei Etagen und aufgeklappten Fensterläden, die lange Schatten auf die Fassade warfen. Fast jedes Haus hatte eine große Toreinfahrt für Kutschen. In einem kleinen Laden mit heruntergelassenen Markisen wurden Lebensmittel und Topfwaren angeboten. Ein anderer bot Damenkleider und Wäsche aller Art an.

Viele Menschen gingen betriebsam durch die Straße, andere standen umher und unterhielten sich. Ein kleines Mädchen rannte kurz vor einer entgegenkommenden Kutsche über die Straße, verfolgt von ihrer Mutter, die laut ihren Namen rief.

Die dominierenden Farben der Kleider und Roben der feineren Gesellschaft waren Schwarz, Braun und gedecktes Grün und Blau. Dunkle Farben dominierten und keineswegs so freudige, leuchtende Farben, wie sie die Drei und Sven gerade trugen.

Mägde und Dienstmädchen waren sofort an ihren weißen Schürzen und Hauben zu erkennen. Ein Schmied sah sich den Huf eines Pferdes an, das vor eine Kutsche gespannt war. Er war sofort an seiner ledernen Schürze und dem verrußt glänzenden Dreispitz zu erkennen.

Ein vorbeigehender Mann war selbst für unsere ungeübten Gäste in dieser Welt sofort als Lakai zu erkennen, denn er trug eine lächerlich elegant geschneiderte Livree in schrill leuchtendem Paradiesblau mit gelben abgesetzten Säumen an den Taschenklappen und Ärmelbündchen.

Die Fürstin war jetzt stiller geworden, ganz in sich gekehrt, so, als ob sie sich auf etwas konzentrieren würde, vielleicht den Grund für die Fahrt zum Schloss oder eine Erinnerung, die aufkam. Fast schien es, als ob sie allein in der Kutsche wäre und die Vier und Timmy nicht hier wären, als ob sie es gewohnt wäre, inmitten von Menschen ihren persönlichen

Gedanken nachzugehen, ohne die Anwesenden daran teilhaben zu lassen.

Die Kutsche bog kurz nach rechts, um gleich darauf links abzubiegen. Dann hielt sie an einer großen Kirche, die eng von mehrstöckigen Häusern umbaut war.

»Eure Hoheit, wir sind in der Nähe des Neuen Mark, – wie Eure Hoheit gewünscht, angekommen.« Augenblicklich erwachte die Fürstin aus ihrer Abwesenheit und lächelte.

»Hier müsst Ihr mich leider verlassen. Das ist ein zentraler Ort in Berlin. Von hier aus werdet Ihr alles finden, was Ihr sucht.«

Der Lakai klappte die Treppe herunter und öffnete die Tür der Kutsche.

Verdutzt sahen sich die Fünf an, denn das klang wie ein Rauswurf. Um aber keinen Aufruhr zu provozieren, folgten sie der Anweisung der Fürstin umgehend. So unheimlich wie sie war, konnten die Fünf mit allem rechnen, so dachten sie jedenfalls. Und eigentlich wollten sie bis Berlin mitgenommen werden. Diesen Teil der Vereinbarung erfüllte die Fürstin ohne Zweifel. Hier waren sie also, irgendwo in Berlin.

»Eure Hoheiten«, sagte der Lakai und verbeugte sich, um seinen Blick auf ein unverfängliches Ziel zu richten.

Sven war im Handumdrehen ausgestiegen und schaute in das Fenster der Kutsche zur Fürstin, die mit dem Blick geradeaus, wie eine gänzlich fremde Person, dasaß.

»Fürstin, meinen ergebensten Dank für die Passage. Wenn ich dereinst etwas für Euch tun darf, wird es mir eine Ehre sein, dies zu tun.«

»Ich werde Sie daran erinnern, wenn es so weit ist, mein galanter junger Graf«, sagte die Fürstin mit einem undurchsichtigen Lächeln, ohne den Kopf zu Sven zu drehen. In ihrem äußersten Augenwinkel nahm sie allerdings etwas wahr, das ihre Aufmerksamkeit mehr fesselte als Svens höflicher Abschied.

Sie stoppte in ihrem Redefluss, wurde leiser, drehte ihren Kopf zum Fenster und wendete ihren berechnend nachdenklichen Blick auf einen Punkt gegenüber dem kleinen Platz.

Ein zierlicher, elegant gekleideter, etwa elfjähriger Junge, den ein schillernder Glanz umgab, und ein vielleicht 38-jähriger Herr in seiner Begleitung, den eher ein mattes Leuchten erhellte, näherten sich der Kutsche.

Sie waren zueinander geneigt, in ein tuschelndes Gespräch vertieft, was durchaus konspirativ anmutete. Sie waren in Eile, und die Fürstin entschloss sich, schnell zu handeln.

Wie ein junges Mädchen, geschmeidig und zielstrebig, erhob sich die Fürstin in der engen Kutsche, trat zur Tür und war mit zwei Schritten in vollendeter Grazie aus der Kutsche entstiegen, ohne einen Funken von Gedanken daran zu verschwenden, wie klein der Tritt und schmal die Tür war.

Der Junge und sein Begleiter kamen näher und die Chancen standen gut, dass er weiter, direkt in ihre Richtung ging.

Das Aussteigen der Drei verlief derweilen unfallfrei, und das, obwohl die Tür der Kutsche sehr eng und die zierlichen Stufen durch die weiten Röcke der Kleider nur zu ertasten waren. Sven assistierte, indem er seine Hand anbot, was wie eine galante Geste aussah, aber tatsächlich vonnöten war, um keinen Unfall zu riskieren.

Indes eilten der Junge und sein Begleiter, immer noch in ein offensichtlich wichtiges Gespräch vertieft, fast in die Arme der Fürstin. Sie stellte sich, leicht in eine andere Richtung schauend, mit Absicht so in den Weg, dass die beiden nicht anders konnten, als mit ihr zusammenzustoßen. Einen Meter bevor es dazu kam, hoben der Junge und sein Begleiter den Blick und blieben stehen.

»Fürstin von Tassilo-Hohenyard, was verschafft mir die Ehre und wen haben Sie da in ihrem Tross?« Ohne zu antworten, machte die Fürstin in Zeitlupe einen an Perfektion und Anmut nicht zu übertreffenden Knicks, hob die Ellbogen leicht zur Seite, was ihre Arme umso zierlicher erscheinen ließ, nahm ihre rechte Hand in die Mitte ihres Oberkörpers zwischen Schoß und Brustbein und hob sie mit geführtem Zeigefinger in einer entspannten und eleganten Geste grazil nach oben, während ihre zweite Hand ebenso leicht schwebend vor ihrem Schoß ruhte. Dabei senkte sie ergeben den Blick.

Erst jetzt sagte sie: »Eure Hoheit«, verharrte für einen Augenblick und kam zu ihrem Stand zurück, der jetzt mindestens ebenso elegant und vollendet war wie ihr Knicks zuvor. Wie verwandelt setzte sie zu einem Wort an: »Eure Majestät, es ist mir eine große Ehre, Ihnen hier zu begegnen.«

Der Junge war mit den Gedanken allerdings schon ganz woanders, wandte sich ab und sagte im Fortgehen: »Fürstin, wir sind in Eile. Erzählen Sie mir ein andermal, wer ihre famosen Gäste sind«, und kehrte der Fürstin nun gänzlich den Rücken zu. Mit schnellem Schritt samt Begleiter, der ihm folgte, verschwand er hinter der Marienkirche.

»Wer war das?«, wollte Annabell unverblümt wissen.

»Das, meine Liebe, ist Kronprinz Friedrich, der zukünftige König von Preußen, und sein Erzieher Jacques Égide Duhan de Jandun.«

»Sein Erzieher? Er macht gar keinen so ungehobelten Eindruck.«

»Nun, meine Liebe, das ist so, weil er einen Erzieher hat. Duhan ist überaus talentiert, Hugenotte und ein vorzüglicher, hochgebildeter Lehrer obendrein.«

Die Fürstin schenkte ihren Begleitern noch einen atemberaubend kurzen Blick und verschwand ebenso anmutig, wie sie ausgestiegen war, in ihrer Kutsche. Geschickt klappte der Lakai die Stufen an der Kutsche wieder hoch und schloss die Tür.

Und schon klopfte es in der Kutsche zweimal dumpf, was so viel wie Losfahren bedeutete. Die Kutsche schwankte noch kurz beim Anfahren wie eine Seilbahngondel und schaukelte sanft und gemächlich Richtung Westen durch die kleine Straße Richtung Neuer Markt, um hinter einer Hausecke zu verschwinden.

Die Fünf standen jetzt allein auf dem atemberaubend engen Vorplatz einer Kirche und wurden von Passanten, die sie jetzt überhaupt erst wahrnahmen, wie Paradiesvögel aufmerksam beäugt.

»Wo sind wir?«, fragte Maya neugierig und war noch in Gedanken, woran sie diese Kirche erinnerte, denn sie kam ihr definitiv bekannt vor.

»Also, ich würde sagen, die Kirche sieht so aus wie die, die so seltsam schräg und allein am Fernsehturm steht. Wie die heißt, weiß ich allerdings auch nicht mehr«, wagte sich Annabell mit grübelndem Gesicht vor.

»Ich würde vorschlagen, wir sehen einfach nach. Am Eingang wird der Name sicherlich stehen. Obwohl ich nicht unbedingt erkenne, wie uns das weiterhelfen soll«, bemerkte Lara ebenso ratlos und dachte: ›Ein Stadtplan wäre jetzt sehr hilfreich.‹

Ein junger Herr, der vorbeiging, grüßte zwar unterwürfig, aber einladend genug, um ihn nach dem Namen der Kirche zu befragen. Er hielt dann aber doch lieber respektvollen Abstand und wollte wohl nicht riskieren, von den vermeintlichen Hoheiten angesprochen zu werden.

Sven sah sich indessen um, nahm jeden Stein, jedes Haus, jede Farbe, die seltsamen Gerüche wahr, die von Straßen aufstiegen und aus Häusern strömten, die sich mit umherziehenden Wolken von schweren Aromen der blühenden Kastanien mischten.

Und Passanten verströmten ihren Duft, von ›lange nicht gewaschen‹ bis puderparfümiert noch hinzu. Von weit her fliegende Geräusche bahnten sich ihren Weg durch Straßenfluchten und überlagerten sich mit dem Klang von Schritten, Sprachfetzen, Rädergerumpel, und doch schien auch hier eher eine tiefe Stille zu herrschen. Sven nahm wahr, auf welche Art sich Frauen, Männer und Kinder bewegten, welche Sprache ihre Körper sprachen, wohin sie gingen, wo lang die Spuren auf der Straße führten, und, und, und.

Dann sagte er: »Wir gehen um die Kirche und in die kleine Straße auf der anderen Seite, dann werden wir den Kalandshofgleich dort an der linken Ecke finden.

»Woher weißt du das?«

»Ich habe von den Gräsern, den Schmetterlingen, den Steinen, den Düften und Geräuschen, von einfach allem, was ich aus dem Fenster der Kutsche auf unserem Weg hierher erlebte, gelernt, wie ich die Eindrücke hier in Berlin lesen kann.«

»Aber jetzt sind wir in der Stadt, woher kann die Wiese sagen, was hier passiert?«, zweifelte Annabell ein wenig an Svens Worten.

»Alles in einer Welt ist miteinander verbunden. Die Wiese mit der Stadt und das Meer mit den Bergen. Jedes Lebewesen mit jedem Stein, und so weiter.«

»Dann lasst uns herausfinden, wie recht du hast«, sagte Lara neugierig und ging in die von Sven vorgeschlagene Richtung, stupste im Vorbeigehen mit ihrer Schulter sanft an seine und sah sich mit aufforderndem Blick zu den anderen um.

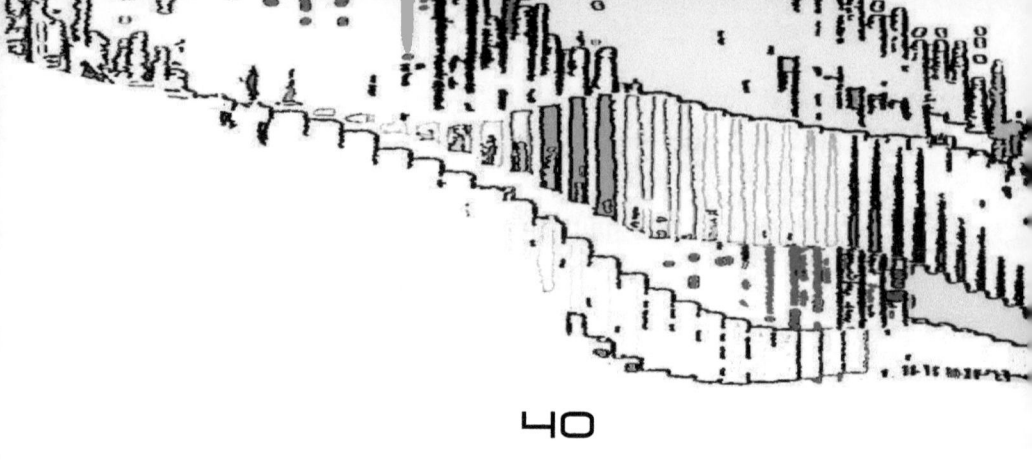

40

VERGANGENHEIT

Dorotheas Vater

Noch am 23. August, dem Tag von Dorotheas Festnahme in der Walkmühle, verhörte der hiesige Hof- und Domprediger des evangelisch-reformierten Glaubens Dorotheas Vater, den Müller der Walkmühle: »Wunderst du dich nicht? – Dass ein junges, ungebildetes Mädchen wie deine Tochter Dorothea so komplizierte Geschäfte noch zudem so erfolgreich verhandeln konnte?«, fragte der Priester den Müller, der seine Tochter liebte, aber jetzt doch Angst bekam, dass sie ihn vielleicht heimlich doch verhext haben könnte.

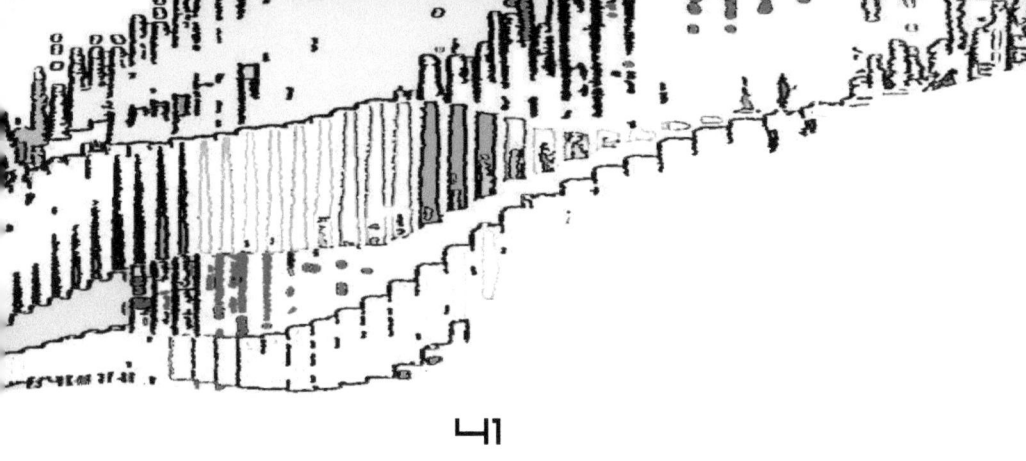

41

VERGANGENHEIT

Die Drei

Immer noch am 17. Mai 1723
kurz vor Sonnenuntergang, am Karfreitag.

Der Platz, auf dem die Fürstin Annabell, Lara, Maya, Sven und Timmy abgesetzt hatte, war eigentlich gar kein Platz im eigentlichen Sinne, eher vielleicht ein Hof, in den diese riesige Kirche wie ein sich aufbäumender gefangener Wal diagonal hineingesperrt war.

Die Fünf gingen nach links zum Hauptportal, das sich in dem schroff anmutenden Glockenturm befand, der bis auf wenige Meter dicht an die angrenzenden Häuser heranreichte.

»Es ist die St. Marienkirche, hab ich's nicht gesagt!«, war Maya stolz und fügte noch etwas beschämt hinzu: »Na, jedenfalls ist es die Kirche, die ich meinte.«

Sie standen jetzt vor dem mächtigen Glockenturm aus grob behauenem Naturstein. Die zwei sehr alt aussehenden Holztore des gotischen Portals waren einladend weit geöffnet. Die tief stehende Sonne ließ unsere Fünf in einem dunklen Schatten zwischen den Häuserfronten versinken.

Von den dicht hinter der Kirche stehenden Hausfassaden aber wurde das Sonnenlicht zurückgeworfen und bahnte sich seinen Weg durch die großen Fenster hinter dem Hauptaltar, durch das Mittelschiff, und schien aus den großen, geöffneten Toren sanft in die Gesichter von vier Teenagern, die aus der Zukunft hierhergekommen waren.

Viele Menschen sammelten sich plötzlich, strömten gemächlich, andächtig, miteinander plaudernd und dennoch zielstrebig durch die engen Gassen in die Kirche. – Die Glocken begannen zu läuten und plötzlich war es hier sehr laut und voller dunkel gekleideter Frauen, Männer und Kinder.

Der metallene Schall sammelte sich zwischen den engen Mauern zu ohrenbetäubendem Lärm, der die Trommelfelle klirren ließ.

Die Fünf waren umringt und drohten, sich aus den Augen zu verlieren.

»Bleibt zusammen«, rief Sven, doch das war kaum zu machen, und schon verloren sich die Fünf im dichten Fluss der Menschen aus den Augen.

In Annabell machte sich Panik breit.

Maya versuchte mit aller Kraft, dem Strom zu widerstehen.

Lara reckte sich über die vielen Köpfe hinweg, um die leuchtenden Hüte ihrer Freundinnen zu entdecken.

Mehr Menschen kamen herbei, ließen die Fünf voneinander wegdriften.

274

Sven musste Timmy auf den Arm nehmen, denn er begann sich wegen der vielen Beine um ihn herum zu fürchten.

Und dann klangen die Glocken aus. Der Vorplatz leerte sich so schnell, wie er sich gefüllt hatte. In der Kirche begann die Orgel, ein Lied anzustimmen, in das die Gottesdienstbesucher einstimmten. Einige Zuspätkommende rannten über den Hof, um noch rechtzeitig da zu sein, wenn es gleich losging.

Für einen Moment war der Hof übervoll und jetzt ganz leer.

Die Fünf sahen sich und kamen erleichtert zusammen.

Außer ihnen blieben nur die Bettler zurück. Sie standen und saßen noch neben den Eingängen und waren auf Spenden der Geläuterten aus, die nach dem Gesang und dem Segen ihres Gottes, bald erleichtert und beseelt aus der Kirche treten werden, um den Abend zu feiern als das, was er ist: ein Geschenk.

»Das war krass cool«, musste Lara überrascht gestehen, »damit hätte ich nicht gerechnet.«

»Die Glocken sind der wahre Heavy-Metal-Sound und die Läute. Mein Gott, das habe ich zuvor noch nie erlebt. Das waren echt so viele«, befand Lara anerkennend.

»Ich finde, da steckt definitiv Techno drin«, erinnerte sich Annabell, »die hämmernde Wiederholung macht es mega geil. Kein Wunder, dass die hier auf diesen Sound so sehr abfahren.« Als sie das sagte, shakte ihr Kopf elastisch einmal von rechts nach links und ihre Hände deuteten einen coolen Move an.

»Seid ihr jetzt fertig mit der Konzert Review? Lasst uns zum Kalandshof gehen. Ich könnte mir vorstellen, dass er bald schließen wird, wenn er nicht schon längst geschlossen ist«, brachte Maya ihre Freunde zum eigentlichen Grund ihres Hierseins zurück.

»Also los, hier entlang.« Sven ging vor, um die Kirche herum und in nördlicher Richtung in eine kleine Straße.

»Gleich die nächste Straße müsste die Klosterstraße sein«, sagte er mehr zu sich selbst, um sich zu vergewissern, dass sie in die richtige Richtung gingen.

Die Straßen waren menschenleer. Alle schienen gleichzeitig zum Karfreitagsgottesdienst in den Kirchen zu sein.

»Da ist es, der Kalandshof. Unglaublich, aber wir haben ihn tatsächlich gefunden.« Sven war sichtlich gerührt, als er das sagte.

Der Kalandshof war ebenso wie die Marienkirche ein rustikales, mittelalterliches Gebäude aus schroffen Feldsteinen und roten Ziegeln, schien er wie die Kirche von den frühen Tagen Berlins übrig geblieben zu sein. Zweifellos ein unangenehmer Ort, an den sich sicherlich keiner freiwillig begeben würde.

Zwei Soldaten standen rechts und links vom Eingang in ihren farbenfroh bunten Uniformen, mit Gewehr über der Schulter, in ihren schulterengen und mannshohen Wachhäuschen, die mit großflächigen schwarz-weißen Fischgrätenmustern auf der Frontseite verziert waren und auf denen roten Giebeldächlein saßen. Sie wirkten wie von einem Rummel hierhergezaubert.

An der Ecke gegenüber dem Kalandshof stoppten die Fünf unschlüssig, denn es wurde plötzlich verdammt ernst.

»Also, noch einmal unser Plan«, sagte Lara ernst. – »Wir gehen hinein und suchen uns einen ruhigen Ort, an dem wir sicher sein können, dass er im Dezember 1728, also in fünf Jahren, noch so sein wird, wie er heute ist. Wenn wir den Ort gefunden haben, rufen wir Schikla und Flaro, damit sie uns das Portal öffnen und wir an den Ort zum Morgen des 10. Dezember 1728, dem Tag, an dem Dorotheas Gerichtsverhandlung stattfinden wird, reisen.« Lara stoppte. Denn plötzlich, als sie das sagte, merkte sie, und auch die anderen, wie unwahrscheinlich ein solcher Plan klang.

»Wie sollen wir sicher sein, nicht in einem Gefängnis oder im Feuer oder sonst wo Unpassendem zu landen?«, sprach Maya aus, was alle in diesem Moment dachten.

Ihnen wurde plötzlich bewusst, dass es diese Sicherheit nicht geben würde.

»Wir erregen Aufmerksamkeit bei den Soldaten«, bemerkte Sven, der zunehmend nervös wurde.

»Wir haben keine andere Wahl, wir gehen jetzt hinein, um ein geeignetes Versteck für unsere Zeitreise zu finden.«

»Okay, ich bin dabei«, sagte Maya kurz und entschlossen.

»Ja, so machen wir's«, bestätigte auch Annabell den Plan, um nicht weiter darüber nachdenken zu müssen.

»Das klingt riskant, aber deshalb sind wir ja schließlich hier«, war auch Sven einverstanden.

»Wenn ihr versprecht, dass da eine Wiese sein wird, auf der ich endlich herumtollen und jagen darf, bin ich auch dabei.«

Beinahe hätten die Vier vergessen, dass Timmy jetzt sprechen konnte, was wohl auch daran lag, dass er es so selten tat. Und bisher gab es keine Gelegenheit, die innige Begegnung mit der Fürstin einmal ausgenommen, dass Timmy auf seine Kosten gekommen wäre.

Also versprachen es die Vier, und Timmy war einverstanden, bei dem Plan mitzuspielen.

Die Soldaten sahen jetzt mit ganzer Aufmerksamkeit zu den vier so unglaublich elegant gekleideten, hochwohlgeborenen Majestäten herüber, die, gemessen an ihrer Ausstattung, nur von einem Königshaus stammen konnten.

Auf der Straße waren außer den beiden Soldaten, den vier Teenagern und ihrem Hund immer noch keine Menschen zu sehen.

Nie zuvor hatten die Soldaten so schillernde Gewänder und zudem noch so nahe gesehen. Sie wurden immer unsicherer, je näher die Fünf kamen, und fragten sich, ob da eventuell französische Spione oder, schlimmer noch, Attentäter auf sie zukamen.

Als Annabell, Lara, Maya und Sven langsam nebeneinander, wie eine Wand aus hochwohlgeborenem Selbstbewusstsein, auf die Einfahrt in den Kalandshof zugingen, blieb den Soldaten fast das Herz stehen.

›Was sollten sie jetzt machen?‹ – ›Gab es ein Protokoll, das ihnen den Umgang mit derart hohen Personen vorschrieb?‹ – ›Mussten sie jemanden holen, der mit ihnen sprach, oder durften die Soldaten direkt das Wort an sie richten?‹ und ›Was war eigentlich die korrekte Anrede?‹ und ›Welche Sprache sprachen sie überhaupt?‹

In den Augen der beiden Soldaten standen viele Fragezeichen, die keine Antwort kannten. Und dann, als drei offensichtlich hochwohlgeborene Damen, ein Herr und ein Hund vor ihnen Soldaten standen, sagte der eine schnell: »Ihre Hoheiten, der Direktor ist noch im ersten Hof in seinem Zimmer, gleich erste Etage links am Gang.«

›Das war's, die Situation war gerettet.‹ Fünf Steine fielen von ebenso vielen erleichterten Herzen. ›Aber da war es wieder, dieses glotzende, lüsterne Lächeln in den Gesichtern der Soldaten-Typen, mit dem diese auf unsere nackten Dekolletés starren‹, dachten die Drei in diesem Moment das Gleiche, verkniffen sich aber aus guten Gründen, ihrer Empörung irgendeinen Ausdruck zu verleihen, und blickten bedeutungslos vor sich hin.

»Danke«, sagte Sven kurz und ließ den Mädchen mit einer anmutigen Armbewegung den Vortritt.

›Diese idiotischen Verhaltensregeln machen hier auf einmal einen Sinn ...‹, dachte Annabell. ›... denn Frauen können sich nicht einfach verteidigen oder wegrennen, denn, eingeschnürt wie ein Hering, würden sie nach fünf Metern ohnehin in Ohnmacht fallen.

Deshalb muss der Herr den sicheren Weg für die Damen eskortieren. Und das geht am besten, wenn der Herr als Letzter durch die Tür tritt und den Damen den Vortritt lässt, dann kann er sie am besten absichern, kontrollieren, überwachen, damit es mit so ungehobelten Typen wie denen hier keine ungesehenen kompromittierenden Zwischenfälle geben kann oder gar, dass eine der Damen ohne Begleitung, das meint, ohne Zeugen ihrer Tugend, – oder höchstpersönlich gar für einige Zeit oder gänzlich – verloren geht. Wie beschämend das für Frauen im Allgemeinen, aber besonders für junge Frauen gewesen sein musste.‹

»Und jetzt? Wir sind drin«, flüsterte Maya aufgeregt.

»Nun müssen wir nur noch einen geeigneten Raum oder so etwas finden«, dachte Lara laut, in einem leisen Wispern.

In diesem Moment hörten sie Schritte von schweren Stiefeln eine Treppe herunterkommen. Es mussten zwei Männer sein.

»Shit!«, fluchte Maya im Flüsterton.

Alle sahen sich hektisch um.

»Da ist eine Art Abstellraum unter der Treppe, los, schnell.« Es war eng, aber ausreichend für vier Menschen und einen kleinen Hund.

»Mein lieber Graf von Streckelwitz, Ihr wisst gewiss, wie das läuft. Hier sind die Verdächtigen inhaftiert, und hier finden auch die Verhöre der speziell geschulten Herrschaften vom ›Criminal-Collegium‹ zur Wahrheitsfindung statt, um hernach das Rechtsgutachten für das hohe Gericht anzufertigen – und im Stadtgericht werden die Schuldigen vor den Richter geführt. Warum sollte das im Fall ihres verehrten Vaters anders sein?«

»Ich weiß, dass mein Vater unschuldig ist.«

»Aber ja, das sagen sie alle, und nach einer eingehenden Befragung der Beschuldigten durch die Rechtsgutachter ...«, sagte er und lachte zynisch mit rauer Stimme, »... gestehen sie dann doch, und alle sind überrascht, wozu die nettesten Menschen so fähig sind.«

Der andere Mann seufzte verzweifelt.

»Geht zurück auf Euer Gut, Graf. Morgen sehen wir uns im Stadtgericht. Sie wissen, wo sich das hohe Haus befindet?«

Hoffnungsloses Schweigen.

»Die Gerichtslaube befindet sich im Berliner Rathaus, Spandauer Ecke Königsstraße. Fragen Sie einfach, – kennt jeder hier.« – »Ich habe schon seit einer Stunde Feierabend, Graf, euretwegen habe ich schon die Abendandacht verpasst, und meine Familie wartet sicherlich bereits mit dem Abendessen auf mich. Mehr kann ich nicht für Euch tun. Ihr findet den Weg?«, sagte der eine Mann, der jetzt im matten Licht zu erkennen war. Er trug einen schwarzen Rock, aus dem unten ein Degen und vorn ein runder Bauch herauslugte, hohe, glänzende Stiefel und einen schwarzen, schmucklosen Dreispitz auf dem Kopf.

Maya flüsterte: »Habt ihr das gehört? Der eine muss der Direktor des Kalandshof sein. «

»Ja, wenn Dorothea hier nur verhört wird und zum Richter ins Stadtgericht zur Verhandlung muss, dann müssen wir auch dorthin«, kombinierte Lara scharf.

»Sehe ich auch so«, flüsterte Sven.

»Na ja, dann bleiben wir hier, kommen sehr früh, noch bevor der allgemeine Betrieb im Kalandshof beginnt, am Tag der Verhandlung an und folgen der Kutsche, die Dorothea zum Berliner Stadtgericht bringen wird. Was meint ihr?«, tuschelte Annabell.

Alle nickten zustimmend.

»Okay, dann haben wir, glaube ich, einen neuen Plan«, führte diesmal Timmy aus und überraschte die Menschen mit seinem Scharfsinn.

»Timmy, du alter süßer Schnuffelzahn«, flüsterte Lara und nahm ihn auf den Arm. Annabell, Maya und Sven kraulten ihm die Ohren, den Bauch und einfach alles, was er sichtlich mit einem großen Hundelächeln genoss.

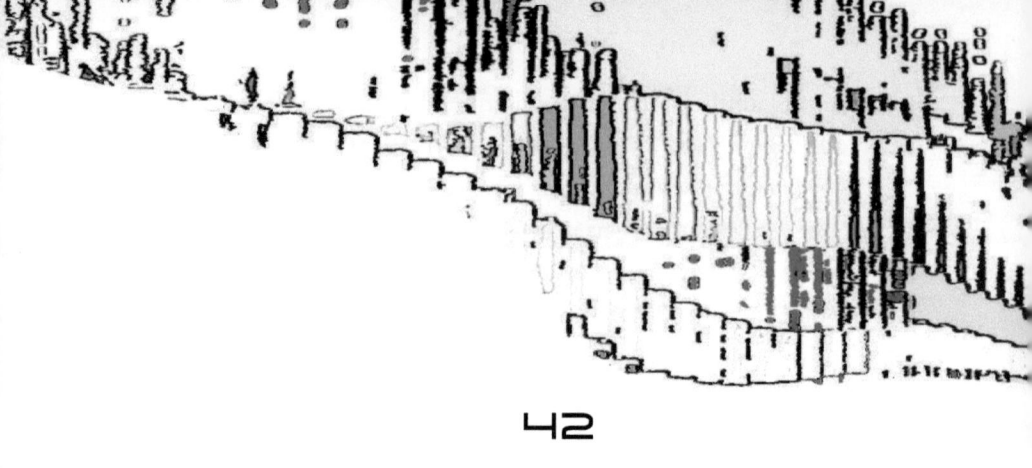

42

VERGANGENHEIT

Dorothea

Es ist der 25. August 1728
um 9 Uhr und 11 Minuten, Mittwoch im Kalandshof.

Zwei Tage war es jetzt her, dass Dorothea von Obrist Leutnant
Lingers festgenommen und an den Kalandshof zur Untersu-
chungshaft überstellt worden war.

Menschen aus ihrer nächsten Umgebung, die sie seit vielen Jahren kannte – denen sie vertraute und mit denen sie
zusammen so manche Schlacht in der Arbeit geschlagen und
gewonnen hatte –, für die sie ihr Bestes gab, um gute Kondi-
tionen für ihre Arbeit in der Kriegs- und Domänenkammer
herauszuschlagen – Mägde, Knechte, Bäuerinnen und Bauern,
ja sogar Freundinnen –, denunzierten sie angeblich, im Bunde
mit dem Teufel zu sein.

Das erschütterte Dorothea zutiefst. Sie, eine Hexe? Weil sie klug, neugierig, gebildet, geschickt in allem, vielleicht sogar schön, witzig, fröhlich und erfolgreich war?

Dorothea war verzweifelt. Tränen rannen ihr unaufhörlich über die Wangen. Das Weinen wollte kein Ende nehmen. Fast schienen alle Tränen verbraucht, doch es wurden immer mehr. Sie fühlte sich allein, so allein wie ein kleines Kind ohne Eltern in der trockensten Wüste der Welt.

Sogar ihr Vater war sich ihrer nicht mehr sicher – ob sie nicht doch eine Hexe war. Wie schlimm konnte es noch kommen?

Schon mit dem Obristleutnant zusammen kam der zuständige Hof- und Domprediger, um sie in der Mühle festzunehmen – um sie zu holen und der Inquisition zu übergeben. Sie wehrte sich, bis es starke Männerarme brauchte, um sie zu bändigen.

»Ich habe nichts getan!«, schrie sie unaufhörlich. Doch es half nichts, und niemand half ihr.

Woraufhin sie eine Strafe ›wegen Widersetzung bei der Verhaftung mit zwei Tagen bei Wasser und Brot‹ bekam, die sie im Kalandshof absitzen musste. Nun war sie hier gefangen.

Der Hof- und Domprediger führte das erste Verhör, noch bevor der Arzt eintraf, und sagte zu Dorothea gleich zu Beginn: »Nun, mein Kind, nur wenn du dich in allen Anklagepunkten schuldig bekennst, den Pakt mit dem Teufel brichst und von der Hexerei ablässt, kannst du hoffen, den Flammen des Scheiterhaufens zu entgehen.«

Der kleine Mann, mit rotem Gesicht, mittleren Alters, der in seine Kutte gehüllt war und als Mensch darin völlig zu verschwinden schien, hielt ein Kreuz in der Hand. – Ein hölzernes, vielleicht 30 Zentimeter hohes, das er mit beiden ängstlich zu Fäusten geballten Händen festhielt.

Kurze Stille.

»Und überlege gut, mein Kind, welche Schwierigkeiten dein Vater, der Müller, noch bekommen könnte, wenn sich die Anschuldigungen auch auf ihn ausweiten, wenn du nicht gestehst, die alleinige Schuldige zu sein.«Vergiss nicht, meine Tochter, in unklaren Beweislagen hat die Folter durch die Inquisition zur Wahrheitsfindung in der Vergangenheit schon unzählige Male wertvolle Dienste geleistet«, drohte er ihr unverhohlen mit schlackernden Wangen.»Bekenne dich also zu deiner Schuld und der Herr wird mit dir sein, mein Kind«, sagte er mit warmer Stimme.

Dem Wachmann, der in der Zelle zum Schutz des Priesters anwesend war, zuckte ein Lächeln über sein kantiges Gesicht, bei dem Gedanken, dieses schöne, unberührte Mädchen mit der Folter zu läutern.

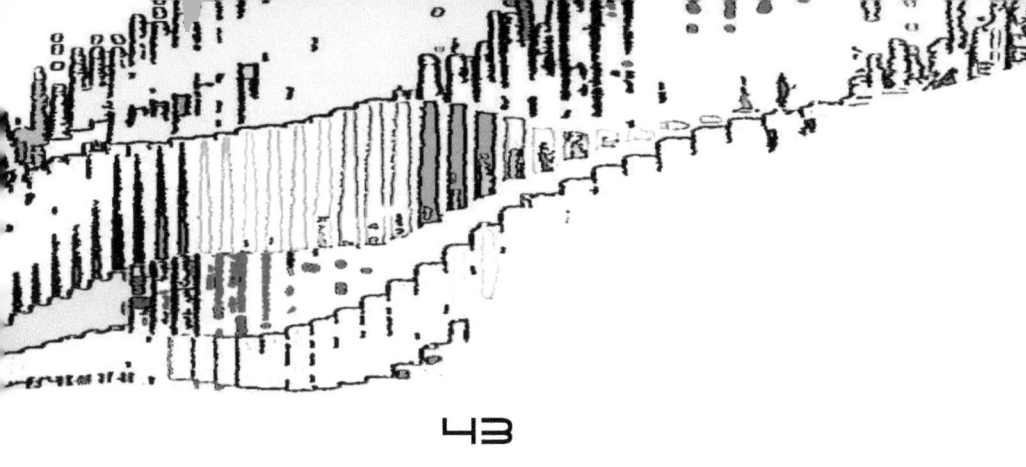

43

VERGANGENHEIT

Die Drei

Immer noch am 17. Mai 1723
kurz nach Sonnenuntergang um 20 Uhr und 48 Minuten,
am Pfingstmontag.

Nachdem sich im Kalandshof alles wieder beruhigt hatte,
waren sich die Vier einig, von diesem Ort unter der Treppe die
nächste Zeitreise anzutreten.

Die Fünf waren zudem so superhungrig, dass sie es kaum
erwarten konnten, über die leckeren Lanutu-Schnecken und
den köstlichen Lanuxa-Pollensaft wie ein Schwarm Heuschrecken herzufallen.

Erst einmal mussten sie aber in den Myriaden von existie-
renden Realitätsebenen und unendlich viel mehr möglichen
Zeitsträngen von Schikla und Flaro gefunden werden.

Annabell, Lara, Maya, Sven und Timmy mussten gemeinsam flüsternd so leise rufen, dass es die Wachsoldaten am Eingang zum Kalandshof nicht hören konnten. Viel wichtiger als der Ton des Rufens war dabei die mentale Konzentration der Fünf, die sie zu ihren Freunden sendeten.

Sie mussten Schikla und Flaro Emotionen senden, um eine sanfte Markierung an der Position in dem Zeitstrahl, auf dem sie sich gerade befanden, für sie erkennbar zu markieren.

Dabei half es, wenn alle fünf gleichzeitig die gleichen, möglichst frischen und starken Emotionen hervorriefen und sie auf ein gezieltes Ereignis sendeten, das sie gemeinsam erlebt hatten.

Annabell schlug vor: »Lasst uns auf den Glockenlärm konzentrieren.«

»Super Idee, daran dachte ich auch«, bestätigte Timmy, der augenblicklich nervös mit den Ohren zuckte, als er nur daran dachte. Die anderen waren ebenfalls einverstanden, stellten sich im Kreis auf, fassten sich an den Händen, wobei Timmy auf einer Holzkiste stehen konnte, die hier stand, und schlossen die Augen, um so lebendig wie möglich ihre Emotionen auferstehen zu lassen, die sie vor wenigen Minuten im Glockengewitter verspürt hatten.

Timmy zuckte augenblicklich zusammen und die Menschen verzogen zuerst die Gesichter. In ihren Köpfen aber entwickelte sich der Lärm zu einem heftigen Krach von metallischem Hämmern, Dröhnen, Wabern wie ein Unwetter, bis die Erinnerungen immer klarer wurden, im Lärm verborgene Details in ihrer wahren Schönheit in leichten, schwingenden Facetten aufgingen und sich die tiefere Gestalt des Klangs entpuppte wie ein Schmetterling, der aus einer Raupe geboren wird, seine Flügel entfaltet und so wie der Klang der Glocken in die Zeit hinausfließt.

Die Fünf hatten jetzt einen entspannten Gesichtsausdruck. Am Ende durchströmten sie wohlige Emotionen, die einen über viele Realitätsebenen und Zeitstränge hinweg deutlich lokalisierbaren Abdruck in ihrer Zeitlinie hinterließen. Es dauerte nur wenige Sekunden, bis die Fünf von ihren Freunden im Kosmos von Raum und Zeit gefunden wurden.

Keineswegs war es so, dass Schikla und Flaro ihrerseits nur wenige Sekunden nach den Fünf suchen mussten. Es konnte in tamanakischer Zeit Tage, wenn nicht Monate oder Jahre gedauert haben, bis Schikla und Flaro den Marker in der Zeitlinie, in der korrekten Raumebene fanden. Wenn sie ihn dann fanden, konnten sie zu genau dem passenden Moment reisen, eben dem Augenblick, in dem das emotionale Ereignis stattfand.

Wären sie zuvor angekommen, wären die Fünf vielleicht noch gar nicht an dem Ort gewesen oder wüssten noch nicht einmal, dass sie Schikla und Flaro rufen wollen.

Die Dunkelheit waberte und flimmerte vor ihren Augen und dann wussten sie: Schikla und Flaro hatten sie gefunden. Große Erleichterung! Endlich! Wow! Erschöpfung, gemischt mit Freude, war unverkennbar von ihren Gesichtern abzulesen. Alle Spannung löste sich. Maya rollte eine Träne über die Wange. Einzeln gingen sie auf das Wabern in der Dunkelheit zu und verschwanden einer nach dem anderen im Nichts.

Und alle gaben sie erschöpft noch ein, zwei kurze Kommentare zum Abschied in das Jahr 1723.

»Ich kann's kaum erwarten, hier wegzukommen.«

»Glaub mir, mir geht's nicht anders.«

»Und Berlin ... wie haben die das damals nur ausgehalten?«

»Das mit dem Segelboot habe ich aber geliebt.«

»Bin so müde, ich könnte gleich hier einschlafen.«

»Aber irgendwie war es auch echt krass, oder?«

»Ja, echt super krass eigentlich.«

»Die Kutschfahrt mit der Fürstin werde ich so schnell nicht vergessen.« – »Sehen wir die verrückte Fürstin wieder?«, wollte Timmy noch schnell wissen und sah dabei sehnsüchtig zu Sven auf.

»Nein, mein Süßer, ich befürchte nicht.« Timmy ließ für einen Moment den Kopf und die Ohren hängen.

»Aber wir werden andere Freunde finden, versprochen. Für heute ist erst einmal Pause«, lächelte Sven zu Timmy herunter und ging als Letzter durch das Gate in die Welt der Tamanaken.

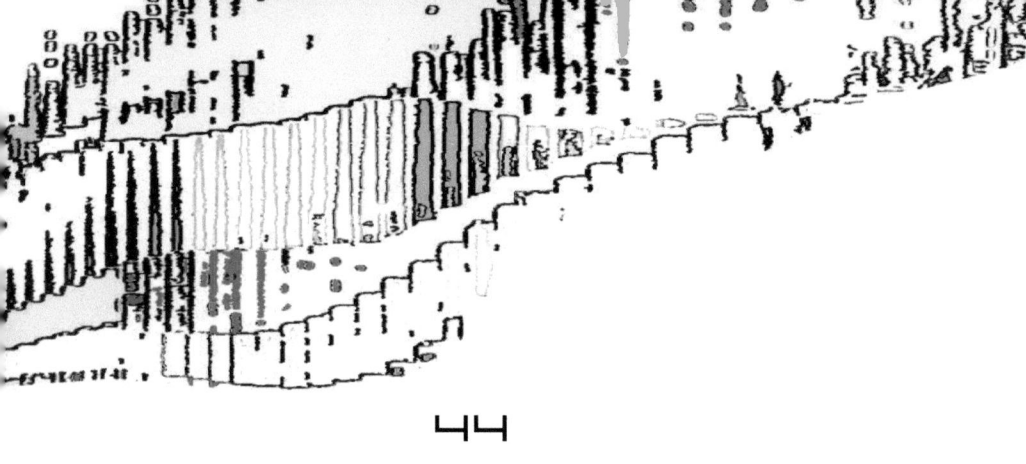

44

VERGANGENHEIT

Die Drei

Die Welt der Tamanaken, in der alles aus der Menschenwelt wie eingefroren scheint, alles Fliegende still in der Luft steht, alle Menschen wie Monumente wirken und deshalb von den Tamanaken »Felsenmenschenwelt« genannt wird, ist Annabell, Lara und Maya schon sehr vertraut.

Selbst für Sven fühlt sich diese fremde Welt nicht mehr so fremd an, wenngleich es einen Moment braucht, bis er in ihr angekommen ist. – Als ob er an einem heißen Sommertag in einen kühlen See zum Schwimmen springt, wo das kühle Wasser im ersten Moment einen kurzen Schock auslöst, bevor es erfrischend wirkt.

Die Freude ist riesig, Schikla und Flaro leuchten aufgeregt in unzähligen Grün-, Orange-, Pink-, Blau-, Gelb- und Purpur-Tönen, die wie ein Feuerwerk in ihren Körpern aufleuchten, pulsierten, kreisten und verschwanden, um sich zu vermischen und wiederum von Neuem aufzuleuchten.

Mindestens ebenso groß ist ihre Erleichterung, dass alles gut gegangen ist. Denn die Welt des Jahres 1723 und alle Menschen, Waffen, Regeln und Gesetze darin waren echt. Jede Begegnung hätte auch in einer Katastrophe enden können, im Gefängnis oder Schlimmerem.

Morgen ist ein neuer Tag. Erst einmal gibt es die unwiderstehlichen, frisch von Flaro gebackenen Lanutu-Schnecken und den köstlichen, leuchtend gelb und grün schimmernden Lanuxa-Pollensaft. Vorausschauend hatte Flaro schon alles vorbereitet und den Tisch gedeckt.

Fünf Wesen aus der Menschenwelt lassen sich erschöpft von ihrem Tag im frühen 18. Jahrhundert in ihre Stühle fallen. Ihre Kleider blasen sich ein letztes Mal für diesen Tag auf wie kleine Wetterballons, als sich die Mädchen hinsetzen, und fallen dann in sich zusammen, als ihnen die Luft entweicht. Und zwei Tamanaken setzten sich anmutig und doch etwas erschöpfter als sonst zu ihren Freunden.

»Das ist so unglaublich yummy«, fasst Annabell zusammen, was alle denken, aber zu erschöpft sind, um es auszusprechen. Blicke aus kleinen Augen kreisen genüsslich umher und jeder erinnert sich an die Welt, in die sie morgen zurückkehren werden.

Schlafen ... und zuvor noch schnell die Kleider loswerden. Annabell, Lara und Maya stellen sich nebeneinander. Jetzt ist der Moment, um mit ihrem Unterbewusstsein die Teilchen anzurufen.

Es klappt nicht auf Anhieb, aber dann doch. Ein sanftes, angenehmes Kribbeln auf der Haut sagt ihnen, dass es beginnt. Mittlerweile kennen sie das Gefühl und vertrauen den Teilchen. Rüschen und die Spitze beginnen zuerst, sich in rauchartige Schwaden aufzulösen, gefolgt von den Stoffen, Miedern, Hüten und Schuhen.

Bis die Mädchen von dunklen, umherschweifenden Teilchenwirbeln verhüllt sind, die durchaus ihren Spaß an der Neuformierung zu haben scheinen und sich sogleich genüsslich in supercoolen Pyjamas materialisieren.

Annabell hat einen pinkfarbenen Pyjama mit einem großen Löwenkopf auf dem Shirt. Laras Pyjama ist grün, mit breiten blauen Streifen. Mayas Pyjama leuchtet in Pink mit einem stilisierten Seerobben-Muster auf dem Top.

Sven transformiert währenddessen seine Robe ebenfalls und steht in einem leuchtend blau schimmernden Pyjama vor den vier Betten, die bereits zum Hineinspringen einladen. Timmy schläft bei Sven im Bettchen, und so versinken alle glücklich in Träumen, die die Realität in Skurrilität und Fantasie bei Weitem nicht übertreffen könnten.

Nach einem langen, erholsamen Schlaf sind die Batterien und die Abenteuerlust der Fünf wieder voll aufgeladen.

»Seid ihr bereit für den heutigen Plan?«, will Flaro wissen.

»Aber ja, das sind wir«, kam es im Chor zurück.

»Also, wir reisen zuerst in das Jahr 1728 zum 10. Dezember in die frühen Morgenstunden, noch bevor der Tagesbetrieb im Kalandshof beginnt. Das wird so gegen 7:00 Uhr sein. Dorothea hat zu dem Zeitpunkt schon einiges hinter sich und wird möglicherweise verwirrt sein. Wir müssen davon ausgehen, dass sie misshandelt oder sogar gefoltert wurde«, brilliert Timmy mit seinen schlauen Worten.

»Diese Schweine. Denen würde ich gern das Leben zur Hölle machen. Scheinheilig wie die Lämmer gehen die zur Kirche, lassen im Job aber die Monster raushängen«, zischt Annabell wütend.

Sogleich beginnt Schikla in ernsten, dunklen Grün- und Rottönen zu leuchten und sagt sanft: »Mir tut es genauso leid wie dir, Annabell. Im Moment können wir nur zusehen und abwarten, bis sich ein Moment ergibt, in dem sich die Chance eröffnet, tatsächlich ein Schlüsselereignis zu finden, um etwas an Dorotheas persönlichem Schicksal zu ändern.

Wir werden, selbst wenn wir etwas finden sollten, nicht die gesamte Welt ändern können ...« und fügt mit ernster Stimme hinzu: »... das muss euch bewusst sein. Wir sind nur wegen Dorothea hier. Konzentriert euch nur darauf. Ihr dürft keine Rachegelüste aufkommen lassen.

Das könnte die gesamte Mission, aber auch die Geschichte bis in eure Gegenwart und darüber hinaus zum Negativen verändern. Rache ist unberechenbar, sie zieht unvorhersehbare Ereignisse nach sich, denn sie speist sich selbst aus ihrem Spiegelbild im anderen.«

Flaro fügt noch mit ebenso ungewohnt ernster Stimme hinzu: »Kein Mensch hat je zuvor eure Erfahrungen und euer Wissen von Zeit, Raum und Realität erlangt. Mit jedem Wissen, das ihr auf eurer Zeitreise hinzugewinnt, wächst auch eure Verantwortung, angemessen und gerecht damit umzugehen. Vergesst das bitte niemals.«

»Wir sind dabei an eurer Seite, die Verantwortung liegt jedoch allein auf euren Schultern«, schließt Schikla die Morgenlektion und leuchtet immer noch, ebenso wie Flaro, in diesen so besonderen Farbtönen, die ihren Worten geradezu feierliche Bedeutung verleihen.

Die Fünf schweigen einen Moment. Noch einmal rufen sie jeder für sich ihre Mission ins Bewusstsein: ›Wir wollen, auf den Spuren von Dorothea Staffin, ihr so nahe wie möglich kommen‹–, und wer hätte jemals gedacht, dass sie so unglaublich weit kommen würden, als sie die Projektarbeit in der Schule begannen und an der Mühle ihren Pakt besiegelten.

»Okay, ich bin bereit.«

»Ich auch.«

»Kann's kaum erwarten!«

»Dorothea, halt aus, wir kommen!«

»Ja, wow, los!«

Die Fünf stellen sich selbstbewusst und gelassen in einer Reihe – voller Neugierde und ganz besonders bereit für ein neues Abenteuer.

»Ah, halt! Ihr habt immer noch eure Pyjamas an.«

»O Gott, ja.«

Alle schütten sich aus vor Lachen. Die Spannung ist im Nu verflogen.

Selbst Timmy kann nicht an sich halten, viept vor sich hin und sagt verständnisvoll: »Diese Menschen, die überraschen mich immer wieder.«

»Klamotten, Mädels!«

»Fuck, wenn wir so gehen, kommen wir im Kalandshof keine fünf Meter weit und die sperren uns sofort wegen Hexerei weg.«

»Ich glaube, mit der Wahl unserer Klamotten sollten wir uns eher an den Leuten auf den Straßen vom damaligen Berlin orientieren.«

»Die waren so etwas dunkler und weniger cool gekleidet.«

»Na, dann tarnen wir uns mit deren Style.«

Timmy sah neugierig zu, wie die Menschen gleich ihr Äußeres ändern werden.

Die Pyjamas lösen sich auf, mit dem durchaus angenehmen, prickelnden Gefühl auf der Haut wie Mineralwasser oder durchnässendem Brausepulver, was einer erfrischenden Dusche gleichkam, die am Morgen tatsächlich nötig ist.

Dann verwandeln sich die dunklen Wolken, schweben um die Vier herum und materialisieren sich aus ihrem Unterbewusstsein in ähnliche Kleider, Hüte und Schuhe, wie sie sie gestern trugen, nur dass sie heute dunkler, weniger farbig, aber erneut aus bester Seide mit kunstvoll geklöppelter Spitze und raffinierten Schnitten gearbeitet sind.

Wieder sind sie elegant, cool und ganz sicher up to date, next season gekleidet. Timmy ist begeistert und Schikla und Flaro nicken anerkennend mit den Köpfen und lassen ermunternde Farbspiele durch ihre Körper kreisen.

»Schwester, sie werden immer besser, muss ich sagen.«

»Bruder, sie sind schon richtig gut. Ich bin stolz auf sie und auch ein wenig auf uns.«

»Zeitreise! ...«, kündigt Schikla an: »... auf Eins: Drei, Zwei, Eins.« Sie klang wie immer gefasst und demütig, wenn sie den Countdown herunterzählte.

Die Fünf beginnen sich langsam aufzulösen. Zuerst die Haare, Hüte, dann ihre Gewänder, Ohren, Köpfe, der Rumpf und zuletzt die Beine mit den Schuhen, bis sich die dunkle

Wolke auf einen unsichtbaren Punkt zubewegte und darin verschwand.

Das Navigieren auf den Zeitlinien verlangt von Schikla und Flaro jedes Mal die Anwendung vollendeter Konzentrationskunst, um die Kinder nicht in den Zeitebenen oder gar in anderen Dimensionen zu verlieren.

Sie suchen nach einer kaum wahrnehmbaren Vertiefung, nach der Art Anomalie im Zeitkontinuum, die von heftigen emotionalen Ereignissen hervorgerufen wurde. Sanft navigieren sie an den zarten Linien im Zeitkontinuum endlang kratzten, bis ein kaum vernehmbares Einrasten erfolgt und ein emotional wichtiger Punkt in Dorotheas Leben gefunden war.

Schikla und Flaro sehen zu und verfallen sofort in eine Art Meditation. Sie leuchten in frühlingshaftem Grün und abenteuerlustigem, lichten himmlischen Blau mit einigen pinkfarbenen Sprenkeln. Langsam pulsieren und kreisen die Farben, manchmal sehr tief in ihren transparenten Körpern, dann wieder scheinen sie auf der Oberfläche wie ein feiner, schimmernder Film umherzufließen.

Schikla und Flaro sind jetzt eins mit der großen Harmonie, verbunden mit der Ewigkeit des Seins ohne Vergangenheit, Gegenwart und Zukunft, zwei vollendete, verschmolzene Gedanken, die so dicht an der Zeitlinie entlanggleiten, dass Blitze aus reiner Zeit in angrenzende Dimensionen herüberspringen, um die emotionalen Marker aufzuspüren, die von Dorotheas Leben geschrieben wurden, um an ebendieser so vielversprechenden Vertiefung einzurasten, die der 10. Dezember 1728 um 7 Uhr sein sollte.

Ganz und gar unbemerkt aber überspringen die verschmolzenen Gedanken der Tamanakengeschwister, wegen einer ebenso unbemerkten Schwankung in ihrer Konzentrationskunst – eine verschwindend kleine Vertiefung – in der Dorothea, nach reichlichen Belästigungen, die eine anmutige junge Frau an einem Ort wie dem Kalandshof über sich ergehen lassen musste, so geschwächt war, um noch tiefe emotionale Spuren zu hinterlassen. – Die Folter und der psychische Druck, um das Geständnis zu erwirken, mit langen Verhören, um eine Wahrheit zu hören, die mit den öffentlichen Anschuldigungen übereinstimmt, waren einfach zu viel für sie.

Und gänzlich unbemerkt geriet die Aufmerksamkeit von Schikla und Flaro ins Schlingern auf der Zeitachse und rastete, begleitet von heftigen Zeitblitzen, plötzlich ein.

296

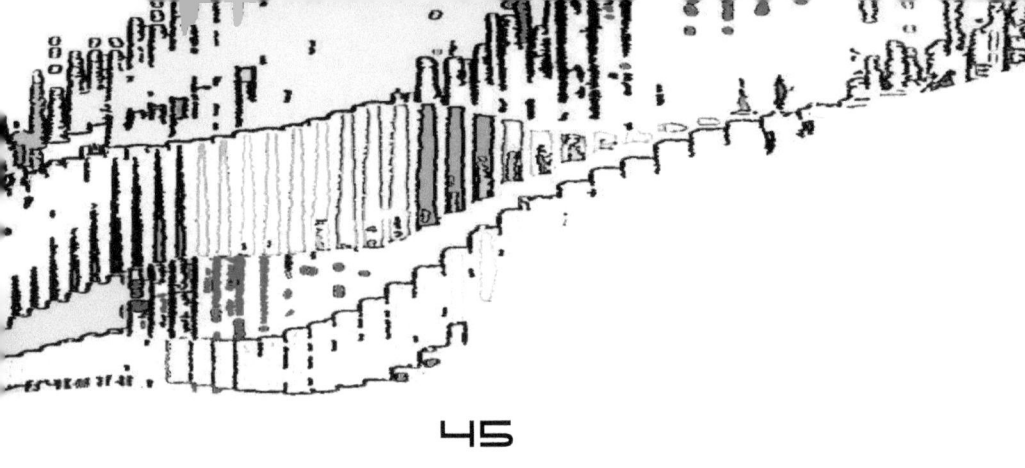

45

VERGANGENHEIT

Christoph

Es ist der 24. August 1728
um 4 Uhr und 27 Minuten, ein sehr junger Dienstag, der,
wie viele Morgen zuvor, schon seine Jungfräulichkeit für
Christoph verloren hatte.

Die Sonne blickte noch nicht einmal über den Horizont. Das
waren die grauen Stunden des Tages. Christoph lag wach, ver-
schwitzt, mit trockenem Mund in seinem Bett. Der Baldachin
darüber versagte ihm jeden Schutz vor den nächtlichen Besuchen der klagenden Geister, die ihn jetzt, nachdem das dunkle
Tor in ihm geöffnet war, selbst am Tag heimsuchten.

Im Morgengrauen hatte der Salon, in dem er schlief,
immer etwas Mystisches, Schattenloses. Erste Farben wanden
sich matt aus der Dunkelheit. In Christophs Kopf kreisten

die Gedanken nach einer der vielen schlaflosen Nächte, die er nur zu gut kannte. Für ihn zog das Morgengrauen ohne jede Gnade, ohne Absolution, mit Düsternis einher, die selbst nicht verschwand, wenn die Sonne die Nacht mit ihrer reinigenden Kraft ablöste.

Heute aber wollte er das dunkle Tor wieder verschließen und die Kontrolle darüber zurückgewinnen. Nur einen Weg gab es, um das zu erreichen. Dorothea muss sterben!

Für Christoph war das eine ganz einfache Sache, die sein Beruf so mit sich brachte, die er lernte wie der Barbier das Rasieren oder die Hebamme das Abtrennen einer Nabelschnur. – Wobei in der Regel auch immer etwas mehr oder weniger Blut floss.

Doch eines war anders. Wenn jemand einen Menschen tötet, geht er mit ihm eine ewige Verbindung ein, die sich durch nichts, vielleicht nicht einmal durch den Tod selbst, auflösen lässt.

Die ganze Nacht schon zermarterte Christoph sein Gehirn über einer Frage: Wollte er mit diesem Mädchen für den Rest seines Lebens verbunden sein? Da sie schon lebendig so viel Macht über ihn hat. – Wie mächtig könnte sie erst werden, wenn sie unwiderruflich tot war?

Schon kamen in ihm erste Zweifel auf und mit ihnen Geister von längst vergangenen Schlachten. Die selbst jetzt, da die wärmende morgendliche Sonne schien, um ihn herum schwebten und standen.

Würde die Sonne mit ihren ersten Strahlen des Tages die Schatten der Nacht vertreiben? Den weißen, durchsichtigen Stoff, aus dem ihre Seelen gesponnen waren, nur für diesen Tag auslöschen?

»Weg! Weg!«, wollte er sie verscheuchen, flüsternd, mit seinen Armen verzweifelt umherwedelnd.

»Es gibt kein Zurück!«, sagte er zu sich selbst. »Ich muss dem ein Ende setzen, koste es, was es wolle.«

Sein Fuchs, der sonst weder Pulvergeruch noch Kanonendonner fürchtete, war nervös auf dem langen Weg zur Mühle im Wedding.

Er scheute vor Ochsenkarren mit riesigen Heubergen, Kutschen, die ihm entgegenkamen, und sogar vor Kindern zurück, die spielend einem Ball nachjagten und zwischen dem Geschehen auf der Straße umherrannten.

Lang zog sich die Strecke hin, die er schon so gut kannte, denn es war die gleiche, die er fast täglich zum Exerzier- und Schießplatz ritt.

Aber heute wollte er nicht ankommen. Sein Säbel am Gurt klapperte ein wenig wie billiges Blech. Mehr als die scharfe Klinge brauchte er nicht, um ein Leben zu beenden. Es spielte keine Rolle, wie lang so ein Leben war oder wie freudvoll oder wie viel Leid es ertragen musste. Es bedurfte nur eines gezielten Streichs und die Zeit, die es brauchte, bis das Aufbegehren gegen den Tod ein Ende nahm.

Über das flache Land war der Wedding schon von Weitem zu sehen. Die Mühle, dort, wo die weithin bekannte, schöne und ebenso schlaue Müllerstochter wohnte. Jeder hier kannte sie: ›Was mögen sie wohl von ihr denken?‹ – ›Liebte sie ihren Vater und liebte er sie?‹ – ›Gab es eine Mutter, die bald um ihren Verlust weinen würde?‹ Er wusste so vieles nicht von ihr.

Die Geister kamen zurück. Die Straße war gesät von ihren Gestalten, den Blick starr auf ihn geheftet, fordernd, klagend.

Nur noch wenige Meter und er stand am Tor zur Mühle im Wedding.

Einige Geister standen schon hinter dem Zaun und schienen auf ihn zu warten. Gänsehaut lief ihm über den Körper, der schön verpackt, unter seiner Uniform, die Haltung wahrte. Niemand war zu sehen.

Zu klingeln traute er sich nicht. Zu klingeln traute er sich nicht. Auf einmal fühlt er sich so konfus im Kopf, dass ihm selbst der einfachste Plan zu kompliziert erscheint.

Auf der anderen Seite des Platzes ging eine Bäuerin vorbei, mit einem Reiß in der Hand, und führte eine Schar Gänse zu ihrer neuen Weide.

Noch saß Christoph auf seinem Fuchs und hatte einen weiten Blick.

Als ob es nichts weiter gäbe, lenkte er sein Pferd in langsamen Schritten zu der Bäuerin und nahm allen Mut zusammen, als er fragte: »Gute Frau, haben Sie vielleicht die Dorothea, des Müllers Tochter, gesehen?«

Als ob sie darauf gewartet hätte, zerriss sie sich das Maul mit ihrer knarrenden Stimme: »Die Teufelsbraut? Die Dirne und Schlimmeres. – Die ist gestern von der heiligen Inquisition verhaftet worden. Gott schütze uns. – Geschieht ihr ganz recht mit ihrem liederlichen Lebenswandel.

Die Hexe wird verbrannt, das liegt ihr im Blut.

Seid Ihr auch einer ihrer Herren? Oder gar der Leibhaftige in Person?«

Aufmerksam musterte sie den eleganten Offizier, der vor ihr auf einem hochwohlgeborenen Pferd saß, wie es sich nur die Durchlauchten oder der Teufel selbst leisten konnte.

»Nein, keineswegs, gute Frau. Sie versprach, etwas an den königlichen Schießplatz zu liefern, und ich wollte, da ich zufällig des Weges kam, sehen, wie es darum steht.«

»Das sieht ihr ähnlich, dieser Braut des Bösen. Hält keine Versprechen ein«, krächzte die Alte und machte plötzlich wie ausgewechselt süße kindliche Geräusche, mit denen sie ihre Gänschen durch das Tor auf die Gänseweide trieb und Christoph stehen ließ, wo er war.

Alles Mögliche schoss ihm auf einmal durch den Kopf: War das gut für ihn? – Denn jemand anderes wird seine Arbeit übernehmen. War das schlecht für ihn? – Denn es könnte noch eine Weile dauern, bis der Henker seine Tat vollendet. Wird sie womöglich für ihn unerreichbar in einen Kerker gesteckt?

Was es auch immer war. Es lag nicht mehr in seiner Hand. Etwas erleichterte Christoph jedoch an dieser Wende, die ihm zugleich eine unerwartete Gewissheit über seine rätselhafte Verbindung mit Dorothea verschaffte: ›Sie ist eine Hexe.‹ – Das erklärt, weshalb sie solche Macht über ihn erlangen und das Tor des Schreckens in seiner Seele öffnen konnte.

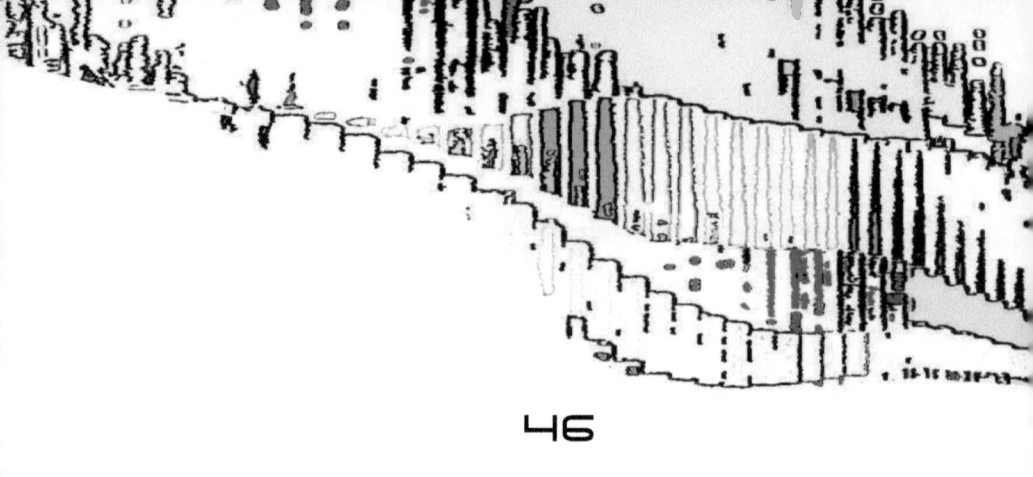

46

IN EINER JÜNGEREN
VERGANGENHEIT

Die Drei

Aus einem unsichtbar kleinen Punkt strömte die Teilchenwolke, manifestierte sich so schnell wie nie zuvor, ganz ohne
Genusseinlage der Partikel, die sie sich sonst so hingebungs-
voll gönnen.

Annabell, Lara, Maya, Sven und Timmy standen unter
freiem Himmel. Es war fast dunkel in den letzten Stunden des
Tages nach Sonnenuntergang. Riesige Straßenlaternen erhell-
ten die Menschenmenge um sie herum, die sofort erkennbar
aufgebracht war und im ersten Moment unverständliche
Parolen skandierte.

»Verdammt! Wo und wann sind wir hier?«, rief Annabell
ihren Freunden zu.

»Könnt ihr etwas sehen, was ihr kennt?«, rief Lara neugierig, und ein wenig spürte sie Panik in sich aufsteigen.

Sven sah nach oben. »Da, der Fernsehturm und hinter uns die Marienkirche ... scheint, wir sind auf dem Alexanderplatz.«

Einigen Typen in seltsamen Retro-Jeansjacken und Blue Jeans mit fast bis zur Schulter reichenden, dunklen, strähnigen Haaren standen direkt vor ihnen, starrten sie mit großen Augen an. Jeder hatte eine Bierflasche in der Hand und sie konnten ihren Augen nicht trauen, was da gerade um sie herum geschah.

»Ey, Alter, ick bin echt besoffen. Haste ditt och jesehn?«, lallte einer zu den anderen Typen. Denn direkt vor ihren Augen erschienen aus einer kleinen Rauchwolke vier Menschen und ein kleiner Hund. Die drei Mädchen und ein Typ waren zudem in Gewänder gehüllt, die krass echt aussahen und aus dem 18. Jahrhundert zu sein schienen.

»Ick wees nich. Meene Ogen waren ne Sekunde zu und da warn se da, ej dit is echt meen sieemted Bier, Alter«, lallte der eine.

»Is watt?«, fragte einer von ihnen seine Kumpels, der gerade versuchte, eine Bierflasche mit seinem Schlüssel zu öffnen und kurz abwesend war. »Scheiße, wer sind'n die?«

»Kieck dir die Schnecken an. Süß wa? Und der Typ is urst. Kommt ihr vom Theater? Hör nich uff den, der is besoffen.«

»Wo seit'n ihr so schnell herjekommen?«

»Lasst euch von den Besoffenen nicht anmachen ...«, sagte jemand, der nett aussah und neben Lara stand. »... Wo wollt'n ihr hin? Seid ihr nicht ein bisschen zu aufgedonnert für'nRockkonzert?«, wollte der nette Typ noch bemerkt haben.

»Sorry, wir haben uns verlaufen«, sagte Maya schnell, bevor was schiefging.

»Ah. Seid ihr aus'm Westen? Ihr seht nicht aus wie von hier. So klingt ihr och nich.«

»Eigentlich nicht, aber irgendwie schon.«

»Versteh, ihr habt 'nen Ausreiseantrag gestellt.«

»War nett, mit dir zu plaudern. Wir müssen jetzt ...«

»Is okay. Man sieht sich. Mmm, unsere Clique ist da drüben, wenn du später noch Lust hast«, sagte er und drehte sich in die andere Richtung um.

Die Fünf wussten für den Moment nur, dass sie hier falsch waren, und ignorierten den netten Typen zur Sicherheit erst einmal, um keinen unumkehrbaren Fehler zu machen.

»Was sollen wir machen?«

»Der war wirklich süß? So entwaffnend freundlich, irgendwie.« Annabell drehte den Kopf zurück und wäre beinahe zurückgegangen, wenn sie Lara nicht am Arm festgehalten hätte.

»Warum sind wir noch mal hier?«, fragte sie Lara mütterlich, konnte sich aber nicht verkneifen zu sagen: »Und außerdem war der mindestens schon 16, viel zu alt für dich.«

»Du hast wie immer recht, Lara«, gab sie zu. »Spielverderberin«, schmunzelte Annabell noch hinterher.

»Ich würde vorschlagen, wir suchen erst einmal einen sicheren Ort.« Sven war sichtlich besorgt, denn mittlerweile wurden mehr Leute um sie herum auf die Fünf aufmerksam.

»Wir müssen unsere Outfits sofort verändern. Wir sind schon wieder krass overdressed«, womit er den Nagel auf den Kopf traf.

»Wir brauchen einen ruhigen Platz, an dem uns keiner dabei beobachten kann.«

»Das ist hier wohl eher aussichtslos«, warf Maya ein.

Die Fünf drehten sich im Kreis, um einen geeigneten Ort zu finden. Hinter ihnen in der Karl-Liebknecht-Straße standen Tausende von Menschen wie eine undurchdringliche Wand. Zudem schien sich die Polizei zu sammeln. Einige Krankenwagen mit Blaulicht versuchten, sich dort drüben einen Weg durch die Massen zu bahnen, was die Menschen nur noch weiter zusammendrängte und ein Durchkommen in nördlicher Richtung unmöglich machte.

Auf den Balustraden der Gebäude um den Fernsehturm herum und auf den weißen, dreieckigen Flügeln, von denen die oberen zum Himmel aufragten und die unteren im Boden zu wurzeln schienen, saßen Hunderte Fußball-Fans, die im Chor riefen: »Eisern Union! Eisern Union, ...«

Megafone der Volkspolizei ertönten schrill mit blecherner Stimme aus der Richtung, wo die Krankenwagen mit Blaulicht ins Stocken geraten waren: »Hier spricht die Volkspolizei! Machen Sie bitte den Weg für die Einsatzkräfte frei!«

Sie wurden nicht müde, es zu wiederholen, ohne dass jemand unter den Tausenden Menschen hier auf dem Platz Notiz davon nehmen wollte. Schon nach wenigen Metern verflachte die Ansage von der allgemeinen Geräuschkulisse zu einem unverständlichen Gemurmel.

»Ey, Alter, ›EXPRESS‹ hat aufgehört zu spielen.«

»Watt? Ach Quatsch. Eisern Union! Scheiß Dynamo-Stasi-Schweine.« Neben ihnen pressten sich Typen vorbei, mit rot-weißem Unionschal um den Hals, in jeder Hand lässig eine Bierflasche haltend, die verdammt nach Hooligans aussahen.

»Wir müssen hier unbedingt weg. Das sieht überhaupt nicht gut aus«, wollte Maya ihre Freunde noch einmal daran erinnern, wie sehr sie es hier nicht mehr aushielt.

Plötzlich versuchten Polizisten dort drüben mit bellenden Hunden, die Menschenmenge beiseite zu drängen, um den Krankenwagen einen Weg zu bahnen. Doch das konnte von hier aus niemand erkennen und es waren nur lautes Gebell und weitere unverständliche, im Lärm untergehende Megafon-Ansagen der Volkspolizei zu hören.

»Die Bullenschweine hetzen die Hunde uff uns. Los, dit kriegen die zurück«, sagte der Typ mit dem Unionschal neben Maya und warf seine Bierflasche in Richtung Polizei und Hundegebell. Andere taten es ihm gleich und das Geschehen drohte zu eskalieren.

»Wir müssen hier weg!«, drängelte Annabell mit Tränen in den Augen.

»Sofort, da drüben unter dem dreieckigen Flügel bei dem Café, könnt ihr das sehen? Dort sieht es etwas geschützter aus.«

»Okay, los, schnell zu den Flügeln. Ich halt's hier nicht mehr aus«, betonte Maya auch noch einmal deutlich.

Die Mädchen in ihren weiten Contouches und Sven mit seinem Justaucorps drängelten sich durch die rumorende und skandierende Menge in Richtung des weißen Betonflügels.

In der dicht gedrängten Menschenmenge fühlten sich die vielleicht 30 Meter zu ihrem Ziel wie eine Weltreise an. Sven nahm Timmy schützend auf den Arm und ging voran. Annabell, Lara und Maya folgten den beiden Schulter an Schulter, Rock an Rock.

Bierflaschen flogen über ihre Köpfe hinweg in Richtung Schäferhundegebell und Megafon-Durchsagen. Die Vier wurden angerempelt, mussten rempeln, mussten aufpassen, nicht auf ihren Rocksaum zu treten und hinzufallen, wurden beiseite-geschoben, verloren sich, fanden sich wieder, wurden schräg angemacht: »Ey, nich so drängeln«, und wurden für ihre ›urs-ten‹ Klamotten bewundert: »Kieck dir die süßen Schnecken an. Habt'a noch 'ne Mugge irjendwo?«

»Lasst doch mal die scharfen Bräute hier durch.«

So bahnten sie sich Schritt für Schritt ihren Weg durch die Luft, die immer mehr vom Biergeruch, Zigarettenrauch und Wutschweiß von Tausenden von Menschen auf dem Platz erfüllt war.

Noch vielleicht 20 Meter und unzählige Köpfe und Schultern lagen noch zwischen ihnen und dem schützenden Flügel. Die Kommentare wollten nicht enden, denn Annabell, Lara, Maya und Sven waren schon wieder echte Paradiesvögel an diesem Ort, nur eben in einer anderen Zeit.

»Wow, eure Klamotten seh'n urst scharf aus, und so echt, irjendwie.«

»Ihr müsst hier unbedingt verschwinden. Sieht so aus, als ob hier gleich die Luft brennt«, raunte ihnen eine Frau mit starkem Lidschatten, hochgesteckter blonder Frisur, Parker und Schlauchjeans im Vorbeizwängen, mit besonders erns-tem Gesicht in die Ohren.

»Was meinen Sie?«, fragte sie Lara.

»Nichts,wo ihr mitmachen wollt.«

Einige Punks, an denen sich die Fünf vorbeiquetschten, waren locker ins Gespräch vertieft:

»Echt urst, die Scheiße is am Dampfen hier. Die scheiß Bul-len bezahlen heute aber satt für allet. Ditt versprech'ig dir.«

»Hört uff mit die Scheiße.«

»Mach rann, Alter, sonst zieh ick dir eine rein, ey«, sagte einer zu den Punks, der eher wie ein Skinhead aussah, und warf, trunken taumelnd, seine Bierflasche, von der er gerade den letzten Schluck nahm, in weitem Bogen in die Richtung des unsichtbaren Hundegebells. Seine Freundin neben ihm brach in Tränen aus: »Hör uff zu heul'n Mann. Denn jeh nach Hause. Schlampe. Lass mich! Geh weg!«, sagte er, als sie ihn am Ärmel wegzerren wollte.

Die Fünf durchquerten eine Gruppe von Typen, die seltsam aufragende Haartollen hatten, fett schwarz geschminkte Augen, schwarze Klamotten und hautenge Hosen trugen. Einer von ihnen, mit schulterlangen dunklen Haaren, sagte: »Urst starke Klamotten, mylady«, und schnappte sich Annabells Dreispitz, setzte ihn sich auf und guckte mit einer Grimasse zurück, blickte dann aber ernst und hob den rechten Arm straight up und zeigte mit zwei Fingern das Victory-Zeichen und rief laut, etwas trunken: »Alice!«.

Mit seinen dunklen, schulterlangen, strähnigen Haaren und dem fetten Kajalstrich um die Augen hätte er mit Annabells Dreispitz auf dem Kopf glatt als Captain Jack Sparrow aus ›Fluch der Karibik‹ durchgehen können.

Geistesgegenwärtig schnappte sich Annabell ihren Hut zurück.

»Blödmann!«, kommentierte sie kurz.

»Verstehst'kenn Spaß, oder! Watt machst'n nachher noch so?«

»Träum weiter!«

Der Typ sah ihr noch etwas nach und schien tatsächlich für einen Moment von ihr zu träumen.

»Elvis lebt!«, rief ein anderer, als wolle er die Welt bekehren.

»Habt'a den jehört? Der merkt och nischt«, murmelte eine Frau vor sich hin. »Wer seid ihr denn?«

Die Fünf drängten sich durch eine Gruppe smart aussehender Jungs, die um eine wirklich gut aussehende Frau herumstanden, die mit ihren langen, wilden Haaren und schon wieder einem Parker das Zentrum der Gruppe sein musste.

So dicht gedrängt standen sie zusammen, rauchten und ließen eine Flasche klaren Schnaps, Wodka oder so, herumgehen.

»Ihr seht so verdammt echt aus. In unserem Kostümfundus gab es nichts Vergleichbares. Seid ihr aus der Vergangenheit zu uns gereist, um die Botschaft des Friedens zu senden?«, sagte sie und lachte sehr angenehm und warm dazu.

»Wir sind Schauspielstudenten an der Ernst-Busch.«

»Hi, wir sind nur auf der Durchreise«, sagte Sven nur kurz, um sich nicht in ein Gespräch verwickeln zu lassen.

»Habt ihr ein Gastspiel in Berlin?«

»Nö, wir sind nur so unterwegs.«

»Klar, Alter. Willst du'n Schluck?«, fragte er und hielt die Flasche in Svens Richtung.

»Danke, ist nich mein Ding, so was.«

»Okay, verstehe. Dann reist in Frieden, Alter«, und fügte noch hinzu: »Ihr solltet hier 'ne Mücke machen. Die Stimmung kann jeden Moment explodieren.«

»Danke für den Rat. Sind schon dabei.«

Auf der oberen Balustrade entwickelte sich die Stimmung zu einer unvorhersehbaren Mischung aus Alkohol, Spaß und Gewalt. Mittlerweile sangen einige Hundert Fans vom 1. FC Union ihre Hymnen. »Einmal wird es anders sein, dann sperren wir die Bullen ein ...«, röhrte es über den Alexanderplatz.

Gedränge setzte ein. Die Masse Menschen schien sich in Trippelschritten wie im Schwanensee-Ballett einen Meter in die Richtung Marienkirche zu bewegen.

»Bleibt zusammen! Wir sind gleich da!«, rief Sven, und Timmy bellte jetzt ein, zwei Mal aufgeregt dazu.

Schritt für Schritt, Schulter um Schulter bahnten sie sich ihren Weg durch die dicht gedrängte Menge. Ein Betonflügel des Fernsehturms lief dort, von der oberen Terrasse der Balustrade, flach auf den Boden zu, wo er mächtig auf dem Grund aufsetzte. Die Architekten sahen für die Stabilisierung ihrer mutigen Konstruktion einen Hohlraum vor. Hierher wollten sich unsere Fünf in höchster Not retten, um ihre Kleider zu wechseln und einen Plan zu schmieden.

Die Gewaltbereitschaft um sie herum nahm zu. Keiner der Jugendlichen wusste, was hier wirklich los war. Sie wussten nur, dass die ›Bullenschweine‹ mit ihren bellenden Schäferhunden und Megafon-Ansagen irgendwelchen Scheiß ausbrüteten.

Lara fiel im Gedränge über ihren Rocksaum und ihr Kleid begann sich schon im Fallen zu einem Ballon aufzublasen. Jemand fing sie auf und half ihr auf die Beine. »Süße, dit is jeferlich, hier darfst'e nich hinfallen.« Er blickte dabei freundlich lächelnd, mit glasigem Blick, in Laras Augen.

»Danke!«

»Aber nich dafür.«

»Die hetzen die Hunde auf uns!«, raunte es durch die Reihen, was die Gewaltbereitschaft wie ein Brandbeschleuniger anheizte.

»Die sehen hier alle noch so jung aus.«

»Das ist krass, die könnten alle aus unserer 9. oder 10. Klasse sein«, riefen sich Annabell und Lara zu.

Und tatsächlich waren die Fünf mitten in einer Menschenmasse aus Tausenden von Teenagern umringt, die mit ihren 15 bis 17 Lenzen schon echte Typen waren – die eine Mischung aus Normalos, Gruftis, Hippies, Fußball-Hooligans, Punks und Alternatives waren, zwischen denen kleinere Skinheadgrüppchen herumstanden.

Viele kamen offensichtlich von einem Fußballspiel mit einem 1. FC Union-Schal um den Hals.

Von da drüben, irgendwo neben der Treppe zum Fernsehturm in der brodelnden Menge, schrie jemand: »Nieder mit der DDR«. Ein anderer direkt hinter den Fünf stimmte lauthals ein: »Was ist Deutschlands größte Schande – die Honecker-Bande.«

Und damit brach der Damm von aufgestautem Frust gegen den Staat, in dem sie zur Welt gekommen waren, der ihre Bedürfnisse nach Individualität, Entfaltung und Freiheit nie ernst nahm, der ihre Kreativität und ihren Erfindungsreichtum blockierte und eine Mauer um das Land herum gebaut hatte, um die Menschen angeblich zu schützen, aber in Wirklichkeit gnadenlos zu kontrollieren.

Von jetzt an war die Volksfest-Party endgültig vorbei und die Stimmung der Jugendlichen driftete in eine politische Richtung, die förmlich explodierte, die sich durch nichts mehr bremsen ließ und sich auf den Schultern, Köpfen, Uniformen und Mützen der Polizisten entlud, die nur eine Antwort kannte: hartes Vorgehen, Ausschreitungen umgehend um jeden Preis unterbinden, mit mehr Einsatzkräften, mehr Schlagstöcken, mehr Hundestaffeln und mehr Wasserwerfern.

»Wir haben es gleich geschafft. Bleibt zusammen«, rief Sven aufgeregt mit kratzender Stimme zu den Drei, die ihm versuchten zu folgen.

»Nieder mit der DDR«, schrie die jeansblaue Armee von Teenagern gegen die grün uniformierte Volkspolizei und mehr noch gegen die Stasi-Mitarbeiter, die sich im grottenhässlichen VEB-Look in Zivil unter die Jugendlichen mischten. Es nahm noch lange kein Ende und eigentlich hat es gerade erst begonnen.

Die Sprechchöre wurden lauter und deutlicher in ihren Beschwörungen: »Hundert Meter im Quadrat, Mauer, Minen, Stacheldraht, jetzt wisst ihr, wo ich wohne, ja, ich wohne in der Zone«, schrie jemand direkt neben Maya so laut, dass ihr die Ohren klingelten.

»Die Mauer muss weg! Die Mauer muss weg! Die Mauer muss weg!«, kam es als Antwort von Hunderten auf dem gesamten Platz zurück.

»Habt ihr gehört, wir sind in der DDR gelandet«, rief Sven nach hinten zu den Mädchen.

»O Gott! So weit von Dorothea entfernt. Da muss etwas super schiefgelaufen sein«, rief Maya weiter zu Lara.

»Ja, wie damals im Humboldt-Hain, im zweiten Spiel des Großen Rachmakud, als wir bei den Nazis im Bombenangriff auf Berlin gelandet waren, erinnert ihr euch?«, rief Annabell nach vorn zu ihren Freundinnen.

»O ja, aber damals waren das nur Erinnerungsbilder. Hier sind wir in der Realität«, rief Lara. Die Unterhaltung war in der gedrängten, aufgeheizten Masse kaum möglich, und

312

Sven wusste von all den Erfahrungen, die die Drei in der Welt der Tamanaken machten, noch kaum etwas. Für Fragen und Erklärungen war hier nicht der richtige Ort, und so begnügte sich Sven mit den Wortfetzen, die von den Mädchen über die aufgeregte Menschenmenge zu ihm herüberflogen, und vertraute darauf, dass sie wussten, was auf ihrer Zeitreise schiefgegangen war und was sie jetzt retten konnte.

»Wir müssen weg hier!«, schrie Maya mit großer Kraft gegen die immer bedrohlichere Geräuschkulisse der Jugendlichen an, die sich zwischen den Hochhausfluchten auf beiden Seiten des Alexanderplatzes nur noch aufschaukelte.

Langsam näherten sie sich den großen weißen, dreieckigen Flügeln an der Südseite des Fernsehturms, der ihnen Schutz für den Kleiderwechsel bieten sollte und dessen Pendant darüber stolz weiß und spitz in den dunklen Abendhimmel aufragte.

Annabell fühlte sich bei dem Anblick der spacigen Architektur an ein Raumschiff aus einem japanischen Anime-Film erinnert, in dem ein Schiff der Sternenflotte mit ähnlichen, weit aufragenden Flügeln auf einem fremden Planeten notlandete. Ihre Gedanken drifteten in ein Erinnerungsbild ab: ›Hellblau erhob sich der wässrig blaue Himmel über der Landschaft mit einer riesigen roten Sonne am Firmament und mehreren Monden, deren Sicheln das rote Licht der Sonne nur matt reflektierten. Riesig spannte sich ein flacher Ring aus Eiskristallen und Sternenstaub über den Horizont hinaus ins Weltall.

Dies war ein sterbender Planet mit einem roten Riesen als Sonne, den seltsame, monsterhaft große Pflanzen umkreisten, die biolumineszierend gegen die Dunkelheit ankämpften.

Bäume waren in der Ferne zu sehen, die ihre grünen Kronen über Wölkchen emporhoben, aus denen purpurfarbener Regen auf ihre Wurzeln fiel‹,- flüchtete sich Annabell noch für einen Moment in ihre Erinnerung an den Film, bis sie ein Rütteln zurück in die Realität holte.

Maya zerrte an ihrem Arm und rief: »Wo bist du? Träumst du? Wir sind gleich da. Bleib kurz hinter mir, sonst verlieren wir uns im Gedränge.«

»Sorry. Natürlich. Du hast recht.«

Endlich angekommen! Sven hatte recht.

Die Konstruktion des Betonflügels ließ auf seiner unteren Seite einen Hohlraum entstehen, der ein wenig Schutz bot. Wie eine große Schwanenmutter nahm die Konstruktion die Fünf unter ihre Fittiche.

Augenblicklich hielten sie einen Kriegsrat ab.

»Okay, wir sind in der DDR gestrandet«, stellte Lara fest.

»Was machen wir?«, fragte Sven. »Ihr hattet so etwas schon einmal, oder?«

»Ja, aber damals war es anders. Wir befanden uns in einem Erinnerungsbild der Hohenpriesterinnen der Tamanaken in ihrer Welt.«

»Die Sache ist die«, fuhr Maya fort, »hier sind wir in der echten Realität.«

»Lasst uns erst einmal unsere Sachen wechseln und hier verschwinden«, brachte es Lara auf den Punkt.

»Mädels und Jungs, auf geht's. Wir müssen unsere Outfits wechseln«, rief Annabell immer noch benommen von den Ereignissen, und musste einfach nur etwas sagen, um nicht gleich durchzudrehen.

Die Vier riefen sogleich ihr Unterbewusstsein an, um die Teilchen zu aktivieren und sie mit neuen Dresscodes zu versorgen.

Als ob sie die Brisanz spürten, verwandelten die Teilchen im Bruchteil eines Augenblicks die Gewänder aus dem 18. Jahrhundert in Klamotten von 1977.

Die Teilchen verzichteten schon wieder auf jeden Spaß, den sie sich sonst nicht hätten nehmen lassen wollen.

Annabell hatte so eine seltsame Haartolle, die in den Nachthimmel ragte, dunkel geschminkte Augen und gruftigen Lippenstift mit anrüchig prallen Extra-Slim-Hosen und eine gestreifte Zweireiher-Jacke, die selbst ihre Mutter als Retro angesehen hätte.

Sven sah aus wie die Typen, die so laut »Alice« geschrien hatten, und Maya und Annabell konnten sich nicht zwischen Punk und Normalos entscheiden und sahen jetzt durchaus nett aus, aber mit dem gewissen Adams-Family-Look, wenn ihr versteht, was ich meine.

Nur Timmy war wie immer zeitlos, klassisch passend, in seinem Fell gekleidet.

Unterdessen verschärften sich die Fronten auf dem Alexanderplatz.

Auf der einen Seite, bei den Grünanlagen, hatten Jugendliche Gehwegplatten aus dem Boden gehoben und in gut werfbare Stücke zerteilt, die sofort an viele in den vorderen Reihen durchgereicht wurden.

Die Sprechchöre wurden stärker und lauter. Jetzt waren es viele Tausende, die synchron und verzweifelt ihre Unzufriedenheit in den Nachthimmel des 7. Oktober 1977 hinausriefen, um endlich nicht mehr von den verknöcherten Pseudoeliten ihres Landes übersehen zu werden.

Keine fünf Meter von ihrem Unterschlupf entfernt erstürmten Teenager ein Café, holten Tische und Stühle heraus und bauten eine Barrikade.

Darüber auf der Balustrade hatten Polizisten offensichtlich die jugendlichen Fußballfans vertrieben. Denn nun gab es einen wahren Steinhagel nach dort oben, der riesige Fensterscheiben bersten ließ, die im Rücken der Polizisten krachend zu Boden gingen. Die Fünf waren unter der hohlen Konstruktion des Flügels für den Moment noch in Sicherheit.

Jemand begann, eine Melodie zu singen: »All we are saying is give peace a chance«, und viele Hundert Stimmen setzten energisch und selbstbewusst mit ein. Sie wiederholten den Refrain, bis es nahezu still wie in einer Kirche wurde und viele Tausend mitsangen. Die Melodie hallte wie in einem sakralen Raum zwischen den Hochhausfluchten beidseitig des Alexanderplatzes, der sie weit in den Himmel hinauswachsen ließ: »All we are saying is give peace a chance. All we are saying is give peace a chance ...« Sprechchöre setzten ein und forderten: »Freiheit! Freiheit! Freiheit! ...«

Sprechchöre setzten ein und forderten: »Freiheit! Freiheit! Freiheit! ...«

Vor den Schaufenstern der Rathauspassage bis zum Südportal des Fernsehturms bauten sich Volkspolizisten zu einer Polizeikette auf und hakten sich mit ihren Armen rechts und links zu einer unüberwindbaren Mauer zusammen.

Mit ihren Schirmmützen, leichten Jacken, flatternden dünnen Hosen und Sommerschuhen sahen sie zwar harmlos aus, hatten aber sofort einen Schlagstock in der Hand und schlugen erbarmungslos auf die Jugendlichen ein.

Daraufhin zog sich die Linie von Tausenden Jugendlichen aus der Reichweite der Schlagstöcke zurück. Steine und Bierflaschen hagelten auf die Volkspolizisten nieder. Auf der anderen Seite des Platzes ging die Jacke eines Volkspolizisten lichterloh in Flammen auf. Nicht weit davon brannte eine Schirmmütze. Wie ein geschossener Vogel lag sie auf den Gehwegplatten der Einkaufspassage.

Von dem Flügel, unter dem sich die Fünf in Sicherheit brachten, bis zur Rathauspassage öffnete sich jetzt eine Art Korridor zwischen den zwei Frontlinien, der zu einer vielleicht 10 oder 15 Meter breiten Gasse wurde, die bis zu ihrem Unterschlupf reichte. Unerwartet eröffnete sich ein Fluchtweg.

Tausende sangen jetzt mit, eine Melodie, die alle kannten, die Nationalhymne der DDR: » ... Deutschland einig Vaterland ...«

Dazwischen mischten sich Sprechchöre: »Nieder mit dem Polizeistaat!« ... »Nieder mit der Mauer!«

Mächtig hallten die Stimmen zwischen den Häuserfronten nach.

Timmy liefen immer wieder Zitterattacken über den Pelz. Er hörte und roch hundertmal mehr als die Menschen. Und dann schließlich hielt er es nicht mehr aus, ergriff die Gelegenheit und riss sich von Sven los, rannte zwischen den Fronten um sein Leben davon.

»Timmy!«, schrie Sven. ›Timmy‹, dachte er und rannte, ohne zu zögern, los.

Die Drei rannten sofort hinterher.

Vor ihnen kreuzten zwei Typen ihren Weg, die in vollem Lauf einen Müllcontainer aus silberglänzendem Metall auf Rädern quer durch die Gasse schoben und frontal in die Polizeikette krachen ließen, woraufhin sie sich sofort wieder zurückzogen.

Der Weg der Mädchen schnitt sich mit dem der beiden Typen, die in Panik, ohne sich umzusehen, zurück hinter ihre Reihen flüchten wollten. Einer stieß dabei mit Maya zusammen. Beide gerieten ins Straucheln, ihre Blicke kreuzten sich für Bruchteile von Sekunden, sie konnten sich aber fangen und liefen weiter.

Der Steinhagel setzte für die Aktion kurz aus und ging jetzt aber wieder voll los.

»Bullenschweine«, tönte es kehlig.

»Schlag die Bullen«, schrie es aus der Menge.

Ein Polizist wurde am Kopf von einem Stein getroffen und ging zu Boden. Zwei andere lösten sich aus der Kette und wollten ihren Genossen aus dem Schussfeld in Sicherheit bringen, woraufhin auch sie vom Steinhagel hart getroffen wurden.

»Mielke in die Produktion! Mielke in die Produktion! ...«

Im Vorbeirennen nahm Sven rechts von sich, hinter der Polizeikette, Krankenwagen mit Blaulicht wahr. Einige Sanitäter kletterten mit Leitern in einen vielleicht zwei Meter hohen Luftschacht, der aber viel tiefer gewesen sein musste, und schienen verletzte Menschen auf Tragen aus der Tiefe zu bergen.

»Russen raus! ... lasst Biermann rein! ... Russen raus! ... lasst Biermann rein! ... Russen raus ...«, ging der Sprechgesang weiter. Immer neue Parolen waren zu hören. Jemand schrie aus der Menge: »Was wollt ihr!?« Zurück kam aus vielen tausend

Kehlen: »Mauer weg! Mauer weg! ...« Die Fluchten der Hochhäuser warfen jedes Wort unzensiert als hartes Echo zurück.

Timmy, gefolgt von Sven, dem wiederum die Mädchen folgten, waren schnell und wichen den Steinen geschickt aus. Beinahe wäre Lara von einem Stein getroffen worden, aber die Teilchen dematerialisierten sie kurz und ließen den Stein einfach durch sie hindurchfliegen. Im Durcheinander bemerkte das aber niemand.

Am Ende der Frontlinie angekommen, rannte plötzlich ein Volkspolizist auf Maya zu und packte sie von hinten an den Oberarmen und hielt sie mit aller Kraft fest: »So leicht kommst du nicht davon. – Mitkommen!«, rief er ihr hysterisch, mit einem seltsamen Dialekt, von Nahem ins Ohr.

»Loslassen, lassen sie mich los. Ich habe nichts gemacht!«

»Na, das sehen wir auf dem Revier. Mitkommen!«

Daraufhin löste sich Maya in feinsten Staub auf, der dem Polizisten buchstäblich zwischen den Fingern zerrann, materialisierte sich einige Meter weiter und zeigte dem Polizisten ihren Mittelfinger, dem allerdings keine Zeit zum Wundern blieb, denn mehrere Steine trafen ihn schwer, von denen ihn einer heftig am Kopf traf.

Seine Schirmmütze flog weg, er ging in die Knie und fiel blutend ohnmächtig auf die Straße.

»Raus hier. Wo ist Timmy?«, rief Sven.

Alle suchten ihn in der wütenden Menschenmenge, die sich am Ende der Rathauspassage zum Roten Rathaus hin langsam zu lichten schien.

»Da vorn ist er!«

»Los, bevor er noch mehr Angst bekommt und wegläuft, weil er merkt, dass er allein ist und nicht weiß, wohin«, rief Maya im Losrennen, und alle rannten ihr hinterher.

Vor dem Roten Rathaus angekommen, stoppte Timmy völlig außer Atem. Ein älterer Herr erreichte Timmy noch vor den Mädchen und Sven.

»Na, mein Kleiner, zu wem gehörst du denn?«, fragte er Timmy, der sich nicht schlüssig war, ob er antworten sollte, sagte dann aber doch gänzlich akzentfrei und sehr vornehm: »Mein Herrchen ist gleich zurück. Machen Sie sich keine Sorgen.«

Der Alte, der schon immer wusste, dass Hunde jedes Wort, das Menschen sagen, verstehen, war sichtlich erfreut.

»Timmy. Komm her, was machst du nur für Sachen?«, rief Sven, kniete sich zu ihm herunter, glücklich, ihn wieder in den Armen zu haben. Timmy wedelte mit dem Schwanz, stand stolz auf Svens Schulter und schnüffelte mit seiner feuchten Nase intensiv in sein Ohr, was Sven wiederum ziemlich kitzelte und ihn zum Lachen brachte.

Der ältere Herr nickte lächelnd und sagte: »Na, wenn das nicht ein schönes Wiedersehen ist. Sie haben wirklich einen ganz besonderen Hund.«

»Wem sagen Sie das«, sagte Sven mit einem tiefen, freudigen Lächeln und Timmys schnüffelnder, feuchter Nase an seinem Ohr.

Zufrieden wendete sich der ältere Herr ab und ging, mit einem großen Lächeln, das einfach nicht aufhören wollte zu strahlen, davon.

Aus der Ferne schwappten Sprechchöre, Polizeiansagen und der Lärm von klirrenden Fensterscheiben herüber. Wasserwerfer positionierten sich und schossen ihr Nass mit sattem Strahl in die Menschenmenge.

Von hier aus sah das gesamte Chaos schon viel weniger bedrohlich aus.

Einige Journalisten rannten mit Kameras und Mikrofonen bewaffnet und mit im Wind flatternden Presseausweisen um den Hals in die Richtung der Randale. Groß stand ARD auf den Koffern.

Die Fünf waren sichtlich erleichtert, lebendig aus dem Chaos herausgekommen zu sein. Doch ganz nebenbei hatten sie bei der Gelegenheit auch ihre Fähigkeiten etwas besser kennengelernt.

»Habt ihr gesehen, wie der Stein einfach durch mich hindurchgeflogen ist?«

»Krass, ich bin dem blöden Bullen einfach als Staubwolke aus den Fingern entronnen und habe mich einige Meter weiter wieder materialisiert.«

»Das müssen wir in einem ruhigen Moment unbedingt weiter üben.«

»Scheint, wir können mehr, als wir denken.«

»Gut zu wissen.«

»Also. Was jetzt, Herr Seher?«

»Ähm ..., ja, gute Frage«, bemerkte Sven mit der Hand unter seinem Kinn und mit dem Daumen und Zeigefinger, seine Lippen etwas zusammendrückend, was ihn ein klein wenig lächerlich aussehen ließ.

»Jetzt siehst du echt wie'n Idiot aus«, neckte ihn Lara.

Die Glocken der Marienkirche schlugen neun Mal in ihrem metallenen, großen Klang, wie eine Nachricht aus einer viel früheren und längst vergangenen Zeit.

»Von was für einer Mauer reden die hier eigentlich immer? Von der, die wir gerade gesehen haben? Die Superhohe am Festungsgraben um Berlin herum?«, fragte Maya ihre Freunde.

»Nein, du Dummerchen, von der, die durch den Mauerpark hinter unseren Häusern verlief und Ost- und West-Berlin teilte«, erinnerte Annabell ihre Freundin etwas genervt. »Das hatten wir doch in der Schule, wenn ich mich nicht irre.«

»Stimmt, das vergesse ich immer. - Ist echt schon lange her.«

»Erzähl das mal den Typen auf dem Platz da vorn.«

»Lieber nicht, die würden dich sonst vielleicht als Hexe verbrennen oder auf Lebenszeit in ein sozialistisches Spinnhaus einsperren«, scherzte Sven, und alle lachten, obwohl einige Meter weiter gerade die Wasserwerfer so richtig in ihrem Element aufgingen und die Post dort jetzt so richtig abzugehen schien.

»Wie sagte Schikla so treffend: Wir können nicht die ganze Welt retten«, erinnerte Lara ihre Freunde mit einem Bedauern, aber einem entschlossenen Leuchten in ihren Augen.

»Auch wenn sie recht hat, den Leuten auf dem Platz würde ich ein anderes Leben wünschen.«

»Das stimmt. Aber irgendwie waren die auch happy mit ihrem Leben. Bei aller Anspannung gab es so viele verschiedene Typen und Outfits und Gruppen und der Dialekt, o Gott.«

»Ich fand, die Typen waren auf eine sympathische, uncoole Art supernett. Unsere coolen Jungs sind manchmal ziemliche Diven, finde ich«, erinnerte sich Annabell und schmunzelte noch ein wenig, als sie sich die Bilder durch ihren Kopf gehen ließ.

»Aber die Bullen waren echt mega krass fies. So hilflos und überfordert waren die.«

»Schwer, sich vorzustellen, was in deren Köpfen tatsächlich vor sich ging.«

»Stimmt. Aber ich glaube, wir sollten uns bei unseren Teilchen bedanken. Sie haben uns, wie soll ich sagen, gerettet, trifft es glaube ich am ehesten«, dachte Sven mit einigen Grübelfalten um die Nase laut nach.

»Hm..., ja. Vielleicht können wir eine Kerze zur Dankbarkeit für sie anzünden. Oder?«

»Ein Ritual. Genau, das ist es. So wie in einem Tempel oder so.«

»Klingt gut. Wir geben ihnen etwas, was wir selbst für uns verwenden würden. Ein Opfer sozusagen.«

»Oder etwas, worauf die so richtig abfahren. Die lieben Partys und kuscheln mit anderen Teilchen, so viel wissen wir von ihnen jedenfalls.«

»Da die Teilchen jedes und alles sein könnten, würde ich sagen, wir sollten etwas tun, was nur wir für sie tun können. Wir spenden ihnen Aufmerksamkeit.

Das werden sie schätzen und lieben, denke ich. Dabei spielt es keine Rolle, was wir tun, ob wir ein Glas Wasser ausgießen oder ein riesiges Feuerwerk für sie entzünden.

Wichtig ist es, ihnen für einen Moment, ganz bewusst, unsere ungeteilte, exklusive, ganz persönliche Aufmerksamkeit zu schenken.

Das werden die Teilchen mehr schätzen und lieben als das, was sie zu jeder Zeit selbst sein können.«

Die Mädchen hörten aufmerksam zu, was Sven sagte, und fanden, dass das eine supercoole Idee war. Denn Aufmerksamkeit lieben auch die drei Mädchen und Timmy am meisten von allem, egal wie sie verpackt ist, ob in Dingen, Gesten oder sonst etwas.

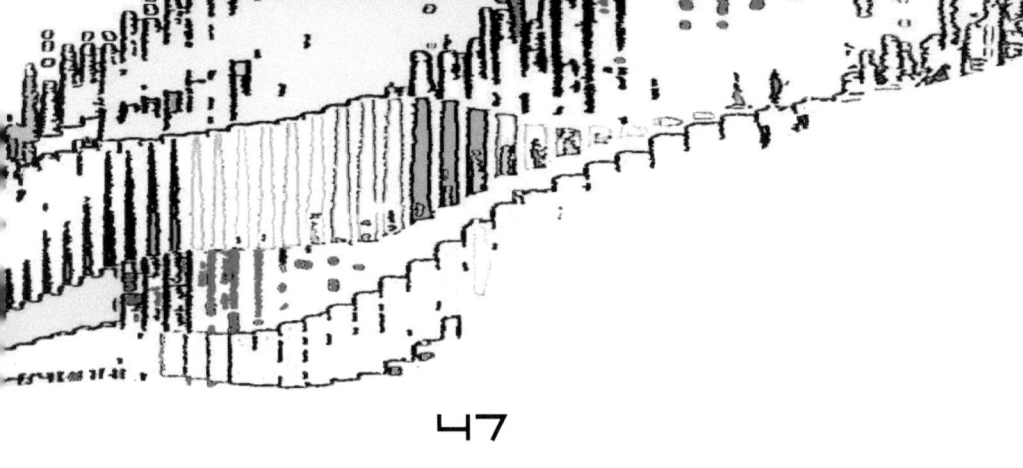

47

VERGANGENHEIT

Dorothea

Es ist der 25. August 1728
um 14 Uhr und 13 Minuten am Mittwochnachmittag im
Kalandshof.

Drei Tage nach Dorotheas Verhaftung. Heute war der Tag, an
dem sie, die in den Akten schlicht als ›Inquisitin‹ bezeichnet
wurde, erstmals dem Stadt Physico Glockengießer zur Untersuchung vorgestellt werden sollte.

Es gab Zweifel an der Teufelsgeschichte, und um sicherzugehen, wurde ein Arzt, ebendieser Stadt Physico Glockengießer,
zur Inquisition mit hinzugezogen, um im Auftrag des Cri-
minal-Collegiums ein Gutachten zu erstellen, welches dem
König und dem Gericht vorgelegt werden sollte.

Denn der König wollte über jede einzelne Anklage in seinem Reich, die den Vorwurf der Hexerei betraf, höchstpersönlich unterrichtet werden, um dem ausgearteten Missbrauch in dieser Sache Einhalt zu gebieten.

Heute war nun der erste Tag, an dem der Stadt Physico Dorothea im Kellergefängnis im Dunkel der Katakomben des Kalandshof besuchte, wohin sie am frühen Morgen desselben Tages, auf Beschluss des Untersuchungsrichters, in Einzelhaft verlegt worden war.

Sie gingen durch den langen Gang, der im tanzenden Fackelschein seine groben Steinmauern zeigte. Rußige Schwaden des Feuers und die sonstigen Gerüche einer Unterwelt, ohne richtige Toiletten und Waschmöglichkeiten für die Gefangenen, machten das Atmen schwer.

Der Stadt Physico fragte den Wächter, der ihn hier hinunterführte, beiläufig: »Wie lange sitzt ...«, er stoppte, holte eine Akte aus der Ledertasche und sah auf die Umschlagseite und fuhr mit gequetschter Stimme fort: »... diese Maria Dorothea Staffin schon hier unten in Einzelhaft?«, schlug währenddessen die Akte auf und las still weiter.

»Herr, die Wärterin sollte eigentlich schon hier sein. Sie kennt sich mit den Gefangenen hier unten besser aus. Bärbel, sie kümmert sich sehr intensiv um die Insassinnen hier unten.«

»Ah, verstehe«, antwortete der Stadt Physico und hielt sich sein parfümiertes Taschentuch vor die Nase. Sie blieben vor der Zelle stehen, in der Dorothea saß.

»Ja, mein Herr, sie füttert sie sogar, wenn sie vom Verhör der Inquisition allzu sehr in Mitleidenschaft gezogen sind, wie diese hier, und reißt sich förmlich um die Dienste in diesem finsteren Loch, seitdem die Hexe hier ist. Gott weiß, was sie mit ihr anstellt. Beschwert hat sich die hier jedenfalls schon eine Weile nicht mehr.«

»Und warum ist sie nicht oben bei den anderen?«, fragte der Stadt Physico und hielt sein Taschentuch dichter vor die Nase, denn es stank bestialisch.

»Ach, sie hat sich immer wieder mit den Dirnen und Diebinnen angelegt, und es gab immer Prügeleien zwischen den Weibern. Diese hier meinte, sie würde hier nicht hergehören, und die anderen meinten, sie glaubt, sie wäre was Besseres. Das wollten sie ihr einfach austreiben.

Und dann gabs Zoff und die Weiber hingen sich in den Haaren und Schlimmeres. Ihr wisst ja selbst, wie's bei den Weibern so zugeht. Da war es einfacher für den Untersuchungsrichter, die hier in den Keller zu verlegen. Seitdem ist Ruhe bei den Weibern da oben.«

»Ist das nicht unmenschlich?«

»Ach, wisst Ihr, Herr, Aufruhr lieben wir hier überhaupt nicht. Unsere Ruhe hingegen ist uns heilig. Unsere Ruhe hingegen ist uns heilig. – Dafür tun wir fast alles«, sagte der Wächter lachend, mit einem raschelnden Geräusch in der Stimme.

Der Stadt Physico sah Dorothea durch das vergitterte Fenster der Tür nur kurz an, verzog die Nase und verschrieb eine Medizin, um die Seele der Inquisitin zu beruhigen, wie es der Untersuchungsrichter angeordnet hatte, wie er sagte, und wandte sich zum Gehen.

»Ich komme in ein paar Tagen wieder. Für heute soll es genug sein. Lass sie in Ruhe und gib ihr die Medizin. Ich werde das in meinem Protokoll vermerken. Besucht der zuständige Hof- und Domprediger die Inquisitin regelmäßig?«

»Aber ja, Herr. Er kommt jeden Tag und betet mit der da, um ihr Seelenheil zu läutern, wie er sagt.«

»Zu gegebener Zeit komme ich wieder, um mit der Untersuchung fortzufahren«, sagte der Stadt Physico, drehte sich um und verließ den Keller.

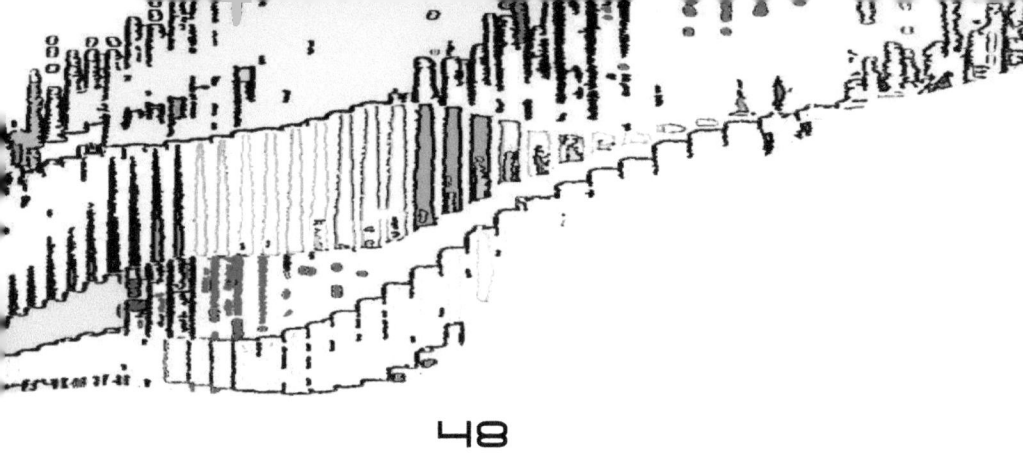

48

IN EINER JÜNGEREN VERGANGENHEIT

Die Drei

Immer noch hatten die Fünf die Quelle des entgegenkommenden Stroms der vielen Menschen, die zum Alex zogen, nicht erreicht. Er ließ leicht nach, wurde lichter, immer noch aber war für Sven der Sog deutlich zu spüren und schien sie zu einem Ort führen zu wollen.

Stimmen von entgegenkommenden Passanten wisperten ganz leise im Vorbeigehen, ja murmelten alle zusammen eine Melodie, die gemeinsam mit dem Trappeln von vielen Schuhen auf der rauen Oberfläche des Gehwegs zu einer Botschaft wurde. Es kristallisierte sich zu einem Flüstern: ›Fooolge miiier. Verrrtrauuue deiiinen Ohhhren. Iiich willl diiier eeetwas zeiiigennn‹.

»Könnt ihr das auch hören?«, fragte Sven die Mädchen.

»Was meinst du?«

»Ich höre ein seltsames Flüstern, das mich auffordert, dem Fluss der Menschen zu folgen.«

»Also, ich höre nichts«, sagte Lara. »Aber wir sind auch nicht ›der Seher‹ von uns.«

»Ich schlage vor, wir vertrauen auf Svens Gehör und folgen der Stimme«, sagte Maya. Sie konnte es ebenso wie die anderen kaum erwarten, herauszufinden, was hier schiefgegangen war, um zurück auf die richtige Fährte zu finden.

Das Flüstern und Wispern kam von jenseits des Palastes, der sich querstellte wie ein Bollwerk und jede Botschaft von der anderen Seite der Stadt zu blockieren schien.

Auf der Brücke zum Schlossplatz blieben Annabell, Lara und Maya kurz stehen.

Sie brauchten einen Moment nach den Aufregungen auf dem Alexanderplatz. Erschöpft beugten sie sich über das Brückengeländer, versuchten jetzt gemeinsam, ganz still, das Flüstern zu hören, und ließen ihre Blicke spreeaufwärts schweifen, an der langen Flucht des Palastes der Republik entlang, der wie ein Kreuzfahrtschiff im Strom schwamm, mit seiner hochhausgroßen verspiegelten Fensterfront, den Ebenen, Treppen und Relings. Nur die Rettungsboote und rauchenden Schornsteine fehlten, um die Illusion perfekt zu machen.

»War es nicht hier auf der Brücke am Schloss, wo Dorothea den vermeintlichen Teufel in Gestalt eines jungen Offiziers traf?«, fragte Annabell nachdenklich.

»Stimmt. Hieß die Brücke damals nicht Lange Brücke?«

»Das muss die hier gewesen sein. Heute heißt sie … Hm …, Sekunde…« Lara rannte schnell zu einem Schriftzug am Ende des Brückengeländers. »… ja, genau, ›Rathausbrücke‹ heißt sie jetzt.«

»Und hier hinter der Brücke war früher der Schlossplatz.«

»Das Schloss muss auch riesig gewesen sein.«

Lara schwebten einige Erinnerungen durch den Kopf.

»Hier gingen wir immer vorbei, wenn unsere Familie aus Israel in Berlin zu Besuch war. Große Synagoge, Museumsinsel, Dom, Lustgarten, hier unten an der Spree entlang, zurück zur Straße Unter den Linden, zum Brandenburger Tor, wieder an der Spree entlang, Paul-Löbe-Haus, Hauptbahnhof und so weiter«, dachte Lara laut nach.

Das schien ihr alles so fern.

Maya sah Lara verschmitzt lächelnd an und sagte: »Echt? Wir machen immer den gleichen Weg mit all unseren Verwandten, wenn sie uns aus dem Iran besuchen. Ein Wunder, dass wir uns dabei noch nicht begegnet sind.« Beide lachten und dachten an die vielen Besuche von so vielen Verwandten, seit der Zeit, als sie noch im Kinderwagen herumgeschoben wurden. Als ob sie schon ein ganzes langes Leben hinter sich gehabt hätten, ließen die vier Teenager für einen Moment ihre Kindheit an sich vorbeiziehen.

Sven spürte die Dringlichkeit des Rufens immer deutlicher. – ›Wir müssen weitergehen‹ – rumorte es in seinem Kopf, denn das Wispern ließ nicht nach, wurde sogar stärker, als ob sie seiner Quelle schon sehr nahe waren, und sagte ungeduldig: »Wir müssen weiter, wir müssen herausfinden, woher dieses flüsternde Gesäusel kommt«. Immer noch war er der Einzige, der es hören konnte. Alle fühlten sich nach den Spannungen des Tages schwer und erschöpft und mussten sich mit viel Kraft vom Geländer losreißen.

An der schmalen Ostseite des Palastes waren sie schnell vorbeigehuscht und jetzt standen sie vor einem riesigen Platz, auf dessen rechter Seite eine Bühne aufgebaut war. Von hier kamen die Menschen her und strömten zum Alexanderplatz, zur S-Bahn, der U-Bahn, zu den Straßenbahnen, die in die östliche Richtung der Stadt fuhren.

Der Platz war fast menschenleer. Nur noch die gigantische Bühne, fast so breit wie der Palast selbst, mit ihm als Kulisse – dem fast noch nagelneuen Palast des Volkes, das einige hundert Meter weiter seinen Aufstand probte.

Eine gigantische, rote, vielleicht 20 Meter breite Banderole versuchte, diesen Koloss sanft zu umhüllen. Vom Dach hing das Stoffbanner haushoch herab und wellte sich im seichten Abendwind. Auf ihm verkündeten harmonisch rundlich geformte, weiße, extrafette Lettern ›28 Jahre DDR‹.

Ihm gegenüber, mathematisch genau parallel ausgerichtet, dicht am Ufer auf der anderen Seite der Spree, stand ein noch gewaltigerer Koloss, der ebenso lang, aber an die zwölf Etagen, also viel höher als der Palast der Republik, in den schwarzen Abendhimmel emporragte.

Seine Fassade spielte skurril elegant, mit unzählig vielen, sich gleichförmig wiederholenden, in den Himmel strebenden, senkrechten, geraden, weißen Linien. Es war das Auswärtige Amt und die Linientreue war ihm in den Körper gemeißelt.

Der Palast der Republik sah ein Jahr nach seiner Eröffnung immer noch so neu aus, als wäre er gerade erst an das Volk ausgeliefert worden.

Wie ein neues Auto stand es hier auf dem gigantischen Parkplatz, das von einer Familie in Empfang genommen worden sein könnte, nachdem sie zehn Jahre darauf hatte warten müssen. Ein Auto, das bestellt wurde, als das erste Kind noch im Bauch war und das zweite nicht einmal geplant, um nun endlich nach einem halben Kinderleben den frischen Duft des Neuen von den Polstern und Teppichen riechen zu können – die Freiheit zu fühlen, die ein Auto verspricht. Doch da war es schon zu spät.

Die Enttäuschung über die verlorene Lebenszeit war zu groß, als dass es die Freude über den Geruch des Neuen hätte wettmachen können.

Die Kinder gingen jetzt schon in die Schule und lernten, dass sich der versprochene Kommunismus, das vorausgesagte gesellschaftliche Paradies, erst in vielen Generationen erfüllen würde. Quasi über ihren Tod hinaus ließ es die Kinder mit der Frage, was heute aus ihren persönlichen Wünschen, Bedürfnissen und Träumen werden wird, allein.

So stand er da, der Palast der Republik mit seinen Fronten in alle Himmelsrichtungen aus getöntem, verspiegeltem Glas, dessen Räume und Hallen von tausenden Lampen erhellt waren. - an einem Ort, der dennoch niemals eine Erleuchtung erfahren wird.

Sven driftete ein wenig ab. War es das, was die Stimme ihm sagen wollte? Wollte sie ihm die tiefe Enttäuschung der Menschen zeigen, die hier lebten? Er fühlte diese Tragik beim Anblick der Gerüste im kalten Flutlicht tief in seinem Herzen und wurde jäh von dem säuselnden Flüstern zurückgeholt. Das war es nicht. Was war es dann?

Sven drehte sich im Kreis, fokussierte die Bühne noch einmal sehr konzentriert, ließ seinen Blick dann zu den blauen

Fernsehübertragungswagen auf der Straße Unter den Linden ziehen. – Nichts. – Weiter zu dem hohen Kameraturm aus Gerüststangen, nahe bei den Sendewagen. – Auch hier nichts. Er war sich nicht sicher. Riesige Lichtmasten versenkten den Platz in zu kaltem und zu grellem Licht, was Svens Sehen zu verfälschen drohte.

Er konzentrierte sich für einen Moment.

Dann ging es weiter, seine Augen gewöhnten sich langsam an das unangenehme Licht. – Sie fokussierten das gegenüberstehende riesige Gebäude, dessen Fassade von der einen zur anderen Seite des Horizonts zu reichen schien. – Svens Blick überflog darauf die nahezu 100 vertikalen, extrem symmetrischen, parallelen, weißen Linien – sein Blick beschleunigte sich auf dem monotonen Muster, das so unendlich glatt war, keinen Anhaltspunkt oder gar eine Antwort auf seine Frage bot.

Das Wispern hörte nicht auf.

Es schien sich in Svens Kopf einzunisten, machte Druck, gefunden zu werden. Jetzt beschleunigte sich sein Blick, immer noch in der Monotonie des Musters gefangen, versuchte zu entkommen, raste mit seinen Augen über die Linien wie ein Pilot der Sternenflotte, der das Abfluggate eines Raumschiffs überflog – schoss auf den schmalen Streifen in die Dunkelheit des Nachthimmels –, wo sie von unzähligen Fahnen gekrönt wurden –, die im grenzenlosen Wind vor sich hin flatterten.

Sven nutzte die Banner als Antennen und posaunte, von ihnen verstärkt, seine interdimensionale Frage in die Unendlichkeit des Nachthimmels hinaus – woher das Säuseln wohl kam. Aber auch von dort kam keine Antwort zurück. – Keine jedenfalls, die er in diesem Moment bemerkt hätte.

Erschöpft fuhr er fort. Mit letzter, zitternder Konzentration, ließ er seinen Blick an der kleinen Zuschauertribüne entlangschleichen

, nocheinmal, mit letzter Kraft, schleppte er seinen ermatteten Blick über die große freie Fläche

, – erreichte gerade noch so den nahe bei ihm stehenden Kameraturm. Kraftlos zögerte Sven einen Moment und flüsterte, ebenso leise wie die Stimme in seinem Kopf: »Ich glaube, dort ist es. Der Turm auf dem ›Fernsehen der DDR‹ steht.«

Niemand war zu sehen. Der Turm schien leer. Sven ging auf ihn zu, die Mädchen und Timmy folgten ihm.

»Von hier kommt es. Es ist hier viel stärker«, sagte Sven aufgeregt. Nie zuvor hatte er solch eine Vision. Er konnte sich keinen Reim darauf machen, was sie bedeuten sollte. – Aber war das hier nicht seine Aufgabe?

Sven und Timmy standen am Fuß des Turms und sahen nach oben, Timmy ein wenig, als ob er jeden Moment Eichhörnchen erblicken würde, und Sven, der keine Ahnung hatte, wonach er suchte.

Annabell, Lara und Maya sahen den Jungs zu und hielten zur Sicherheit einen kleinen Abstand, um zu sehen, ob sich da oben etwas tat, was Timmy und Sven aus ihrem Blickwinkel nicht sehen konnten.

Und tatsächlich konnten sie eine Frau auf dem Turm erkennen, nur ihre Silhouette, aber ganz deutlich sahen sie eine Frau auf dem Turm.

Sofort gingen sie zu Sven und erzählten ihm leise, was sie sahen.

Er ging zurück und sah das Gleiche wie die Mädchen.

Eine Frau mit einem weiten Kleid. ›War sie das? Ist sie die Quelle des Flüsterns?‹, ging es ihm durch den Kopf.

»Los, wir gehen hoch«, beschloss Lara und ging schon mal voraus, die Stufen aus glänzend neuem verzinktem Stahl empor, mit dem rutschsicheren Profil, durch das man nach unten blicken konnte.

»Kommt«, flüsterte sie leise, zu ihren Freunden nach unten schauend, und winkte aufgeregt mit ihrem Arm, als ob jedes laute Geräusch die Erscheinung vertreiben könnte.

Nicht mehr ganz so leise folgte ihr Annabell, dann Maya und zuletzt Sven mit Timmy auf dem Arm. Denn die Stufensegmente waren verdammt rau, gestanzt, mit vielen überstehenden, messerscharfen Graten vom Pressen und Galvanisieren übersät. Nichts für sensible Hundepfötchen.

Die Treppe führte zu einer ersten Plattform mit einem vergessenen Spotscheinwerfer auf einem Stativ und der Aufschrift ›DDR F 2‹, der wie eine Kanone auf die Bühne gerichtet war. Die Treppe führte versetzt weiter in die nächste Ebene, auf der die mysteriöse Frau sein musste.

Nichts bewegte sich dort oben, kein Laut.

Lara kam zuerst oben an und konnte ihren Augen nicht trauen. Annabell und Maya kamen danach und zuletzt Sven mit Timmy auf dem Arm. Sie bekamen kein Wort heraus.

»Meine Lieben, was bin ich froh, euch wohlbehalten zu sehen. Ich habe mir schon große Sorgen um euch gemacht. Schikla und Flaro deuteten an, dass sie befürchteten, euch auf den Zeitachsen für immer verloren zu haben«, sagte die Frau mit großen rotblonden Locken, die voluminös, fast hüftlang, über ihr geradezu irisierend weißes Kleid fielen. – Dessen Blumenmuster aus verblüffend echt wirkenden großen, pinkfarbenen Rosen bestand, von denen die meisten jetzt in voller Blüte standen. Wobei einige von ihnen noch frische Knospen waren, mit Morgentautropfen, die langsam herabrollten. Just blühte eine Knospe auf und entfaltete einen derart betörenden Duft. Ein Haarreif, der ihr Gesicht hervorhob, betonte ihre Schönheit und Jugend noch stärker, als sie es ohnehin schon war.

»Frau Schönbaum? »Wie ... wie kommen Sie hierher?«, kamen Maya, etwas wackelig und verwirrt, als Erste Worte über die Lippen.

»Ich bin so stolz auf euch, Engelchen.«

»Aber wie kommt es, dass Sie hierherkommen konnten? Können jetzt auch alle Assistenzlehrerinnen in der Zeit reisen?«, entfuhr es Annabell forsch, um die Spannung etwas abzubauen.

»Nicht alle, mein Engel, aber ich schon. Erinnert ihr euch nicht mehr? Ich bin die Göttin des Waldes. – Die, die euch die wahre Geschichte von Hensel und Gretel im Humboldt-Hain vorlas. – Die mit euch gemeinsam das verunglückte Erinnerungsbild repariert hatte. – Und ihr konntet dabei die Welt retten.«

Sven kombinierte scharf: »Dann waren Sie es auch, die uns zusammengebracht hat, damit wir das Projekt gemeinsam als Team realisieren?«

»Das war ausgezeichnet kombiniert, Sven. Doch den freien Willen der Menschen kann ich nicht beeinflussen. Ihr habt euch ganz von selbst gefunden. Darauf könnt ihr ebenso stolz sein wie auf euren bisherigen Projektverlauf. Ihr habt alle fünf viel Mut bewiesen und wart unglaublich tapfer.«

Timmy war höchst erfreut. Von dieser Frau fühlte er sich magisch angezogen. Verträumt und mit erhobenem Kopf saß er dicht an sie gekuschelt zu ihren Füßen und misste kein einziges Wort, das sie sagte, keine einzige Geste, die sie machte. Er war einfach vollendet glücklich in ihrer Nähe.

»Wir haben nicht viel Zeit«, wurde die Göttin des Waldes jetzt ernst und sagte: »Etwas ist bei eurem letzten Zeitsprung schiefgegangen. Wir konnten nicht lokalisieren, was es genau war, aber es könnte mit dieser Zeitebene hier zu tun haben. Schikla und Flaro konnten euch hier auch in vielen Jahrzehnten des Suchens nicht finden. Sie waren völlig verzweifelt und litten große Qualen bei der Vorstellung, euch nie mehr wiederzusehen. Deshalb baten sie mich, ihnen zu helfen.«

»Soll das heißen, wir waren eigentlich in der Zeit verschollen und bemerkten es nicht einmal?«

»Ja, Engelchen, das tut es. Zeitreisen ist eines der gefährlichsten und unerprobtesten Abenteuer aller Zeiten.«

»Worauf haben wir uns da nur eingelassen?« Annabell wurde schon wieder übel, so wie damals, das erste Mal in der Welt der Tamanaken, als sich Panik in ihr breit machte und sie sich nur mit der Hilfe ihrer besten Freundinnen wieder einkriegen konnte.

»Vertraut auf euch. Erforscht eure Fähigkeiten. Sie sind unendlich viel größer, als ihr glaubt. Keiner kennt die Zukunft, solange er sie nicht gesehen hat.

Abenteuer sind immer ungewiss. Sonst würden wir sie nicht so nennen, ist es nicht so? Habt Vertrauen«, fügte sie noch sanft hinzu, wie eine magische Formel, die sich sogleich erfüllen würde.

»Weshalb haben Sie uns zu diesem Ort gerufen?«, wollte Sven wissen.

»Das ist die wichtigste Frage in diesem Moment, die ich euch natürlich beantworten will. Dorotheas Leben hinterließ auf dieser Zeitachse, an diesem Ort, eine deutliche Kerbe.

Findet heraus, was es damit auf sich hat. Zum Tag der Gerichtsverhandlung in den Kalandshof zurückzukehren, ist aus dieser Zeitebene für euch zu riskant.«

»Und wie sollen wir ohne Makira und Flaro, ohne in die Welt der Tamanaken zu wechseln, den Zeitsprung hinbekommen?«

»So wie ihr es immer getan habt. In der Tasche hier sind für jeden ausreichend Lanutu-Schnecken und Lanuxa-Saft. Stärkt euch vorher und dann tut, was ihr immer getan habt. Vertraut auf eure Teilchen«, sagte die Göttin des Waldes, gab den Teenagern die Tasche und sagte noch kurz: »Und berichtet mir eines Tages, wie es war. Ich bin mit euch!« Und dann war sie verschwunden.

»Also, wenn ihr mich fragt, ist das die abgefahrenste Sache der Welt und ich bin superhungrig. Ich könnte Timmy aufessen, wenn er nicht so süß wäre. »Oh …, mein Kleiner, hab keine Angst, das würde ich nie tun«, sagte Lara mit einer hohen, verstellten Stimme, knuddelte Timmy dabei etwas zu doll und küsste ihn mit einem fetten Schmatzer auf die Stirn.

Timmy wusste nicht, wie ihm geschah, und er sagte cool: »Menschenfrauen sind unberechenbar. Wenn sie nicht so hübsche Augen hätten, würde ich sie immer mal wieder ins

Bein beißen, nur um ihre helle Stimme schreien zu hören«, revanchierte er sich mit wedelndem Schwanz für den Scherz auf seine Kosten.

»Ich bin hungrig, lasst uns essen ...«, beendete Maya pragmatisch die kleine Kabbelei unter besten Freunden, »... und dabei nachdenken, was die Göttin des Waldes meinte, als sie sagte, wir hätten größere Fähigkeiten, als wir denken.«

Die Fünf setzten sich im Kreis auf die Plattform des Kameraturms mit bestem Rundblick über den Platz, zur Straße Unter den Linden, herüber zum Alten Museum auf der anderen Seite der Spree, auf das Auswärtige Amt – das gigantisch lange Bollwerk gen Westen und auf das dagegen klein wirkende Staatsratsgebäude, das sich hinter dem Sandsteinportal IV des alten Berliner Stadtschlosses platzierte.

»So lecker. Die Lanutu sind mega.« Maya war versunken in die duftenden Aromen, den Teig mit seiner so unbeschreiblich soften Konsistenz.

»... Hmmm, ich liebe das ... Flaro ist der beste Bäcker der Welten und aller Zeiten.«

Die Lebensenergie der Fünf kam langsam zurück und damit auch ihre Neugierde und erst recht ihre unbändige Abenteuerlust.

»Was sie genau genommen meinte, war, wir können selbst ohne Makira und Flaro in der Zeit reisen«, sagte Sven nachdenklich kauend. »Hmm. Flaro ist wirklich ein Genie.«

»Der Lanuxa-Saft ist göttlich. Ja, und ›wir sollen auf unsere Teilchen vertrauen‹, sagte sie noch.«

»Rätselhafter ging's wohl nicht«, beschwerte sich Maya mit vollem Mund. »O Gott, wie ich die Schnecken vermisst habe«, fügte sie noch ein wenig unverständlich genuschelt hinzu.

Annabell nahm sich einen großen Schluck aus der kleinen Flasche Lanuxa und murmelte: »Sie war nett, aber auch 'ne ziemliche Nervensäge ...«, gestand sie und bereute es sogleich ein wenig. »Aber sie ist unfassbar gütig und atemberaubend schön in allem, was sie tut, und mein Gott, wie perfekt sie wieder aussah.«

»Sie sagte aber auch, wir sollen es tun, wie wir es immer getan haben ...«, ergänzte Sven mit einer halb aufgegessenen Schnecke in der einen und einer fast leeren Flasche Blütenpollensaft in der anderen Hand. »Wir müssen uns also nur erinnern, gar nichts Neues erfinden oder so.«

Die Vier dachten nach, kauten besinnlich, tranken genüsslich, während ihre Gehirne im Hintergrund auf Hochtouren arbeiteten.

Timmy war ganz Hund und verschlang sein Lanutu schmatzend und schnaufend in Windeseile, leckte seine Schnauze mindestens zehnmal zufrieden ab und trank aus dem speziell für ihn in einer Schale mitgebrachten Lanuxa-Saft mit einem hingebungsvollen Schlapp, Schlapp ..., leckte die Schale zum Schluss noch blitzeblank und schwebte sichtbar im siebten Hundehimmel.

Die Lanutu waren wie immer köstlich und halfen, dass ihre Erinnerungen und Ideen zurückkamen.

Annabell, Lara, Maya, Sven und sogar Timmy erinnerten sich daran, wie sie aus der Welt der Tamanaken in die Zeitebenen aufgebrochen waren, wie sie an den Zeitlinien entlang schwebten, aber auch an die Zeit, in der die Teilchen außer Rand und Band gerieten, an ihren nahen Tod, an das Versprechen, das ihnen die Teilchen gaben. All das formte sich in ihrem Unterbewusstsein und, das war tatsächlich neu, diesmal auch in ihrem Bewusstsein.

Sie durchlebten erneut, wie sich ihre Körper auflösten, das angenehme Kribbeln im gesamten Körper, wenn es losging, wie sie sich in einer Teilchenwolke vereinten, ihre Gefühle und Persönlichkeiten verschmolzen, dass da ein Bauplan, ihr Bauplan, war, den nur ihre Teilchen kannten. Ganz und gar klar erlebten sie jedes Detail, kopierten dabei ihre Erinnerung aus ihrem Unterbewusstsein in das Bewusstsein und lernten in diesem Moment, wie Zeitreisen funktionierte.

Es war still geworden auf dem Parkplatz zwischen den beiden kantigen, gläsernen Häuserfronten hier auf dem Marx-Engels-Platz. Selbst die fernen Gesänge und Parolen der Rebellion auf dem Alexanderplatz, die der Wind zuweilen mäandernd zwischen die beiden Kolosse trug, waren verstummt.

Kein Laut. Kein Mensch war mehr zu sehen.

Für einen Moment saßen die Fünf sprachlos nur so da auf ihrem Kameraturm.

Dann sahen Annabell, Lara, Maya, Sven und Timmy einander sehr aufmerksam an, um in den Augen ihrer Freunde zu erkennen, ob sie die gleichen Erinnerungen durchliefen und jetzt das Gleiche gelernt hatten wie sie selbst. Zeitreisen.

»Das ist ein wenig unheimlich. Aber ich glaube, ihr habt gerade dasselbe erlebt wie ich eben?«, wollte sich Annabell vergewissern und konnte nicht weiter beschreiben, was es genau war.

»Wenn du meinst, wie Zeitreisen funktioniert, würde ich sagen, das habe ich. Ihr auch?«, bestätigte Maya und gab die

Frage immer noch etwas verwundert weiter, denn damit hatte sie nicht gerechnet, und sie war immer noch damit beschäftigt, zu verstehen, was jetzt eigentlich genau in ihrem Kopf so anders war.

Demütig, fast zu sich selbst, sagte Lara: »Wir haben alle offensichtlich das Gleiche erlebt«, und fügte noch fast flüsternd hinzu: »Es ist, als ob jemand in meinem Kopf eine Tür zu einem gänzlich neuen Raum aufgestoßen hätte. Es fühlt sich in meinem Kopf so viel größer an als je zuvor. Das ist fucking crazy«, sagte sie und nahm ihren Kopf zwischen beide Hände, hielt ihn für einen Moment, als ob sie ihn festhalten müsste, und brach dann in einen lauten Freudenschrei aus, der von den Häuserfronten rechts und links einige Male abprallte, wie ein springender Stein auf einem See in der spiegelnden Oberfläche versank, womit sich alle Ratlosigkeit in Luft auflöste.

Sven sprang auf und die Mädchen taten es ihm gleich. Sie umarmten sich, drückten sich, küssten sich, sprangen vor Freude im Takt ihrer Herzen auf und ab, bis der Turm beängstigend zu wanken begann.

Timmy bellte sogar vor Freude. Liebe und ein kribbelndes, euphorisches Gefühl durchfuhren ihre Herzen und Seelen. Eine Freude durchdrang ihren gesamten Körper, von den Haarspitzen bis in die kleinen Zehen, die sie nie für möglich gehalten hätten.

Und dann wurden sie wieder ernst. Annabell, Lara, Maya, Sven und Timmy wussten, dass jetzt der Moment kommen würde, es auszuprobieren: ganz sie selbst, ohne jede Hilfe oder Worte und das Wissen von Schikla und Flaro.

Plötzlich fühlten sie sich ein wenig einsam in den unendlichen Weiten der Zeitlinien und Raumebenen, als ob sie über einen Ozean fuhren, auf dem sie die Wasseroberfläche bisher für das gesamte Ding gehalten hatten, dabei aber nicht die Tiefen, die unzähligen Lebewesen, die absolute Dunkelheit und den tödlichen Druck der Tiefsee im Blick hatten.

Sie würden mit eigener Kraft die Oberfläche der Gegenwart verlassen können und eintauchen, in etwas unvorstellbar Größeres, wenn nicht gar Unendliches, mit Spielregeln, die sie erst noch erforschen mussten.

»Frau Schönbaum sagte: ›Von hier aus geht ein Zeitstrahl zu einem wichtigen Ereignis in Dorotheas Leben, dem wir folgen sollten.‹« Sven fand als Erster wieder zurück zu ihrer Mission.

»Du hast ja so recht, Sven, du Seher!« Lara konnte es sich nicht verkneifen, diesen kleinen ironischen Kommentar zu machen, und sah ihn dabei verschmitzt von der Seite an, um zu sehen, was er nun sagen würde.

»Wir stehen ja schon genau richtig im Kreis, und wollen wir uns zur Sicherheit noch an den Händen fassen?«

»Was meinst du wohl? Natürlich machen wir das!«

Wellen von Euphorie durchfuhren die Fünf erneut und jemand fragte: »Wer will den Countdown zählen?«

»Natürlich der, der so dumm fragt«, kam es im Chor zurück.

»Okay. Auf Eins: Drei, Zwei, Eins«, und es klappte. Die Fünf lösten sich in einer großen Wolke ihrer Teilchen auf und verschwanden durch einen klitzekleinen Punkt wenige Meter über dem Kameraturm im Nichts.

Zumindest würde es für jemanden so ausgesehen haben, der hier auf dem Parkplatz gestanden hätte. Tatsächlich aber

schwebten und kratzten sie an der Zeitlinie entlang, durch-
kreuzten unzählige Raumebenen auf der Suche nach der
Vertiefung, die auf ein wichtiges emotionales Ereignis in
Dorotheas Leben schließen ließ.

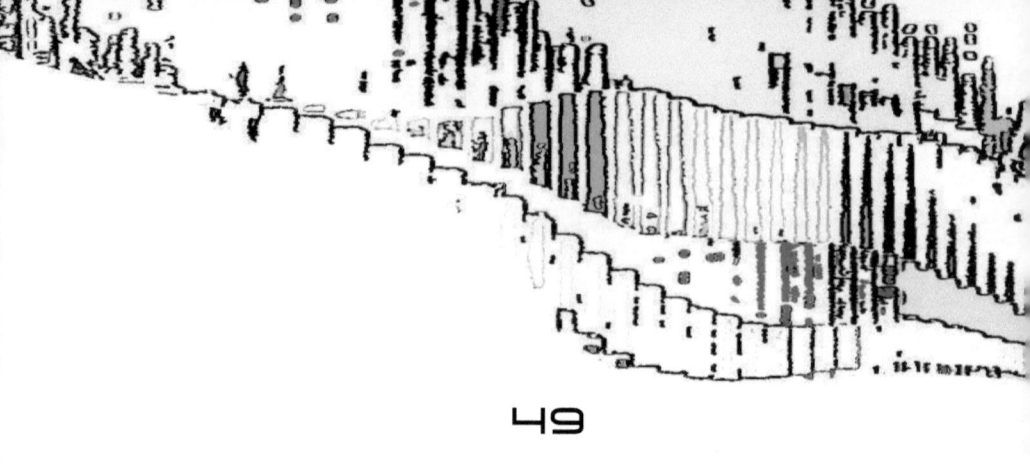

49

VERGANGENHEIT

Dorothea und Christoph

So schnell wie nie zuvor materialisierten sie sich.

Es war fast dunkel in dem hohen Raum mit vielen verschnörkelten Goldapplikationen und kunstvollen Wandmalereien.

Nur ein Kerzenleuchter auf der anderen Seite des Raums erhellte die Szenerie. Mit seinem warmen, weichen Licht projizierte er das gesamte Drama, das sich hier abspielte, in Überlebensgröße an die gegenüberliegende Wand, unter der Annabell, Lara, Maya, Sven und Timmy wie versteinert hinter einem Paravent standen, zwischen Holzscheiten, Kaminbesteck und mit einem großen Kamin im Rücken.

Eine Frau schrie: »Ich hasse diesen Kerl, der mir das angetan hat!« Flaches Atmen folgte.

»Hoheit, Sie müssen tief atmen und ...«

»Erinnere mich daran, dass ich ihn hinrichten lasse. Diesen Bastard von einem Prinzen!«, fuhr ihr die Hoheit barsch ins Wort.

»Hoheit ...«

»Hör auf mit deiner Hoheit und hol endlich diesen Balg aus mir heraus. Tot oder lebendig!«

Die Schatten an der Wand zeigten die aufgestellten Beine einer liegenden Frau, einen großen, runden Bauch und einen voller Spannung vibrierenden, auf die Ellenbogen aufgestützten Oberkörper. Um sie herum wirbelten zwei weitere Frauen, deren Schatten sich aufgeregt hin und her bewegten, die mit ihren Armen etwas wegräumten und Tücher ausbreiteten.

»Presst, Eure Majestät, presst, pressen ...«

»Ahhhhh! Ahhhh! Mmmmmm! Schuft, dieser Bastard.«

Dann war es kurz still. Vorsichtig, ohne auch nur das geringste Geräusch zu verursachen, lugte Lara mit einem Auge an der äußersten Kante des Paravents vorbei.

»Es ist eine Entbindung«, flüsterte sie zu ihren Freundinnen und Sven herüber. Die Fünf wussten vor Schreck nicht, was sie tun sollten, nur, dass sie gefangen waren hinter einer dünnen Wand aus Stoff.

Der Schatten zeigte ein Baby, das an seinen Beinen emporgehoben wurde. Es war noch mit der Nabelschnur mit seiner Mutter verbunden. Eine Hand platschte leicht auf seinen Popo und das Baby schrie in diese neue Welt hinein, die es so schnell nicht wieder loslassen wird.

»Wo sind wir?«, wisperte Maya, so leise sie nur konnte.

Sven dachte, kaum hörbar flüsternd, nach: »Irgendwo genau dort, von wo aus wir in der Zeit gesprungen sind und wo uns die Göttin des Waldes hingelotst hatte, aber ...«, Svens Gedanken stoppten für einen Moment, »... vielleicht im Schloss. Es sieht hier so aus und ›Eure Majestät‹ entbindet. »Findet ihr nicht auch, dass wir hier im Berliner Schloss sein müssten?«

»Eure Majestät, es ist ein Junge!«, verkündete die Hebamme stolz. »Ein gesunder Junge.«

Die Standuhr machte dreimal sehr kurz, silbern klar: Pling – Pling – Pling und dann noch zwei lang ausklingende Plong – Plong.

»Gott sei Dank«, sagte die Majestät schwach, erschöpft von der Strapaze. »Vielleicht, ... wenn es das Schicksal einmal will, ... wird er eines Tages ein Thronfolger sein. Doch bis dahin müssen wir ihn verschwinden lassen«, hauchte sie, mehr, als dass sie flüsterte.

»Eure Majestät, das war noch nicht alles. Ein zweites Kind kommt noch hinterher. Es sind Zwillinge. Presst, presst noch einmal mit aller Kraft!«

Und tatsächlich. Ein zweites Kind schlüpfte aus der Majestät heraus, etwas blutiger und zierlicher als das erste.

Erneut verkündete der Schatten ein Kind, an den Beinen gehalten, das keinen Klaps auf den Po brauchte, um loszuschreien. Dies hörte sich aber so an, als ob es in SEINE Welt hineinschrie, auf die es mit dem ersten Schrei einen, nein, viel mehr noch ihren ganz persönlichen Anspruch erhob.

»Eure Majestät, es ist ein Mädchen, ein gesundes und wunderschönes Mädchen.«

»O Gott! Was bürdest du mir da auf? Zwei Kinder von diesem Taugenichts.«

Das Licht flackerte im Windzug, den das schnelle Handeln der Hebammen verursachte. Tücher wurden gebunden, Nabelschnüre geschnitten, bluttriefende Nachgeburten sorgfältig verwahrt, die Mutter, die eine Majestät war,deren Überleben in diesem Moment erste Priorität hatte, wurde versorgt.

»Ist die Amme bereit? Besorgt eine zweite Amme für das andere Balg«, wies die Majestät schwach, aber bestimmend an: »Sie soll leben. Das sind wir ihr schuldig, wenn sie es schon bis hier geschafft hat.«

»Das Muttermal. Seht, Eure Majestät, beide haben ein gleiches Muttermal an ihrer linken oberen Schulter. Es sieht wie eine kleine Fledermaus aus, findet Ihr nicht auch?«

»In der Tat. Möge sie dies verbinden, auch wenn sie sich niemals begegnen werden. Gott sei ihnen gnädig.«

»Wollt Ihr ihnen Namen geben, die wir ihnen auf einem Zettel mit in ihr Körbchen legen? Ich glaube, Eure Majestät, das wird ihnen ein gutes Geleit sein.«

»Ah, ja«, hauchte die Majestät schon fast gelangweilt, dachte einen Moment nach, ließ Affären durch ihren erschöpften Geist rasen, Verbündete, Familie, Berühmtheiten,und sagte matt: »Der Junge soll auf den Namen Christoph getauft werden.«

Die Hebamme wusch ihre Hände, nahm eine Feder zur Hand, tupfte sie in das Tintenfässchen und schrieb versehentlich in der Dunkelheit des Kerzenscheins auf ein für Ihre Hoheit persönliche Korrespondenz vorbehaltenes Papier mit königlichem Wasserzeichen: ›Name: Christoph‹.

Die Majestät überlegte wieder einen Moment, dachte an Schwestern, Cousinen, Kurtisanen, Heilige, und sagte mit knorriger Stimme: »Das Mädchen soll auf den Namen

›Dorothea‹ getauft werden. Und warum nicht? Schreib bei beiden noch das heutige Datum hinzu. Es macht den Anschein, dass es auch hier bald in Mode kommen wird, den Tag der eigenen Geburt zu feiern.«

Auf dem unteren Teil des gleichen Blattes notierte die Hebamme den zweiten Namen. Die Feder kratzte plötzlich. Dann schrieb sie unter jeden Namen noch hinzu ›Geboren am 17. August 1709‹ und trennte das Blatt in der Mitte durch, legte Christophs Zettelchen in seinen Korb und Dorotheas Zettelchen in den ihren.

Die Majestät schöpfte ein wenig Kraft nach der Entbindung von diesen ungewollten Geschöpfen, die eigentlich, nach den Regeln der Welt, in der sie lebte, nicht hätten sein dürfen.

»Geben Sie Christoph heute zu sehr früher Stunde, noch vor Sonnenaufgang, zusammen mit der Amme zu Feldmarschall Graf von Raufenberg auf Schloss Friedrichsfelde. Er ist mir in einer Sache verpflichtet. Erinnere ihn daran und an sein Versprechen zur höchsten Verschwiegenheit. Bist du sicher, dass die Amme keine Kenntnis über die Herkunft des Kindes hat?«

»Aber ja, Eure Majestät, sie hat absolut keine Ahnung.«

»Gut so. So soll es auch bleiben, und sie soll angemessen versorgt sein.«

»Und Dorothea. Überbringe sie zusammen mit der absolut vertrauenswürdigen und mehr noch verschwiegenen Amme, die du noch besorgen musst, noch vor Sonnenaufgang zu Pfarrer Lichtfeld in die St.-Marien-Kirche.

Er und die Amme sollen keinerlei Kenntnis über die Herkunft des Kindes haben. Der Pfarrer soll das Kind an einen einfachen, aber anständigen Vormund weitergeben. Lege neben die Apanage für das Mädchen eine angemessene Spende für die Gemeinde in den Korb des Kindes.«

»Seid gewiss, Eure Majestät, dass alles ganz, wie Ihr wünscht, veranlasst wird.«

»Habt ihr das gehört?«, flüsterte Maya.

»Unglaublich, Dorothea hat einen Zwillingsbruder, der Christoph heißt und bei einem Feldmarschall auf Schloss Friedrichsfelde aufgewachsen ist.«

»Wo ist das?«, fragte Sven die Drei so leise es überhaupt nur ging.

»Mit meinen Eltern gehen wir, solange ich zurückdenken kann, an fast jedem Pessachfest in den Tierpark. Dort gibt es ein altes Schloss, das heißt Schloss Friedrichsfelde«, flüsterte Lara.

»Das muss es sein«, tuschelte Sven mit vorgehaltener Hand.

»Hörst du auch diese seltsamen Geräusche, die vom Paravent herüberkommen? Sieh nach, ob dort jemand lauscht.«

»Jawohl, Eure Hoheit.«

»Habt ihr das gehört? Wir müssen sofort weg hier.«

Panik machte sich für einen Moment breit, als die Schritte durch den großen Raum näherkamen.

»Wir müssen in die Zukunft«, flüsterte Sven, so schnell er konnte.

»Wieso indie Zukunft?«

»Es fühlt sich irgendwie ... wie die richtige Richtung an ...«, zischte Sven kurz im Flüsterton, »Vertraut mir.«

»Fasst euch an. Auf Eins: Drei, Zwei, Eins«, zählte Maya schnell, um die Diskussion zu beenden.

Exakt in diesem Moment sah die Hebamme mit einem aufgeregten, huschenden Blick hinter den Paravent und verkündete erleichtert: »Nein, hier ist nichts, Eure Majestät. Nur ein wenig Staub im Luftzug des Kamins, der aber schon verzogen ist.«

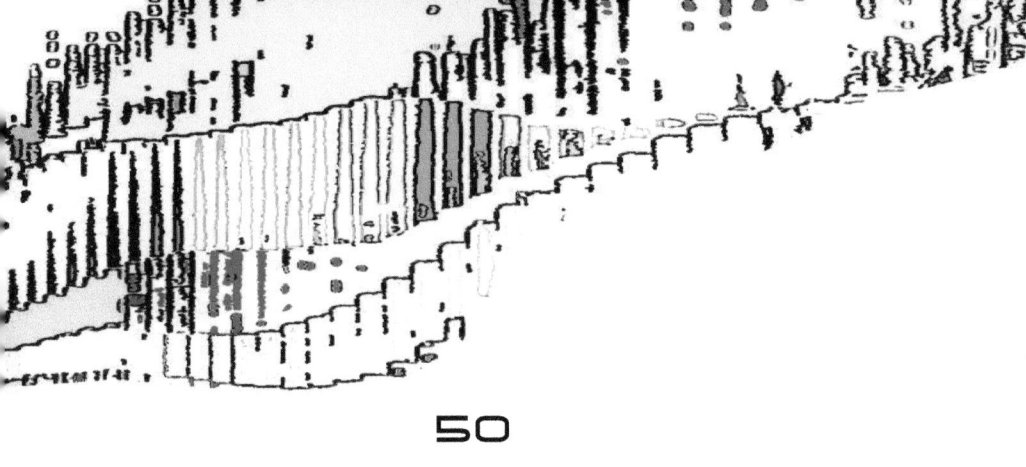

50

VERGANGENHEIT

Dorothea

Es ist der 15. Oktober 1728
um 10 Uhr und 5 Minuten an einem Freitag
in der Kellerstube im Kalandshof.

Dorothea saß seit einer Ewigkeit – Tage oder Wochen, sie
wusste es nicht mehr –, beide Hände mit einer starren Hand-
schelle gebunden und die Füße mit Schellen in Ketten gelegt,
auf einem Stuhl in der Kellerstube des Kalandshof – wieder in
Einzelhaft.

Das kleine, mit dickem Eisengitter gesicherte Fenster, das
obendrein zu einer muffigen Ecke des Hofes im Kalandshof
führte, ließ nur eine schwache Ahnung von Tageslicht herein.
Noch spärlicher, aber kam Luft hinein. Und es versteht sich
fast von selbst, dass der Keller zu keiner Jahreszeit geheizt

wurde. Beißende Kälte löste die stickige Hitze des Sommers fast nahtlos ab. Jeder einzelne Tag, bis zum nächsten Verhör, zog sich wie eine Ewigkeit hin.

An ihren Handgelenken und Waden zeichneten sich blutrote Male ab, die schon verschorft waren, aber bei jeder Bewegung von den starren, scharfkantigen Schellen wieder aufgerissen wurden.

Ihr rotblondes Haar war wild zerzaust, die Farbe war kaum noch erkennbar und von weißgrauen Strähnen durchzogen. Aus tief liegenden Augenhöhlen starrte Dorothea glanzlos auf die kalte, feuchte Zellenwand. Denn im Kalandshof war die ›Kellerstube‹ eher ein Keller als eine Stube.

Das Feuer der Wut war schon vor Wochen in ihr erloschen, und Resignation füllte die entstandene Leere völlig aus. Ihr Kleid war durchsifft von schlaflosen Nächten, schweißgebadeten Verhören, ihrer eigenen Notdurft und dem Dreck von Vielen, der sich am Boden und den Wänden der Kellerstube seit Jahrhunderten abgelagert hatte.

Der Stadt Physico kam für eine erneute Befragung der Inquisitin und weitere Tests in den Kalandshof.

Zusammen stand er mit Barbara, der Wächterin, die für Dorothea zuständig war, vor ihrer Zelle.

»Was ist passiert?«, wollte der Stadt Pysico von der Wärterin wissen. »Warum sitzt Dorothea hier schon wieder angekettet in Einzelhaft?«

»Das dumme Ding wollte sich umbringen, müsst Ihr wissen. Zum Glück kam ich noch zurzeit hinzu und konnte sie vom Strick losschneiden. Ihr hättet sie sehen sollen.

Dann aber, als wir sie wieder zu den anderen sperrten, wollte sie das Krakeln nicht lassen, und in der darauffolgenden Unterweisung mit dem Hof- und Domprediger zeigte sie keinerlei Reue wegen ihrer Tat gegen sich selbst, schrie aber gleich wieder hysterisch umher.

Mich hat sie auch angegriffen, das hättet Ihr sehen sollen. Ich hatte solche Angst, müsst Ihr wissen. Man weiß ja nie, wozu so eine wie die imstande ist.«

»Ah ja, so fahr schon fort«, sagte der Stadt Pysico.

»Na, und dann wies der Untersuchungsrichter den Gefangenenwärter an, die Inquisitin in Einzelhaft in die Kellerstube zu bringen und ihre Hände und Füße zu ihrem Schutz zusammenzuschließen.

Und dann sagte er noch, wenn sie zu viel lärmt, solle ich sie mit der Karbatsche, Ihr wisst schon, mit der geflochtenen Seilpeitsche da drüben, mäßig züchtigen ... war 'ne gute Entscheidung. – Hat nach einigen Behandlungen Wunder bewirkt, kann ich Euch sagen«, bemerkte sie charmant, lächelte den jungen, hübschen Arzt freundlich an und fügte noch hinzu:

»Kann ich dem jungen Herrn noch anderweitig zu Diensten sein?«, fragte sie und lächelte noch einmal unzweideutig eindeutig, zwinkerte mit dem rechten Auge und streckte dabei ihren Busen etwas weiter heraus.

»Nein, Barbara, das war so weit ausführlich genug. Hast du ihr die Medizin wie verschrieben verabreicht?«

»Wie befohlen. Zuerst hat sie herumgezickt, dann konnte sie nich jenuch davon kriegen.«

»Sehr gut. Danke, du kannst jetzt gehen.«

»Bin gleich hier um die Ecke, wenn Ihr mich braucht.«

Dann folgte die erste Begutachtung des Stadt Physico, auf die viele weitere folgten. Bis zu ihrer Gerichtsverhandlung blieb Dorothea zu ihrem eigenen Schutz vor sich selbst, damit sie sich nicht noch einmal etwas Schlimmes antun konnte, in Einzelhaft in der Kellerstube, an Händen und Beinen in Handschellen an den Stuhl gekettet.

An Dorothea konnte der Stadt Physico nach einigen Unterredungen und Tests so weit nichts Außergewöhnliches feststellen. Sie war lediglich etwas unkonzentriert und litt unter krampfhaften Zitteranfällen, die ihren gesamten Körper in Schüben unkontrolliert erbeben ließen. Für den Arzt war die Diagnose klar: Dorothea führte einen höchst unsittlichen Lebenswandel, wie es aus den Akten hervorging. Mit verschiedenen Männern sei sie allein in deren Kutsche umhergefahren und tat, wie anzunehmen war, unzüchtige Dinge mit den Herren, die sie hernach seelisch belasteten.

Das führte mit der Zeit zu Schwermütigkeit und Melancholie, wodurch sich auch die Krämpfe erklären und letztendlich auf Verstandesverrückung und wunderliche Einbildung schließen ließen, denn an eine Verbindung mit dem Teufel wollte der Stadt Physico nicht so recht glauben.

Dann aber, geläutert von den Verhören, Gebeten und Unterweisungen des Hof- und Dompredigers, durch die Einzelhaft in Ketten und die gelegentlichen Züchtigungen mit der Karbatsche, die bittere Kälte, die alle Gelenke und jeden Muskel in ihrem Körper steif werden ließ, die sinnesraubende Medizin und die Untersuchungen des Stadt Physico, begann Dorothea wie in Trance endlich alles zu ›gestehen‹. Sie erfand jedes Detail haargenau, ließ auch nicht die kleinste Sache aus und wiederholte es, so oft sie danach gefragt wurde.

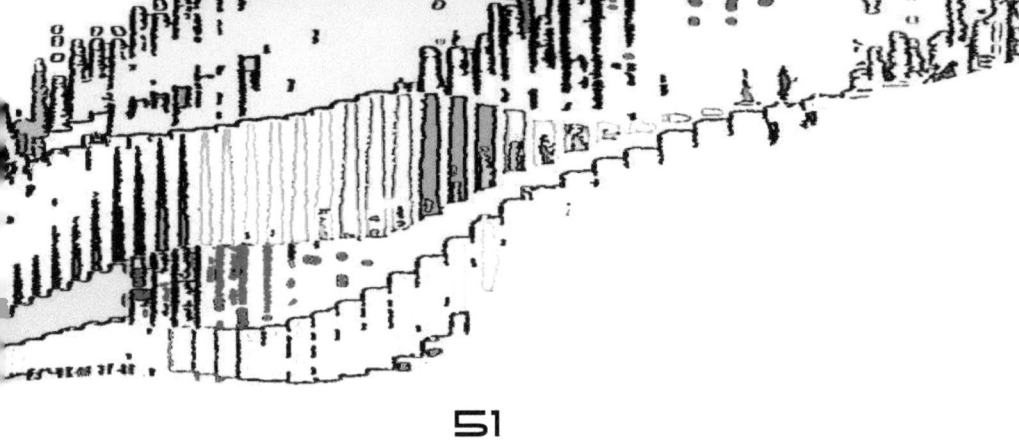

51

ZUKUNFT

Die Drei

»Wo sind wir? ... ich weiß, ich muss fragen, wann sind wir? Aber ... Seht euch diese coolen Boards an!«, quiekte Annabell augenblicklich verzückt, nachdem sie sich materialisiert hatten.

Die Fünf standen wie angewurzelt in einem großen Raum und stießen mit ihren Nasen fast gegen eine Vitrine. Genau vor ihrer Nase schwebte ein buntes Skateboard ohne Rollen, das in der Vitrine hinter der sie standen, ausgestellt war.

»Wow, dort drüben sind fliegende Skateboards«, war Annabell völlig aus dem Häuschen. Und ihren Freunden fehlte noch jedes Wort, um auch nur ansatzweise eine Gefühlsregung ausdrücken zu können.

»Sogar fliegende Surfboards«, stutzte Maya. »Wozu das wohl gut sein mag?«

Es war in einem 3D-Hintergrund ausgestellt, der einen Ozean darstellte.

»Ist das hinter dem Surfboard tatsächlich ein Ozean?«, dachte Sven laut, denn diese Frage war, na ja, weit und breit konnte hier einfach kein Ozean sein, aber es sah so unglaublich echt aus.

Tosende Brandungswellen, die sich im flacher werdenden Wasser überschlugen. Glitzernde Gischt. Fische waren in den heranrollenden, sich auftürmenden Wellen zu sehen. Das riesige, mächtige Rauschen, Gerüche von Salzwasser, Möwengeschrei, angespülter Seetang, Farben von wässrigem Türkis bis zu tiefen Blautönen, wolkenloser Himmel bis zum Horizont und einfach alles war hier, was zu einer Trauminsel im Ozean dazugehörte.

»Unsinn ...«, sagte Sven leise zu sich selbst, »... das geht nicht.« Sven war so unglaublich verwirrt. Keiner seiner Sensoren funktionierte mehr.

»Ist unser Seher vielleicht verwirrt?«, scherzte Annabell und machte dazu ein grinsendes Gesicht mit schiefer, spitzer Schnute.

»Wenn ihr mich fragt, ist das eine Simulation. Ganz einfach«, beschloss Annabell und Sven dachte: ›Mädchen können so entwaffnend pragmatisch sein.‹ Er sah nur Fragezeichen und keine einzige Antwort auf nur die kleinste seiner Fragen.

Der halbe Saal war von der täuschend echten Simulation erfüllt. Ein kleiner Sockel am Boden trennte ihn von den Betrachtern. Die seitlichen Wände und die Decke waren von einer Art Bilderrahmen umfasst. Wie eine supercoole Theaterbühne, die am Strand aufgebaut war, positionierte sich der

Rahmen im Raum, der selbst in einem schillernden, fröhlichen Grau farblich neutral gehalten war.

Timmy stand schon mit beiden Vorderbeinen auf dem unteren Sockel, sah die ganze Zeit sehr neugierig auf die Illusion, bellte ein, zwei Mal laut zum Test, um zu sehen, was geschieht, und dann konnte es ihn nicht mehr halten.

Er sprang in das 3D-Bild und rannte über den Strand, jagte vor lauter Übermut einige Möwen umher, die lässig kreischend aufflogen und einige Meter weiter wieder landeten.

Timmy sah endlich den versprochenen Spaß, für den er die aufregende Reise überhaupt mitmachte. – Herumtollen, was das Zeug hielt, und kleinen Tieren hinterherjagen.

Sofort stöberte er wild herum, schnüffelte an Steinen und angespültem Seetang. Der Sand flog nur so in die Luft, wenn er sich plötzlich auf etwas stürzte und wieder wild losrannte.

Die vier Teenager kamen ungläubig hinter der Vitrine hervor. Konnte das sein? Träumten sie vielleicht? Das ausgestellte fliegende Surfboard setzte sich plötzlich in Bewegung, zog seine Kreise über den Wellen und machte am Strand nicht Halt.

Es überflog alles ganz so, als ob es ein Bild überflog, und stoppte einladend, vorn, dicht am Rand des Podests.

Ein anderer kleiner schwarzer Hund kam über den Strand zu Timmy gerannt, schnüffelte an ihm herum, beide standen für eine Sekunde voller Spannung mit geneigten Köpfen gegenüber, sahen sich höchst konzentriert an und rannten wie auf ein unsichtbares Kommando hin los und jagten sich gegenseitig mit fliegenden Ohren um die Wette und ließen den Sand hochfliegen, wenn sie Haken schlugen und übereinander sprangen. Das alles hier schien für Timmy viel einfacher zu verstehen zu sein als für die drei Mädchen und Sven.

In der Ferne paddelten drei kaum erkennbare Surferinnen auf ihrem Brett, die vermutlich auf eine Welle warteten, die dann kam. Sie paddelten los, um in eine günstige Position vor der Wellenfront anzukommen, bevor sie sich augenblicklich acht bis zehn Meter hoch auftürmte. Jetzt ging die Post ab.

Der Wellenkamm brach wie ein rasender, tosender Vorhang, der einen transparent türkisblauen Tunnel formte.

Voller Eleganz schossen die Mädchen, von der unbändigen Kraft des Wassers getragen, cool mit der Hand durch das Türkis der Welle kämmend, aus dem Tunnel hervor, und genossen sichtlich ihren Drive, bevor die Welle nach 20, vielleicht 30 Sekunden ohrenbetäubend laut in sich zusammenbrach, um in einem weißen Meer von kleinsten aufgeschäumten Bläschen zu versinken.

Annabell, Lara, Maya, und Sven standen jetzt direkt am Podest, mit weit offenen Augen und einem immer noch so überrascht wirkenden Gesichtsausdruck, dass sie einfach nicht anders konnten, als sich ihrem Staunen hinzugeben.

Die Welle kam klein und zahm immer näher, trug die Surferinnen, die sich von ihr zum Strand mitnehmen ließen. Die Mädchen kamen tatsächlich vom Ozean und genau auf die Vier zu, denen fast das Herz stockte, und schon erreichten sie den Strand, fuhren, nein, eigentlich glitten sie in einem flachen, schwebenden Flug über den Sandstrand und sprangen von ihren Boards, die vom Gewicht entlastet leicht aufschwangen.

Die Mädchen waren ein paar Jahre älter als die Vier, etwas größer und in seltsame, superenge Dresses gehüllt, die wie eine zweite Haut aussahen. Ihre Farben schienen zu leben und leuchteten im Komplementärton zum Hintergrund, dem sie sich pausenlos anpassten. Alle drei hatten ihre Haare hochgesteckt und mit langen Haarnadeln zu Knoten gebunden.

Timmy war immer noch in sein Spiel mit dem anderen Hund vertieft.

»Slokap!«, rief eines der Mädchen, woraufhin Timmys Spielgefährte zu den Mädchen rannte, an ihnen emporsprang und aufgeregte, freudige Fiepgeräusche machte, heftig mit dem Schwanz wedelte, sich langsam beruhigte und jetzt neben den Mädchen direkt auf Annabell, Lara, Maya und Sven zukam, die ihrerseits wie angewurzelt nur so dastanden und beobachteten, was nun geschah.

Die Mädchen stoppten nicht an dem Rand des Podests. Sie stiegen einfach darüber hinweg. Ihr kleiner Hund sprang mit einem großen Satz in den Raum. – ohne dass einer von ihnen auch nur die kleinste feuchte oder sandige Spur auf dem Podest oder Boden des Ausstellungsraums hinterlassen hätte. Selbst die Haare der Mädchen, die eben noch vor Nässe trieften, waren mit dem Moment des Überschreitens des Podests augenblicklich trocken.

Fröhlich plauderten sie: »Das war sooo gut.«

»Du hast recht. Nächste Woche sollten wir unbedingt wiederkommen. Dann wird in der Backworld-Serie ›Big-Wave Surfen – Die zehn besten Wellen des frühen Anthropozän‹ Teahupo'o auf Tahiti hier sein.«

»Orbital, das sollten wir auf keinen Fall verpassen«, sagte die Blonde von ihnen im Vorbeigehen zu ihren Freundinnen, und da fasste Maya den Entschluss, sie etwas zu fragen: »Hi, ihr wart echt cool auf den Boards. Aber wie geht das? Ist das eine virtuelle Simulation?«

Die Drei sahen Maya fragend an, denn sie wussten nicht so recht, was sie meinte, oder ob sie sich vielleicht einen Scherz erlaubte.

»Virtuelle Simulation? Was meinst du damit? So was gibt's schon seit einigen hundert Jahren nicht mehr. Hier ist alles real«, stutzte sie, sah ihre Freundinnen an und dachte tatsächlich noch einmal nach. »Warte, ich glaube, sie meint, was wir in der Ausstellung ›Digitale Welten im Früh-Anthropozän‹ sahen?« Das war nur ihr hilfloser Versuch, die absurde Frage zu fassen.

»Kleine, wir haben echt keine Zeit für so was.« Und damit endete ihre Geduld für frühanthropozäne Themen. Und dann sagten sie noch fast mitleidig, weil sie es einfach nicht fassen konnten, wie jemand allen Ernstes solche unterbelichteten Fragen stellen konnte: »Auf welchem Exoplaneten seid ihr eigentlich aufgewachsen? Fragt das doch mal eure Eltern oder eure NI-Nanny«, und fügte noch hochnäsig an ihre Freundinnen gerichtet hinzu: »Das ist ja so was von Atomzeitalter.«, drehte sich zum Ausgang, der sich blitzschnell öffnete und wieder schloss, und war mit ihren Freundinnen verschwunden.

»Tussis! Sind die hier alle so drauf?«, war Lara jetzt echt angepisst.

»Nun würde mich doch interessieren, welches Datum wir haben.«

»Sieh mal, da steht was über die Ausstellung.«

»Immerhin sind das noch lateinische Schriftzeichen.« Sie lachten.

Annabell las vor:

»Thema: Big-Wave-Surfen – Die zehn besten Wellen des frühen Anthropozän;

Landschaft: Hawaii - ‚Banzai Pipe';

Epoche: Atomzeitalter/frühes Anthropozän;

Jahr: 2029;

Erläuterung der Backworld: Die Hawaii-‚Banzai-Pipe' galt damals als die weltberühmteste und gefährlichste ihrer Art. Sie wurde als formvollendet beschrieben und als ›die Mutter aller Wellen‹ bezeichnet. Jede andere Pipe in der damaligen Welt musste sich an ihr messen lassen.« Das letzte Wort ließ Annabell getragen ausklingen.

»Das ist cool, klingt für mich aber nicht so fremdartig, oder was meint ihr?«, sagte Lara etwas entspannter.

»Wenn ihr mich fragt, klingt das sogar total vertraut. Ist wohl nicht so krass anders hier im Jahr 2029, wie die Tussis meinten«, ergänzte Annabell versöhnlich mit sich selbst, sah dann aber den kleinen Zusatz unter dem Text und las:

›Ethnologische Sammlung © 3028‹, meint ihr, die letzte Zahl soll eine Jahreszahl sein?« Unsicher beugten sich alle nach vorn und starrten auf das Schildchen.

»Was, wenn es so ist? Das würde erklären, weshalb ich mir beim besten Willen keinen Reim auf das machen kann, was ich sehe«, gestand Sven nachdenklich, und Lara ergänzte oberschlau: »Oder was du nicht siehst?«

»Ich würde vorschlagen, wir konzentrieren uns jetzt auf die Fahrt zum Schloss Friedrichsfelde. Was meint ihr?«, wollte Lara ihre Freunde zurück auf den Pfad ihrer Mission fokussieren.

»Du hast völlig recht. Wir suchen eine U-Bahn oder so. Kann ja nicht so schwer sein. Die Strecke kenne ich jedenfalls«, erinnerte sich Lara und ging voran in die Richtung, in die die drei Surferinnen eben gegangen waren.

»Der Ausgang war jedenfalls in dieser Richtung. Seht ihr eine Tür?« Annabell klang unsicher, als sie das sagte, denn nichts in der Wand deutete darauf hin, wohin die Mädchen eben verschwunden waren.

»Wo sind die Tussis abgeblieben? Sie sind auch hier langgegangen.«

Die Vier standen vor der Wand und musterten jeden Quadratzentimeter nach einem Schalter, einer Klinke oder irgendetwas, das an eine Tür erinnerte. Nichts. Nur dieses fröhliche, irisierende Grau ohne Spalt, Schlitz oder auch nur die kleinste Unebenheit.

»Wo ist Timmy?«, rief Sven und drehte sich im Kreis, konnte ihn aber nicht entdecken.

»Timmy muss noch in dieser Backworld sein«, sagte er und rannte los, sprang mit einem großen Satz über das Podest und lief so schnell er konnte über den Strand, sah rechts und links am Ufer entlang und drehte sich um.

»Was zum Teufel ist das ...«, murmelte er, und dann verschlug es ihm die Stimme.

Der Eingang in diese Welt, der Raum, aus dem er gerade kam, war wie eine Box, die in eine Landschaft hineinragte. Um sie herum war der Strand auf beiden Seiten bis zum Horizont, dahinter ergoss sich eine Landschaft mit Wäldern, die bis zu dem fast senkrekt aufragenden felsigen Gebirge reichte.

Ein kräftiger Wind blies vom Meer herüber.

»Was war das hier?«, konnte Sven nicht fassen, was er sah. Fast schon wie ein Reflex rief er, so laut er konnte: »Timmy! Tiiimmyyy!!! Wo bist du? Komm her, wir müssen gehen!«.

Zum Glück kam Timmy mit wehenden Ohren angerannt und freute sich, Sven wiedergefunden zu haben, sprang an ihm hoch wie ein Gummiball und wedelte höchst vergnügt mit dem Schwanz.

Noch einmal ließ Sven seinen Blick ungläubig über die Landschaft bis zu den schroffen Bergen schweifen.

»Timmy, komm, es tut mir sehr leid, aber wir müssen jetzt gehen. So schön es auch ist, mein Süßer.«

»Schade, es war gerade so wunderbar, und eigentlich bin ich wegen so etwas hier mit auf eure Reise gekommen.«

»Ich weiß, bald kannst du ohne Limits spielen und toben. Versprochen. Menschenehrenwort!«

»Okay. Aber wehe, wenn nicht!«, sagte Timmy mit nicht mehr ganz so doll wedelndem Schwanz und folgte Sven zum Ausgang.

»Habt ihr schon einen Weg gefunden, wie sich die Tür öffnet?«, wollte Sven von den drei Mädchen wissen.

»Nein, haben wir noch nicht«, antwortete Annabell mit Falten der Ratlosigkeit auf der Stirn.

»Wuff, rrrrrr, wuff, wwwwuff«, machte Timmy mit erhobenem Kopf und selbstbewusstem, aufrecht stehendem Schwanz, der das kleine weiße Büschelchen an seiner Spitze wie einen kleinen Zauberstab aussehen ließ.

Ein Viereck zeichnete sich auf der Wand ab und es sprang eine ..., war das eine Tür? Etwas sprang auf und der Durchgang war frei.

Juchzend und lachend rannten die Fünf sogleich durch die türgroße Öffnung in der Wand, auch wenn sie sich überhaupt nicht vorstellen konnten, was da gerade vor sich ging.

Die Fünf standen in einem weiteren Raum, der gänzlich in einem fröhlichen, angenehm warmen, irisierenden Gelb gehalten war.

Sie drehten sich im Kreis, um zu verstehen, wo sie waren, und erblickten über der, sagen wir, Tür einen Schriftzug. Oben stand in großen anthrazitfarbenen Buchstaben: »Landschaften des frühen Anthropozän« – und darunter in etwas kleineren, mittig angeordnet: »Die 10 spektakulärsten Wellen des frühen Atomzeitalters.«

»Ich glaube, das meint unsere Zeit«, murmelte Annabell mit flacher Stimme.

»Ja, das klingt bloß irgendwie nicht so, als ob dort jemand hätte leben wollen«, vermutete Maya.

»Aber habt ihr nicht gesehen, wie traumhaft der Strand und die Welle waren? Das sah wie eine perfekte, wunderschöne Landschaft aus. Vielleicht war es aus der Sicht der Menschen hier gar nicht so schlimm, wie wir denken ...«, wünschte sich Sven und fügte noch versöhnlich hinzu: »Denn immerhin gibt es diese Zukunft ja noch.

Dann kann unsere Zeit ja nicht so schlimm gewesen sein.« Dabei war sich Sven sichtlich nicht ganz so sicher, ob das so stimmen mochte, aber er hätte es gern geglaubt.

Denn die Menschen in dieser Zeit könnten die Fünf fragen: »Und wo wart ihr, als alles den Bach runterging?« Was sollten Annabell, Lara, Maya, Sven und sogar Timmy dann sagen?

Also hofften sie schweigend das Beste und gingen weiter in diesen Raum, der gänzlich leer zu sein schien. Ein kurzer Blick durch die Fenster ließ sie ganz vertraut auf den Schlossplatz blicken, die Sonne schien und es war ein traumhafter Tag: rechts das Gebäude des ehemaligen Marstalls, geradezu die breite Straße und links davon das alte Staatsratsgebäude, ein gelber Bus kam mit lautem Dieselbrummen um die Ecke und fuhr in Richtung Friedrichstraße über die Spree am Auswärtigen Amt vorbei und über allem strahlte der tiefblaue Himmel mit den kitschigsten Wolken über Berlin.

Passanten schlenderten über den Platz. Eine Mutter mit einem Kinderwagen, wie ihn die Fünf schon kannten, kreuzte die Straße, und sogar ganz normale Autos fuhren umher.

Radfahrer gab es viele und der große Fahrradständer war ziemlich vollgeladen mit allen möglichen Bikes, sogar kaputte Fahrradleichen fehlten nicht.

Lara sagte, als sie das sah: »Endlich etwas Vertrautes, das wie zu Hause aussieht. Nichts Verdächtiges ist da draußen, was auf uns warten könnte.«

Annabell beschäftigte eher der Raum, in dem sie festsaßen: »Sind wir jetzt in eine Falle geraten und werden für die Atom-Sünden unserer Eltern verhaftet?«, kam ein etwas zynischer, aber nicht ganz so ernst gemeinter Kommentar von Annabell, die etwas verzweifelt klang, da sich in dieser Welt die leichtesten Sachen als äußerst kompliziert und undurchschaubar darstellten, wie zum Beispiel das simple Öffnen einer Tür.

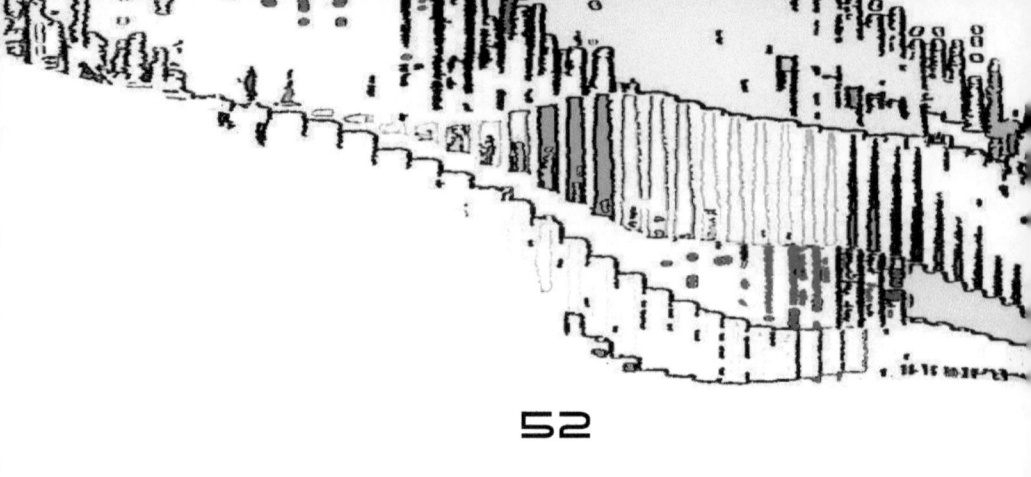

52

ZUKUNFT

Die Drei

»Verstehe, du meinst, Kinder haften für ihre Eltern«, sagte Lara und hoffte, dass es nicht so weit kommen würde.

Die Fünf standen und rätselten, jeder für sich. Kein Hinweis, nichts an der Wand, was darauf schließen ließ, wo und ... ach, vergiss es. Das Gleiche wie eben schon, nur in Gelb.

Sie standen ... und standen immer noch – sahen sich gegenseitig an und warteten in der Hoffnung, etwas Magisches würde geschehen.

»Vielleicht kommt jemand herein und die Tür öffnet sich dann«, verkündete Lara ihre letzte Hoffnung mit großen Augen und versuchte, ein nettes, freundliches Gesicht dabei zu machen. Vielleicht würde ein nettes Gesicht die Tür ja erweichen, sich zu öffnen. Aber nichts geschah.

Die Fünf waren durch Zeiten und Welten gerast, und jetzt drohten sie an einer Tür zu scheitern?

»Wir könnten in eine andere Zeit reisen und sehen, ob wir das dann besser hinbekommen«, warf Maya scherzhaft mit erhöhter Kinderstimme ein.

»Wir können ja auch dagegen treten«, gab Lara zunehmend genervt zu bedenken.

»Kommt da keiner mal?«, schwand Annabell die Geduld, denn eigentlich ging ihr das hier jetzt schon tierisch auf den Keks.

Dann geschah es. Wie aus dem Nichts verschwand das, was eben schon wie eine Tür ausgesehen hatte, aber nicht wirklich eine war oder sich verdammt nochmal nicht so verhielt wie eine Tür.

Jedenfalls war da plötzlich eine große, unglaublich akkurate viereckige Öffnung in der Wand, die bis zum Boden reichte, so aussah wie eine Tür, und es kamen vier Mädchen in ihrem Alter herein, gingen schnurstracks auf die Wand unter dem Ausstellungstitel zu, die sich sogleich öffnete, und nachdem sie eingetreten waren, sofort wieder schloss.

Unsere Fünf waren gebannt von dem Schauspiel und rührten sich vor überraschter Verwunderung nicht vom Fleck.

»Wie es aussieht, macht es keinen Sinn, auf jemanden zu warten«, stellte Maya fest. Die Tür vor ihnen war ebenso blitzschnell, wie sie sich öffnete, wieder verschlossen.

»Okay, also, was haben wir? Irgendwelche Vorschläge? Sven vielleicht?«, kam es in einem Kommandoton von Annabell, der nicht mehr nett klang.

»Erinnert ihr euch noch, wie das im Film ›Marie-Antoinette‹ in Versailles war? Wir haben uns noch so darüber totgelacht, wie absurd das war. Wo der König auf eine Tür zuging und wartete, bis sie sich öffnete«, erzählte Maya amüsiert.

»Ah ..., ich erinnere mich. So krass war das. Ja, der stand vor der Tür, und dann öffnete sie sich von allein«, lachte Lara aus Verzweiflung, als sie das erzählte.

»Ja, und wie hat das funktioniert?«, wollte Sven wissen, der den Film nicht gesehen hatte.

»Na, ein Diener öffnete die Tür von der Seite des Flurs, was von innen gesehen wie von Geisterhand gesteuert aussah.«

»Interessant aber ist, der König war nicht vom Diener auf der anderen Seite zu sehen, und wir fragten uns, wie das wohl funktionieren würde.«

»Echt, krass, und dann später sahen wir, wie der König mit seinem Fuß ein Mal auf die Dielen stampfte, wenn er nicht im Blickkontakt mit dem Diener war und sich die Tür öffnen sollte. Denn selbst anfassen wollte er die Türklinke nicht.«

Timmy mischte sich ein. Denn die Lösung des Rätsels mit dem Fußstampfen fand er zu trivial und sagte, als ob das doch jedem klar sein sollte: »Na, mit Bildsprache. Sprache mit und unter Tieren funktioniert so. Menschen verstehen das zumeist nicht, weil sie zu sehr mit sich selbst beschäftigt sind und mit den Worten keine emotionalen Bilder senden, sondern nur Laute mit dem Mund plappern«, was, so wie er es jetzt sagte, zugegebenermaßen ziemlich hochnäsig klang.

»Ah, der Oberschlaue sagt jetzt auch mal was«, konterte Annabell den herablassenden Ton, den Timmy gerade anschlug, und den sie absolut nicht ertragen konnte. »Dann bitte, lassen wir dir den Vortritt im Türöffnen«, sagte sie und schwieg.

»Das wurde hier ohnehin jetzt etwas langweilig. Bereit?«, genoss Timmy die Aufklärung der Menschen, selbst wenn sie seine besten Freunde waren.

»Wir können es kaum erwarten«, forderte Annabell ihn heraus.

»Wufff! Wwwoffff! Wau! Rrrrrr!«, machte er, und die Tür öffnete sich in Bruchteilen von einer Sekunde. die Fünf huschten so schnell sie konnten aus dem hübschen Gefängnis in ein großzügiges Treppenhaus, was, wie sie erleichtert feststellten, auf den ersten Blick nichts Außergewöhnliches an sich hatte.

Timmy sprang triumphierend an Sven auf und ab und holte sich seine lobenden Schmuseeinheiten ab.

»Wie hast du das nur gemacht?«, kam es fast zeitgleich aus vier Richtungen.

»Ganz einfach. Ich habe mit meinen Gedanken den Wunsch an die Tür gesendet, dass ich hindurchgehen möchte. Das war der wichtige Gedanke. Nur zuschauen, wie es geht, hilft nicht weiter.

Viel wichtiger ist, was meine Aktion sein wird: hindurchgehen, in diesem Fall. Gern ist das auch Gassigehen oder Esschen. – DringendeBotschaften! Menschen im Allgemeinen funktionieren eher weniger so wie diese Türen, aber Tiere und selbst Pflanzen schon sehr«, dozierte Timmy wie ein Professor an der Uni, ließ sich so schnell nicht stoppen und wurde noch etwas genauer, als er fortfuhr: »Wir senden uns gegenseitig emotionale, visuelle Nachrichten, in denen wir affirmieren, was wir mitteilen wollen.

Es bedarf dafür keiner Wortsprache oder Geräusche, aber es funktioniert. Viele Tiere, Hunde und mehr noch Katzen benutzen auch die Augensprache, um ihre emotionale Affirmation zu visualisieren«, genoss Timmy sichtlich die Aufmerksamkeit, die ihm sein Wissensvorsprung verschaffte.

Die vier Teenager standen nun im Kreis, zu Timmy heruntergebeugt, mit ihm im Zentrum, wovon der kleine Hund nicht genug bekommen konnte.

»Kurz gesagt: Ja!«, sagte Timmy stolz und sah cool mit seinen großen, dunklen Augen zu ihr auf. Und eigentlich war dies das kleinste Abenteuer, was er hier in der Zukunft erwartet hätte, und setzte noch einen drauf: »Das ist beschämend, wir sind in dieser Welt gerade mal zwei Räume weit gekommen und wollen eigentlich zum Schloss Friedrichsfelde ans andere Ende der Stadt.

Wir sollten also an dieser Erfahrung wachsen und uns neuen Herausforderungen auf unserem Weg dorthin stellen«, kam die herablassende, naseweise, abgründige Natur in Timmy zum Vorschein.

»Unser Seher hat einen nerdy Dog. Wie süß«, lästerte Annabell, weit zu ihm heruntergebeugt, mit hochgezogener Stimme. Ihr langes, herabhängendes Haar kitzelte dem kleinen Hund sanft an der Nase. Es rahmte ihr Gesicht ein und ließ es für Timmy wie am Ende eines Tunnels leuchten.

Ein betörender Duft senkte sich zu ihm herab. Versonnen blinkerte Timmy mit seinen großen, dunklen Augen zu Annabell herauf - ihre Blicke trafen sich -, ließ seine langen Wimpern in Zeitlupe ein, zwei Mal auf und abwehen -, sah zu Annabells strahlendem Gesicht auf, das wie in einem Traum nur für ihn allein zu leuchten schien, und dachte so etwas wie: ›Das war so süß, wie sie das sagte. Wenn sie eines Tages vierzig

Jahre oder älter ist, wäre sie das perfekte Frauchen für mich. Wo ich jetzt Zeitreisen kann, ließe sich das doch eigentlich leicht arrangieren.‹ Diesen Gedanken dachte er aber nicht zu Ende und kam stattdessen zurück in diese Realität, die für sich genommen schon abgefahren genug war.

Dann drängten sich Worte, die von sehr weit herzukommen schienen, in sein Bewusstsein und rissen ihn plötzlich aus seinem Tagtraum.

»Plan?«, fragte Lara ihre Freunde kurz in schroffem Ton, um endlich eine effiziente Bewegung in Gang zu bringen.

»Punkt eins: ...«, ergriff Maya das Wort. »Wir müssen lernen, wie das mit dem Gedankensteuern in dieser Welt funktioniert. So lange vertrauen wir einfach auf Timmy als unseren Guide«, beendete sie ihren Vorschlag mit energischer Stimme.

»Guter Plan«, warf Timmy ein, der mit der Wahl des Guides sehr zufrieden und stolz auf sich war.

»Punkt zwei: Wir suchen uns eine Mitfahrgelegenheit, die uns nach Friedrichsfelde bringt«, schlug nun Sven vor, der nach der Erfahrung mit den Türen schon ganz neugierig war, was als nächste Überraschung auf sie zukommen würde.

»Punkt drei: Wir finden einen geeigneten Ort im Schloss Friedrichsfelde, von dem aus wir zum 16. Juli 1728 vor Sonnenaufgang reisen und Christoph eine Nachricht hinterlassen können, die er nicht übersehen kann«, kalkulierte Annabell messerscharf.

»Und die Nachricht ist: ›Dorothea ist deine Zwillingsschwester. Ihr habt das gleiche Muttermal‹«, ergänzte Sven, der stolz auf ihre Mission war und glücklich, mit den Mädchen gemeinsam dieses Abenteuer zu erleben.

»Die Rettung von Dorothea durch Christoph muss am Tag, an dem sie sich im Schloss treffen und gemeinsam über die Lange Brücke schlendern, erfolgen, noch bevor die Kutsche Dorothea zur Mühle fährt und sie, – dort angekommen, in einer Kutsche ohne Mann gesehen wird, – von dem alle in der Mühle glauben, er sei unsichtbar und damit nur der Teufel sein konnte, mit dem Dorothea offensichtlich im Bunde sein musste«, resümierte Lara den Fall noch einmal für ihre Freunde, die erstaunt waren, woher sie das wissen konnte.

»Woher weißt du das alles?«, wollte Annabell wissen.

»Ich sah es während einer unserer Zeitreisen. Es zog wie in Zeitlupe an mir vorbei. Habt ihr das nicht gesehen?«, fragte sie ungläubig.

»Also ich nicht, und ich sehe so einiges«, antwortete Sven und sprach ebenso für die anderen, die Laras Vorschlag aber für ziemlich genial hielten.

»Vorher jedoch muss ich unbedingt für kleine Hundenerds, wenn sich das einrichten ließe?«, unterbrach Timmy mit einer bescheidenen Dringlichkeit in seinen Augen, und da er nun seine neunmalkluge Belehrung von vorhin bereute, schob er gleich noch eine indirekte, vorsichtige Entschuldigung hinterher: »Darf ich noch hinzufügen, dass euer Plan für mich wie ein sehr guter Plan klingt?«

»Ja, darfst du, mein kleiner süßer Schnuffelzahn«, sagte Sven mit kuscheligem Blick und grabbelte Timmy in der kleinen Mulde hinter dem linken Ohr. Timmy liebte das und es versöhnte ihn sogleich mit der Welt, wie er sie liebte.

»Okay, Girls, sind wir bereit, das Treppensteigen in dieser Zukunft auszuprobieren?« Alle lachten herzhaft über

Annabells Scherz, was ihnen ihre Anspannung nahm und jedem ein Lächeln ins Gesicht zauberte.

Der Blick aus den riesigen alten Schlossfenstern, auf dem Treppenabsatz, gab ihnen das Versprechen für einen wunderbaren Tag.

In einer neugierigen, beschwingten Stimmung liefen sie mit wippenden Schritten und schlenkernden Armen die Treppen herunter.

Timmy rannte mit wehenden Ohren voraus, denn er nahm seine neue Aufgabe als Guide sehr ernst. Und tatsächlich war da eine Tür, die allerdings überraschend traditionell aussah, mit einer Klinke ausgestattet, die wiederum für Timmy in einer diskriminierenden Höhe angebracht war.

»Barrierefrei sieht anders aus«, beschwerte sich Timmy sogleich mit einem Augenzwinkern. Alle schmunzelten mitleidig, einschließlich ihm selbst.

Wie erstarrt standen die Fünf still und wussten nicht, was zu sagen. Der Junge, der in etwa in ihrem Alter war, merkte das sofort und erklärte mit leuchtenden Augen: »Oh, das ist antiker Handbetrieb ohne Mind Control. Soll ich euch zeigen, wie's funktioniert? Und wer seid ihr überhaupt? Ihr seht so ..., habt ihr euch die Outfits speziell für die Ausstellung printen lassen?«

»Das kriegen wir, glaube ich, allein hin«, konterte Lara mit betont freundlichem Lächeln, griff nach der Türklinke, drückte sie herunter und öffnete die Tür zur großen Einfahrt zum ersten Schlosshof, just genau an der gleichen Stelle, wo auf den Tag genau vor 1300 Jahren Dorothea mit Christoph zusammenstieß, als sie gemeinsam über die Lange Brücke schlenderten, ihr seltsames Gespräch führten und Dorotheas tragisches Schicksal seinen Lauf nahm.

»Was meinst du mit Outfits printen lassen?«, fragte Maya neugierig, denn der Junge schien ihr über diese Welt viel erzählen zu können, und er machte einen krass süßen Eindruck mit seinen intelligenten, blitzenden Augen und der abgefahrenen Frisur mit schillerndsten Strähnen, die sich farblich der Umgebung anpassten und, als ob ein Wind wehen würde, manchmal nach hinten wehten und dann wieder zur Seite flogen.

»Na, printen mit 'nem Materprinter.«

›Sagt mir nichts‹, grübelte Maya. Was er wohl meinte? In Gedanken ging sie alle Printer durch, die sie kannte, aber da klingelte nichts.

›Die Mädchen und ihren Freund umgibt etwas Rätselhaftes, geradezu Mystisches‹, dachte der Junge. Sie erinnerten ihn an die Backworld aus dem Berlin der 1980er Jahre, als die seltsame Mauer hier noch die Stadt in Ost und West teilte, in der Menschen für ihre Rechte kämpfen mussten und auf den Straßen demonstrierten.

Die Vier sahen genauso schrill aus. Seine Neugierde war geweckt und er war sich sofort im Klaren darüber, dass er vieles machen würde, um das Geheimnis der vier Teenager und ihres Hundes zu lüften. ›Ein Geheimnis, how planetary‹, berauschte ihn dieser Gedanke. Zur Sicherheit zeichnete er erst einmal einen Neurorecord auf, um es seinen Freunden zu zeigen. Löschen konnte er ihn später ja immer noch.

Annabell, Lara, Sven und Timmy lauschten dem Gespräch zwischen dem Jungen und Maya und sahen ihm ganz genau dabei zu. Er war in etwa so groß wie sie und hatte keine technischen Extensions, wie es in den Science-Fiction-Filmen manchmal zu sehen ist. Er hatte auch nichts Dystopisches oder Raumfahrerartiges an sich.

Er war einfach ein extrem gut aussehender Junge aus der Zukunft mit blonden Haaren, verwirrend klaren, leuchtend grünen Augen, einem glatt weißen Baumwoll-T-Shirt, was fast normal aussah, von dem Bild auf seiner Brust einmal abgesehen – was eigentlich ein Film war und Paris bei Nacht mit fahrenden Autos und flanierenden Passanten zeigte.

Seine Hose war irisierend grün in exakt der Farbe seiner Augen – sehr eng geschnitten, – mit einem gleichfarbigen Gürtel, und – einer recht großen, viereckigen Schnalle in dem gleichen Grün – mit Schuhen, die Sneakern ähnelten, in ebenso dem gleichen irisierenden Grün, die im Vergleich zum T-Shirt aber sehr elegant wirkten.

Seine Haut war natürlich gebräunt und sah zart und weich aus, was offen gesagt nicht verwunderte bei einem fast 13-Jährigen, aber dennoch augenfällig genug war, dass es selbst die Mädchen und Sven sofort bemerkten.

»Ich bin übrigens Friuli«, stellte er sich vor und sah erwartungsvoll in die Runde.

»Ich bin Maya und das sind Annabell, Lara, Sven und Timmy.«

»Es freut mich, euch kennenzulernen: Maya, Annabell, Lara, Sven und Timmy.« Er sah jeden einzeln aufmerksam an, als er ihre Namen nannte.

Viele Menschen kamen durch das Schlossportal in den Hof und sahen sich um. Es herrschte eine friedliche, entspannte

Stimmung. Leises Gemurmel war zu hören, und Wortfetzen schwebten herüber: »... sie sollen sogar einen Krieg ausstellen ...«, kamen zwei Frauen im mittleren Alter vorbei, die nicht hübsch waren, aber erhaben und schön strahlten, mit schwebenden Haaren, die in einem Wind wehten, der hier im langen schmalen Schlosshof nicht zu verspüren war.

Sie blieben kurz stehen, um sich das senkrecht an der Fassade herabhängende, leicht in einem imaginären Wind wehende Banner zur Ausstellung anzusehen:

»Ich liebe die Landschaften, aber ...«

»Hast du deinen Indi-Bot mitgebracht? »Hatte er diese Epoche nicht so unglaublich geliebt?«, unterbrach sie ihre Freundin.

»Ja, das tut er wirklich, wollte dann aber doch nicht mitkommen. Du weißt ja, wie er ist: süß, aber auch manchmal eine totale Diva.«

»Ich beneide dich dennoch um ihn, er ist so eine gute Seele.«

Zwei junge Frauen, vielleicht aus Äthiopien, um die zwanzig, gingen wie in Zeitlupe an den Fünf vorbei, ihre weiten Gewänder wehten in einem Wind, der von weither über die Wüste zu wehen schien, sie gestikulierten geschmeidig mit ihren Händen: »... deine neue Frisur ist magnificant. Wie heißt sie?«

»Aha, danke, Ermias ist umwerfend. Sein neues Hair-Moving-Design heißt Crystal-Mistral. Das ist der totale Hype in Addis ...«

»Kann es sein, dass sich die Farbe der Kleidung ändert, wenn die Menschen in den Hof treten?«, gewann Maya Gefallen daran, Friuli noch etwas zu fragen, um seine Stimme noch einmal zu hören.

»Das tun sie. Aber ...«, stockte Friuli, »... das ist das Normalste der Welt und gebietet die Höflichkeit dem Host gegenüber. Woher kommt ihr? Erzähl mir alles«, wollte Friuli Maya entwaffnend herausfordern. Ihr Outfit war zu authentisch, aus einer anderen Epoche, und ihre Fragen zu merkwürdig, um aus dieser Welt zu sein.

»Na, so gut kennen wir uns, glaube ich, noch nicht, um gleich alle Geheimnisse auszuplaudern«, mischte sich Lara ein, um ihren wertvollsten Schatz für einen Tausch nicht zu verspielen, nämlich: Woher sie in Wirklichkeit kamen.

Für den Moment, fand Lara, sollte der Nimbus des Geheimnisvollen noch gewahrt bleiben. Und um nicht zu schroff zu wirken, fügte Lara noch hinzu: »Ein tolles T-Shirt.«

»Danke, das habe ich mir eben im Museumsshop bodyloaded.«

›Was war das schon wieder?‹, dachte Annabell still für sich. ›Konnte hier nicht noch mehr so verständlich sein wie die Türklinke eben? Alles müssen wir erfragen, und für die hier ist es das total Normalste von der Welt.‹

Maya sah kurz zu Friuli, der hoffnungsvoll ihren Blick erwiderte und sie verträumt anlächelte. Auf seinem T-Shirt war es jetzt Tag geworden und viele Menschen saßen in Cafés, flanierten vor den Häusern aus der Belle Époque, ein Streifen dicht parkender Autos trennte die alltägliche Blechlawine, die sich mit viel Hupen im Stop-and-go durch die Stadt walzte, von den lebendig gefüllten Gehsteigen.

»Friuli, verzeih, einen Moment. Wir müssen uns beraten.«

»Aber ja, tut das. Ich bin hier.«

Annabell, Lara, Maya und Sven mit Timmy auf dem Arm steckten ihre Köpfe zusammen und tuschelten: »Wenn wir hier in der Zukunft erzählen, woher wir kommen, können wir die Gegenwart, aus der wir stammen, nicht gefährden, weil sie sich erst noch entwickelt«, flüsterte Sven.

»Stimmt. Wir könnten lediglich in einer Klapsmühle landen«, ergänzte Annabell, die zunehmend leicht verzweifelt wirkte.

»Unser Geheimnis macht uns interessant und Friuli neugierig. Vielleicht hat er ja gerade nichts anderes zu tun und fährt uns nach Friedrichsfelde?«, wisperte Maya mit einem Zwinkern, die zunehmend Spaß an dieser Welt verspürte und mindestens ebenso neugierig auf Friuli geworden war.

»Gute Idee, und er kann uns noch mit ein paar hilfreichen Details über diese Zeit versorgen.«

»Erst einmal müssen wir aber unsere Klamotten wechseln. Wir sehen ja aus, als würden wir von einer Steinzeit-Convention kommen«, sagte Annabell mit gekräuselten Falten zwischen den Augen, was bei ihr nichts Gutes verhieß.

»Du meinst, wie von einer Atomzeitalter-Convention«, lächelte Maya warm, ein wenig ironisch, als sie das sagte, denn sie spürte, wie ihre Freundin unter den ständigen Wechseln und extrem neuen Umgebungen, die das Zeitreisen mit sich brachte, zunehmend zu leiden begann.

»Ich frage ihn«, schlug Maya mit leuchtenden Augen und einem vielsagenden, verschmitzten Lächeln vor.

»Tu das, aber vorher brauchen wir eine Toilette, oder so, zum Outfit-Change. Meint ihr, Friuli wird auf uns warten?«

»Das finden wir gleich heraus«, sagte Annabell ein wenig skeptisch. – Sie gingen zu Friuli zurück und lächelten alle fünf, ganz unabhängig voneinander, wobei sogar Timmy ein deutliches Lächeln anzusehen war.

Dann fragte Maya ihn die unscheinbarste Frage der Welt: »Friuli, wir wollen uns kurz frischmachen. Hast du eine Ahnung, wo die Toiletten sind, und könntest du auf uns warten?«, und leuchtete dabei wie eine Rose im Morgentau.

»Ja, also, ja, gern warte ich auf euch«, schmolz er dahin und hatte keine andere Wahl, als sich ihrem durchdringend charmanten Blick hinzugeben.

»Im Museumscafé ist eine Toilette, gleich hier unten, die große Tür. Ich warte hier mit Sven.«

»Sorry, aber ich muss auch kurz verschwinden.«

»Kein Problem, dann bis gleich.«

»Danke«, sagte Sven kurz und verschwand mit den Mädchen im Café.

»Hier sieht es wieder exakt so aus wie in unserer Zeit.«

»Da steht's: ›Historisches Café aus den 2020er Jahren des Atomzeitalters‹.«

»Kein Wunder also – passt zur Ausstellung.«

»Dort sind die Toiletten.«

»Wir sehen uns gleich.«

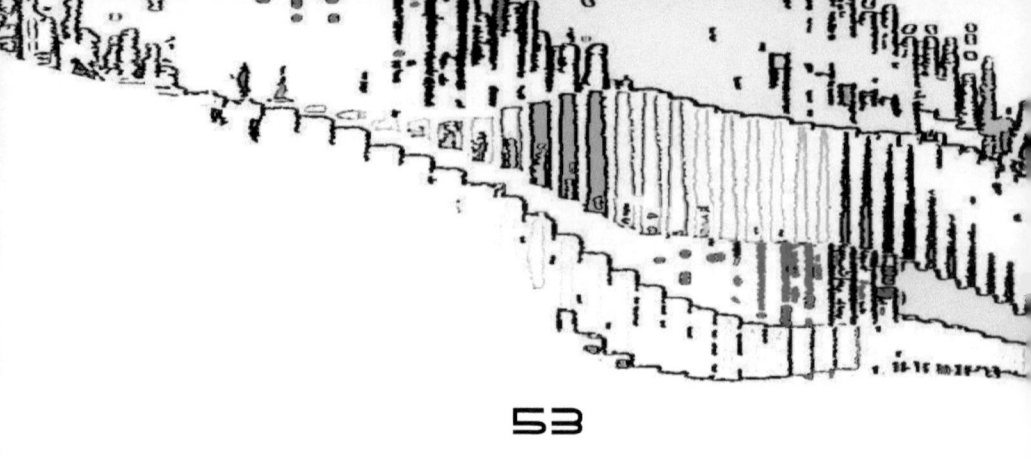

53

ZUKUNFT

Die Drei

Das Piktogramm für Frauen und das für Männer waren zeit-
lose stilisierte Figürchen mit Rock und Hose in einem flachen,
dunklen Grau auf weißen Türen mit Klinken, und der Raum
dahinter war im klassischen Schwarz-weißem-21th-Century-
Hipster-Look gehalten.

Die Mädchen waren allein im geräumigen Vorraum zu den
Toiletten, standen vor den wandfüllenden Spiegeln und sahen
sich das erste Mal selbst in ihren Retroklamotten, die 1977
noch der letzte Schrei waren.

Es duftete intensiv nach den roten Lilien, die in einer großen, kantigen, gläsernen Vase auf dem Waschtisch zwischen
den Handwaschbecken standen.

Einen Moment standen Annabell, Lara und Maya einfach
nur so da und betrachteten sich, die besten Freundinnen, seit

sie sich im internationalen Kindergarten hinter ihrem Haus getroffen hatten und hier nun gemeinsam im Jahr 3028 vor einem Spiegel standen, in einer fernen Zukunft, die sich allen Vorstellungen entzog, die sie sich jemals vor drei Tagen hätten ausmalen können.

Auf der anderen Seite der Wand stand Sven mit Timmy auf dem Arm und sie sahen sich ebenfalls im Spiegel sehr aufmerksam an. Timmy fragte: »Was siehst du?«

Sven blickte noch einmal still etwas genauer in sein Spiegelbild – sah in seine fett schwarz geschminkten Augen – in sein von den schulterlangen dunklen Haaren eingerahmtes Gesicht. Sein Blick streifte die schwarzen Klamotten und die hautenge Hose aus einer Zeit, die vor mehr als 1000 Jahren schon vergangen war.

»Nun, mein Süßer. Ich sehe dich und mich und hinter uns Türen von Toiletten, einen großen Strauß Calla und viel Schwarz und Weiß.«

»Und magst du, was du siehst?«

»Ich würde es gern fotografieren. Es hat irgendwie eine exotische Normalität, die ich nie zuvor als so vertraut empfand. Daran würde ich mich gern auf die Art und Weise erinnern, wie sie ein Foto zeigt.«

In den Räumen der WCs, auf der Jungs- und Mädchenseite, gab es keine Überraschungen. Alle Türen hatten Türklinken, die sich auf traditionelle Art benutzen ließen, und auch sonst war alles verständlich wie zu Hause und benahm sich sehr vertraut.

»Wir hatten wirklich Glück, dass hier eine Ausstellung gezeigt wird, die unsere Zeit repräsentiert. Ich fühle mich hier in der Toilette wie in einer Zeitblase, die ich gar nicht mehr verlassen will«, sagte Annabell auf der anderen Seite der Wand, etwas erschöpft von zu viel Neuem, zu ihren Freundinnen und sah dabei sich selbst im Spiegel. – Die seltsame Tolle, die hier so steif und vergangen aussah und eigentlich in einen längst vergangenen Himmel des Aufbruchs ragen wollte.

Auf einmal fand sie ihr dunkles, gruftiges Make-up lächerlich und in dem seltsamen Zweireiher fühlte sie sich plötzlich so alt wie ihre Mutter auf den vergilbten Fotos.

Dann sagte sie nach vorn zu ihrem Spiegelbild gebeugt und sich von Nahem tief in die Augen blickend: »Also los, ich kann's kaum erwarten, die Klamotten loszuwerden.« – Und das angenehme Prickeln begann.

»Timmy, was meinst du, für welches Outfit soll ich mich entscheiden?«

»Ihr Menschen seid so seltsam. Wir sind schon durch so viele Zeiten und Moden gereist, und jedes Mal war ich der Bestangezogenste und voll im Trend. Scherz beiseite. Ich weiß, solche Art von universalem Perfektionismus ist nicht der Menschen Sache.«

»Du bist der Weiseste und Schönste von uns allen, mein Süßer«, sagte Sven und schenkte Timmy einen fetten Schmatzer auf seine Stirn, wobei er immer genüsslich die Augen schloss. Und Sven genoss es seinerseits, Timmys Fell auf seinen Lippen zu spüren und einen tiefen Atemzug von seinem Duft einzuhauchen.

»Und jetzt muss ich mir ein neues Fell zulegen«, sagte Sven, setzte Timmy auf den Boden und das angenehme Kribbeln auf seiner Haut begann. Das fette Make-up um seine Augen löste sich in einen sanften, schwirrenden Schwarm von Partikeln auf, dann die Haare, die Jacke, die Hose, alles an ihm.

Und diesmal schienen die Teilchen ihre Party zu feiern, ließen sich ausgiebig Zeit, holten all den Spaß nach, der ihnen entgangen war, umschwirrten Sven wie ein dichter, weißer Rauch, verhüllten seinen Körper wie Wolken die Erde, und dann sammelten sie sich, organisierten sich und fanden zurück in das Neue, dessen Bauplan sie aus Svens Unterbewusstsein schöpften. Fertig!

Sven sah sich erneut im Spiegel an. Seine brünetten Haare wogen sich sanft wie in einem frischen, leichten Abendwind. Selbst sein weites Hemd wehte fließend, gemeinsam mit seiner Hose im gleichen Material, im gleichen Windhauch, nicht zu wild, eher anmutig und elegant wie in Zeitlupe.

Der weite Stoff spielte mit dem Licht. In den Schatten chargierte es je nach Einfallswinkel in tiefem Purpur bis Koboldblau und sogar in smaragdenem Grün. Seine Haut am ganzen Körper wurde weich und glatt wie die eines Babys.

An seinem rechten Oberarm war ein Tattoo mit symmetrischen Formen zu sehen, die plastisch, dreidimensional ineinander verschlungen waren, wie es in einem Hologramm aussehen würde.

Auf der anderen Seite sahen sich Annabell, Lara und Maya im Spiegel: drei, die leuchteten, so klar und erfüllt, fließend und überlegen, wie die Zeit selbst, die jetzt bereit waren für ihr neues Abenteuer.

Annabells Haar war leuchtend goldblond, mit ineinander geflochtenen Zopfreihen rechts, wild wellend links, schulterlang und wiegend im Ozean-Wind-Design.

Eine knielange, superweite, pastellgrüne Tunika fiel von ihrer Schulter herab und wickelte sich einmal um ihren gesamten Körper im Kreis herum, sodass fast horizontale, eng anliegende kleine Falten wild und fröhlich von den Schultern über die Hüfte bis zu den Knien fielen, in deren Schatten chargierende Farben leuchteten.

Darunter trug sie eine weite Hose in der gleichen Farbe, deren Hosenbeine an den Waden mit einem engen Bündchen gefasst waren, die nahtlos in die schlanken, gänzlich glatten Schuhe übergingen.

Laras Haar war fast schwarz, mit irisierenden Strähnchen in Türkisgrün chargierend, fast hüftlang, wiegend im Himalaja-Wind-Design.

Der weiße Rauch aus Teilchen, der Lara umhüllte, formte sich genüsslich zu einem sehr engen, weißen Overall mit an den Enden geschlossenen, langen Box-Pleat-Falten an den Armen und auf dem Rücken, in deren Tiefe ein magisches Feuerwerk von schrillen, komplementären Rot- und Grüntönen brodelte und sich hautnah an ihren Körper schmiegte.

An den Beinen allerdings wurde der Overall plötzlich sehr weit. Denn die Box-Pleat-Falte verschmolz mit der Anmutung eines weiten Rocks.

Wenn es allerdings vorteilhaft war, konnten sich die Falten nahtlos schließen und verwandelten das elegante Gewand in eine kämpferische Uniform. Ihre Schuhe passten sich dem an, ebenso wie die Breite des Gürtels, und wechselten von elegant schmal zu martial-arts-breit.

Auch Mayas Teilchen feierten endlich ihr längst überfälliges großes Fest, umschwirrten sie in kribbelnden, euphorisierenden Schwaden, bis sie endlich im Taumel und Überschwang etwas, ein Outfit, aus ihrem Unterbewusstsein extrahieren konnte und begannen, es zu formen. Mayas Haar wurde tiefblau wie der Ozean bei Nacht.

Mit Reflexen, wie sie der Vollmond am Boden eines Pools spielen lässt, flammten rhythmisch in Zeitlupe auf und vergingen nass anmutend, durchwogen vom Monsun-Wind-Design.

Es schien, die Teilchen wollten Maya in Friulis Augen zu einer noch rätselhafteren Erscheinung machen, als sie es für ihn schon längst war.

Denn Friulis Neugierde und seine Freundschaft waren der Link, um diese Welt zu durchqueren und ihre Mission zu erfüllen.

Ein weißer Overall erschien auf ihrem Körper wie eine zweite Haut, mit kleinem Kragen und einer Leiste von kleinen weißen Knöpfen, die bis zum gleichfarbigen Gürtel reichte. Das nachtdunkle Muster, das sich auf dem Weiß formierte, war eigentlich keins im eigentlichen Sinne, sondern persische Kalligrafien, die so groß über sie flossen, dass es zu abstrakten Formen wurde.

Darüber trug sie einen Mantel aus feinstem Perlmut-silber-chargierendem Organza, der dennoch so fest war, dass er die Form des Mantels geradezu auf magische Weise halten konnte und die Schriftfragmente darunter geheimnisvoll, wie in einem klassischen Ballett, tanzen ließ.

An den Füßen trug Maya halbhohe, weiße Stiefeletten mit matt weißen, geschmeidig soften Acrylabsätzen. Es gab allerdings weder Schnürsenkel noch Reißverschlüsse, und das Öffnen schien Sache der Teilchen zu sein.

Das Make-up der Mädchen war kaum sichtbar dezent, frisch, natürlich gehalten, und ihre Fingernägel waren lang, matt, in den Komplementärfarben ihrer Gewänder leuchtend, und wirkten zugleich auch bedrohlich für jeden, der etwas im

Schilde gegen die Drei aus der fernen Vergangenheit, führen sollte.

Fast zeitgleich öffneten sich die Türen der Jungs- und Mädchentoilette. Die Fünf kamen heraus, standen im geräumigen Flur und musterten sich gegenseitig für einen Augenblick sehr aufmerksam:

»Wow, ihr seht umwerfend aus.«

»Du aber auch, Herr Seher, sehr hübsch!«

Sichtlich erfüllte die Fünf ein neues, großes Selbstbewusstsein. Jetzt fühlten sie sich bereit für diese Zukunft und gingen durch das Café, wo sich alle Köpfe nach ihnen umsahen und Tuscheln von Tisch zu Tisch schwebte.

Die Fünf genossen ihren Auftritt und gingen zurück in den Hof, um zu sehen, ob ihr neuer Freund sein Versprechen hielt.

Friulis Augen weiteten sich vor Staunen.

Ein großes, beinahe sichtbares ›Wow‹ stand auf seiner Stirn, und er war sich plötzlich gar nicht mehr so sicher, ob seine neuen Freunde aus einer fernen Vergangenheit oder gar aus einer ebenso fernen Zukunft kamen.

In jedem Fall waren sie überirdisch, selbst in dieser Zeit.

»Wie habt ihr das gemacht? Ihr seid intergalaktisch superior.«

»Wie, sagten wir gleich, wollten wir das mit den Geheimnissen halten?«, sagte Lara.

»Okay, Okey, verstehe, ihr wollt mich auf die Folter spannen und es genießen, mich zu ... wie war das im Mittelalter doch gleich? »Hm ..., ich glaube, vierteilen oder so«, begann Friuli auf einmal sehr dummes Zeug zu faseln, und all sein erhaben wirkendes Selbstbewusstsein verkleinerte sich um eine signifikante Größenordnung, was Maya wiederum verzückte und dass sie umwerfend süß an ihm fand.

So ergriff sie auch gleich das Wort, um Friuli weiter zu löchern: »Meine Freunde und ich haben hier ein paar Sachen vor, und eine davon ist, das Schloss Friedrichsfelde zu besichtigen. Kennst du das? Könntest du uns den Weg zeigen?«

Ihr weiblicher Charme war unwiderstehlich, und was sie eigentlich sagte, war: ›Magst du uns dorthin bringen?‹

Friuli verstand sofort, bot natürlich an, sie dorthin zu begleiten, und fand sogleich einen Grund dafür.

»Also, wisst ihr, eigentlich wollte ich schon seit einiger Zeit mal wieder in den Tierpark gehen. Es wird dort eine neue Art gezeigt, die im Fachmagazin NATURE EARTH, aber auch in anderen Back-Realitys viel besprochen wurde.

Eine Hürde war genommen. Der Fahrt zum Schloss Friedrichsfelde stand nun nichts mehr entgegen.

Immer noch strömten viele Menschen durch das riesige Schlossportal in den langen Hof. Das Murmeln wurde lauter und verfing sich zwischen den hohen barocken Fassaden.

Die Atmosphäre hier war voller Anmut und auf eine ehrliche Art entspannt. Die Bewegungen der Menschen im Schlosshof waren langsam, fast in Zeitlupe, ohne Eile oder Hast.

Nur die kleineren Kinder rannten zwischen den dahingleitenden Erwachsenen umher, kicherten, jagten sich gegenseitig, versteckten sich vielleicht hinter kleinen Grüppchen und suchten sich gegenseitig im Labyrinth von Gewändern, die mit ihren Farben spielten, – sich den Hintergründen anpassten, oder das Geheimnis eines sich versteckenden Kindes bewahrten, was sie für eine kleine Weile nicht preisgeben würden.

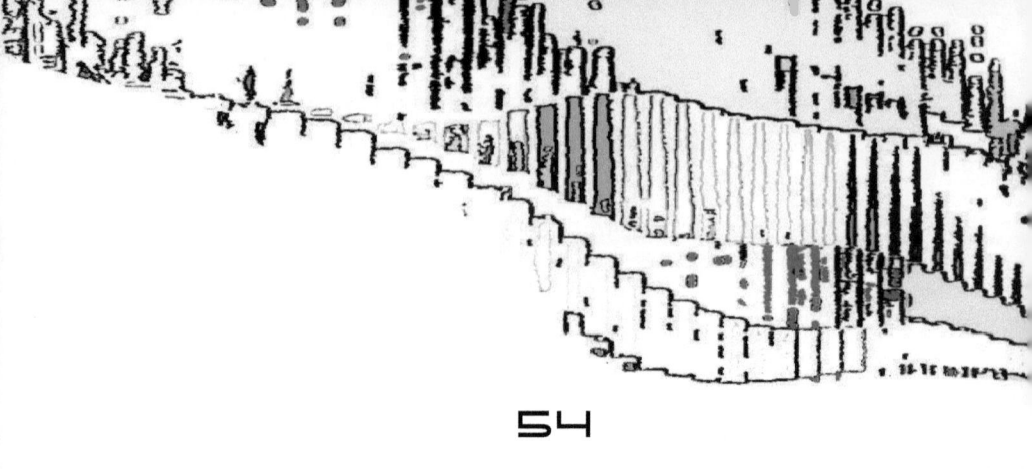

54

ZUKUNFT

Friuli

»Auf dem Schlossplatz nehmen wir uns einen Gleiter und ... kennt ihr Berlin eigentlich?«, stoppte Friuli und wich in Gedanken ein wenig vom Plan ab.

»Eigentlich wollten wir lieber direkt zum Schloss Friedrichsfelde. Berlin kennen wir schon recht gut, ist noch nicht so lang her, dass wir hier waren. Aber später, vielleicht einmal sehr gern«, wollte Lara Friulis' aufkommende Schwärmerei für Maya etwas bremsen.

»Also, dann schnappen wir uns einen Gleiter«, sagte er und ging vor zum Eingangsportal des Schlosses. Die Fünf folgten ihm. Sie gingen durch das Portal zum Schlossplatz. Es war gleißend hell hier draußen, die hellen Steine des Gehwegs reflektierten das Sonnenlicht zudem sehr stark, und für den Moment war es schwierig, Einzelheiten zu erkennen.

Doch dann gewöhnten sich ihre Augen ein wenig an das gleißende, weiche Sonnenlicht, das von überall herzukommen schien, das so hell war, als ob sie ohne Sonnenbrille im Hochgebirge bei strahlendem Sonnenschein auf frisch geschneitem Schnee stehen würden.

Und dann sahen sie eine so unerwartete Welt, die nichts mit den Blicken aus den Fenstern in der Ausstellung und im Treppenhaus zu tun hatte. Wie war das nur möglich?

»Bist du sicher, dass wir in Berlin sind?«, entfuhr es Annabell zweifelnd. Auf dem Schlossplatz erhoben sich riesige exotische Bäume, ein Wald mit großen Luftwurzeln, Affen hangelten im dichten Astwerk umher, jagten sich und schrien dabei furchteinflößend. Ein Jaguar saß am Fuß eines Baumes, bereit zum Sprung, falls ein Affe herunterfallen sollte.

Unweit davon saßen einige Tukane auf einem Ast und pflückten mit ihren riesigen Schnäbeln rote Früchte. Stolz stakste ein Helmkasuar durch eine kleine Lichtung im Unterholz. Die Brüllaffen schrien jetzt im Chor in einem kurzen, anschwellenden, stoßartigen Feuerwerk, das am dichten Blätterdach wie in einem perfekten Tropenwald widerhallte.

»Das Humboldt-Forum hat die Backworld zu Ehren von Alexander von Humboldt installiert. Das ist eine permanente Backworld auf dem Schlossplatz und auf der Nordseite zum Lustgarten, zu Ehren des vielleicht wichtigsten Mannes, wie man heute sagt, der in Berlin zur Welt kam. Die Backworld heißt ›Alexander von Humboldt am Orinoko‹.«

»Perfekt«, sagte Sven leise staunend. Die Mädchen waren sprachlos und mussten, erst einmal verdauen, was sie mit großen Augen sahen.

»Also, ihr macht mich wirklich neugierig. Seht ihr die Regenwald-Backworld das erste Mal?«, rätselte Friuli ein wenig, denn wenn seine fünf neuen Freunde in das Schloss eingetreten waren, mussten sie hier vorbeigekommen sein und die Humboldt-Backworld bereits gesehen haben.

Es ratterte in seinem Kopf. Selbst wenn sie von der anderen Seite des Hofes gekommen wären, hätten sie auch dort die Backworld mit dem Regenwald sehen müssen. Sie sahen aber so aus, als ob das, was sie sahen, so absolut neu für sie war, dass es ihm vor Aufregung zu frösteln begann.

Ohne weiter nachzudenken, hauchte Maya ein entzücktes »Ja« und war schlicht überwältigt von den prächtigen Pflanzen, den majestätischen Bäumen, den unzähligen Blüten in tausenden von Farben – von denen ein atemberaubender Duft ausströmte und den gesamten Platz vor dem Schloss erfüllte.

Aber auch der abgründige Geruch der Erde, der Baumstämme, der modrige Gestank von faulen Früchten oder strenge Duftmarken von Raubkatzen schlich in hauchdünnen Schwaden umher, und mischten sich mit all den anderen Düften der Menschen, die hier umherflanierten.

In Friulis Gedanken schossen Aspekte umher wie Blitze: ›Wegen des denkmalgeschützten Status des Quartiers hier in Berlins Mitte gab es auf den Gebäuden keine Air-Connection auf den Dächern.

Wie also sonst hätten sie … Bruchteile von Millisekunden brauchte sein Gehirn, um weltweite antike Datenbanken zu durchforsten: ›Woher kamen diese überirdischen Wesen überhaupt? … Ihre Bilder waren nicht bekannt. Ihre Namen ebenso. Offiziell existierten die Vier, einschließlich ihres Hundes, in dieser Welt nicht. Und sie sendeten überhaupt keine MiCo-Signale. Die Geschwindigkeit, mit der sie vor wenigen Minuten ihre Outfits gewechselt hatten, war selbst mit den besten Quanten-Printern unserer Zeit, noch zumal in dieser Qualität, völlig ausgeschlossen.

Und überhaupt waren Quanten-Printer kein Teil der antiken Interior-Backworld der Ausstellung ...‹ Rätsel umrankten die drei Mädchen, ihren Begleiter und seinen Hund. Das war aufregend, aber auch unheimlich zugleich.

Denn es gab eine mögliche, wenn auch eine recht unwahrscheinliche, jedoch beängstigend düstere Version ihrer möglichen Herkunft: ›Sie könnten aus den spätantiken Software-Parallelwelten der frühen Digitalisierung entsprungen sein, den sagenumwobenen Hexadezimal-Codes, die in den tiefsten Tiefen des Quanten-Systems herumgeistern.‹

Friuli dachte in Lichtgeschwindigkeit weiter.

Gänsehaut überzog seine Arme und seinen Nacken, es fröstelte ihn noch mehr bei dem, was er weiterdachte: ›Vielleicht haben sie sich aus einem digitalen Schwarm der gefürchteten Social Bots materialisiert, die im Atomzeitalter im Auftrag von Geheimdiensten, Digital-Terroristen und Auftragsprogrammierern Soziale Netzwerke infiltrierten, um den einen oder anderen Politiker etwas beliebter erscheinen zu lassen, um politische Systeme zu destabilisieren, Fake News zu verbreiten, öffentliche Meinungen zu verzerren, um demokratische Wahlen zu manipulieren. – Ängste zu vertiefen, war ihre größte Waffe.

Nein, das konnte es nicht sein, oder?‹

Aber was er in den Quanten-Clouds fand, machte es noch schlimmer: ›Erst zu spät erkannten die Menschen damals, dass Social Bots die ersten primitiven künstlichen Lebensformen waren. Sie lebten parasitär, ihre Biomasse war digital und quasi unsterbliche, reinste Information.

Sie vermehrten sich durch Clowning, nahmen selbstgewählte Identitäten an und durchliefen sogar eine langsam voranschreitende Evolution hin zu komplexeren Strukturen, die im Laufe der Jahrhunderte Anfänge einer primitiven Kultur entwickelten.

Solange sie ausreichend Energie anzapfen können und in einem geeigneten Kontinuum existieren, sind sie unsterblich, da sie als digitale Kreaturen keinem Alterungsprozess unterliegen.

Viele von ihnen sind älter als 1000 Jahre, heißt es ...‹

Friuli atmete einmal durch und recherchierte weiter: ›Heute, im einunddreißigsten Jahrtausend, rotten sie sich zu hyperkomplexen Strukturen zusammen, die wie Heuschreckenschwärme in den Quanten-Systemen ihr Unwesen treiben und dabei ganze Back-Realitäten zusammenbrechen lassen ...‹

Ein Seufzer entfuhr Friulis Lippen. ›... Die Lehrmeinungen darüber, ob sich hyperkomplexe digitale Strukturen aus Hexadezimal-Codes eines Tages so weit organisieren, dass sie sich in der physischen Welt materialisieren können, gehen auseinander. Hinter vorgehaltener Hand spekulieren Quantendesigner auf dem gesamten Globus schon seit Längerem darüber, ob invasive Software, wie sie sagen, die gesamte Menschheit auslöschen könnte.‹

Augenblicklich stoppte Friuli seine Recherche.

Dass seine neuen Freunde aus einer derart unheimlichen Quelle entsprungen sein könnten, wollte sich Friuli nicht einmal in seinen kühnsten Fantasien ausmalen.

Er verwarf all diese Gedanken sofort wieder und entschied sich pragmatisch, um seiner aufkommenden Verwirrung ein Ende zu setzen: Seine fünf Freunde werden ihm erklären, wer sie sind, woher sie kommen und was sie hier vorhaben, und das tun sie, wenn sie meinen, dass es an der Zeit ist, ihm ihr Geheimnis anzuvertrauen. Denn dass sie ein Geheimnis haben, war für Friuli ganz offensichtlich. Er spürte in den Mädchen eine Kraft, die ihn faszinierte, ja geradezu elektrisierte. Er wollte Teil ihres Plans sein, was es auch immer sei. Er witterte mehr als nur ein Abenteuer. Erfüllten sie gar eine geheime Mission? All seine Intuitionen sagten ihm: ›Hier ist etwas Gutes im Gang, etwas, das meine Unterstützung braucht, wo ich etwas bewegen kann, das jemandem hilft, wenn nicht sogar Leben rettet.

So lange, bis sie ihn in ihr Geheimnis einweihen, schwor er sich einen stillen Eid: ›Die Fünf genießen mein uneingeschränktes Vertrauen, und ich werde sie bei allem unterstützen, was auch immer sie vorhaben.‹

Erleichtert über seine Entscheidung lächelte Friuli Maya an, die seinen Blick auf sich ruhen spürte. Ihre Blicke trafen sich.

Maya erkannte sofort an seinen Augen, dass etwas in ihm vorgegangen war, von dem sie sich sicher war, dass es ihre gemeinsame Zukunft beeinflussen würde. Ihre Haare wehten für einen Moment synchron im gleichen Wind aus der gleichen Welt, die sie hier miteinander teilten.

Ende erster Teil

ANHANG

QUELLENVERZEICHNIS:

u. A.

1. Criminal Collegium: *Akta Dorothea Steffin* (Originalhandschrift), Geheimes Staatsarchiv Preußischer Kulturbesitz, Berlin, 13. Dezember 1728
2. Criminal Collegium: *Akta Dorothea Steffin* (Faksimili-Druck), Berliner Handpress Reihe Werkdruck No. 22, Berlin, 1994
3. Ute Langeheinecke: *Der Wedding als ländliche Ansiedlung* 1720 bis 1840, Gebr. Mann Verlag, Berlin, 1992
4. Dr. Heinrich Löwenthal: *Der goldene Galgen*, Das neue Berlin Verlagsgesellschaft mbH, Berlin, 1951
5. Johann Stridbeck: Zeichnungen, d. J., *Die Stadt Berlin im Jahre 1690*, No. 137, Verlag W. Kohlhammer GmbH, 1981 Lizenzausgabe-Faksimile-Druck: Edition Leipzig, 1982
6. Christopher Clark: Preußen, Deutsche Verlags-Anstalt, München, 2007
7. FIS-Broker der Senatsverwaltung für Stadtentwicklung Berlin
8. Film: *Marie Antoinette*, Columbia Pictures, Drehbuch und Regie: Sofia Coppola, USA, 2006
9. Oskar Schwebel: *Geschichte der Stadt Berlin*, , Edition Luisenstadt, Berlin, 1998
10. *Ausschreitungen von Jugendlichen am Berliner Alexanderplatz 10. Oktober 1977*, Information Nr. 623/77 über rowdyhafte Ausschreitungen von Jugendlichen und Jungerwachsenen in den Abendstunden des 7.10.1977 in der Hauptstadt der DDR, Quelle BStU, MfS, ZAIG 2743, Bl. 1–5 (6. Expl.), Das Bundesarchiv, © Copyright by Stasi-Unterlagen-Archiv
11. *DDR vor 40 Jahren: Vom Rockkonzert zur Straßenschlacht*, Berliner Zeitung, Berlin, 07.Oktober 2017
12. Aro Kuhrt: *Drei Tote auf dem Alex*, https://www.berlinstreet.de/1077, Berlin, 7. September 2018
13. Margitta Kupler: *Jugendkrawalle in der DDR*, 25. MDR, 25 September 2019
14. Marie D. Jackson: *Opus Caementitium*, Research Professor: Geology & Geophysics, University of Utha, 3Sat, 2023
15. Jonas Klimm: *Wie römischer Beton Risse von allein flickt*, Spektrum.de, 6. Januar 2023

DREI MÄDCHEN
RETTEN DIE WELT

SO

VERLOREN

UND

ZUSAMMENGETRÄUMT

WIE

UNSERE

ZEIT

BUCH 1: WIE ES BEGANN

Annabell, Lara und Maya sind: ›Die Drei‹ – beste Freundinnen und planen eine Magische Hütte zu bauen, nur so zum Spaß, um zu sehen was dann passiert. Die Göttin des Waldes aber durchkreuzt ihnen Plan und öffnet ihnen ein Tor in eine verborgene Welt. Alexander von Humboldt verschifft 210 Jahre zuvor, ohne es zu bemerken, ein unsichtbares Volk, die Tamanaken, vom Orinoko auf sein Schloss, wo sie ihre neue Welt aufbauen. Im Humboldt Hain treffen Pläne und Schicksale zusammen. Showdown ist am Großen Fest dem Rachmakud, an dem eine Welt aufersteht mit der keiner gerechnet hat.

DER ZWEITE
FANTASY ROMAN
VON
HENRY LANDERS

DREI MÄDCHEN UND
DER LETZTE HEXENPROZESS

Ob sich die Zukunft, wie sie Friuli im Jahr 3028 kennt,
so ereignen wird liegt allein in den Händen der drei Mädchen
Annabell, Lara, Maya, ihrem Seher Sven und seinem Hund Timmy.
Denn die Zukunft ist eng mit Dorotheas Schicksal verbunden, die
im letzten Hexenprozess 1728 in Berlin ungerecht verurteilt wurde.
Nur wenn es den Drei gelingt Dorotheas Schicksal zu ändern und
ihren Fluch abzuwenden, wird die Heilquelle nicht versiegen?
Eine fantastische Reise durch die Zeit, voller Abenteuer, führt Die
Drei, von Dorotheas Geburt, über 1300 Jahre in die Zukunft, in der
drei nachhaltig geniale Erfindungen der NI-Indi-Bots,
alle Probleme der Menschheit lösten.

SO ZERRISSEN UND VERWOBEN WIE UNSERE ZEIT

Teil 1:

**So zerrissen und verwoben
wie unsere Zeit**

Print und eBook

Teil 2:

**So ersehnt und vergangen
wie unsere Zukunft**

Print und eBook

Verwunschen. Glamorous.
Eine grandiose Reise durch die Zeit

DER DRITTE FANTASY ROMAN VON HENRY LANDERS

Die Welt steht Kopf, als über Nacht ein gesamtes großes Gebäude spurlos verschwand. Es war das Schulgebäude von Annabell, Lara, Maya und Sven. Was zu diesem Zeitpunkt noch niemand wusste: Um ihrem Schicksal zu entfliehen, entschied das sensible Schulgebäude sich, in einen Menschen, eine junge Frau, zu verwandeln. Sie wagt ihre buchstäblich ersten Schritte, in ihrem neuen Körper, in ein neues selbstbestimmtes und mobiles Leben. Gemeinsam mit den Tieren und ihrer ersten Freundin entdeckt sie die Welt der lebendigen Wesen und Überwesen. Die Drei, ihr Seher und sein Hund allerdings müssen die Frau unbedingt finden, um das weltweite Chaos zu beenden, das das verschwundene Schulgebäude angerichtet hat. Denn ein Gebäude verschwindet nicht unbemerkt so mir nichts dir nichts, von der Bildfläche. Der Ausgang dieser Geschichte scheint mehr als ungewiss.

DREI MÄDCHEN
UND DAS VERLETZTE SELBST

Erscheint im Winter 2025.

SO
ENTTÄUSCHT
UND
GEFUNDEN
WIE
UNSERE
ZEIT

Gefühlvoll. Bizarr. Unheimlich.